진실이
말소된
페이지

진실이 말소된 페이지

ⓒ손아람 2018

초판　1쇄 발행일 2008년 1월 18일
개정판 1쇄 발행일 2018년 5월 31일
개정판 2쇄 발행일 2018년 6월　7일

지 은 이　손아람

출판책임　박성규
편집진행　남은재
편　　집　유예림
디 자 인　조미경 · 김원중
마 케 팅　나다연 · 이광호
경영지원　김은주 · 장경선
제작관리　구법모
물류관리　엄철용

펴 낸 곳　도서출판 들녘
펴 낸 이　이정원
등록일자　1987년 12월 12일
등록번호　10-156
주　　소　경기도 파주시 회동길 198
전　　화　마케팅 031-955-7374　편집 031-955-7381
팩시밀리　031-955-7393
홈페이지　www.ddd21.co.kr

ISBN　979-11-5925-335-5 (03810)

진실이
말소된
페이지

이 책은 나의 첫 장편소설이며, 나의 첫 습작소설이다.

인터넷에 연재해볼까 싶어 써내려간 경박한 낙서가 길어지며 소설이 됐고, 책이 됐고, 결국 이 일은 내 직업이 됐다. 첫 소설이라 페이지를 넘어갈 때마다 글이 느는 게 느껴질 정도였다. 만약 작가로 인정받고 싶었다면 감히 이 이야기를 쓰지 못했을 것이고, 그랬다면 나는 작가가 되지 못했을 것이다. 의심의 여지가 없다. 가끔씩 이 책을 되읽으며 슬픔에 사로잡힌다. 다시는 되찾을 수 없는 자유로운 글쓰기의 흥분을 떠올리면서.

이 이야기는 한 시대에 헌정하는 팬픽션으로 쓰였다. 많은 에피소드가 허구이며 특히 '나'에 대한 부분이 그렇다. 개정판을 앞두고 실명과 고유명사, 실화로 오인될 수 있는 사건들을 양심적으로 조정할지 고민했지만 이미 발표된 소설을 과하게 도려내기보다는 경력상 실수로 겸허하게 남겨두기로 한다. 최소한의 문장만을 손보았다.

스쳐 지나간 인물들 모두에게 각별한 애정을 전한다. 곰팡이 그득한 지하실에서 지금의 한국 힙합 음악을 이끌어낸 전설적 인물들의 일대기 한구석에 내가 속했다는 사실은 대단한 영광이다.

차
례

왼쪽 세계

걸을 때 버릇됨으로 수를 세다
오륙천 번에서 헤매듯이
나는 내 삶을 육천 번 근처에서 놓쳤던 셈처럼
되찾긴 힘들 것이라 믿도록 미쳤다.
시도조차도 지쳤다.

사르트르의 사고를 쫓아
똑같이 도착된 발상들에 집착함은 진짜 기막힌 우연일까.
그가 죽은 해 태어난 나.
그의 말 따라 죽은 자들이 산 자들의 먹이였다면.
그저 은유가 아니었다면.

– 「Philosophrenia」
2001년, 진실이 말소된 페이지

1

당시에 유행하던 소모적인 취미들의 세계를 탐사하다가, 나는 최종적으로 랩 음악을 발견했다.

책상에 놓인 랩 음반들은 슬그머니 열 장을 넘어서더니, 그다음 에는 빠른 속도로 100장을 돌파했다. 결국 그것들이 교과서를 밀 어내고 책장을 온통 차지했다. 고등학교 3학년이 되었을 때, 내 삶 에서 생존에 필요한 최소한의 움직임과 랩을 듣는 것 외 다른 것들 은 모두 사라졌다.

나는 사실 두 살 때 최대 출력으로 베토벤의 「운명」을 토해내는 1,000와트 스피커의 우퍼에 머리를 집어넣는 바람에, 왼쪽 청력 전 부와 오른쪽 가청 영역대의 일부를 잃었다(내 청력을 앗아간 베토벤 역시 노년에 청력을 잃는 저주를 받았다). 그런 내가 성악사상 가장 시 끄러운 음악에 빠지게 되다니!

중학교 과학 시간에 인체 구조를 배울 때까지 나는 사람의 왼쪽 귀는 원래 소리를 듣는 기능이 없는 줄만 알았다. 그래서 오른쪽 귀와 왼쪽 귀에 수화기를 번갈아 가져다 대며 통화하는 사람들을 볼 때마다 감탄했다. 듣기 싫은 말을 무시하는 제스처로는 상당히 세련된 것이라 느꼈기 때문이다. 엄마랑 통화할 때 나도 그 방법을 자주 썼다.

열네 살이 돼서야 나는 병원에서 난청 판정을 받았다. 이비인후과 의사는 오른쪽 청력의 동반 저하가 우려된다면서 헤드폰이나 이어폰을 절대로 착용해서는 안 된다고 권고했다. 그 후 5년 동안 나는 이어폰에 파묻혀 바깥세상의 소리를 들을 일이 거의 없을 정도였으니 그것은 의학적 소견이라기보다는 불길한 예언이나 다름없었다.

나는 일상생활에 필요한 의사소통 정도는 큰 불편 없이 할 수 있다. 하지만 인간의 청각 세계를 구성하는 소리의 일부만 허용되었기 때문에, 내가 듣는 '음악'이란 것은 보통 사람들의 음악과 조금 다르다. 보통 사람들의 세계를 기준으로 표현하면 그것은 저음과 고음이 완전히 소거된 밍밍한 소리들의 집합체와 비슷하다. 음향학적으로 묘사하자면, 보통 사람들이 두 귀를 지그시 막았을 때 들리는 음악 소리를 음역대에 따라 수평 반전시킨 것과 같다고 할 수 있다.

그래서 나는 음악의 본래 느낌에 접근하기 위한 방법을 고안했다. 먼저 컴프레서를 사용해 가청 영역에 맞도록 음악들을 압축하여 녹음한다. 그리고 모노 잭을 꽂은 이어폰으로 그것을 듣는다. 그렇게 리믹스된 음악이 본래의 소리와 완전히 똑같지는 않지만, 적어도 본래 어떤 음악이었을지 추측해가며 들을 수는 있다. 초음파 탐지기로 해저의 지형을 파악하는 기술과 비슷한 원리다.

대학 시절을 통째로 록밴드에 바치고 뒤늦게 치과의사 자격증을 딴 외삼촌은, 간신히 기능하는 한쪽 귀로 음악을 느끼려고 몸부림치는 조카의 모습에 감동받아 울먹이며 말했다.

"너는 누구보다도 훌륭한 뮤지션이 될 거야. 베토벤을 떠올리며 힘을 내라. 네 왼쪽 세계에는 소리 대신 열정과 꿈을 채워 넣으면 되니까!"

그의 격려는 훨씬 더 그럴듯할 뻔했다. 내 고막을 너덜너덜한 천 조각으로 만든 장본인이 베토벤이 아니었다면.

2

　내 생애 최고의 시는 대학수학능력시험 수리탐구영역 시험지 위에 쓰였다. 나도 3번 문제까지는 내게 없는 것을 끌어내려는 헛된 노력을 해보았다. 그리고 나머지 시간엔 전념을 다해 시를 다듬었다. 아름다운 걸작이었다. 「너의 정체(正體)는 정체(停滯)되었다!」 그 시를 발표할 수 있었다면 내 삶은 지금까지와는 전혀 다른 양상으로 전개되었을 것이라 믿는다.

　하지만 그런 일은 일어나지 않았다. 종이 울리자마자 시험 감독관의 두꺼운 손등이 기습적으로 내 시험지를 낚아챘다. 시를 미처 다른 종이에 옮겨 적기도 전이었다. 나도 모르게 "안 돼!"라는 비명이 새나왔다. 시험 감독관은 나를 힐끔 내려 보고서 무뚝뚝하게 대답했다.

　"기회는 내년에도 있다."

　「너의 정체(正體)는 정체(停滯)되었다!」는 다른 시험지들 사이에 섞여 고사장 교탁 위에 놓였다. 그 후 감독관의 품에 안겨 고사장 본부에 내던져졌고, 다시 트럭에 실려 종로구에 위치한 교육부 청사로 옮겨졌다. 그리고 결국 그 건물 어딘가 놓인 문서 분쇄기로 빨려 들어가 영원히 흩어졌다. 모든 유의미한 정보는 시험지가 아닌 답안지에 표시되어야만 하기 때문이다. 그 시는 내가 그날 사인펜을 들고 다섯 칸 중 하나에 닥치는 대로 새긴 작대기만 한 가치도 인정받지 못했다. 삶이 답안지의 하얀 바탕을 채색하여 쟁취하는 것이 되었을 때, 나는 내 삶의 통제권을 손에서 놓아버렸다. 공교롭게도 그것이 「너의 정체(正體)는 정체(停滯)되었다!」의 주제이기도 하다. 나는 빈손으로 집에 돌아갔다.

오후 일곱 시도 되지 않았는데, 집 안은 불이 모조리 꺼져 있었다. 평소처럼 아빠는 방에서 나와보지도 않았다. 퇴근하자마자 곧바로 와이셔츠의 단추를 풀어 헤치고 이부자리를 향해 내달렸을 것이다. 어머니는 시끄러운 텔레비전만이 방치된 어두운 거실에 홀로 앉아 있었다.

"다녀왔어요."

어머니는 내가 방으로 들어가자 조용히 뒤를 따라 들어왔다. 그리고 오늘 시험에 대한 모든 질문을 과감히 건너뛰고 마지막 문장부터 읊었다.

"손아람. 네가 할 수 있는 일, 아니 네가 하고 싶은 일을 해라. 그게 뭔진 몰라도 그런 게 있다면."

나는 대학 진학을 꿈꾸지 않았고, 현명하신 어머니는 아들이 그런 꿈을 꾸도록 강요하지 않았다. 어머니는 내게 가망 없는 기대

같은 것을 나누어 줄 여력조차 없어 보였다. 나는 얼른 이어폰을 귀에 꽂고 볼륨을 최대로 높였다. 어머니는 한심하다는 듯 나를 바라보다가 방문을 닫고 나갔다. 나는 눈을 천장에 고정시킨 채 닥터드레(Dr. Dre)의 랩을 흥얼거리며 따라 불렀다. 내가 하고 싶은 일은 그런 게 전부였다.

다음 날은 정오가 다 되어 등교했다. 그러나 교실에 들어가지는 못했다. 정문에서 마주친 국어 선생이 지각생인 내 귀를 잡아 교무실까지 끌고 갔기 때문이다. 학생 주임이라는 직책을 맡고 있는 국어교사 김자현은, 그 직책 덕에 잔업수당 같은 것을 따로 받는지는 몰라도, 자신의 책무에 대한 무한한 열정과 재능을 가진 사람이었다. 그의 잔업은 빈틈이 없었다. 그는 자신의 왕국인 교무실의 문을 열고, 바닥에 한쪽 발을 딛자마자 비장하게 낮게 깐 목소리로 말했다. 마치 사형집행인처럼.

"살아서는 나갈 수 없다는 사실을 너도 알고 있을 거다."

처음에 그는 아주 침착했다. 내가 이 사회의 침전물인 이유를 조리 있게 설명해나갔다.

"너 같은 놈은 더 살아봐야 대한민국의 1인당 GNP를 갉아먹을 뿐이다. 1인당 GNP 만 달러 시대에 접어든 조국에 폐가 되지 않으려면, 너는 매해 적어도 천만 원을 벌어야 한다. 하지만 단언컨대 네 통장 잔고가 천만 원을 돌파할 날은 영원히 오지 않을 것이다. 너는 범법을 행할 만큼 독한 놈도 못되니까 말이다. 반면 네가 죽어버린다면 병원 영안실, 장례식장, 화장터에서 유의미한 경제적 생산이 이루어진다. 물론 가장 멋진 일은 대한민국 1인당 GNP를 산정할 때 너를 생산 인구에서 제외할 수 있다는 점이다."

그다음 그는 본격적인 모욕의 단계로 넘어갔다. 처음에는 '멍청이'로 시작했다. 그리고 서서히 수위를 높여갔다. 그가 국어교사답게 실패자, 쓰레기, 죽일 놈, 시체 등 나를 지칭하는 다양한 명사들을 엮어 분위기를 고조시키는 동안 나는 시선을 창밖에 두었다. 그를 무시할 의도는 없었다. 성이 찰 만큼의 학대를 끝내고 풀어주길 바랐을 뿐이다. 그러나 김자현은 나의 태도가 마음에 들지 않았던 모양이다.

허공에 뜬 몸이 포물선의 정점에 도달했을 때야 비로소 그의 주먹이 내 턱에 꽂혔다는 사실을 깨달았다.

'처음부터 여기서 시작했으면 좋았잖아!'

낙하하는 동안 들었던 생각이다.

"담배 하나 필까?"

교실로 돌아오자 혁근이 다가와 말했다. 담배를 피우는 것이 자신의 모험적인 일상의 한 부분이라도 된다는 듯이 말하고 있지만, 나는 단 한 번도 이 녀석이 담배를 피우는 것을 본 적이 없었다. 그는 생애 최초의 탈선을 시작하려는 것이 분명했다. 머지않아 내 고교 생활의 나머지를 구성하는 금기들도 모조리 배워나갈 태세다. 그래, 신대륙에 상륙한 것을 환영한다! 이미 모든 것이 시들해진 신대륙의 원주민인 내가 외쳤다. 이제 나는 밀려날 차례였다. 졸업이 다가오면서 지금껏 독식해온 금지된 자유를 개나 소나 만끽하게 되었다는 사실을 깨닫는 순간 삶의 흥분이 완전히 사그라졌다. 신나게 소비한 고등학교 3년이 끝나자 내리막길만이 남았다.

물론 내게도 미래에 대한 희망은 있었다. 밥을 벌어먹을 회사에 취직하는 희망, 목숨이 붙어 있는 동안 그 회사에서 해고당하지 않을 희망, 어쩌면 엄청난 유산을 상속받을지도 모를 아름다운 여자를 만날 희망, 복권에 당첨될 희망.

운동장 뒤쪽 구석에는 2학년 아이들 몇 명이 엉덩이를 발뒤꿈치에 괸 자세로 쭈그려 앉아 담배를 피우고 있었다. 곧 먹이사슬의 정점에 군림할 맹수들의 모습이다. 그들은 이 세계에 아직까지 건재한 퇴물들 따위는 전혀 신경 쓰지 않는 것처럼 보였지만, 혁근이 생애 처음 샀을지도 모를 담배를 주머니에서 끄집어내자 놀란 표정을 숨기지 못했다. 그건 이런 뜻이다. '아니, 전능한 오혁근이!' 내가 평균을 배회하거나 꼴찌로 추락하던 모든 시험에서 전능한 오혁근은 단 한 번도 전교 1등을 놓치지 않았다. 그는 학급이나 전교보다는 전국 단위로 세는 것이 의미 있는 등수의 성적을 유지했다. 국제수학올림피아드에서 은상을 받아 와 학교의 이름을 신문에 새겨 넣기도 했다. 어렸을 때 외국에 살아서 영어를 모국어처럼 유창하게 구사했고, 프랑스어와 독일어로 의사소통이 가능했다. 스페인어와 일본어는 시험지를 받아 볼 수준은 됐고, 중국어를 말하지는 못했지만 자막 없이 중국 영화를 봤다. 나는 그를 조금도 질투하지 않았다.

물론 지성으로 전능하다는 수식을 얻는 건 우리 세계에서 말이 되지 않는 이야기다. 그는 1학년 때 이미 학교 최고의 공격수가 되어 시 대항 축구 시합에서 날아다녔고, 학교 재즈 밴드 '제니아'에서 드럼 주자로 매해 열리는 축제의 확고부동한 주인공이었으며, 그의 아버지는 서울대학교 공과대학의 전설적인 교수였다. 화학교사는 혁근의 아버지가 위대한 공학자라고 했다. 휴대전화기에 들어가는 고성능 리튬 폴리머 전지를 발명했다는 것이다. 학생 한 명이 그렇다면 휴대전화기를 발명한 사람이 더 위대한 게 아니냐고 물었는데, 화학교사는 이렇게 되물었다.

"책가방만 한 배터리를 들고 다녀야 한다면 휴대전화기가 다 무슨 소용이냐?"

오혁근은 대학 입시가 시작되기도 전에 서울대 입학이 예정된 유일한 학생이었다. 사실 그는 고등학교에 남아 있는 것이 이상하리만큼 조숙했기 때문에 교사들도 그와 지적 능력을 정면으로 겨루는 모험을 피했다. 그래서 나는 아버지가 넘겨준 공업수학 영어 원서에 빠져 있는 동급생과 고등학교를 함께 다니게 됐던 것이다.

전능한 오혁근이 내 세계에 발을 들이민 것은 그 역시 랩 음악에 미쳐 있다는 사실을 알았을 때부터다. 그는 나보다 많은 시디를 소장하고 있었다. 이 전능한 존재의 힘이 나의 작고 볼품없는 세계에까지 미치고 있다는 사실을 깨달은 순간, 나는 다른 분야의 2등들이 그에게서 느끼는 불쾌함을 즉각 이해했다. 나의 적대적인 태도 때문에 우리의 만남은 짧게 끝날 수도 있었다. 그는 서울대학교에 들어가 석사와 박사학위를 받고 아버지의 리튬 폴리머 전지를 콘택트렌즈처럼 더 얇고 가볍게 개량해서 땅에 떨어뜨리는 순간 다시는 찾을 수 없게 만들었을지도 모른다. 아마 내가 종업원으로 일하는 식당이나 운전하는 택시 안에서 우연하게 재회하지 않는 한 우리가 다시 대화할 기회는 없었을 것이다. 그러나 그가 클럽 '크립'의 언더그라운드 힙합 음악에 대해 이야기할 때 고개를 든 작은 동지애가 나와 그를 묶어주었다. 그것은 내 모든 관심사였다. 신촌의 클럽 크립에서는 주말마다 힙합 공연이 열렸다. 한국에서 거의 유일한 힙합 공연이었기 때문에 클럽은 성지가 되어가고 있었다. 내가 한국 힙합 음악의 짧은 역사와 크립의 공헌에 대한 지식을 의기양양하게 늘어놓자 혁근이 말했다.

"그래, 분위기가 마음에 들더라. 아직 두 번밖에 못 가봤지만."

사실 나는 크립에 가본 적이 없었다. 그렇게 나를 간단히 제압하고, 혁근은 크립으로 나를 인도했다.

크립에 갈 때마다 혁근의 패션은 정해져 있었다. 구겨진 흰색 남방, 어색하게 통이 큰 청바지 그리고 프로스펙스 농구화. 머리에는 볼에 난 여드름이 도드라져 보이게 만드는 빨간 모자를 눌러썼다. 가슴팍에서 닳아빠진 랄프로렌의 말이 처량하게 펄럭이고 있었다.

우리는 크립까지 걸어가며 음악에 관한 이야기를 나누었다. 혁근은 나의 취향이 철저히 LA를 중심으로 한 캘리포니아 사운드 쪽으로 치우쳐 있다고 지적했다. 캘리포니아의 뮤지션들은 레이블과 출신 지역을 중심으로 긴밀한 연대를 이루고 있으며, 유사한 음악적 코드를 공유한다는 이야기였다.

"네가 즐겨 듣는 음악들은 하나의 뿌리에서 가지를 쳐서 나온 거야."

"그게 내가 그 음악들을 좋아하게 된 이유인가 보지 뭐."

"하지만 네가 듣는 웨스트코스트의 음악은 끝났어. 뉴욕 출신의 젊고 진보적인 뮤지션들이 새 시대를 열 거야. 나스(Nas)의 음악을 들어봐. 그게 바로 새로운 시대야."

내가 듣는 음악이 '끝났다'고? 나는 즉각 반격했다.

"글쎄, 나스는 그런 일을 할 수 없을 것 같은데. 그가 하는 건 랩 음악이라기보다는 그냥 랩 아니냐?"

혁근은 나스에 대한 나의 부정적인 논평에 놀랐다.

"랩이 무슨 음악 위에 쏟아 붓는 드레싱이야? 캘리포니아 애들은 자기 목소리를 묻어줄 음악이 없으면 단 한마디 랩도 못 해. 그래서 걔네들이 나스 같은 가사를 쓸 수 없는 거라고."

"난 그냥 랩 음악의 느낌이 좋다니까."

나는 지고 싶지 않았다.

"그렇게 듣는다면 랩은 그냥 빠르게 말하는 것에 지나지 않아. 백과사전에도 그렇게 나오잖아. '랩: 리듬에 맞춰 가사를 빠르게 읊조리는 것.' 그런데 랩이 정말 그런 거야?"

나는 대답하지 못했다. 음악의 장르를 떠나서 좋은 가사는 언제나 위력을 발휘했다. 혁명은 항상 노래와 함께 일어났다.

"하긴. 랩을 그렇게 설명한 백과사전이, 문학을 '마감에 맞춰 글자를 빠르게 쓰는 것'이라고 설명하고 있지는 않겠지."

"하하, 맞아. 랩의 가장 중요한 점은 이야기를 담고 있다는 거야. 래퍼가 어떤 이야기를 하는지가 중요해."

크립까지 걸어가는 길에 혁근은 더 많은 이야기를 했다. 힙합 음악의 계보, 뮤지션들의 족보, 좋은 랩과 나쁜 랩.

크립은 표구화랑들이 늘어서 있는 골목 깊숙한 곳에 숨어 있었다. 클럽 입구에서는 무대에 오를 차례를 기다리는 언더그라운드 뮤지션들이 잡담을 나누고 있었다. 공연장에 들어가려는 관객이 "좀 비켜주실래요?"라고 요청하면, 그들은 좁은 입구 바깥으로 몸을 비켜주었다. 특권을 요구하는 공연자도, 사인에 목마른 관객도 없었다. 비주류 문화에 빠진 평등한 소수자들만을 볼 수 있었다.

공연장 내부는 생각보다 훨씬 작았다. 무대는 앞뒤로 두 걸음, 좌우로 여섯 걸음 정도의 크기였고, 관객석과의 경계는 거의 없다고 하는 게 옳았다. 자신의 공연이 끝나면 누구나 관객의 지위로 스스로 내려갔다. 방금 전까지 관객들을 이끌던 이들이 환호의 물결에 합류하고, 환호의 물결로부터 무대의 새로운 지배자가 튀어올라오는 난장판이었다. 이들은 음악이라기보다 민주주의를 실험하고 있는 것처럼 보였다. 나는 그런 공연을 한 번도 본 적이 없었다. 눈이 휘둥그레진 나를 보며 혁근이 말했다.

"다 큰 사람들이 학예회를 하는 거야. 인류를 지배하는 문화들은 다 이렇게 탄생하나 봐."

그러고서는 모자를 뒤로 돌려 쓰고 몸을 흔들고 있는 맨 앞줄의 사람을 손가락으로 가리켰다.

"저 사람이 가장 인기가 좋아."

그는 몸이 호리호리하고 얼굴이 작은 잘생긴 남자였다. 나이는 나와 비슷해 보였다.

"A. K. A.*는 무적이래."

혁근이 그의 이름을 가르쳐주었다.

우리는 두 시간 동안 지옥처럼 뜨거운 공연을 즐겼다. 열 시 즈음에는 한겨울인데도 온몸이 땀에 젖었다. 그리고 공연장에서 벗어나기도 전에 이미 우리는 힙합 그룹을 결성하자고 합의를 보았다.

"제발 좀 일찍 들어와 자!"

현관에 발을 들이자마자 어머니가 쏘아붙였다. 반면 아버지는 누가 제발 좀 일찍 자라고 굳이 절규하지 않아도 항상 일찍 잤다. 내 눈에 보이는 아버지는 항상 자고 있었다. 일하고, 자고, 일어나면 다시 자기 전까지 일하러 갔다. 나는 지난 1년간 아버지와 세 마디보다 긴 대화를 나누어본 적이 없었다. 아버지가 입을 굳게 다물자 우리 집에는 대화가 사라졌다.

나는 어머니가 조심스럽게 안방 문을 열고 들어가는 것을 보았다. 손에는 깎은 사과를 정성스럽게 꾸며 올린 접시가 들려 있었다. 마치 아버지와 대화하기 위해 지불해야 하는 비용인 것처럼. 내가 거실의 텔레비전 앞에 앉은 지 얼마 되지 않아 안방에서는 언성이 높아졌다. 곧 어머니가 상기된 얼굴로 방에서 나왔다.

---

* Also Known As의 약자. 보통 예명이라는 뜻으로 사용된다.

"그 지긋지긋한 TV 좀 꺼. 넌 대체 무슨 생각을 하고 사는 거니? 네가 이 집에 발붙이고 있는 이유를 설명해봐!"

물론 몇 가지 이유를 댈 수 있다. 텔레비전을 틀어놓은 사람이 내가 아닌 어머니라는 사실까지 포함해서. 하지만 나는 텔레비전을 끄고 조용히 일어나서 방으로 걸어갔다.

"대학을 못 가면 돈이라도 벌든지! 돈을 못 벌면 대학이라도 가든지! 내가 왜 너 때문에 이 고생인데!"

내가 대학에 갈 능력이 못돼서 어머니가 불행한 것은 아니다. 어머니는 이미 오래전에 나를 통해 행복을 성취하려는 희망을 버렸다. 그러나 지금 어머니는 나를 향해 비난을 쏟아내고 있다. 나는 어머니의 입에서 나온 말들이 내 뒤통수에 도달하기 전에 서둘러 방 안으로 도망쳐 문을 닫아버렸다. 하지만 문틈으로 새어 들어오는 소리까지 막을 수는 없었다.

3

혁근과 나는 팀 이름을 의논했지만 합의하지 못했다. 사실 우리는 팀 이름을 사용할 일이 없었다. 이름은 수많은 계단을 착실히 밟아 올라가야 필요해진다. 먼저 음악을 만들고, 가사를 쓰고, 랩을 녹음하고, 클럽 무대에 데뷔하는 게 순서다. 우리는 서둘러 음악을 만드는 일에 착수했다. 우리만의 음악을 만들기로 결정했지만 둘 다 체르니조차 쳐본 적이 없는 화성학 문외한들이었다. 혁근이 다룰 줄 아는 악기는 드럼이었고, 내 방에는 낡은 피아노가 있었지만 연주는 할 줄 몰랐다. 혁근은 방법을 찾아냈다. 그는 유레카를 외치며 저녁 늦게 우리 집으로 뛰어왔다.

"자, 이걸 들어봐."

혁근이 불쑥 카세트테이프 하나를 내밀었다. 우리는 방으로 들어가 그것을 오디오에 넣고 돌렸다. 리듬에 맞춰 드럼 스틱으로 무언가를 두드리는 소리가 길게 녹음되어 있었다.

"이게 우리의 비트야."

성경책만 한 파나소닉 워크맨의 녹음 버튼을 눌러놓고, 영감에 사로잡혀 드럼 스틱으로 책상을 두들겨대는 혁근의 모습이 눈앞에 그려졌다. 측은함마저 느껴진다.

"그래, 이걸로 가요 톱텐에 데뷔하는 일만 남았구나!"

그는 기죽지 않았다. 다만 피아노 뚜껑을 열고 건반 하나를 지그시 눌렀다. 음표가 방 안을 채웠다.

"이게 솔이야. 이걸로 시작하는 거야. 비트 위에다 피아노 소리를 한 번 더 녹음하면 음악에 조금 더 가까워지지 않겠어? 베이스 라인을 씌우면 음악이 되는 거라구. 우탱 클랜(Wu-Tang Clan)의 음악에도 악기는 몇 개 안 들어가."

혁근이 연달아 누르는 '솔'이 방 안을 가득 채웠다. 음악을 하는 사람들은 대개 그것을 G라고 불렀지만, 우리는 솔이라고 부르는 것이 더 편했다. G라고 부를 경우 그것을 5로 환산한 다음 다시 솔이라고 번역해야 비로소 음이 떠오르니까.

"그다음은 네가 골라."

혁근이 후하게 인심을 썼다. 나는 자포자기한 심정으로 솔 위의 '시' 건반으로 손가락을 가져가서 꾹 눌렀다.

"바로 그거야."

혁근은 완전히 신이 났다. 그는 좌절을 몰랐다. 이상하게도 나는 그의 열정적인 태도에 금세 전염되어, 이 말도 안 되는 작업을 걷어차고 방에 드러눕는 대신 5음계로 이루어진 희한한 피아노 루프를 만들어냈다. 돌이 갓 지난 아이가 피아노 위에서 걸음마를 하다가 건반으로 추락하면서 만들어낸 소리 같았다.

"내가 녹음해 온 드럼 비트를 틀어줄 테니까, 넌 비트에 맞게 그 루프를 150번 반복해서 쳐. 피아노 소리를 덧씌워 녹음하자."

우스꽝스러운 작업이 이어졌다. 하지만 아무도 우리를 조롱해서는 안 될 거다. 조롱의 절반은 전능한 존재를 향하게 되니까. 그러면 나는 당당하게 대답하겠다.

"이 친구는 이번 수능을 다 맞았을지도 모르는데?"

아마 내가 혁근이라도 된 것처럼 통쾌하겠지.

다음 날 아침 혁근이 교실로 찾아왔다. 검은 뿔테 안경을 낀 땅딸막한 녀석이 제 키보다 더 커 보이는 악기를 어깨에 걸머쥐고 그 옆에 서 있었다.

"나랑 같이 밴드 하던 9반 상연이야. 우리 음악에 베이스라인을 입혀줄 거야."

뭐라고? 나는 경악했다. 혁근이 속한 '제니아'는 1년의 360일 동안 수학과 물리를 공부하다가 축제 5일 전부터 연습을 시작하는 밴드였다. 상연이 검은색 비닐 가방에서 베이스를 꺼내는 것을 보면서 나는 줄이 녹슬지 않았기를 기도했다. 하지만 혁근이 파나소닉 워크맨을 틀었을 때는 될 대로 되라는 심정이었다. 어차피 우리의 기괴한 음악에 많은 것을 기대하기란 어렵다. 상연이 말했다.

"일단 한번 끝까지 들어볼게. 삘을 느껴야 하거든."

'얼씨구.'

비트가 먼저 시작되고, 잠시 후 내 피아노 루프가 그것을 따라갔다. 상연은 진지한 표정으로 몰입했다. 고개를 까딱이면서, 다음 단계에 나올 폭발적인 무언가를 기대하듯이. 그가 인내심을 발휘해 다섯 개의 음으로 구성된 마디가 총 150번 반복될 때까지 테이프에 귀를 기울인 것은 칭찬할 만하지만, 우리 음악은 그게 끝이었다.

테이프가 모두 돌아가는 데 10분이 걸렸다. 음악이 멈춘 후 잠시 동안, 상연은 도입부 다음에 곧장 엔딩 크레디트를 올리는 영화를 관람한 관객처럼 넋 나간 표정을 지었다. 하지만 그는 곧 당황한 표정을 멋지게 수습해냈다.

"이제 녹음을 시작할 테니 조용히 해."

물론 나는 한마디도 하지 않고 그의 삽질을 지켜볼 생각이다. 하지만 이곳은 스튜디오 부스가 아니다. 벌써 교실의 절반이 우리를 둘러싸고 키득키득하는 소리로 시동을 걸며 본격적으로 이 소꿉장난을 비웃을 준비를 하고 있다. 그래도 상연은 열심히 베이스를 쳤다. 사실 꽤 훌륭하게 들렸다.

베이스 라인을 입힌 후 혁근과 나는 음악의 빈 부분을 억지에 가까운 비트박스로 한 번 더 채워 넣었다. 녹음으로 테이프를 덧칠할 때마다 잡음의 수위는 점차 높아져서 곧 악기 소리를 압도했다. 맨 처음 녹음했던 혁근의 드럼 소리는 연인의 속삭임이 된 지 오래였다.

"쟤네들 모여서 뭐 하는 거야? 담배 피우냐?"

우리 반 부반장이 축구를 하고 들어오다가 퉁명스럽게 외쳤다. 이펙터를 잔뜩 먹인 것처럼 걸걸한 그의 목소리는 세 번째 마디 즈음에 생생하게 녹음되었다. 붐! 클랩! 쟤네들 모여서 붐! 뭐 하는 거야? 클랩! 담배 피우냐? 혁근은 그게 마치 도입부의 내레이션처럼 들린다고 좋아했다.

작업 결과는 놀라웠다. 나는 우리의 첫 번째 창조물이 그럭저럭 들을 만하다는 것을 인정했다.

"사이프레스 힐(Cypress Hill) 같은걸."

내 말에 혁근은 미소를 지었다. 우리가 해본 최초의 멀티트랙 레코딩*이었다.

고등학교 뒤편 쓰레기 소각장에는, 낮에는 1년에 한 번뿐인 당번에 걸린 운 없는 아이들이 들렸고 밤에는 귀신조차 얼씬거리지 않았다. 인적이 드문 소각장 벽돌담에는 학교의 역사가 담긴 낙서들이 잘 보존되어 있다. 바로 이곳이 우리의 연습실이다.

혁근이 먼저 도착해 기다리고 있었다. 제니아의 상연이 그의 옆에서 실실 웃으며 손을 흔들었다. 상연은 우리의 아마추어적인 창작을 관람하고 비평하는 데 재미가 들렸다. 특히 그는 내가 랩을 하다가 가사를 까먹는 대목을 가장 좋아했다.

"20분 늦었네. 미안해."

나는 혁근에게 사과했으나 상연이 위풍당당하게 반응했다.

"20분을 늦어? 지난번 축제에서 제니아에 할당된 공연 시간은

＊   동시에 재생될 음향들을 서로 다른 채널에 따라 녹음하여 합치는 녹음 기술. 현대 대중음악에서 매우 광범하게 사용되고 있다.

16분이었어!"

"18분이었지. 네가 시작한 지 2분 만에 베이스 줄을 끊어먹었잖아."

"그건 내 잘못이 아니었어."

이 녀석은 선천적으로 수치심을 모르는 듯하다. 그는 우리의 연습을 염탐하고, 간식을 강탈하고, 훈계를 늘어놓았다.

"자, 그만하고 이걸 봐. 오늘은 특별히 재미있을 거야."

혁근이 '신라면'이라고 적힌 종이 박스를 내밀었다.

"거기에 신라면이 가득 찬 것보다 더 특별한 모습이 있겠냐."

나는 혁근이 준비한 마술에 대해 회의적이었다.

"철물점에서 다 쓸어 왔어."

혁근은 상자를 열고 도색용 스프레이들을 쏟아냈다. 스프레이 하나를 손에 들고 흔들더니 소각장 담벼락에 '민주♡영민' 이라 쓰인 낙서를 가리켰다. 나는 고개를 가로저었다.

"그건 범죄야. 졸업을 한 달 남겨두고 퇴학당하긴 싫다."

학교 선생들은 나를 싫어했다. 국어교사 김자현은 내가 후두암에 걸려 피를 토하더라도 바닥을 더럽혔다며 퇴학시켜버릴 위인이다. 그런데 혁근은 나에게 유성페인트로 담벼락을 더럽히자고 권유하고 있다.

"내가 바로 *면죄부*. 너희 죄를 *면해줄*!"

그가 라임을 맞춰 랩 하는 시늉을 했다. 혁근만이 할 수 있는 선언이다. 그때 깨달았다. 오혁근을 퇴학시키려는 교사는 원리 원칙을 넘어서는 어려운 판단을 해야만 한다. 예수를 십자가에 못 박는 것만큼이나 어려운 판단을.

"하긴. 널 퇴학시키느니 차라리 교무회의를 열고 그래피티를 특별활동 과목으로 편입시키겠지. 어쩌면 장학금을 줄지도 몰라. 근데 너 지금 아주 재수 없어 보인다."

혁근이 씩 웃었다.

나와 상연은 혁근을 사이에 두고 양 옆 십자가에 못 박힐 강도들이 되기로 결심했다. 혁근은 자신이 가져온 거대한 구형 포터블 오디오를 틀었다. 다 찌그러진 스피커 커버를 힘겹게 비집고 '너티 바이 네이처(Naughty By Nature)'의 음악이 흘러나왔다.

"산문은 쉬워. 단지 좋은 글이면 충분하니까. 시는 더 어려워. 좋은 음률을 가진 좋은 글이어야 하거든. 가장 어려운 건 랩이야. 좋은 음률의 좋은 글을 구성하는 모든 단어가 좋은 발음을 가져야 랩이 되거든."

혁근은 오른손에는 스프레이를 들고 멋진 곡선을, 입으로는 말을 뿜어냈다.

"이건 최종 진화한 문학이라구. 랩은 문학의 기원이자 결론이야. 최초의 문학을 생각해봐. 종이 대신 장단 위에 내뱉는 말들이었다구. 랩에는 문학을 이루는 필요충분한 모든 것 그리고 문학의 역사가 담겨 있어. 너와 나는 음유시인이야!"

혁근이 그린 곡선 몇 개가 이어져 사람의 얼굴을 만들었다.

"차라리 베이스를 배워. 기초부터 가르쳐줄게. 문학의 역사를 알아야 될 필요도 없어."

상연이 끼어들었다. 그는 베이스를 벽에 그리고 있었는데 누가 보아도 베이스보다는 칫솔을 닮았다. 자화상을 그려도 작자 미상이 될 그림 실력이다. 나는 그를 무시하고 혁근에게 말했다.

"문제는 우리한테 시간이 별로 없다는 거야. 졸업하고 각자 흩어지면 함께할 시간이 얼마나 계속되겠냐? 우리의 팀은 결국 추억이 될 거야. 넌 이 날을 회상하면서 말하겠지. 정말 재미있는 시절이었지……."

겨울방학이 시작되었을 때 혁근은 서울대 공과대학에 특차로 합격했다. 위대한 아버지의 아들이자 제자가 된 것이다. 언젠가 그는 아버지의 혁신적인 발명들을 초라하게 만드는 논문들을 쓰게 될 것이다. 혁근이 너무나 간단하고 당연하게 삶을 개척해나가고 있기 때문에, 옆에서 지켜보는 나에게는 서울대가 예약만 하면 누구나 들어갈 수 있는 레스토랑처럼 느껴졌다. 그러나 빠르게 나아가는 그의 삶과는 다르게 우리의 음악은 별다른 진전이 없었다. 나는 지지부진한 상황이 계속되다가 우리의 음악적 열정이 결국 사그라질까 봐 초조했다.

"내가 생각해도 그건 문제야."

상연이 나를 거드는 추임새를 넣었다. 그러는 동안에도 그의 그림은 점점 형체를 알아볼 수 없을 만큼 변해갔다. 혁근은 말이 없었다. 우리가 침묵하는 동안 음악은 절정을 향해 치달았다. 혁근이 노래 가사를 따라 불렀다.

I live and die for Hip Hop.
This is Hip Hop of today.

I give props to Hip Hop

so Hip Hop Hooray!*

힙합을 위해 태어나 그것을 위해 죽는 것.

이 시대의 힙합이란 그런 거야.

내가 힙합의 주춧돌을 놓게 되리니,

힙합이여 만세! 만세!

음악이 지나간 뒤 혁근은 말했다.

"나는 음악을 위해 삶의 나머지 부분을 희생할 준비가 되어 있어. 대학이 너와 나를 갈라놓지는 못해."

"개소리하지 마. 대학을 갈라놓을 수 있는 건 이 세상에 아무것도 없어."

"날 좀 믿어봐."

그래서 나는 그를 믿기로 하고 고백했다.

"그럼 어디 보여줘봐. 크립에 오디션을 신청했어. 이번 주 토요일 오후에 공연을 하게 될 거야. 진짜 공연을 말이야."

대단히 호들갑스러운 한 주였다. 팀을 결성하고 한 달 동안 한 것보다 더 많은 일들을 저질렀다. 잡음이 적은 환경에서 음악을 다시 녹음하고, 랩이 들어갈 16마디와 후렴구가 들어갈 길을 구성했

---

* Naughty By Nature, 「Hip Hop Hooray」

다. 드디어 랩처럼 들리는 가사들이 나오기 시작했다. 혁근은 이것을 '파킨슨 법칙'의 훌륭한 선례라고 말했다. 파킨슨이라는 학자에 따르면, 인간은 주어진 일의 대부분을 제한 시간이 다다랐을 때 하게 된다는 것이다. 혁근은 이렇게 표현했다.

"머리 위로 벽돌이 떨어질 때는 앉은뱅이도 일어나 걷게 된다는 거야."

파킨슨이 옳았다. 남은 시간이 줄어들수록 가사를 쓰는 속도가 점차 증가하더니, 마치 방학 숙제처럼 오디션 하루 전에 작업이 끝났다. 아직 우리가 갖추지 못한 것은 패션뿐이었다. 우리는 함께 나가 오디션에서 입을 옷을 쇼핑했다. 탈의실에서 랄프로렌을 벗고 노란색 후드티로 갈아입은 혁근은 거울 앞에서 중얼거렸다.

"너무 촌스러운 거 아니냐?"

"실험실 가운을 입고 올라가도 다들 열광할걸? 퍼포먼스만 성공한다면."

나는 혁근을 솜씨 좋게 달랬다. 혁근은 "정말 그럴까?"라며 흔들리기 시작했다.

"내일 그곳에서 네가 제일 멋질 거야."

나는 과한 거짓말로 화답했다.

아이처럼 좋아서 어쩔 줄 몰라 하는 혁근과 헤어져 집에 들어서니 평소와는 다르게 거실이 환히 밝았다. 어머니는 거실 소파 위에 쓰러져 있었다. 깨끗이 치워진 탁자 위에는 이걸 좀 보라는 듯이 문서 한 장이 덩그러니 놓여 있었다. 근엄한 활자들이 질서 정연하게 폼을 잡고 있는 법률 문서였다. 문서의 서두에 커다랗게 인쇄된 '합의이혼 의사확인서'라는 제목만이 두 눈에 들어왔다. 방에 들어가 새로 산 옷을 입어볼 생각에 빠르게 두근거리던 심장이 그 자리에서 멎어버렸다.

"이혼?"

어머니는 천천히 눈을 돌려 나를 쳐다보고는 고개를 끄덕였다. 당장이라도 눈물을 쏟아낼 것처럼. 어머니의 모습을 보자니 되레 분노가 치밀었다. 동정과 위로를 구걸하려고, 상처 받은 자신의 마음을 그런 식으로라도 수습해보려고, 어머니는 오늘 나를 상대로 극적인 쇼를 연출했다. 어머니는 나 역시 마음의 준비를 할 시간이 필요하다는 사실을 무시해버렸다. 그 대신 으스스한 법률 문서를 눈에 잘 띄도록 탁자 위에 올려놓은 채, 집으로 돌아오는 아들을 기다리는 최악의 방법을 택한 것이다.

"내가 눈치 채기 전에 잘도 해치워버렸네……. 아빠는? 아빠는 어디에 있는데?"

나는 다급하게 물었다. 당장이라도 두 사람의 손을 잡아 화해의 악수를 시킬 것처럼.

"너희 아빠는……."

어머니가 말을 마치지 못하고 울음을 삼키며 고개를 가로저었다.

'그게 무슨 뜻이야?'

머릿속이 바쁘게 돌아갔다. 어머니에게는 나를 경제적으로 부양할 능력이 없고, 아버지에게는 나를 경제적으로 부양할 의무가 없다. 나는 올해 4월 생일을 기점으로, 법률이 정한 성인이 되었다. 그것은 내가 가정 파탄에서 비롯된 경제적 문제들에 대해 어떠한 법적 보호도 기대할 수 없는 처지가 되었다는 의미다. 아버지에게 그것은 해방의 신호였을 것이다. 부모님이 굳이 지금 이 시점에서 갈라서는 것을 우연이라고 생각하고 싶지 않았다. 나는 함정에 빠진 것이다.

나는 플레이스테이션이나 시디 플레이어를 사기 위해서가 아니라, 목숨을 연명하기 위해 새벽부터 신문을 팔고 밤에는 편의점에서 아르바이트를 해야만 하는 상황은 상상조차 해보지 않았다. 그런데 갑자기 그게 나의 유력한 미래가 됐다.

"왜 지금까지 나한테 한마디 말도 하지 않았어? 어떻게 이럴 수가 있어!"

어머니는 대답을 준비하지 않았다. 조용히 울먹일 뿐이었다. 하지만 어머니를 동정할 여유는 없었다. 이미 장애물들로 포화 상태인 내 삶에 이렇게 창의적인 방법으로 시련을 만들어 보태신 신의 능력에 감탄하면서, 나는 구차한 미래가 머릿속을 가득 채우도록 내버려두었다.

4

혁근과 함께 크립을 향해 가는 지하철 안에서, 나는 몇 번이나 집으로 그냥 돌아가자고 말하려 했다. 지난밤 내 인생은 돌이킬 수 없는 파국에 직면한 느낌이었다. 부모님이 내 삶의 실패를 합의한 것만 같았다. 이런 방식으로 성인이 되고 싶지는 않다.

"겁에 질렸구나. 우황청심환?"

혁근이 읽던 책을 덮고 주머니에 손을 집어넣으며 물었다.

"아니."

"얼굴이 새파란데?"

"지금 공연이 문제가 아니야."

"공연이 문제가 아니라고? 난 그 문제를 머릿속에서 털어내려고 혼신의 힘을 다하고 있는데."

혁근이 읽던 책을 흔들어 보였다. 표지에 '선형대수학'이라고 적혀 있다. 혁근과는 달리 세상 사람들은 그런 책을 머릿속에서 털어내기 위해 공연을 보러 간다.

"솔직히 말해봐. 쫄았지?"

갑자기 모든 것을 쏟아내고 싶은 충동을 느꼈다.

"그래, 쫄았다. 부모님은 어제 이혼하기로 했고, 난 앞으로 어떻게 살아야 할지 궁리해야 하니까. 젠장, 이제 공연하다가 바지가 벗겨지든 마이크가 폭발하든 아무 상관없어."

혁근은 믿을 수 없다는 표정을 지었다. 할 말이 떠오르지 않아 고통스러워하는 모습이었다. 그리고 나는 위로받지 않을 자신이 있었다. 오혁근은 낙관적인 이상주의자이지만, 그것은 그가 이상적인 세계에 살고 있기 때문이다. 혁근은 내가 속한 세계의 존재가 아니었다. 오늘처럼 그 사실이 분명했던 적은 없었다. 나는 비아냥거렸다.

"내 우황청심환은 부모님의 이혼이야. 벌써 세상 모든 것에 무감각해졌어. 소울트레인*에 나가도 떨지 않을 거야."

공연 시작이 두 시간이나 남아 있었는데도 클럽은 부산스러웠다. 엔지니어로 보이는 사람이 DMX를 틀어놓고 음향을 점검하고 있었고, 화려한 옷을 입은 공연자들이 음악에 맞춰 랩을 하면서 몸을 푸는 중이었다. 어떤 사람은 왼손으로는 마이크를 쥔 흉내를 내고 오른손으로는 군중을 지휘하는 시늉을 하며, 자신이 데뷔하자

---

* 　1987년 시작된 가장 권위 있는 흑인음악 시상식

마자 플래티넘 앨범*을 팔아 제친 DMX가 된 듯한 착각에 빠져 있었다. 언더그라운드에서는 이미 전설이 되어버린, 크립의 메인 MC이자 힙합계의 노친네인 '가리온'의 메타도 보였다. 메타는 허리를 굽힌 채 마이크 줄을 정리하고 있었다. 그가 아름답게 정리한 저 마이크 줄을 헝클어뜨리면서 많은 사람들 앞에서 랩을 해야 한다고 생각하니 공포가 밀려들었다. 어제 저녁 연습에서 열여섯 마디 가사 중 일곱 군데를 틀렸다. 소울트레인에 나가도 떨지 않을 거란 말은 허풍이다. 긴장한 탓에 헛구역질이 다 난다.

"자네들인가? 오늘 오디션을 보기로 한 그룹이?"

누군가 우리를 발견하고 다가왔다. 그의 날카롭게 치켜뜬 눈을 마주하자 본능적으로 목소리가 기어들어갔다. 나는 간신히 고개만 끄덕였다.

"내가 클럽 주인 '머니'다. 리허설 한번 볼까?"

그는 '머니'라고 불렸다. 나는 뭔가 숨겨진 깊은 뜻이 있을 거라고 믿고 싶었다. 혹시 불어나 스페인어에 '부조리에 대항하는 자'라는 뜻을 담은 '머니'라는 단어가 있을지도 모르니까. 하지만 그의 클럽은 눈부신 속도로 성장하고 있었고, 그는 자기 이름대로 많은 돈을 벌어들였다.

"MR** 시디 가져왔나?"

혁근이 머뭇거리며 테이프를 내밀었다.

＊　　100만 장 이상 판매된 음반

＊＊　　Music Recording의 약자. 반주가 담긴 매체

"시디는 아니고 테이픈데요."

"테이프? 너희가 무슨 크리스 크로스(Kris Kross)야? 요즘 테이프로 공연하는 놈들이 어디 있냐?"

여기요. 게다가 거기 들어간 드럼 비트는 책상을 두드리는 소리고요.

머니가 혁근의 손에서 테이프를 낚아챘다. 전능한 혁근조차 완전히 주눅이 들었다. 나는 우리가 무대 위에서 3분을 채우지 못하고 내쫓길 거라고 확신했다.

"기존 공연자들이 너희 무대를 참관하고 1차 오디션을 한다. 공연자 전원이 동의하면 오늘 저녁 첫 무대를 뛸 수 있다. 난 관객들의 반응을 보고 나서 너희를 이곳에 매주 출연시킬지 영원히 발도 못 들이게 할지 최종적으로 결정할 것이다. 준비됐나?"

그는 군인 같은 말투로 빠르게 말했다.

나는 속으로만 '네, 알겠습니다!'라고 외치고서, 혁근과 함께 단두대를 올려놓아도 전혀 어색할 것 같지 않은 무대 위로 올라갔다. 무대 중앙에 다다르지도 않았는데 스피커가 무자비하게 혁근이 책상을 두들긴 소리를 뿜어냈다. 객석에서는 '가리온', 'Who's the man', 'Side B' 같은 쟁쟁한 그룹의 래퍼들이 무대 위의 신참들을 조금도 신경 쓰지 않고 잡담을 나누었다. 그중 한 명이 무대 위로 스치듯 시선을 던져주고서는, 피식하는 코웃음을 터뜨리며 오디션의 주목적인 잡담을 하러 되돌아갔다. 차라리 음악이 끝날 때까지 그들이 잡담이나 계속했으면 좋겠다.

'그러면 운 좋게 오디션에 합격할지도 몰라.'

150번 반복될 나의 피아노 루프가 혁근의 드럼을 따라 나오고, 상연이 연주한 베이스 루프가 막다른 곳으로 나를 인도했다. 이제 숨 한 번 쉬고 나는 랩을 들어가야 한다. 머릿속이 하애져서 첫마디 가사조차 생각나지 않았다.

정신을 차리고 보니 혁근이 자기 파트의 랩을 하고 있었다. 나는 내가 맡은 열여섯 마디를 입 밖으로 내놓기는 했다. 그게 가사였는지는 모르겠지만. 나는 이미 단 한 구절도 기억하지 못했다.

혁근은 훌륭하게 자기 몫을 해내고 있었다. 전혀 떨고 있는 것 같지 않았다. 눈은 똑바로 관객석을 향했고 준비해 온 손의 율동도 정확했다. 무엇보다 유순한 얼굴로 내뱉는 파괴적인 플로우*가 귀를 사로잡았다. 무대 위에서는 무엇을 말하는가보다 어떻게 말하는가가 더 중요하다. 그래서 그는 성공하고 있었다.

오디션 심사를 맡은 뮤지션들 중 몇 명이 잡담을 멈추고 흥미롭다는 듯 혁근을 주시했다. 나는 혁근이 랩에도 재능이 있다는 사실을 깨달았다. 나에게는 리튬 폴리머 전지를 발명할 재능이 있었다면 좋았을 텐데.

혁근의 랩 파트가 끝나고 브릿지에 들어갈 때 갑자기 음악이 꺼졌다. 당황하여 눈치를 살피고 있는데 머니가 과장된 태도로 박수를 치면서 무대 가까이 다가왔다.

"아주 훌륭해. 여기서 공연하고 싶었나? 진심으로? 오늘 관람은 무료로 해줄 테니 두 번 다시 오디션을 볼 생각은 하지 마라."

---

* 가사를 읊을 때의 율동감

모욕감 따위는 결코 느끼지 않았다. 대신 무대 위에서 드디어 내려올 수 있게 된 것에 감사하며, 안도의 한숨을 길게 내쉬었다.

패잔병처럼 축 늘어진 채 클럽을 빠져나오는데, 누군가 우리 뒤를 따라 뛰어왔다.

"손아람!"

나는 2초도 되지 않아 이하윤을 알아보았다. 하윤은 내가 여의도에서 초등학교를 다니던 시절 나와 가장 친했던 친구였다. 그때 그와 나는 샴쌍둥이처럼 항상 붙어 다녔다. 내가 중학교 때 이사를 한 이후에도 꾸준히 만났지만 그 횟수는 점점 뜸해졌고, 고등학교에 올라온 이후로는 단 한 번도 보지 못했다.

못 보던 3년 사이 그는 아주 멋지게 성장했다. 매력적인 속쌍꺼풀과 그 아래 반짝이는 눈, 호리호리하면서도 균형 잡힌 몸, 건강하고 흠 없는 피부. 키가 작고 몸이 약하던 어릴 적 이하윤은 예나 지금이나 영리해 보이는 미소에만 화석처럼 남아 있을 뿐이다.

"이야, 여기서 만나다니!"

"그래, 네가 무대 위에서 고난당하는 모습 덕에 즐거웠다!"

순간 억누른 수치심이 마음 깊숙한 곳에서 기어 나왔다. 나는 얼굴이 빨개져서 물었다.

"너도 여기서 랩 하나?"

"아니. 아는 형이 여기서 공연을 해. 전에 나한테 써달라고 부탁한 곡을 주려고 왔어."

하윤의 어머니는 피아니스트였다. 그는 초등학교 때부터 어머니가 정한 시각에 하루 여섯 시간씩 피아노를 쳤다. 그것은 지옥이

나 다름없는 생활이었다. 나는 죄수가 어머니로부터 탈출하도록 도운 적이 있었다. 그다음 날 하윤은 학교에 등교하지 않았다. 나는 그가 밀린 교습 시간을 채우기 위해 열두 시간 동안 피아노를 쳐야 하기 때문에 학교에 나오지 못하는 것이라고 추측했다. 그러니 지금 그가 작곡을 하고 있는 것은 별 놀랄 일도 아니었다.

"우리 많이 처참했냐?"

"랩은 나쁘지 않았어. 음악이 문제였지. 대체 그걸 누가 썼어?"

나는 혁근과 시선을 교환하며 잠시 망설이다가 어정쩡하게 대답했다.

"뭐 이런저런 사람들이. 우리 음악이 그렇게 이상했냐?"

"너희 랩이 끝날 때까지 머니가 참고 음악을 들어준 것도 대단히 신사적인 행동이었지."

음악을 만든 사람이 내가 아니라고 판단하자 하윤은 신랄해졌다. 그러나 혁근을 향해서는 당근을 던져주었다.

"랩을 정말 잘하시던데요. 그렇게 하는 사람은 처음 봤어요."

근처 맥줏집으로 자리를 옮겨 앉은 후 혁근과 하윤을 소개했다.

"동갑이니까 말은 놔라. 하윤, 먼저 네 얘기를 해봐. 너희 어머니가 결국 너를 작곡가로 키워내버린 거구나."

"뭐, 그냥 아는 사람들한테 곡을 써주고 있어. 돈 받고 하는 건 아니니까 작곡가라고 말하기는 그렇고……."

하윤은 고등학교에 들어가자마자 거의 필연적으로 밴드부의 영웅이 되었다. 그는 밴드에 필요한 모든 종류의 악기를 자기 몸처럼 다룰 수 있었고, 고등학생이 들을 만한 모든 장르의 음악을 작곡할 수 있었다. 그래서 악보를 실수 없이 완주하기만 해도 열렬한 환호를 받던 시시껄렁한 고교 밴드부가 화려하게 부활했다. '하윤의' 밴드는 '하윤의' 음악을 들고 연습실에서 학교 축제로, 학교 축제에서 외주 공연으로 그 영역을 넓혀나갔다. 지역에서는 모르는 학생들이 없을 만큼 유명해졌다.

당시 음반업계에는 H.O.T.가 시장을 한바탕 독식하고 난 후 틴에이지 그룹 열풍이 불고 있었다. 방송국과 음반기획사가 운집한 여의도를 무대로 활동하는 완벽한 미모의 음악 신동이 업자들의 눈에 띄지 않을 리 없었다. 하윤은 최근 한동안 공중파를 점령해버린 틴에이지 그룹이 기획될 때 '특채'로 선발되었다. 오디션도, 신체검사도, 지참금을 준비하라는 허풍도 없었다. 회사는 그가 찾아오자마자 계약서를 내밀었다.

그런데 전속 계약을 맺은 지 한 달이 못 되어 회사는 그에게 춤을 배울 것을 요구했고, 하윤은 당당히 거부했다. 지루한 줄다리기를 하던 중 매니저가 갑자기 그에게 숙소를 떠나 집에서 잠시 쉬라고 명령했다. 매니저는 그 이후 연락을 하지 않았다. 한 달 후 하윤이 매니저에게 전화했을 때, 매니저의 첫마디는 "이제 춤을 배울 거냐?"였다.

"그래서 내가 대답했지. 좆 까."

나는 그가 실제로 그렇게 말했으리란 것을 조금도 의심하지 않았다.

"그래서, 지금은 힙합 음악을 쓰고 있는 거야?"

혁근이 호기심에 가득 찬 표정으로 물었다. 나도 그게 궁금했다.

"아니, 꼭 힙합만 쓰는 건 아냐. 주변 사람들한테 전에 만들어둔 습작들을 그냥 넘기고 있어. 직업적으로 하는 일은 아니야."

"직업적으로 해볼 생각은?"

너무 성급했나? 도저히 마음을 숨길 수가 없다.

"나보고 직업적으로 힙합을 만들라고? 내가 힙합으로 방송이라도 타는 날엔 엄마가 날 죽일 거야."

혁근의 눈에 실망이 가득 드는 것을 보았다. 나는 혁근보다 두 배 더 실망했다.

"그럼 다음에 만나서 네가 만든 음악이나 한번 들어보자. 전화번호 불러."

하윤이 휴대폰 번호를 주었다. 우리는 잔을 들어 건배했다. 무슨 일이 있어도 하윤에게 음악을 받아내야 했다.

이혼 수속이 진행되는 동안 나는 아버지의 얼굴을 보지 못했다. 아버지는 더 이상 집에 들어오지 않았다. 나는 아르바이트를 하기로 결심했다. 혁근은 이미 과외 일자리를 얻었는데, 일주일에 여덟 시간 일하고 월 100만 원이 넘는 돈을 벌어들였다. 현재 언더그라운드의 래퍼 중 가장 많은 돈을 벌고 있는 게 아닐까. 과외만큼은 아니겠지만, 혁근은 나에게 적게 일하고 많은 돈을 벌 수 있는 직종을 추천해줄 수 있을지도 모른다. 나는 혁근의 과외가 끝날 시간인 밤 열한 시경까지 기다리다가 휴대폰으로 전화를 걸었다.

"여보시오."

저음인 혁근의 목소리보다 훨씬 묵직하고 낮은 톤의 목소리가 울려 나왔다. 나는 목소리의 주인공이 누군지 짐작하고 당황했다.

"여보시오. 누구시오?"

첫마디를 넘어서자마자 목소리는 성화를 냈다.

"저는 혁근이 친구……."

"이렇게 늦게 전화하는 건 예의가 아니다. 우리 집은 밤 열 시 이후에는 전화를 안 받는다."

"저는 혁근이 휴대폰으로 전화한 건데요……."

"집 안에 있는 전화기는 다 안 돼. 밤 열 시 이후로는 안 된다."

리튬 폴리머 전지 냄새. 서울대 공대생들을 무생물처럼 쥐고 흔드는 무소불위의 권력자가 떠오른다. 그냥 끊긴 줄 알았는데 수화기에서 혁근의 목소리가 들려왔다.

"미안해. 집에 오면 전화기를 진동으로 해둬야 하는 건데."

'너희 아버지는 밤 열 시가 넘으면 전화선을 모두 빼놓냐?'라고 농담을 하려다가 그만두었다.

"왜 전화했어?"

"아르바이트가 필요해서. 일은 적고 보수는 센 거."

"그런 게 어디 있냐? 일한 만큼 버는 거지."

"하긴, 주당 여덟 시간 일하고 100만 원도 넘게 버는 일 같은 건 세상 어디에도 없겠지? 치과의사인 우리 외삼촌도 그렇게는 못 벌 테니까."

순간 울컥해서 공연히 비아냥거렸다. 혁근은 별 동요 없이 소개해줄 일자리가 있는지 상연에게 물어보겠다며 전화를 끊었다. 다음 날 학교 뒤 소각장 연습실에서 우리는 상연을 만났다.

"수수료는?"

상연은 보자마자 히죽 웃었다.

"젠장, 내가 랩 음반을 내고 300억쯤 벌면 50억을 떼 주마. 됐냐?"

"왜 이렇게 신경질적이야? 진정하라구."

"어떤 일이야?"

"우리 제니아 애들이 다니는 음악 학원이 있어. 우리가 그 학원에 수강생을 몰아주고, 대신 학원에서는 좋은 조건의 아르바이트 자리를 제공해줘."

"조건은?"

"휴일 없이 하루 여섯 시간씩. 월급 60만 원. 근무 시간은 협의해서 조정할 수 있고, 일하는 기간 동안은 악기와 연습실을 마음대로 사용해도 돼. 장학금만큼 기적 같은 조건이야."

중학교 때 친구 따라 멋모르고 신문을 돌려본 것을 제외하면, 여태껏 난 제대로 된 아르바이트를 해본 적이 없었다. 그래서 의심스럽게 물었다.

"그게 좋은 조건이야?"

혁근이 머릿속에서 금세 계산기를 굴리더니 말했다.

"시급 3,333원이야. 소수점 반올림해서. 평균 수준 이상의 급여야."

상연이 설명했다.

"나도 밴드 애들 일하는 걸 봤는데 아주 널널해. 서로 차지하려고 난리지. 너를 위해서 2학년 애 하나를 빼야 하니까 고민 따위 하지 마."

순간 나는 혁근에게 '차라리 시급 3만 원이 넘는 네가 그중 3천 원씩만 나한테 떼어 주는 게 낫겠어!'라는 말을 하려다 간신히 삼켰다. 요즘 혁근은 나의 소비를 죄다 대신해주고 있었기 때문에, 나는 그에게 봉급을 받고 있는 처지나 다름없었다. 상연의 말대로 나는 고민해서는 안 되는 처지였다.

"맥도날드 애들이 햄버거 패티 쥔 손을 끓는 기름에 집어넣을 때마다 널 부러워할걸? 아르바이트에도 엄연히 계급이란 게 있다구."

상연은 자신이 고용주라도 되는 것처럼 껄껄 웃으며 내 등을 두드렸다.

구로구에 위치한 '진호실용음악아카데미'는 당장이라도 무너질 듯 표면이 갈라진 작은 건물 2층에 있었다. 80년대에 유행하던 구식 폰트로 학원 이름을 새긴 간판은 원래 흰색 바탕이었지만, 심하게 때가 타서 갈색 글자보다 더욱 진하게 변색되었다. 2층으로 올라가 무거운 철제문을 밀자 공포 영화에나 나올 법한 문소리가 났다.

그러나 실내는 넓고 쾌적했다. 합주실이 여섯 개 정도 되었는데 로비부터 '록키드'들이 북적이고 있었다. 기대하지 않았던 광경이었다. 어리둥절한 표정으로 내 직장이 될 장소를 둘러보고 있는데

낯선 남자의 목소리가 나를 불러 세웠다.

"등록하러 오셨습니까?"

근육이 터져서 튀어나올 것 같은 팔뚝을 지닌 남자였다.

"아니요, 아르바이트 자리 때문에요."

"아, 손아람 학생? 이쪽으로 오세요."

남자가 나를 빈방으로 이끌었다. 내게 의자에 앉으라고 권하더니 테이블 너머로 명함을 내밀었다. 학원 로고가 명함의 절반을 차지하는 바람에 '실장, 기타리스트 최성권'이라는 문구가 한쪽 구석에 힘없이 찌그러져 있었다.

"제니아에서 맡고 있는 악기는 뭐죠?"

예상치 못한 질문이었다. 나는 자신 없는 목소리로 대답했다.

"저는 제니아가 아닌데요."

"네?"

"저는 제니아의 베이시스트였던 상연이 추천으로 왔어요."

"아…… 그럼 음악 경력은?"

더욱더 자신이 없어졌다. 애매하게 말을 돌려볼까 하다가 계속 추궁할 것 같아 정직해지기로 결심했다.

"없는데요."

"없다고요?"

근육남은 표정을 일그러뜨렸다. 나는 기어들어가는 목소리로 사태를 수습하려 했다.

"조그마한 팀 하나를 하고 있어요."

나는 '조그마한'이라는 형용사를 사용하자마자 후회했다. 그것은 수식을 받는 명사에 불완전한 요소가 있다는 것을 암시하는 표현이었다. 역시 최 실장은 그 부분을 놓치지 않고 집요하게 캐물었다.

"조그마한 팀? 무슨 음악을 하는데요?"

드디어.

곤란한 대목에 이르렀다.

"힙합입니다."

"힙합을 한다고?"

최 실장은 노골적으로 적대감을 드러냈다. 반말까지 튀어나왔다.

"춤추고 그런 건 아니고요…… 랩을 해요…….."

내 말은 이미 중얼거림으로 잦아들었다. 최 실장은 경계심 가득한 표정으로 나를 위아래로 훑었다.

"학생."

"예."

"우리는 경제적인 어려움을 겪는 연주자들을 위해 특별히 이 일자리를 제공하는 겁니다. 우리는 일자리를 단지 직원 채용이 아니라 가난한 음악인들을 위한 일종의 사회 환원이라고 생각하고 있어요."

가난한 음악인들을 휴일 없이 하루 여섯 시간 근무시키는 게 사회 환원이라고?

"제니아에서 왜 학생을 추천했는지 잘 모르겠네요. 학생은 이 학원에서 일하기 적합하지 않은 사람이라는 생각이 듭니다."

그는 스타카토를 넣어서 또박또박, '적합하지 않은 사람'이라고 발음했다. 나는 의과대학에 면접을 보러 온 것이 아니었다. 이렇게 비참한 기분을 느끼지 않을 권리가 있었다. 의자를 거칠게 밀고 일어났다. 그러자 하루 열 시간씩 맥도날드에서 햄버거 패티를 굽는 내 모습이 떠올랐다. 나는 즉시 최 실장의 굵은 팔뚝을 와락 끌어안고 비굴하기 짝이 없는 목소리로 일을 하게 해달라고 애원했다.

나는 부모님의 이혼까지 들먹이고 싶은 유혹을 가까스로 이겨냈다. 어차피 그럴 필요는 없었다. 최성권 실장은 마음이 무른 사람이었다. 내가 팔을 붙잡고 흔든 지 5초 만에, 그의 눈빛이 흔들리기 시작했다.

내 일은 새로운 방문객들을 문서로 등록시키고, 사용 중인 연습실과 녹음실을 체크하고, 전화로 시설 사용 예약을 받는 것이다. 업무는 하나같이 간단해서 따로 교육을 받을 필요조차 없었다. 첫날 일을 마치고서 내가 아주 굉장한 일자리를 꿰찼다는 사실을 깨달았다. 나는 일하는 내내 앉아 있을 뿐만 아니라 여섯 시간 중 최소한 절반은 할 일이 없었다. 제니아 애들이 왜 이 일을 얻으려고 난리인지 이해할 수 있었고, 이 일을 하는 데 왜 음악 경력이 필요한지 이해할 수 없었다.

실장인 최성권은 올해 서른여섯 살로, TV토크쇼의 막간을 연주하는 밴드의 기타리스트였는데 우연히 진호실용음악학원 원장인 김진호의 눈에 띄었다. 최 실장은 보기만 해도 기가 질리는 울퉁불퉁한 육체의 소유자다. 단백질을 모두 근육에 빼앗긴 탓인지 마음은 어린아이처럼 말랑말랑했다. 그는 원장의 절대적인 신임을 받았다. 사실상 학원 경영을 책임지고 있기 때문에, 그가 내 편으로 돌아선 것은 천만다행이다. 최 실장은 어차피 자신은 학원에 상주한다면서, 주당 근무시간을 채울 수만 있다면 원하는 때에 출근해 일하고 원하는 날에 쉬어도 상관없다는 터무니없는 제안을 했다. 그 말을 듣는 순간 나는 이 일자리가 사회에 대한 환원이라는 그의 주장에 완전히 동의하게 되었다.

최 실장은 유머에 반응하는 감각이 내가 본 사람들 중에서 가장 예민했다. 별 볼 일 없는 농담 한마디에도 그는 발작하듯 자신의 거대한 근육들에 경련을 일으켰다. 나와 금방 친해진 그는 학원에 대해 이런저런 이야기를 들려주었다.

"원장 선생님은 이 바닥에서 유명한 분이야. '샘 리' 알지? 원장 선생님이 그분 스승이야. 이 학원은 전적으로 선생님의 이름으로 운영되고 있어. 그런데 정작 그분은 학원에 거의 나타나지 않아. 대단히 바쁘시거든."

"무슨 일을 하시는데요?"

"기본적으로는 외주 세션을 한다고 말할 수 있겠지. 매해 원장님이 세션을 맡는 음악은 한국에서 발매되는 음반 수만큼 많지. 하지만 주요 수입원은 다른 데 있어. 그분은 데뷔 준비 중인 밴드나, 음악을 패션으로 여기는 부잣집 도련님들을 기술적으로 조련하는 일을 독점하다시피 하지. 음반을 낸 밴드는 모두 선생님 손을 거쳤다고 봐도 돼. 아마 선생님은 매달 순소득만 3천만 원이 넘을걸?"

최 실장의 얼굴에 코피를 뿜어낼 뻔했다. 3천만 원이라고? 매달? 내 인생에 처음으로 진짜 부자라고 할 만한 사람이 나타났다. 랩을 때려치울 테니 기타를 가르쳐달라고 조를까 하는 생각마저 든다. 최 실장은 그런 반응이 내가 처음은 아니라는 듯 미소를 지었다.

"원장 선생님께는 절대로 힙합 이야기 꺼내지 마. 민주노동당, 오페라, 힙합을 증오하는 분이야."

"오페라와 힙합이 무슨 잘못을 했나요?"

나는 농담을 하고 있는 게 아니었다. 그러나 최 실장은 한참 넋 놓아 웃더니 농담으로 맞받아쳤다.

"오페라와 힙합에도 기타 소리가 들어간다면야 모르지. 그게 원장님 밥벌이니까."

그렇게 말하고 최 실장은 다시 껄껄 웃어 젖혔지만, 나는 사실 기분이 별로 좋지 않았다. 그럼 민주노동당은 대통령 후보로 기타리스트를 내야 했단 말인가?

통근 시간을 포함해 여덟 시간 정도를 베어내자 하루가 매우 짧아졌다. 겨울방학이 시작된 후부터 오후 한 시에 일어나는 동면기를 시작했으므로 깨어 있는 시간의 대부분을 학원에서 보냈다.

나는 일을 시작한 지 보름도 지나지 않아 잔꾀를 냈다. 최 실장의 묵인 아래 주말만 열두 시간씩 일하고, 월요일과 화요일에 조금 무리를 하니까 주 3일의 귀중한 자유 시간을 확보할 수 있었다. 아르바이트 업무의 대부분은 앉아서 수강생들을 기다리는 일이었으므로, 근무시간을 어떻게 쓰더라도 과로나 태업 같은 것은 하려야 할 수가 없었다. 사실상 내가 받는 보수는 학원 입구를 지키고 앉아 있는 시간에 대한 대가였다.

내 얼굴 한 번 보지 못한 채 월급을 지불하는 원장에 대해 죄책감이 밀려오는 순간도 있었지만, 나는 그가 한 달에 3천만 원 이상을 번다는 사실을 떠올리며 찜찜한 기분을 떨어냈다. 내 시급이 만 번 모여야 그의 월수입이다. 통장에 만 원이 있다면, 거기서 1원 정도가 자신도 모르게 불우한 친구의 지갑으로 흘러 들어간들 누가 분노하겠는가?

가장 중요한 것은 음악 할 시간을 확보하는 것이었다. 자는 건 그다음으로 중요하다. 그러므로 내가 양보할 수 있는 것은 충실한 직장 생활뿐이다. 나도 언젠가는 양심적인 직장 생활을 하게 될 것이다. 아직까지는 그것이 지금이어야 할 어떠한 이유도 발견하지 못했다.

1월 말경, 아르바이트가 비는 금요일을 이용해 혁근과 함께 하윤을 찾아갔다. 하윤은 초등학교 때부터 죽 여의도 63빌딩 앞에 있는 낡은 아파트에 살고 있었다. 63빌딩의 거대한 그림자 아래서 볕들 날 없이 기울어가는 아파트의 몰골은 비장미가 느껴질 정도다. 하지만 고층으로 올라갔을 때 한강이 파노라마처럼 펼쳐지는 전망만큼은 굉장했다. 어린 시절 하윤과 나는 천체 망원경으로 강 건너편 용산구 사람들의 사생활을 훔쳐보곤 했다.

초인종을 누르자 하윤의 어머니가 문을 열어주었다.

"아, 기억난다. 오랜만이구나."

그녀는 초등학교 친구인 내가 온다는 말을 미리 들었는지 반갑게 인사했다. 혁근의 얼굴을 바라보면서.

혁근과 나는 상황을 정정하지 않고 하윤의 집으로 입성했다. 거실에는 소년 이하윤을 고문하던 낡은 피아노가 10년 전 그 자리 그대로 버티고 있었다. 피아노는 10년 전에도 충분히 낡아 있었다.

하윤은 자기 방에서 고개를 내밀지 않았다. 어머니가 손가락으로 가리킨 하윤의 방에서 쿵쾅거리는 친숙한 음악이 흘러나왔다. 그의 어머니가 좋아하지 않는다는 음악, 그러나 나의 삶을 사로잡은 종류의 음악이. 문을 벌컥 열어젖히자 하윤이 헤드폰을 벗어 내렸다. 방 안은 전자제품과 악기들로 발 디딜 틈이 없었다. 혁근이 감탄사를 토했다.

"우아, 이게 다 뭐야. 스튜디오 같잖아."

나도 마음속으로 같은 생각을 했다.

벌집처럼 구멍이 잔뜩 뚫린 콘솔, 얽히고설킨 수십 개의 라인, 2단 계단을 이루고 있는 신디사이저, 바닥을 뒤덮은 시디들.

컴퓨터 모니터 화면에는 케이크워크 미디시퀀서*의 창들이 어지럽게 떠 있었다. 내 시선은 옷걸이에 옷을 걸듯 벽에 걸어놓은 여러 종류의 기타들을 향했다. 모든 광경이 내가 꿈꾸던 진짜 뮤지션의 작업실 모습과 들어맞았다.

여전히 음악이 시끄럽게 울리는 가운데 하윤은 가까이 다가오

---

* 전자적으로 음악을 구성할 수 있도록 도와주는 하드웨어/소프트웨어적인 제어장치. 케이크워크는 90년대 유행한 소프트웨어적인 시퀀서이다.

라고 손짓을 했다. 그는 내가 10분쯤 뜸을 들이다 입 밖에 내려던 말을 바로 꺼냈다.

"잘 들어봐. 너희한테 주려고 만든 음악이야."

그냥 보통의 음악이었다. 흔히 듣는 힙합 음반에서 찾아볼 수 있는 보통의 좋은 음악. 책상을 두드리는 소리나 어설픈 피아노 반주 대신 샘플을 사용한 드럼비트와 신디사이저로 만든 화려한 화음들로 구성된 완벽한 보통 음악. 빌보드 차트를 채우고 있는 바로 그런 음악.

내 오랜 친구가 그런 보통의 음악을 만들 수 있는 존재가 되었다는 사실이 너무나 감격스러워서 나는 돌처럼 굳어버렸다. 혁근도 이 기적 같은 인연이 가져다준 선물에 놀랐는지 얼이 빠진 표정이었다. 나는 간신히 입을 뗐다.

"네 하드에 있는 음악 서너 개 정도만 좀 가져가자. 작곡비는 내년에 빌보드를 석권하고 돌아와서 줄게."

"해볼 만하겠는데! 너희는 관객 수용 능력이 백 명 정도인 클럽의 오디션에서도 떨어졌으니까."

"네 음악을 우리가 완성시킨다면 우리는 힙합의 신이라고 불릴 거야."

하윤은 코웃음 쳤다.

하윤의 어머니가 라면을 끓여주셨다. 고춧가루를 듬뿍 풀어 넣은 면 세 개가 담긴 냄비에는 고맙게도 달걀이 네 개나 들어 있었다. 우리는 허겁지겁 달려들었다.

"난 다음 달에 캐나다로 어학연수를 가."

하윤이 면발을 입에 넣은 채 아무렇지 않게 내뱉은 말 덕에 입맛이 뚝 떨어졌다. 나는 좀 더 구슬리면 하윤이 결국 우리와 팀을 이루게 될 거라 굳게 믿고 있었다.

"대학은?"

혁근은 하윤이 한국에 머물러야 하는 이유 하나를 금세 찾아냈다.

"시험 친 대학들은 다 떨어졌어. 내년에 실용음악과에 가기로 결심했어. 수능 점수는 지금 정도면 충분하니까 6개월 정도 다녀와서 실기를 준비하면 돼."

"실기가 그렇게 만만하냐?"

나는 거의 트집을 잡는 투로 물었다.

"야, 나는 평생 동안 실기 시험을 준비해온 사람이야. 손아람 네가 슈퍼마리오에 빠져 있던 시절 나는 뭘 했지?"

그때 그는 어머니에게 팔목을 붙잡힌 채 눈물을 짜며 피아노를 쳤다.

"젠장, 그럼 가기 전에 우리 음악을 한 300곡 정도만 써놓고 가라, 꼭. '투팍(2Pac)'의 엄마처럼 네 사후에도 계속 우려먹게."*

나는 짜증을 내면서 냄비 속의 달걀을 두 개나 꺼내 접시에 얹었다.

"그거보다 더 좋은 생각이 있어."

하윤이 뭔가를 제안하려고 하자 혁근이 귀를 쫑긋이 세웠다. 하

---

* 　1996년 총기 사고로 죽은 이후에도 2Pac의 음반은 한동안 계속 출시되었는데, 그의 어머니가 엄청나게 많은 수의 유작들을 품에 안고 평생에 걸쳐 2Pac의 음반을 출시할 것이라는 소문이 돌았다.

윤이 거실 구석에 팽개쳐진 '핫 뮤직(Hot Music)'이라는 음악 잡지를 가지고 왔다.

"창작 음악 공모전이 있어."

하윤이 책장을 펼쳤다.

총 상금 3천만 원.
문화관광부에서 수여하는 상패.
장르는 자유.
보컬 유무 상관없음.
악기 종류 제한 없음.
출품 기간 3월 1일까지.

별로 구미가 당기지 않았다.

"블루스를 써서 공모하려고 해. 입상하면 대학 입시에서 경력으로 인정해주거든. 나랑 같이 안 할래?"

"난 대학 안 가. 실용음악과라면 더더욱. 난 랩을 할 거란 말이야."

나는 하윤이 드러머이던 혁근을 낚아채 밴드라도 조직할까 봐 불안해졌다. 서울대 출신의 드러머! 어쩌면 이 교활한 녀석은 혁근에게 그걸 노리고 있는지도 모른다.

"너희는 랩을 해. 나는 음악을 쓰고. 블루스에 힙합 비트. 그리고 랩. 저런 데 나오는 심사위원들은 그런 걸 좋아하지."

"내가 아르바이트하는 학원 원장은 그렇게 생각 안 하던데?"

"난 하윤이를 믿어."

혁근은 이미 하윤 쪽으로 완전히 넘어갔다. 난 양복을 입은 사람들이 내 랩을 평가한다는 게 마음에 들지 않았다. 그건 음악적 도전이 아니라 면접과 비슷한 느낌일 것이다.

"너희는 이미 머니의 눈 밖에 났기 때문에 크립을 다시 뚫는 건 무리야. 여기에 공모하고, 입상한 다음 활동할 수 있는 길을 찾아봐."

마음에 들지는 않지만 그의 말이 옳다. 하윤이 말을 이었다.

"내 계획은 이래. 팀 대신 세 명 각자의 이름을 건 합작품으로 음악을 출품하자. 입상하면 상금은 삼등분하고. 각자 이름을 걸었으니까 모두에게 좋은 경력이 되겠지. 나는 입시에 그걸 활용하고, 너희는 어디 음반사에라도 내밀어. 음악은 너희한테 넘길게."

나는 마지못해 동의했다.

하윤이 일주일 내로 음악의 골격을 짜면 다시 모여 음악의 주제와 가사에 대해 논의하기로 했다. 나는 달걀 네 개 중 세 개를 먹어 치웠다.

다음 날 학원에 갔더니 처음 보는 남자가 내 자리를 차지하고 있었다. 40대 후반 정도로 보이는 남자였다. 나이에 걸맞지 않게 정수리 부근의 머리카락을 붕 띄운 데다 붉게 염색한 모습이었는데, 얼굴색도 만만치 않게 붉었다. 나는 단박에 그가 누구인지 알아챘다.

"뭐냐?"

그 말투에는 오랜 기간에 걸쳐 풍화된 경상도 억양이 여전히 남아 있었다. 나는 당당하게 대답했다.

"아르바이트생입니다."

"그럼 일해."

"그 자리에 앉아서 일해야 하는데요."

나는 그가 앉은 자리를 가리켰다.

"이거 웃기는 놈이잖아."

　그는 그렇게 말하면서도 자리를 내주었다. 그가 로비로 어슬렁어슬렁 걸어가자 마치 모세가 바다를 가른 것처럼 수강생들이 즉시 양쪽으로 비켜섰다. 최 실장이 부랴부랴 로비로 뛰쳐나와 그에게 넙죽 절을 하고서 내 쪽으로 다가왔다.

"저분이 원장님이셔. 인사했지?"

"제 자리에 앉아 있기에 당장 꺼지라고 말했는데요."

"뭐라고?"

　이번엔 진짜 농담이었는데 최 실장은 조금도 웃지 않았다.

"아니, 그냥 제가 오니까 저쪽으로 걸어가시더라구요."

"선생님 별명이 '수탉'이야. 성질 건드리면 넌 여기 다신 못 나온다."

　'수탉'이라는 별명이 성격 때문이 아니라 헤어스타일 때문에 붙은 것이라고 확신했지만 이의를 제기하지는 않았다.

　성격이 보통이 아닌 건 사실인 것 같았다. 벌써부터 가까운 연습실에서 기타 연주를 하던 아이 하나가 부리에 쪼이는 소리가 들려왔다. 민주노동당 만세!

5

학원은 월요일이 가장 한산했다. 월요일이면 나는 학원이 문을 닫는 밤 열한 시까지 감옥의 간수처럼 조용히 입구를 지켰다. 월요일 밤 퇴근이 두 시간 정도 남았을 때 하윤으로부터 문자 메시지가 도착했다.

「음악이잘안만들어진다」

불과 며칠 전까지 세상을 호령할 음악을 만들어낼 것처럼 큰소리치던 하윤의 모습이 떠오른다. 최 실장에게 오늘은 일이 있어 일찍 퇴근하겠다고 말하고 아홉 시가 조금 넘었을 때 학원을 나왔다.

하윤과 나는 한강 고수부지에 앉아 맥주 캔을 뜯었다. 빨간 네온 불빛이 엉성하게 깜빡이는 수상 카페 앞이었다. 하윤은 그 카페가 자신이 태어나기 전부터 영업을 했지만, 20년간 여의도에서 살면서 그곳에 가보았다는 사람을 한 명도 보지 못했다고 말했다.

"그럼 우리가 가보자."

"별로."

그가 내켜하지 않아서 우리는 풀밭에 그대로 드러누웠다. 카페에서 흘러나오는, 네온 간판만큼이나 괴상한 생음악을 듣고 킥킥대거나, 폭죽을 터뜨리며 뛰어다니는 얼빠진 연인들을 구경하면서. 시간이 너무 늦어서 나는 하윤의 집에서 잘 생각이었다. 새벽같이 집으로 들어가봐야 한때 가족이었던 사람의 파편들을 고통스럽게 바라볼 수밖에 없을 테니까.

"넌 졸업하고 뭐 할래?"

"글쎄……."

요즘은 모든 사람들이 한결같이 같은 것을 물었다. 나는 그들 모두에게 진심이 담긴 같은 대답을 했다. "글쎄……"라고.

"곧 졸업할 놈 대답이 그게 뭐냐? 아르바이트 때려치우고 제대로 된 직장이나 알아봐. 산재 보장이라도 돼야 너 죽었을 때 다른 사람들이 웃지."

나는 깍지 낀 손으로 머리를 받친 채 하늘을 바라보았다. 드문드문 별이 떠 있지만 나머지 대부분의 공간을 암흑이 뒤덮고 있었다. 확신컨대 내 영혼은 별이 아니라 암흑 속에 있을 거다.

사실 이것은 고등학교 2학년 국어 시간, 윤동주의 「별 헤는 밤」이라는 시에서 별을 헤는 부분을 읽다 말고 김자현 선생이 일러준 말이다.

"하늘에 자기 별을 가진 사람이 있는가 하면, 너처럼 별 사이 암흑을 채우는 놈들도 있지."

김자현은 나를 모욕할 의도였겠지만, 그의 멋진 표현을 가슴에 새겨 넣었다.

나의 영혼은 밤하늘 구석과 먼 기억을 거쳐 한강으로 되돌아 왔다.

"음악이 잘되면 돈을 벌지 않을까?"

하윤이 피식 웃음을 터뜨렸다.

"한강 바닥에 떨어진 동전만 모아도 네가 음악으로 벌 수 있는 돈보다는 훨씬 많을 거다."

"그건 공정한 비유가 아니지. 서태지는 스무 살 때 200만 장이나 팔린 음반을 만들었어. 하지만 지금까지도 한강 바닥의 동전을 모으지는 못하고 있잖아."

"서태지를 모욕하는 거야? 대장님은 마음만 먹는다면 한강 물을 포도주로 바꾸고 포도주를 다시 현금으로 바꿀 수도 있어."

하윤은 서태지의 신도였다. 나는 서태지가 충분히 과대평가되었다고 생각했지만, 그는 서태지가 너무 유명해지는 바람에 부당하게 저평가되고 있다고 믿었다. 하윤을 만족시키려면 성경에서 모세를 빼고 대타로 서태지를 집어넣어야 할 것이다.

"다시 생각해봐. 넌 이미 음악 이론에 대해서는 서태지보다 더 많은 걸 배웠을지도 몰라. 나와 혁근이는 '아이들'보다 랩을 더 잘할지도 모르고. 가능성 있지 않아?"

하윤이 아무런 대꾸도 하지 않았기 때문에 대화는 거기서 끝났다. 우리는 남은 맥주를 해치운 다음 하윤의 집으로 갔다.

배가 고파서 눈을 떴다. 이미 정오가 지났을 것이다. 나는 하윤을 흔들었다.

"벌떡 일어나라."

"음…… 오늘은 안 갈래."

그는 눈도 뜨지 않고 잠에 취한 목소리로 중얼거렸다.

"어딜?"

"내일 가면 돼……."

눈을 뜨고 지금이 방학이란 사실을 깨닫고 나면 하윤은 무척 기뻐하겠지. 나는 옷을 챙겨 입고 하윤의 집을 나왔다. 아르바이트가 없는 날 오후면 아지트인 소각장에서 혁근을 만났다. 방학 중에 내가 주 3일씩 학교에 등교하다니. 굳게 닫힌 정문을 넘어 올라가면서까지.

상연도 혁근과 함께 와 있었다. 상연은 나를 보더니 기뻐 죽겠다는 듯이 외쳤다.

"교무실로 가봐! 아까 보니까 김자현이 학교에 나와 있던데. 너를 만나고 싶어서 방학 중에도 학교를 어슬렁거리나 봐."

"오늘은 괜찮아. 졸업식 끝나고 나면 그 인간과 꼭 보게 될 테니까. 남자 대 남자로 한판 맞붙을 거야."

"그런데 왜 이렇게 늦은 거야?"

"알바 때문에 피곤해서."

하윤과 술을 마시고 늦잠을 잤다고 말하려다 혁근이 섭섭해할까 봐 얼버무렸다. 혁근이 말했다.

"피곤하겠다. 그렇게 몰아서 일하면 당연히 그렇겠지."

"걱정은 고맙지만 네가 과연 노동계 알바들의 서러움을 알 겠냐?"

"음, 나랑 상연이도 이번 주말부터 육체노동을 하나 할 셈 이야."

"육체노동?"

"이두박근을 쉴 새 없이 사용하는 노동이야. 진짜 남자들의 일 거리."

상연이 끼어들었다.

"이삿짐 나르는 일을 할 거야."

혁근이 머리를 긁적였다. 나는 쇼크를 먹었다.

"이미 한 달에 백만 원을 버는 네가 왜 이삿짐을 날라? 노블리 스 오블리제냐?"

"한번 정당하게 일하고 돈을 받아보고 싶어서. 뭐 운동도 할 겸……."

"운동이라고?"

"진정한 노가다지. 아무리 몸을 사려도 절로 운동이 되는. 게다 가 자장면도 준대."

상연이 으스댔다.

상연은 171이라고 주장하지만, 그의 키는 160대 후반이 분명하 다. 그가 이사 현장에서 어떤 일을 할 수 있을지 궁금하다. 어쩌면 전자레인지 안에 몸을 숨길 수 있을 것이다.

진호실용음악학원에는 컴퓨터가 딱 한 대 있다. 광속에 가깝게 정보를 전달하는 랜 선이 연결된 그 초호화 펜티엄은 원장실에 놓여 있었다. 나는 최 실장에게 꼭 필요할 때는 컴퓨터를 써도 좋다는 허락을 받았다. 그래서 테트리스나 인터넷 채팅 같은 일들을 처리할 수 있었다.

원장실은 거의 항상 비어 있었다. 수탉은 일주일에 한두 번 정도 잠시 학원에 출몰했기 때문이다. 그는 기타를 배운 지 사흘밖에 안 되는 아이들을 붙잡아 "지미 핸드릭스처럼 연주해보란 말이다!" 하고 고함을 지르고서는, 담배를 피우러 간다면서 아예 사라져버리기 일쑤였다.

원장실은 수탉의 수입에 걸맞지 않게 검소해 보였지만, 음악 하는 사람의 방이 거의 그렇듯 방을 굴러다니는 잡동사니들은 일반인의 상상을 넘어서는 돈뭉치들로 가득했다.

ESP의 기타, 롤랜드의 신디사이저, 가장 탐스러운 것은 야마하의 최고급 스피커다. 최 실장은 그 스피커가 한 짝에 500만 원을 호가한다고 귀띔해주었다.

그러나 인테리어의 절정을 장식하는 포인트는 방의 분위기와 전혀 어울리지 않는 화려한 문패였다. 방문 상단에 대롱대롱 매달린 문패에는 황금색 테 안에 궁체로 '원장실'이라고 쓰여 있다. 그 밑에는 짓궂게도 누군가가 '닭장'이라고 적어놓았다. 수탉의 분노가 가라앉은 후에도 유성 사인펜으로 또박또박 쓰인 두 글자는 절대로 지울 수 없었다.

컴퓨터로 흑인음악동호회의 중고 장터를 뒤지던 중 재미있는 것을 발견했다. 'DJ Wreckx'의 믹스 테이프였다. '렉스'는 크럽에 소속된 힙합 DJ로, 이런저런 음반에 참여하면서 유명세를 떨치고 있었다. 렉스의 음악 세계에는 별 관심이 없었지만, 그가 직접 매매 홍보 게시물을 올렸다는 사실이 흥미를 끌었다.

렉스는 홍보 글에 장황한 자기 자랑을 늘어놓은 후, 말미에 '테이프 직거래 5천 원'이라는 문구와 함께 자신의 핸드폰 번호를 떠어놓았다. 한마디로 그 테이프는 가장 유명한 힙합 DJ를 직접 만날 수 있는 5천 원짜리 쿠폰이었다. 나는 그의 연락처를 종이에 적었다. 종이를 호주머니에 집어넣으려고 상반신을 숙이다가 내 등 뒤에 다가와 서 있는 두 발을 보았다.

"이봐, 나는 그 자리에 앉아서 일해야 됩니다."

목소리가 나를 조롱했다.

"잘못했습니다."

나는 그 표현이 '죄송합니다'보다 훨씬 효과가 좋다는 사실을 알고 있었다. 수탉의 얼굴을 감히 올려다보지 못하고, 넙죽 고개를 숙인 채 몸을 떠는 시늉을 했다.

"누가 여기 들어와도 된다고 했나?"

최 실장이요.

"그냥 청소하다가 잠시……."

"내가 저번 주에 컴퓨터를 켜놓고 갔나?"

"그런 건 아니고요, 잠깐……."

"뭐 이런 놈이 다 있어? 아주 웃기는 놈일세. 이 학원에서 네가 하는 일이 뭐냐?"

"신입 등록 업무와 연습실 예약……."

그때 하루에 두세 번 꼴로 울리는 나의 구식 핸드폰이 우렁차게 벨소리를 토해냈다. 수탉이 말했다.

"받아."

"네?"

"받으라고."

무시무시한 분위기 속에서 나는 엉거주춤 핸드폰을 들었다. 상연의 다급한 목소리가 들렸다.

"손아람, 응급실로 와야겠다."

"뭐?"

"혁근이가 엄지발가락을 분질러먹었어."

"대체 무슨 말이야?"

"미친 과학자 녀석이 장롱을 들어 옮기다가 자유낙하 실험을 해버렸네. 이사 알바는 이미 종쳤어. 빨리 병원으로 와."

렉스의 연락처를 적은 종이를 꺼내어 황급히 병원 주소와 연락처를 적었다. 일진이 아주 더럽게 돌아가고 있었다.

전화를 끊고 수탉, 아니 김진호 원장 각하를 바라보았다. 다행히 그에게 상황을 어떻게 설명해야 할지 고민할 필요는 없었다. 그는 수화기로 흘러나오는 대화들을 모두 들었다.

"친구들도 다 미친놈이네. 얼른 가. 내일 면담을 하겠다."

수탉에게서 나를 구출해낸 혁근의 엄지발가락에 잠시 감사했지만, 당장 내 목을 치는 대신 우주를 뒤덮는 아량을 보여준 수탉 쪽이 좀 더 고마웠다. 나는 달리기 시작했다.

병원으로 가는 길에 하윤을 불러냈다. 전화로 그에게 사정을 설명하는 동안 아홉 발가락의 불우한 래퍼 오혁근의 모습이 그려졌다.

귀머거리와 발가락 불구자가 의기투합해 결성한 장애인 힙합 그룹!

어쩌면 꽤 상품성이 있을지도 모르지.

병원에 도착하니 혁근은 로비에 앉아서 나를 기다리고 있었다. 발가락에 깁스를 하기는 했지만 큰 부상은 아닌 모양이다. 혁근은 병원을 찾아온 어머니와 쾌활한 모습으로 떠들다가 나를 발견하고서 손을 흔들었다. 나는 혁근의 어머니께 인사를 하고 나서 혁근에게 물었다.

"괜찮냐?"

"살짝 금 갔어. 2주 동안만 깁스하면 된다네."

"다행이다. 난 엄지발가락만 따로 구급차에 실려 오는 상황을 예감했는데."

옆에 서 있던 상연이 입을 열었다.

"내가 힘이 안 되서 혁근이가 큰 짐 드는 일을 했어. 그러다 힘이 빠졌는지 장롱을 옮기다 말고 작별 인사하는 표정으로 두 손을 놓아버리더라."

혁근의 어머니가 바로 옆에 있는데도, 상연은 조금도 주눅 들지 않았다. 나는 혁근을 위로했다.

"나도 이사를 많이 해봐서 알아. 큰 짐을 여러 명이 옮길 때는 힘 빠진 쪽이 점점 더 고생을 하게 돼. 무게 중심이 한쪽으로 기우니까."

"확실히 힘을 들여서 높이 든 만큼 오히려 내 쪽이 편해지더라. 이삿짐을 나르는 일은 공산 사회의 이념과 비슷한가 봐."

이 상황에서 그런 정신 나간 말이 나오냐? 제발 정상적인 친구들과 어울리고 싶다.

"이삿짐 센터에서 그러는데, 우리 같은 아르바이트생한테 자주 일어나는 사고래. 그래도 첫날부터 그런 건 좀 심했지. 반나절만 일하고도 일당을 다 받았으니 차라리 잘됐지만."

상연이 뒷주머니를 툭툭 쳐 보이며 까불었다. 혁근의 어머니는 성녀처럼 아들의 사고가 희화화되는 상황을 웃으며 지켜보기만 했다.

우리는 혁근의 사고를 소재로 끊임없이 농담을 주고받으며 고깃집으로 자리를 옮겼다. 하윤은 뒤늦게 도착했다. 나는 하윤과 상연을 소개했다.

"이쪽은 하윤이. 우리 음악을 작곡하는 애고, 이쪽은 상연이야. 혁근이랑 같은 밴드에서 베이스 치던 애지. 동갑이니 존댓말 쓰는 무례는 범하지 마."

"와, 정말 베이스 쳐? 다음에 내 음악에도 세션 부탁해."

하윤의 빈말이 시작되었다. 상연은 뭣도 모르고 기분이 들떴다. 하윤이 다루는 삼천 가지 악기 중에 가장 익숙지 않은 것이 베이스일지라도 상연보다는 두 배 정도 잘 칠 텐데.

하윤은 짧은 아부를 끝내더니 표정을 싹 바꾸었다. 그가 시디플레이어를 내밀었다.

"뼈대만 잡아봤어. 드럼 비트는 조금 바뀔 수 있지만 BPM*은 그대로 갈 테니까 분위기 보고 가사 써봐."

혁근과 상연 순으로 음악을 돌려 들었다. 상연은 이미 자신도 우리 팀의 일원이라고 믿는 것 같았다. 나는 일반 헤드폰으로는 음악을 제대로 들을 수 없었기 때문에 다음에 듣기로 했다. 혁근이 먼저 이야기했다.

"짤막하게 끊어가는 리드** 사운드가 아주 맘에 든다."

"그거 리드 아니야. 기타야."

"기타? 기타로 어떻게 이런 소리를 내?"

혁근이 믿을 수 없다는 듯 입을 벌렸다. 하윤은 우쭐해졌다.

"누가 만지느냐에 따라 전혀 다른 사운드가 나오는 거지."

음악을 들은 상연도 놀란 눈빛으로 하윤을 흘끗흘끗 훔쳐보았다. 이하윤이 야심 차게 준비한 쇼가 대성공을 거두고 있었다.

"이제 음악의 주제에 대해 이야기해봐."

하윤은 이미 리더가 다 됐다. 아직 우리는 아무런 아이디어도 없었다.

잠자코 앉아 고기를 굽던 혁근의 어머니가 입을 열었다.

"'어머니'를 주제로 하는 건 어떻겠니?"

교양 있는 어조로 권유한 그 주제에서 철저히 이기적인 의도가 엿보였다. 그런데 혁근이 아무런 망설임 없이 찬성을 던졌고, 하윤

---

*   Beat Per Minute: 1분마다 반복되는 드럼 구간의 개수. 음악의 속도를 결정한다.

**   피리형 악기를 총칭하는 말

은 "좋은 것 같아요"라며 뒤로 물러섰다. 발언권이 없는 상연은 그저 신나했다.

나는 어머니를 떠올렸다가 고개를 흔들어 털어냈다. 내가 어머니에 대해 대체 무슨 이야기를 할 수 있겠는가. 감히 혁근 어머니의 제안에 반기를 들려고 하는 찰나, 그녀가 선수를 쳤다.

"아니면 '아버지'를 주제로 하면 어때?"

여기 어머니 쪽에 찬성 한 표 더.

그 주 내내 긴장하고 기다렸지만 수탉은 학원에 나오지 않았다. 닭대가리처럼 그날의 침입 사건을 까맣게 잊고 돈벌이에 빠져든 것이 분명했다. 다음에 만나면 그가 "넌 이 학원에서 하는 일이 뭐냐?"고 다시 물을지도 모른다.

나는 혁근과 하윤에게 DJ 렉스를 한번 만나보자고 제안했다. 우리는 그 자리에서 바로 전화를 걸었다. 렉스는 아주 간단히 거래에 응했다. 그날 저녁 동작구에 있는 백화점 앞에서 이름 높은 힙합 DJ, 렉스를 만났다.

렉스는 대단히 매력적인 용모의 남자였다. 키는 180을 훌쩍 넘었고, 눌러쓴 모자 아래 드러난 턱선은 일본 드라마에 나오는 배우들처럼 섬세했다. 20대의 절정을 찍고서 이제 힙합계의 중년이 된 그의 풍모는 관록과 세련미가 넘쳤다. 그는 이미 자기 분야에서 최고라는 호칭을 얻었다. 그가 부러웠다.

우리는 만나자마자 렉스에게서 믹스 테이프를 구입했다. 돈은 혁근의 지갑에서 나왔다. 묘사하자면 이런 광경이다. 사람들이 북적거리는 백화점 정문 앞에서, 힙합 패션을 차려입은 한 무리의 젊은이들이 돈을 지불하고, 신분을 감추기 위해 모자를 눌러쓴 다른 한 명이 검은 봉투에 들어간 은밀한 무엇을 건네준다. 이곳이 뉴욕이었다면 우리는 당장 연행당해도 할 말이 없다.

렉스는 우리가 힙합 음악을 하는 그룹이라고 소개하자 의아하다는 듯이 말했다.

"하지만 제 음악은 비보이(B-Boy)*들의 프리스타일**을 위한 리믹스인데요. 여기다 랩을 할 건가요?"

"저희는 제대로 된 힙합 음악을 만들어본 경험이 없어요. 그냥 참고하려고요. 게다가 한번 꼭 만나 뵙고 싶었습니다, 최고의 힙합 DJ시잖아요."

나는 겸손하고 솔직하게 말했다. 렉스는 '최고의 힙합 DJ' 즈음부터 기분이 좋아지는 것 같더니 매우 호의적으로 돌변했다.

"저희 집까지 걸어가면서 이야기하죠. 바쁘시지 않다면."

렉스의 집으로 걸어가는 동안은 주로 음악을 만드는 하윤이 바쁘게 질문을 던졌다. 물론 렉스는 작곡가가 아니라 DJ일 뿐이다. 하지만 힙합의 현장을 책임지는 턴테이블 DJ는 웬만한 작곡가들을 월등히 넘어서는 음악적 식견과 안목이 있는 게 보통이다.

하윤이 고민을 토로했다.

"저는 오랫동안 화성학을 공부했어요. 전 솔직히 힙합이 너무

---

*   브레이크 댄서
**   즉흥 춤

무질서하다는 생각이 들어요."

"무질서? 무질서라. 그렇게 표현할 수도 있겠네. 하지만 그게 힙합이지."

렉스는 슬쩍 말을 낮췄다.

"화성으로 표현되지 않는 느낌들이 힙합에 있다는 건 인정해요. 그런 느낌에는 어떻게 접근하나요?"

"그런 건 공부로 배울 수 있는 게 아냐. 미친 듯이 듣고, 바보처럼 베껴봐야지. 난 프로듀서가 아니라서 그 이상은 말하기 힘들어. 프로듀서를 만나보지 그래. 커빈이라든지."

그 커빈이라는 작자도 자기 음악을 온라인 장터에다 5천 원에 내놓는다면, 지금 당장이라도 만나러 갈 수 있을 텐데.

"CB Mass의 커빈 말인가요? 소개시켜줄 수 있나요?"

하윤은 커빈이라는 사람을 아는 것 같았다. 그가 기대에 부풀어 소개시켜달라며 생떼를 쓰자 렉스는 피곤한 기색이었다.

"기회가 된다면."

사실 그에게 우리는 5천 원짜리 구매자 이상도, 이하도 아니다.

"커빈은 샘플을 꽤 쓰는 것 같던데요. 저는 프로듀싱이라기보다 작곡의 개념으로 음악을 만들기 때문에 그런 방식은 익숙하지 않아요."

"직접 작곡한다고 해서 샘플링보다 반드시 우월한 건 아니지."

"하지만 샘플링은 독창성이 없잖아요. 솔직히 저는 그런 게 음악을 만드는 일이라고 생각하지 않아요."

"음악은 듣기 위해 만드는 거지, 만들기 위해 만드는 게 아냐.

아버지를 주제로 그림을 그린다고 생각해봐. 너한테 뛰어난 재능이 있다면 아버지의 겨드랑이에 난 털의 개수까지 정밀하게 묘사할 수 있을지도 몰라. 하지만 그게 꼭 필요한가? 사람들이 보기 원하는 아버지의 모습이 그런 거야? 보여줄 수 있는 모든 것을 보여줄 필요는 없어. 때로는 관습적으로 통용되는 것들이 적당히 섞여야 진짜 좋은 작품이 되지."

"자기 과시가 창작의 해악이 될 수도 있다는 건 동의해요. 그래도 샘플링은 제가 생각하는 창작 개념의 하한선 아래에 있어요. 겨드랑이에 난 털이든 이마에 진 주름이든 사진을 가져다 붙이면 반칙이죠. 힙합은 음악이지 음향이 아니잖아요? 남이 만든 소리를 가져다 쓰는 건 창작 윤리에 어긋나잖아요."

"사진을 가져다 붙여서 만드는 회화도 있잖아? DJ인 나한테 그런 창작 윤리를 강요한다면 실례야. 내가 보기에 힙합은 음향이야. 음악보다 음향 쪽에 가깝다고. 그러니까 그걸 만드는 사람은 작곡가라기보다 제작자라야 해. 그걸 부정한다면, 너는 좋은 작곡가일지는 몰라도 힙합과는 전혀 어울리지 않는 작곡가야."

하윤과 렉스의 긴 대화는 렉스의 집 앞에 도착하자 끝이 났다. 그는 평범한 2층 빌라에 살고 있었다. 나는 렉스가 "집까지 걸어가자"고 이야기했을 때, 그가 우리를 집으로 초대하려는 줄 알았다. 그가 빈말로나마 "작업실 좀 보고 갈래?"라고 말할 거라 기대했다. 그런데 그는 대문 앞에 서자마자 우리를 돌아보더니 "바래다줘서 고맙다"고 작별 인사를 했다.

그는 문을 닫다 말고 어리둥절하니 서 있는 우리를 향해 말했다.

"성공해. 너희 음악에 디제잉할 날이 올 수 있게."

쾅 하고 문이 닫혔다. 커빈을 소개받을 기회는 날아갔다.

혁근이 100만 원을 벌기 위해 잠시 일을 하러 가거나, 내가 60만 원을 벌기 위해 그 다섯 배나 일할 때를 제외하면 우리는 거의 하윤의 방에서 거주하다시피 했다.

하윤은 우리가 있거나 말거나 하루 평균 열두 시간씩 앉아서 음악을 만졌다. 그는 천천히, 매우 조심스럽게, 그러나 필요할 때는 망설이지 않고 몽땅 뒤엎은 다음 처음부터 다시 음악을 만들었다. 그 집중력이야말로 어머니의 스파르타식 교육이 일구어낸 가장 빛나는 성과였다.

전능한 혁근은 의외로 가사를 쓰는 일에 집중하지 못했다. 오늘도 그는 10분 단위로 자리에서 벌떡벌떡 일어나 부산스럽게 방을 휘젓고 다니다가, 대공황 직후의 증권거래소에서 터져 나왔음직한 절박한 목소리를 냈다.

"담배, 나한테 담배를 줘."

"담배가 제공하는 초능력을 빌리려고? 그건 위험한 징조야. 일을 하는 한 절대로 담배를 끊을 수 없을 테니까."

나는 담배를 쥔 손을 내밀었다. 그 손은 이미 세 친구에게 생애 첫 담배를 건넸다. 미국에서 조사된 흡연자 폐암 발병률 통계를 참고하자면, 혁근을 포함한 네 명이 30년 후까지 담배를 끊지 못했을 때 폐암으로부터 모두 무사할 확률은 절반이다.

혁근은 담배를 깊게 빨아들였다. 사력을 다해 기침을 견뎌내다가 어지러운지 자리에 주저앉았다. 선 채로 비틀거린다면 그의 전능함이 크게 훼손될 것이다. 하윤은 헤드폰 안의 세계로 되돌아갔다. 혁근이 기를 쓰고 두 모금을 더 빨더니 담배를 비벼 끄며 말했다.

"한국어는 랩에 너무 안 어울려."

"'난 랩에 소질이 없나 봐'보다 훨씬 멋지게 들리는데. 나도 다음부턴 그렇게 말해야겠어."

"농담 아니야. 언어 자체가 너무 딱딱해."

"그래서 말 한마디로 사람을 잡을 수 있는 거지."

혁근은 내 말을 더 이상 받아주지 않았다. 그리고 그의 아버지가 강의를 할 때의 모습이겠거니 싶은 자세를 취했다. 나는 그의 입에서 학술적 푸념들이 튀어나오리라는 것을 직감했다.

"한글은 환상적일 만큼 수학적이고 기계적이야. 아마 인간의 자연어 중 인공 언어의 이상에 가장 가깝게 다가선 언어일 거야. 그래서 자연어의 특징 하나를 잃었지. 발음의 역학적 측면을 무시하게 된 거라고. 너무나도 정확하게 다양한 음가를 실현할 수 있는 언어라, 쉬운 발음의 어휘 체계를 고집해야 할 필요가 사라졌어. 조어가 외래어원에 의존하는 것도 한몫했지. 우리는 이 어려운 발음으로 랩을 하는 거야."

"방금 그 이야기를 한국어로 다시 해주면 안 될까?"

"우리 음악의 주제는 '어머니'야. 보통 한국인과 동남아인, 인디언들은 '엄마' 혹은 '어마'라고 불러. 영어, 중국어, 일어로는

'mama'고 프랑스어로는 'mere', 스페인어, 독일어로는 'mader, mutter'. 어머니를 의미하는 이 단어들은 모두 음가에 공통적인 요소가 있어. 유성음 중에서도 'ㅇ'은 성대 떨림만으로도 구현이 가능한 가장 쉬운 발음이고, 'ㅁ'은 거기다 입 모양만 조합해주면 되는 발음이야. 모두 물리적 저항이 거의 필요 없는 소리지. 따라서 어린아이가 최초에 발음하게 되는 음가고, 그런 이유로 '어머니'의 의미를 지니게 된 거야. 영어와 프랑스어 같은 원시적 표음 언어들은 이런 유성음 투성이인데, 우리말은 진화를 거듭한 나머지 어휘들의 발음이 자연발생적인 상태를 너무 많이 벗어났어. 발음하는 역할의 대부분이 무성음을 담당하는 혀로 넘어갔지. 하지만 혀 근육의 움직임에는 역학적인 한계가 있어. 그러니까 영어로 랩을 쓸 때와 달리 우리는 하나를 더 고민해야 하지."

"의미뿐 아니라 혀의 운동 부담까지 고려해서 어휘를 선택해야 한다?"

"맞아. 영어와 한국어는 유성음이 차지하는 비중이 상당히 차이가 나. 성대가 혀의 부담을 덜어주지 못한다는 이야기야. 우리말은 그나마 있는 유성음가의 발음도 무성음화로 혀에게 떠맡기고 있어. 혀를 놀려서 하늘을 날 수는 없어. 혀가 구강 내부를 왕복 이동하는 속도에는 한계가 있는 거야."

"난 그런 어려움은 전혀 못 느꼈는데."

"너는 텅 트위스터*로 랩을 만들잖아. 너한테는 발음의 장애가

---

* 저항이 심한 발음들. 혹은 그것을 연달아 사용하여 음률을 만드는 기술

오히려 자원이지. 하지만 네가 트위스터(Twista)* 정도의 속도를 내고 싶다면 발음의 역학적 측면을 반드시 고려해야 해. 가사를 구상하는 단계부터 유성음을 전략적으로 배치해 혀의 운동 부담을 줄여주지 않는다면 네 혀는 공연장에서 파멸할 거야."

"지난번 크립 오디션 때 이미 내 혀는 파멸했는걸."

나는 바로 그 혀를 내밀어 보였다.

하윤은 작곡을 하기 위해 몇 종류의 신디사이저와 모듈을 사용했다. 대부분은 SC나 JV 같은 롤랜드의 제품이었다. 그는 자기 악기들을 목숨처럼 소중하게 다루었다. 악기 반경 1미터 주변에서는 액체가 담긴 컵이나 끝이 날카롭고 단단한 물체를 결코 볼 수 없었다.

"롤랜드는 기본 음색들이 좋아. 미디가 아닌 생음악으로 시작한 나 같은 사람한테 가장 적합한 악기야."

하윤이 그렇게 설명했지만, 나는 소형자동차와 엇비슷한 가격대의 많은 악기들 중에서 그가 현실적으로 선택할 수 있는 것은 롤랜드의 엔트리급 제품밖에 없다는 사실을 이미 알고 있었다. 롤랜드는 가격이 싸면서도 소리 원색이 좋은 명기를 많이 출시했다. 그 회사가 없었다면, 빈손으로 출발하여 현재는 대단한 성공을 거머쥔 대중음악 작곡가 중 몇 명은 여전히 악기 살 돈을 저축하고 있는 작곡가 지망생이었을지도 모른다.

---

*   텅 트위스터를 주로 사용하면서도 놀라운 속도의 랩을 보여준 미국의 랩 테크니션

하윤의 집은 그다지 부유한 편이 아니었다. 게다가 어머니가 락이나 힙합처럼 요란한 음악들을 만들기 위한 소비를 지원하는 일은 꿈도 꿀 수 없었다. 그의 어머니는 피아노로 낼 수 없는 소리가 음악이 될 수 있다고 믿지 않았다.

그래서 하윤은 고등학교 내내 하루 한 끼 혹은 두 끼씩을 굶어가며 비자금을 만들었다. 그리고 돈이 모일 때마다 가장 저렴한 롤랜드의 악기들을 하나씩 사들였다. 빨간 돼지 저금통조차 꽉 채워본 적이 없는 나는 그 사실만으로도 하윤을 마음속 깊이 존경했다.

나와 혁근은 첫 번째 월급을 모아 롤랜드의 세계로부터 하윤을 구출해주기로 합의했다. 동네 교회에서 「고요한 밤 거룩한 밤」을 반주할 때 쓰는 악기로, 고요하지도 거룩하지도 않은 음악을 만들도록 하는 것은 신성과 하윤의 재능에 대한 모독일 테니까.

혁근이 80만 원, 내가 40만 원을 냈다. 하윤도 우리가 내민 돈을 보고 감격하여 50만 원을 빼 들었다. 생활비를 횡령해 모으는 못된 습관을 고치지 못했던 것이다.

170만 원. 프로들이 쓰는 꽤 괜찮은 중고 악기도 고려해볼 만한 금액이다. 하윤은 신이 나서 밤새도록 중고 장터를 뒤지더니 구매 후보를 두 개로 압축했다. 야마하(Yamaha)의 SY-99와 코르그(Korg)의 트라이톤이었다. 나와 혁근은 두 악기의 소리를 들어보기는커녕 생김새조차 구경해보지 못했다. 그러나 나는 야마하 쪽에는 확고한 의견이 있었다.

"중학교 때 내가 가장 싫어하던 녀석이 야마하 스쿠터를 탔어. 후진하던 트럭에 살짝 부딪혔는데 오토바이가 박살나더라. 오토바이에 탄 그놈은 찰과상 하나 입지 않고 씩씩거리며 트럭 운전석으로 달려들었는데도. 난 야마하는 못 믿어."

하윤은 펄펄 끓는 기름 냄비가 악기 위로 떨어진다면 몸을 날려 악기를 덮을 녀석이다. 그래서 트라이톤의 주인에게 전화를 걸었다. 그러고는 가격을 홍정한 끝에 160만 원으로 절충했다.

악기를 내놓은 사람은 낙원상가의 악기 거래상이었다. 우리는 곧장 버스를 타고 출발했다.

낙원상가는 꿈에서 만져도 오금이 저릴 것 같은 온갖 비싼 악기들이 다 모여 있는, 말 그대로 뮤지션들의 낙원이다.

"1학년 때 제니아의 선배가 하는 말을 들었어. 꿈에서 죽어 천국에 갔대. 그런데 천국은 가게 주인이 한 명도 없는 낙원상가더래."

혁근의 말을 듣고 하윤이 고개를 끄덕였다.

"그런 천국이 있다면 기독교 세계의 천국은 경쟁력을 상실할 거야. 무료 입장을 실시해야겠지."

독실한 기독교도인 혁근이 뭐라고 항의하려 했다. 그러나 내가 먼저 끼어들었다.

"자, 오늘 우리는 천국이 보유한 무기 중 하나를 가지고 나온다! 하윤, 이제 새 무기로 너의 진정한 테크닉을 보여줘."

"진정한 테크닉? 그게 뭔데?"

하윤은 스스로 대답했다.

"광속으로 건반을 치거나 기타를 입으로 물어뜯는 그런 거 말이야?"

"그런 것도 일종의 테크닉이겠지."

"창작을 하는 사람들한테 테크닉의 과시란 치명적인 유혹이야. 그리고 감상자가 기술적인 차원에서 설득당하는 경우도 많지. 어디 감상자뿐이냐? 같은 뮤지션들조차 테크니션들한테 쉽게 선동되잖아. 나도 유아기 땐 그랬어."

"지금은 아니란 거야?"

혁근이 물었다.

"글쎄. 한때 천재이고 우상이던 이들이 가짜로 판명 나기도 하고, 먼지가 쌓인 음반들에서 노다지를 캐기도 해. 기교는 멋진 거야. 진심을 다루는 법을 압도하지 않을 정도로 컨트롤할 수만 있다면."

"기교의 과잉이 의미의 결핍과 같은 의미는 아냐."

나는 그 대목에서는 목소리에 힘을 주었다. 하윤은 이 주제에 대해 오랫동안 생각해온 듯 금방 대응했다.

"사랑하는 사람한테 고백할 때는 누구나 최선을 다해. 그 사람에 대한 진실한 마음의 표현이라고 믿으면서. 하지만 어느 순간 모든 것이 다 자기과시였다는 생각이 들 거야. 오직 진실과 진심만을 담기 위한 것이라고 보기에는, 세상의 모든 창작물들이 필요 이상으로 복잡한 모습을 하고 있어."

"고등학교 밴드부원들이 좋아하는 음악들처럼? 대중을 경멸하면서, 난해하고 익숙하지 않은 소리들을 찾아 헤매고 다니는 녀석들의 음악처럼?"

혁근이 또 하윤 편에 섰다. 스스로 그런 밴드에 있었던 혁근이 하윤을 편드는 것이 못마땅했다. 하윤이 말을 이었다.

"그래, 충격적인 형식은 모든 예술에서 최고의 패션이지. 피 터지게 경쟁하지 않고 차별성을 드러낼 수 있는 방법이니까. 하지만 충격과 감동이 같은 정서라는 것을 무엇이 보증해주지? 50억 사람들 중 겨우 다섯 명만 감동시킬 수 있는 예술이 무슨 의미가 있어? 인류가 그렇게 미숙한가?"

젠장, 나도 하윤에게 설득될 것 같다. 그는 멋진 말로 쐐기를 박았다.

"감동은 항상 단순한 형태로 나타나. 그것은 오직 진심을 담아내는 방법이지, 진심을 담아내는 외관이 아니야."

엄밀하게 말해서 나는 래퍼이지 뮤지션이 아니다. 그것도 불과 한 달 전부터 가사를 쓰기 시작한 풋내기 래퍼. 하윤은 질적으로 나와 다른 내공을 지닌 진짜 뮤지션이었다.

감동은 진심을 담아내는 방법이지, 진심을 담아내는 외관이 아니다!

감동에 대한 감동적인 정의다.

"우리는 그렇게 단출하고 솔직한 음악을 해야 해. 두 눈을 응시하며 '사랑해' 한마디를 건네는 최선의 방법을 두고, 매해 5월의 장미 백 송이로 생각을 표현하는 것 같은 바보스러운 음악은 하지 말자."

하윤의 완승이다.

나는 우리가 사게 될 천국의 악기 트라이톤에 대해서는 완전히 잊고 하윤과 나눈 대화를 곱씹었다. 그리고 처음부터 가사를 다시 쓰기로 결심했다.

　트라이톤을 손에 넣는 순간 하윤은 웅변할 때의 아름다움을 잃었다. 그는 우아하게 반짝거리는 은색 알루미늄 소재의 악기에 볼을 대고 비비더니, 고개를 쳐들고 "내 허락 없이 악기에 손을 대면 매독에 걸리게 될 거야"라고 중얼거렸다.

　나는 하윤의 집으로 돌아오자마자 지금까지 쓴 가사를 검토했다. 전에는 보이지 않던 문제들이 보였다. 우선 가사가 너무 어려웠다.

　인기 있는 랩 음악들은 하나같이 현학으로 넘쳐났다. 랩 가사만 읽어도 세계의 모든 철학을 다 공부하는 것 같았다. 특히 어떤 래퍼들은 옥편 구석에 숨어 있는 무시무시한 고어들을 라임으로 휘둘렀기 때문에, 사람들은 그것을 '천자문 힙합' 혹은 '훈장님 힙합'이라고 비꼬았다. '落張不入(낙장불입)의 目標竪立(목표수립)을 위한 思想注入(사상주입)' 같은 터무니없는 가사를 쓰지 않으려고 노력했지만, 내 가사 역시 여전히 어려웠다. 내가 가진 지식과 생각 이상으로 어려웠다.

　'감동은 항상 더 단순한 형태로 나타난다.'

　나는 지금까지 쓴 가사가 적힌 종이 묶음들을 쓰레기통에 처박았다.

　그다음부터 가사를 쓰는 일은 창작에 가까운 일이 되었다. 나는 드디어 영감이라는 것을 체험했다. 며칠간 닥치는 대로 생각나는 것들을 적어 내려갔다. 자다가 일어나서도 가사를 썼고, 지하철 안에서도 가사를 썼으며, 아르바이트를 하다가도 가사를 쓰거나 런닝 차림으로 기타를 연주하는 수탉의 뒷모습을 보면서도 가사를 떠올렸다.

화폭에 담을 한 폭의 그림조차도 안 남을 흔적을 추적해
헤매일 미래
그래도 어머니 부어준 축복의 세례
아마 차마 말하지 못한 가차 없는 배신에 대신
웃음으로 슬픔 감춘 즈음 배웅했던
이제는 소원해진 소원

이제와 돌이켜 그때를 그대를 떠올려
부둥켜 울고 만이라도 싶은
어머니
그리고 내 전설의 나라[*]

나는 거기까지 쓰고 드러누웠다. 내가 낳은 아기를 품에 안듯 조심스럽게 가사를 손에 쥐고 읽어보았다. 여기에는 스물세 개의 라임이 들어가 있다. 그리고 혁근이 가르쳐준 대로 신경 써서 배치한 유성음들, 또 내 장기인 텅 트위스터도. 우리의 첫 음악 「어머

---

[*] 진실이 말소된 페이지, 「어머니」

니」를 세상에 공개할 날이 다가오고 있었다.

……같은 속도로 고등학교 졸업도 다가온다. 졸업식이 끝나면 하윤은 캐나다로 떠난다. 혁근은 서울대학생이 될 것이고. 나는 어떻게 될까? 우리의 음악은? 만약 공모전에 입상하지 못한다면, 우리에게 또 다른 기회가 올까? 혁근과 하윤도 나처럼 초조해할까? 나는 결국 호기 어리게 음악에 손을 댔다가 실패한, 음악학원의 아르바이트생으로 남게 될까?

딱 거기까지 괴로워하고 의식의 끈을 놓았다. 나는 주인이 없는 낙원상가를 보았다.

6

졸업식이 진행되는 동안 혁근은 매우 바빠 보였다. 그는 학교의 모든 선생들과 인사를 나누었고, 학교 대표로 여러 상을 받았다. 나는 졸업식이 다 끝나고 나서야 학교 정문 앞에서 혁근을 만났다. 꽃다발에 완전히 파묻힌 아들을 부모님이 양쪽에서 호위하고 있었다. 나는 어머니에게 오늘이 졸업식이라는 말을 하지 않았다. 혁근의 가족과 마주치는 것을 피할 수 있었으니 옳은 선택이었다.

나는 그의 가족에게 다가갔다. 매끈하게 정장을 차려입은 혁근이 이모티콘 같은 미소를 지었다. 오늘 그의 모습은 최고로 멋졌다.

그의 어머니가 먼저 나를 알아보고 인사했다. 그 옆에서 백발을 곱게 빗어 뒤로 넘긴 공대 교수 아버지가 가만히 나를 관찰하고 있었다. 마치 내가 새로 발견된 고분자 화합물이라도 되듯이. 그는 교수가 되기 위해 태어난 사람처럼 근엄한 인상이었다. 나보다 키가 한참 작았는데도 그가 나를 내려다보고 있는 듯한 느낌이 들었다.

나는 꾸벅 인사를 드리고 혁근에게 말했다.

"옷이 잘 받네."

"고마워. 너도 교복이 항상 잘 어울려."

"원하면 언제든지 빌려줄게."

그때 김자현이 우리 쪽으로 다가왔다. 최우수 졸업생의 서울대학 입학을 축하하고, 유명 인사인 아버지와 악수할 시간이다.

나는 김자현에게 자리를 양보하고 몇 발자국 뒤로 물러났다. 김자현은 혁근의 아버지에게 몇 번씩이나 허리를 깊숙이 숙였다. 간간히 쩌렁쩌렁하게 웃기도 했다. 과연 혁근의 아버지가 진짜 웃긴 농담을 하고 있는지 정말 궁금하다.

대화를 끝낸 김자현은 몸을 틀어 나를 향해 똑바로 걸어왔다. 방금 나눈 대화가 얼마나 즐거웠는지 나를 바라보는 얼굴에도 웃음기가 가득하다.

"네가 몇 년만 고등학교를 더 다닌다면 내가 사람으로 만들어줄 텐데 말이야."

나는 대답하지 않았다. 그는 친근한 척 내 어깨에 손을 걸치고 속삭였다.

"좋지 못한 기억은 잊어. 추억만 간직하고 가라. 내가 아주 좆같았지? 하지만 모든 선생님이 그렇지는 않았잖아. 지나고 보면 그리울 거다."

대단히 어른스러운 궤변이었다. 나는 그보다 더한 궤변으로 대답해줄 수도 있었다. 모든 교사가 좆같지 않은 것처럼 모든 연예인도, 모든 정치인도, 모든 서울대생도, 모든 남성도, 모든 일본인도,

모든 중국인도 좆같지는 않다. '모든'으로 시작하는 모든 문장을 부정할 수 있다. 모든 제자가 나처럼 반항적이지는 않았잖아. 그렇지만 당신은 모든 제자에게 손을 댔고. 그러니 모든 관심을 좀 꺼주면 좋겠어. 나는 영원히 모든 교사를 증오하고 저주할 테니까. 기회가 된다면 모든 공교육을 폐지하자는 캠페인을 벌일 거야. 당신의 밥벌이가 모두 사라지도록.

"이제 선생님의 주먹이 닿기에는 너무 먼 곳으로 가게 됐네요. 선생님 말대로 선생님은 참 좆같았어요. 워, 참으세요. 이제 저한테 손대면 고소당합니다."

나는 이 다혈질의 사나이가 모욕을 견디지 못해 훅을 날릴 것을 예상하고 잔뜩 몸을 움츠렸다. 그러나 그는 조금도 화를 내지 않았다. 믿을 수 없었다. 그는 슬픈 표정을 짓고 있었다.

"고생 많이 했다. 앞으로 네 앞에 나 같은 존재가 나타날 일은 없을 테니 자유롭게 살아가라."

그러곤 김자현은 내게서 돌아섰다. 이것은 내가 기대한 결말이 전혀 아니었다. 그가 평소처럼 악역을 맡아주기를 진심으로 바라고 있었는데.

제기랄.

그는 마지막까지도 내가 원하는 것을 얻도록 내버려두지 않았다.

윈스턴 처칠은 자신의 학창 시절이 암흑기였다고 말했다. 하지만 나는 그가 암흑을 본 적이 없기 때문에 어둑한 것을 암흑으로 착각했다고 생각한다. 나의 학창 시절이야말로 진짜 암흑에 가까웠다. 그런데도 학교 바깥으로 내몰린 지금만큼 어둡지는 않았다. 이제 내 미래는 오로지 우리의 음악 「어머니」의 공모전 입상 여부에 달려 있었다. 오늘이 바로 「어머니」의 최종 녹음일이다. 사망 선고를 받은 기분이다.

우리가 도착하자 하윤은 모니터를 돌려서 미디 시퀀서인 케이크워크의 창들을 좍 펼쳐 보여주었다. 녹음실에서 흔히 볼 수 있는 광경이었지만 우리가 진짜 전문가가 된 것 같은 기분이었다. 녹음된 트랙이 20개를 넘어 19인치 모니터 화면 전체를 채우고 있었다.

"이제 녹음하고 믹싱만 하면 다 끝나. 가사 가져왔으면 최후의 작업을 시작하자."

녹음은 서너 시간 만에 끝났다. 우리는 맥주를 사서 하윤의 집 앞에 있는 한강 시민공원으로 나갔다. 이제는 담배가 익숙해진 혁근이 세 담배 개비에 동시에 불을 붙여 나눠주었다. 그것을 받아 한 모금 빨고 하윤에게 물었다.

"내일모레 가는 거야?"

"응."

"경로는 어떻게 돼? 북극을 경유하면 거리가 단축될 텐데."

"북극을 경유하는 여객긴 없어. 북극에는 공항이 없으니까."

"그럼 북극에 공항을 세우면 떼돈을 벌 수 있겠다!"

"그 프로젝트를 추진한 얼뜨기들도 공사를 마칠 때쯤엔 알게 되겠지. 북극은 대륙이 아니라 거대한 얼음 덩어리란 사실을."

하윤은 오늘 냉소의 화신이다. 순식간에 얼뜨기로 전락한 나는 조금도 섭섭하지 않았다.

"내일은 뭐 할까? 나이트나 가서 제대로 놀아볼까?"

"아니, 그냥 마음의 정리를 하고 싶어."

"그래라. 네가 탄 비행기가 태평양 근처에서 추락하길 기도할게. 하나님은 내 기도를 들어준 적이 없거든."

왠지 그가 영원히 돌아올 것 같지 않은 느낌이 들었다. 나와 혁근은 그의 도움 없이는 아무것도 할 수 없다. 하윤이 돌아오지 않는다면 음악인으로서 나의 짧은 경력은 신기루처럼 사라질 게 뻔하다. 몇 년이 지나면, 내가 음악을 했다는 사실을 증언해줄 알리바이라도 찾을 수 있을까?

"믹싱은 내일 밤을 새서 할게. 모레 오전에 공항으로 좀 나와라. 그러면 완성된 마스터 시디를 넘겨줄게."

하윤은 삶의 모든 순간을 영리하게 사는 녀석이다. 우리는 캐나다보다 더 멀게 느껴지는 국제공항까지 그를 배웅하러 나갈 수밖에 없게 됐다.

이륙 시간이 두 시간도 넘게 남았는데 하윤의 어머니는 벌써 슬퍼 보였다. 그녀는 하윤이 반나절 동안 비행기를 타야 한다는 게 걱정됐다. 어린 아들에게 반나절 동안 피아노를 훈련시키던 강인한 어머니는 어디로 사라졌는가. 하윤이라면 비행기 좌석 벨트에 열두 시간 묶여 있는 것 정도로는 눈도 깜짝하지 않을 것이다. 그를 괴롭히려면 시트 쿠션 아래 대못이 여덟 개 이상 박혀 있어야 한다.

하윤은 약속대로 마스터 시디를 내밀었다. 혁근에게는 한 장, 나에게는 세 장.

"한 장은 보통 음악, 다른 한 장은 공모전 제출용, 나머지는 네 불량한 귀로도 모든 음향을 들을 수 있도록 음역을 압축해서 녹음한 거."

아들이 시디를 배급하는 모습을 지켜보던 하윤의 어머니가 말했다.

"음악이 참 좋더라. 계속 같이했으면 정말 좋았을 텐데 아쉽구나."

그녀는 드럼을 필요 이상으로 세게 두드리는 모든 음악을 맹렬하게 증오하는 사람이다. 진심을 말한 것일까?

하윤의 어머니는 식당으로 우리를 데려가 한 그릇에 만이천 원이나 하는 갈비탕을 사주었다. 식사가 끝난 후 우리는 출국 게이트로 걸어갔다.

"반드시 공모전에 시디를 제출할게."

나는 비장한 다짐을 했다. 하윤이 웃으면서 대답했다.

"상관없어. 사실 그냥 즐거워서 만든 거야. 그런 공모전의 평론가들이 랩을 받아들이기는 어려워."

공모전 입선을 삶의 구원처럼 여기고 있던 나는 그의 말에 충격 받았다. 나는 고개를 세차게 흔들었다.

"아니야, 우리는 꼭 입선할 거야. 이 음악을 MP3로 떠서 인터넷에도 공개할게. 귀가 열린 사람들이라면 우리가 이룩한 것들을 반드시 알아볼 거야."

하윤은 그저 웃기만 했다. 그때까지 굳게 입을 다물고 있던 혁근이 떨리는 목소리로 말했다.

"우리…… 한 팀인 거 맞지?"

그의 눈가에는 이미 눈물이 고여버렸다. 하윤은 혁근을 보며 소리 내어 웃었다.

"내가 군대 가냐?"

그러나 우리는 이상하게 슬픈 분위기에 휘말렸다. 하윤이 목에 힘을 주어 다시 혁근에게 대답했다.

"크립에서 처음 만났을 때 생각나? 그 순간부터 우리는 한 팀이었어."

우리는 몇 분간 더 잡담을 나누었다. 우리가 과연 처음 만났을 때부터 한 팀이었나? 팀이 왜 이름이 없었지? 우리 부모님도 내 이름을 태어난 다음에 붙였는데 뭘. 그런 이야기들이 오갔다. 나는 팀 이름은 나중에 결정하고, 각자의 예명이나 먼저 결정하자고 했다. 유명한 힙합 뮤지션들은 모두 멋진 예명을 가지고 있으니까.

하윤이 혁근에게 "넌 분명히 박사가 될 거니까 '오 박사'가 어떠냐"고 말했고, 그런 이유로 오혁근의 예명은 오 박사가 되었다. 기독교도인 혁근은 강력한 무신론자인 나에게 개종하라는 뜻으로 '손 전도사'라는 예명을 세례해주었다. 내가 명예를 동반 추락시킬 우스꽝스러운 예명을 선사하기 직전에, 하윤은 자신의 것은 미리 생각해둔 것이 있다며 'Sid'라는 말쑥한 영어 예명을 재빨리 내밀었다. 심각한 고민 따위는 전혀 없었다. 아마 우리들 마음속 깊은 곳은 입 밖에 내지 못한 회의가 지배하고 있었던 것 같다. '예명을 쓰게 될 날이 과연 올까?' 하는 회의가.

하윤은 게이트 안쪽으로 사라졌다. 우리는 하윤 어머니의 차를 타고 공항을 빠져나왔다.

집에 돌아오는 길에 우체국에 들러, 시디를 봉인한 봉투에 공모전의 사서함 주소를 적어 등기우편으로 발송했다. 시디 라벨에는 볼펜으로 또박또박 "손 전도사, 오 박사, Sid — 어머니"라고 적었다. 나의 음악적 여정에서 가장 감격적인 순간이었다.

하윤은 믿을 수 없는 솜씨로, 입이 떡 벌어지게 만드는 걸작을 만들어냈다. 집에 돌아와 들어본 「어머니」에는 어떤 힙합 음악에서도 들어본 적이 없던 선율이 가득했다. 누구도 자기가 속한 팀의 음악을 객관적으로 평가할 수는 없겠지만, 나는 정말이지 이렇게 아름답고 이미지가 풍부한 힙합 음악은 들어본 적이 없다.

"다시는 이런 음악을 만들 수 없을 거야."

나는 홀로 음악을 수백 번 돌려 들었다.

「어머니」가 떡 하니 공모전에 대상 입선하고, 그것을 들어본 사람들이 미치도록 열광하며, 계약서를 손에 쥔 음반 기획자들이 서로 다투며 우리를 향해 달려왔다면 참 좋았을 것 같다. 하지만 우리는 공모전에 입상하지 못했다.

혁근은 서울대학교에 입학했다. 혁근과는 일주일에 두세 번씩 꾸준히 만났지만 우리는 더 이상 음악 이야기는 하지 않았다. 황홀할 만큼 세련되고 멋진 창작 활동을 경험했기에 이제 우리는 책상과 피아노를 두드려 음악을 만들던 부끄러운 시절로 되돌아갈 수가 없었다. 「어머니」는 우리가 만든 최고이자 최종적인 음악이 될 터였다.

나는 진호실용음악학원으로 돌아가 전과는 달리 매일 여섯 시간씩 성실하게 일했다. 그리고 짧았지만 즐거웠던 시간이 끝나버렸다는 사실을 받아들일 마음의 준비를 마쳤다.

아는 것, 모르는 것,
안다고 생각했던 것

파이의 소수점 아래 수를 세어봤어?

스무 자리 즈음해서 뭔가 분명해진 것도 같겠지만,

스물한 자리째 수를 이미 지나간 수들로 예측하는 것은 불가능하고

너는 어느새 시간 낭비만 했다는 사실을 깨달을 뿐이야.

스무 살 때 같은 생각을 했지.

너무나도 긴 배움의 여정 끝에 모든 것을 마친 나는,

스무 살이 되던 해, 처음의 비 오는 그 거리로 내던져졌지.

길고 힘든 여정 끝에 제자리로 돌아온 그 기분을

아직 어린 너에게 설명할 수 있을까?

고쳤다고 생각한 습관이 몇 년이 지난 어느 순간에 되살아나

당황하게 할 때 사람들은 삶이 파괴적인 바람 속에

습관이라는 턱없이 약한 끈에 묶여 간신히 의지함을 목격하게 되지.

더불어 배웠다고 믿은 것이 지식이 아닌 습관이었음을,

사실은 조금도 자신이 성장하지 못했음을,

상상할 수도 없었음을, 살아감이 귀찮은 것을.

노력이 결말을 말한다지만 비극적 결말이라고는 누구도 말하지 않아.

누구에게나 자신에게 맞는 역할이 있다는 것에 대한 설교들이

평등의 이름으로 하찮음을 포장하는 곳.

핏빛을 장밋빛이라고 배운 나와 나의 동생,

이 가엾은 세대들에게.

−「아는 것, 모르는 것, 안다고 생각했던 것」

2001년, 진실이 말소된 페이지

7

사람들은 보통 삶의 계단을 천천히 밟아 올라가거나 천천히 밟아 내려온다. 계단에서 갑자기 미끄러지는 경우는 종종 있지만, 계단을 날아오르는 것은 아주 운 좋은 사람만이 겪는 기적이다. 4월 초순, 내 삶에 그 기적을 일으킨 짧은 메일 한 통이 도착했다. 자신과 함께 팀을 하지 않겠냐는 제의가 담긴 그 편지를 쓴 사람은 디제이 우지라는 언더그라운드 뮤지션이었다. 그는 최근 힙합계에서 폭풍의 핵과 같은 존재였다. 1년 전 「Uzi's Mind」라는 음악 하나를 공개하자마자 우지는 웬만한 가수만큼 유명해졌다. 그 음악은 조PD, 김진표, 드렁큰 타이거 같은 성공한 힙합 가수들을 비웃으며 자신이 우주 최고라고 주장하는 황당무계한 내용을 담고 있었기 때문이다.

그 노래를 들은 사람의 절반은 우지가 정신이상자라고 비난했다. 나머지 절반은 음악의 완성도를 높이 사면서 그가 매너리즘에 빠진 한국 힙합을 구해낼 것이라고 치켜세웠다. 이 논쟁은 신문에 보도될 만큼 뜨겁게 달아올랐다.

나는 곧바로 메일에 적힌 연락처로 전화를 걸었다. 몇 분만 뜸을 들여도 다른 래퍼들이 내 일자리를 낚아챌 것만 같았다.

수화기에서 묵직한 목소리가 흘러나왔다. 음악에서 들어본 것 같은 목소리였다. 통화는 만날 장소만 정하고 짧게 끝났다. 나는 흥분해서 제정신이 아니었다. 이름 있는 뮤지션과 함께 음악을 하게 된 것이다. 불과 몇 달 전까지 꿈에서나 가능할 일이 현실이 되어 가는 중이었다. 우지와 통화가 끝나자마자 빛보다 빠른 손놀림으로 혁근의 전화번호를 눌렀다.

"내가 방금 전에 누구랑 통화했을 것 같냐?"

"UN 사무총장. FIFA 총재. 우리 아버진 아닐 테지."

"좀 더 유명한 사람이야. 디제이 우지. 내가 우지와 직접 통화를 했다고! 우지가 우리랑 같이 음악을 하고 싶대!"

"손아람, 네 거짓말도 언젠가는 늘겠지."

"그렇게 생각한다면 우지와 함께 음반을 출시하고 인터뷰하는 내 모습을 너는 중간고사 공부를 하다가 '연예가중계'에서 보게 될 거야. 당장 뛰어와!"

약속 장소로 가는 지하철 안에서 혁근과 나는 꿈에 부푼 대화를 나누었다. 대화 속에서 우리는 300만 장의 음반을 판매하고, 사람들의 기억 속에서 서태지를 완전히 밀어낸 다음, 미국 시장에 진출하여 세계 대중음악사에 이름을 남겼다.

"잠깐, 디제이 우지를 사칭한 장난이었으면 어떡하지?"

혁근은 우리의 성공 논변이 시작되는 최초의 구간에서 논리적 틈새를 찾아냈다.

"그러면 오늘 전국의 모든 중국 음식집에 주문이 폭주하고 소방서 근처마다 불이 나게 될걸? 장난이라니? 장난이라니?"

하지만 그 메일은 장난이 아니었다. 우리는 약속 장소인 강남역에 내리자마자 우지와 그의 일행 두 명을 만났다. 그들이 우지의 무리라는 건 한눈에 알아볼 수 있었다. 그 순간 그들은 대한민국에서 가장 눈에 띄는 패거리였기 때문이다.

맨 왼쪽의 남자는 내가 본 사람들 중 패션 감각이 가장 특이했다. 머리카락에는 대걸레처럼 굵고 하얀 털실로 드레드를 얹었고, 피부는 눈부신 하얀색이었으며 눈썹도 같은 색으로 염색했다. 게다가 흰색 칼라렌즈까지 착용해 알비노처럼 보였다.

하지만 시선을 조금만 옆으로 돌리면 그의 패션 감각은 세상 두 번째로 밀려난다. 가운데 선 남자의 키는 170도 간당간당해 보였는데, 검정색 군화와 군복을 입었고 얼굴에는 특수부대에서나 사용할 법한 렌즈 형 고글이 달린 검은 방독면을 뒤집어썼다. 그런 패션은 독특한 취향보다는 정상이 아닌 사고 회로의 부산물일지도 모른다. 나는 그가 우지임을 확신했다.

일행 중에는 흑인도 하나 있었다. 그는 청바지에 티셔츠만을 걸친 가장 평범한 차림이었지만 가장 눈에 띄었다. 그렇게 기형적으로 잘생긴 인간은 태어나서 처음 보았다. 키는 190센티미터 정도, 몸은 적당한 근육질로 다듬어져 있고, 신체의 대부분을 터무니없이 긴 다리가 차지했다. 인물화를 그린다면 상체는 생략해도 무방

할 것 같다. 머리는 생후 2개월인 사촌 동생보다 더 작았고, 그 조그만 머리통에 가까스로 배치된 눈, 코, 입은 윌 스미스보다 더 잘생겼다. 그 잘난 외모로 한국 사회의 흑인들에 대한 적대적 편견을 우습게 박살내왔을 것이다.

그들에게 어떤 식으로 말을 걸어야 할지 몰라 당황해하고 있는데, 방독면을 쓴 키 작은 남자가 내게로 걸어왔다.

"제가 우지입니다. 손 전도사시죠? 그 옆이 오 박사인가요?"

그는 우리의 예명을 정확히 구분해 불렀다. 그가 숨을 쉴 때마다 방독면 사이로 "스스" 하는 소리가 새어 나왔다. 다스베이더의 숨소리처럼.

"이쪽은 김도현이라고 저를 돕고 있는 작곡가죠. 그리고 이쪽은 에릭입니다. 한국말을 거의 못 알아듣지만 시옷 두 개 들어가는 욕설은 눈치채니 조심하세요. 이 '후레자식'은 주한 미군을 때려치운 뒤에 우리 팀에서 드럼 세션을 하고 있습니다."

짧게 대화를 나누는 동안에도 강남역을 활보하는 여자들이 이 외계인 같은 흑인 남성에게 시선을 빼앗겼다. 몇은 뒤를 돌아보기까지 했다. 대개는 뭇 남성들이 그녀들을 뒤돌아보았겠지. 이것이 에릭이 한국에 머무는 이유이자, 키 작은 다스베이더가 그에게 적대적인 이유겠지.

우지의 제안으로 우리는 근처의 베니건스로 자리를 옮겼다. 100미터 남짓 걸어가면서도 수많은 소녀들이 에릭을 보며 감탄사를 내질렀다. 그들 팀의 나머지 두 명은 온갖 까무러칠 아이템으로 중무장하고도 흑인 왕자 한 명을 이길 수 없었다. 나라면 3분만 그런 시선의 포화를 받아도 피로를 느낄 것 같았다.

"어서 오세……."

베니건스의 프론트 데스크를 담당하는 직원은 교육받은 대로 상냥하게 인사하다 말고 웃음을 터뜨려버렸다. 접객 매뉴얼에 방독면을 쓴 남성을 보았을 때 터져 나오는 실소에 대처하는 방법 같은 것은 쓰여 있지 않았던 것이다.

방독면을 쓴 다스베이더에 뒤이어 백발의 알비노, 그다음에 흑인 왕자님이 입장했다. 너무나도 평범한 혁근과 내가 그 뒤를 따랐다. MRI로 뇌 영상 사진을 찍어보면 이중 가장 비정상적인 인간은 혁근일 것이 틀림없으니, 진짜 평범한 사람은 나밖에 없었다.

테이블에 앉은 우지가 방독면을 벗었다. 얼굴에서 땀이 비 오듯 쏟아지고 있었다. 그러나 다행히 화상의 흔적이 있거나 눈이 세 개 달린 얼굴은 아니었다. 아주 멀쩡했다. 우리는 사람들의 시선을 한 몸에 받으면서 회담을 시작했다. 우지가 먼저 운을 뗐다. 예고도 없는 반말이었다.

"여기 도현이는 전업 작곡가야. 너희보다 한 살 많고 나보다는 한 살 어려. 도현이가 작곡을 하면 내가 어레인지를 하지."

그다음에는 에릭을 소개했다.

"에릭은 우리 팀의 드럼 세션이지. 미국에 있을 때 몇몇 유명한 흑인 래퍼 앨범에 참여해서 드럼을 쳤다는데, 빌어먹을 누구 앨범인지는 죽어도 말해주지 않아. 아마 구라일 거야. 이 후레자식은 주한 미군으로 왔다가 한국에 눌러앉아 영어 강사질을 하고 있지. 여자 꼬드겨내기 쉽거든."

에릭이 자기를 소개하는 줄 눈치 채고 "왓썹"이라고 내게 인사를 했다. 내가 화들짝 놀라 그를 외면하자 혁근이 바통을 넘겨받았다. 혁근은 한국말을 할 때보다 오히려 말이 많아졌다. 간간히 '드럼'이라는 단어가 오가는 걸 보니 타악기에 일가견이 있는 두 종족의 대표가 공통의 화제를 발견한 듯했다.

우지가 이번엔 우리에 대해 물었다.

"세 명으로 알고 있었는데, 나머지 한 명은?"

"어학연수 갔어요. 그 친구가 음악을 만들고 저희 둘이 랩을 합니다."

"셋이 한 팀이야?"

"느슨하게 말하자면요. 원래부터 친구들이었어요. 음악을 시작한 지는 얼마 되지 않았고요."

"나는 프로젝트로 함께 활동해줄 래퍼가 필요한데. 그 친구가 허락할까?"

"괜찮아요. 그 친구가 캐나다에 가 있는 동안 저희는 실직 상태나 다름없거든요."

"좋아. 이전에 다른 활동은 해본 적 없어?"

"몇 달 전에 크립 오디션을 봤다가 떨어졌습니다."

"하, 그 건방진 놈들. 머지않아 내가 처절하게 밟아줄 거야."

한없이 위대하게 보이던 사람들을 '건방지다'고 표현할 수 있는 사람과 같은 팀을 하게 된다니 든든했다. 설마 우지도 크립 오디션에 떨어진 건 아니겠지.

"음악이 훌륭하더라. 랩도 괜찮고. 재능이 있어."

"감사합니다."

"나한테 뭐 물어볼 거 없어?"

그는 으스대고 있었다. "어쩜 그렇게 훌륭한 음악인이 되셨나요?"라는 질문을 받을 준비가 되었다는 듯이.

"'우지스 마인드'라는 노래를 들어보았습니다. 왜 그런 디스를 했죠?"

"친해지고 싶어서."

우지는 천연덕스럽게 대답했다.

"이 판에서는 친해지고 싶은 사람이 있으면 한번 씹어주면 돼. 그럼 연락이 오거든. 깔끔히 사과하고 소주 한잔하면 친구가 되는 거지."

우지의 뜻은 이루어졌다. 그는 조PD의 연락을 받았고, 사과를 했고, 함께 소주를 마셨다. 지금 조PD는 그의 후견인이 되었다. 콜라를 벌컥 들이키고 집으로 돌아가서 나도 조PD를 갈기갈기 찢어발기는 노래를 만들어야겠다.

"네가 나와 함께하게 된 건 행운이야. 도현이는 작곡가로 크게 성공할 거야. 벌써 톱가수들한테 곡을 넘기고 있지. 나도 올해 안에 음반을 낼 예정이야. 그 음반이 나오면 이 세계의 많은 것들이 달라지겠지."

자기도취가 좀 지나친 사람이다. 한 시간 전 우지와 힘을 합해 음반 300만 장을 팔자고 이야기하던 나와 혁근이 뭐라 말할 수 있겠는가. 나는 제발 그 음반이 이 세계의 많은 것들을 바꿔주길 바

랐다. 그리고 그 음반이 '그'의 음반이 아니라 '우리'의 음반이 될
수 있기를 바랐다.

　우지가 작업실을 구경시켜주겠다고 해서 우리는 그를 따라나
섰다. 그는 녹음실은커녕 노래방 하나 찾을 수 없는 강남의 고급
주택가로 우리를 인도했다. 주택가 골목에는 한 점 소음도, 방치된
쓰레기도 없었다. 집집마다 나무가 우거진 정원이 딸려 있었고 주
차된 차들 중에는 국산차가 드물었다. 안쪽으로 걸어 들어갈수록
집들은 점점 좋아졌고 나는 점점 더 주눅이 들었다. 골목의 가장
안쪽에는 궁전이 세워져 있을 것 같았다. 길 끝에는 웅장한 빌라형
주택 하나가 세워져 있었다. 우지는 그곳이 자신들의 작업실이라
고 말해주었다. 도현이 초인종을 누르자 경비원이 CCTV로 우리
의 모습을 확인하고 문을 열어주었다. 나는 얼이 빠져 감히 한 발
도 안으로 들여놓지 못했다. 우지는 나를 보고 피식 웃었다.
　"도현이네 집이야. 우리는 이 집 지하실을 작업실로 사용하고
있어. 도현이 부모님은 밤에 들어와서 잠만 자니까 너무 긴장할 필
요 없어."
　"부모님이 뭐 하시는 분들인데요?"
　"직접 물어보지 그래?"
　도현은 모르는 척 아무 말도 하지 않았다. 그는 과묵했다. 말 대
신 패션으로 이야기를 하는 사람이었다. 나는 저 알비노 패션의 아
버지가 대한민국 대통령일까 봐 겁이 났다. 지하의 작업실은 기대
했던 대로 광활했다. 수많은 모듈타입 악기들이 만화책을 보관하

는 것처럼 차곡차곡 쌓여 있었고, 악기들 사이에 컴퓨터 두 대가 배치되어 있어 두 명이 동시에 작업할 수 있었다. 구석에는 침대까지 들여놓았다.

"엄청 넓다. 숙식을 해도 괜찮겠네요."

"난 여기서 숙식을 해결해."

우지가 대답했다. 도현이 처음으로 입을 뗐다.

"공간이 너무 커서 녹음할 때 잔향이 있어. 크다고 좋은 건 아니야."

그럼 제 방이랑 바꾸시죠. 내가 양보할게.

"이제 내 계획을 이야기해볼게."

우지의 말에 나는 경청할 태세를 갖추었다. 구석 침대 위에 홀로 앉은 에릭은 자신도 무슨 말을 나누는지 이해한다는 듯 고개를 끄덕였다. 우지와 도현은 대화를 통역해주거나 간간히 영어 한마디를 던져주는 수고는 결코 하지 않았다.

"앞으로 1~2주일간은 호흡을 맞추기 위해 습작을 하나 만들 거야. 그리고 우리 모두의 팀 이름으로 그걸 공개하자. 내가 새로 결성한 그룹이라고 알려지면 우리는 금세 유명해질 수 있어. 일단 그렇게 그룹의 존재가 알려지겠지."

"저희는 랩만 하면 되나요?"

"그럼 여기서 음악을 만지려고 했어? 너희는 랩만 해. 음악은 도현과 내가 만들 테니. 에릭은 음반 제작과 공연 때만 드럼 세션을 맡아 우리를 도울 거고. 어차피 저 후레자식은 그냥 폼 내는 용도 이상은 아니야. 안 그래, 후레자식?"

우지가 미소를 지으며 에릭 쪽으로 턱을 까닥이자 에릭이 반갑게 웃으며 "예아"라고 대답했다.

"그다음은 크립에서 오디션을 보는 거야."

"크립이요? 하지만 저희는 몇 달 전에 거기 떨어졌는데요."

"나랑 하면 달라."

「어머니」를 만들 때 하윤도 똑같이 말했다. 그러나 우리는 공모전에서 멋지게 미끄러졌다. 혁근이 망설이는 목소리로 물었다.

"꼭 크립에서 공연을 해야 합니까?"

"응."

우지는 단호했다. 나는 곤란한 표정을 지어 보였다. 사실 머니의 얼굴을 다시 보고 그 무대에 서는 것은 상상만으로도 끔찍했다. 우지가 상황을 설명했다.

"최근 조PD가 투자를 받아 음반 회사를 세웠어. 조PD는 나와 전속 계약을 맺길 바래. 그쪽 투자자는 내가 성공할 가능성이 있는지 알고 싶어 해. 크립이 유일한 힙합 클럽이니까, 프로모션을 하려면 어쩔 수 없지."

"하지만 형 음악 가사에는 크립 소속의 힙합 뮤지션을 조롱하는 내용도 있잖아요. 거기에서는 1차 오디션을 소속 뮤지션들이 심사해요. 과연 오디션에 붙을 수 있을까요?"

"조PD가 머니한테 압력을 행사할 거야. 머니는 요즘 클럽 애들을 방송에 출연시키려고 기를 쓰는 입장이지. 그러니까 조PD의 압력을 무시하고 섣불리 행동하지는 못해. 우린 마이크를 잡고, 랩을 하고, 모든 관객을 사로잡기만 하면 되는 거야. 그다음은 근사한 사진이 인쇄된 음반을 출시할 차례지."

불과 몇 시간 전 기필코 크립의 뮤지션들을 짓밟아버리겠다는 포부를 밝힌 남자가 사실은 크립의 뮤지션이 될 계획을 짜고 있었다니! 우지가 말을 이었다.

"첫 곡을 작업하는 동안은 팀워크를 맞추기 위해 너희도 이곳에 거주했으면 좋겠는데. 가능하지?"

"저는 학교를 다니기 때문에 불가능합니다."

혁근이 대답했다.

"학교? 대학도 다녀?"

"서울대학생이에요."

내가 자랑스럽게 혁근의 대변인 역할을 맡았다. 우리가 내세울 수 있는 것은 혁근의 학력 밖에 없다.

"서울대학교?"

우지는 잠시 놀란 듯했다. 하지만 그는 자신에게 없는 것을 가진 사람을 만났다고 해서 우리처럼 주눅 들지 않을 이유가 있었다.

"우리 아버지도 서울대학교 나왔는데, 돌아가셨지만. 도현이 아버지도 서울대학교 나왔고. 손 전도사, 너는?"

"고등학교를 퇴학당하지 않은 것도 기적이죠."

"이 집에서 거주하는 게 가능하냐고 물었어."

"아! 물론 괜찮아요."

나는 얼떨결에 큰 소리로 대답했다. 이야기를 듣던 도현이 귀찮은 기색을 내비쳤지만 상관없다. 부자들은 솔직하지 못한 경향이 있다. 솔직한 감정 표현은 세련되지 못한 행동 양식이니까. 이 집

식구들은 우리 어머니처럼 나를 구박할 수는 없을 것이다. 나는 이 지하실에서 악착같이 살아남을 자신이 있었다.

"좋아, 손 전도사. 너는 모레까지 짐 챙겨서 이곳으로 와. 오 박사는 학교 끝나면 곧장 이곳에 들르고. 이틀 후부터 작업 시작이다!"

최 실장은 벤치프레스를 할 때 남들 두 개 몫을 드는 강인한 사람이다. 그러나 수탉에게는 여러모로 상대가 되지 않았다.

수탉은 최 실장에게 분노를 마구 쏟아냈다. 수강생 하나가 최 실장이 학원에 놔둔 벤치프레스를 건드렸다가 역기를 얼굴에 떨어뜨려 병원에 실려 갔기 때문이다. 수탉의 얼굴은 붉은 색깔의 채도가 더 선명해졌다. 풀어헤친 셔츠 사이로 보이는 가슴팍까지도 같은 색이다. 붉은 가슴 위로 무성하게 자란 털이 목둘레까지 길게 뻗어 나와 있다. 예전부터 그 셔츠 안에 곱슬머리 남성이 한 명 들어가 있는 것 같다고 생각했다.

"너 이 새끼. 기타 가르칠 생각 없으면 나가서 헬스장이나 차려, 알겠어?"

자존심을 심하게 건드리는 말이었지만, 최 실장은 한마디 항변도 하지 않았다. 그저 고개를 가슴에 파묻을 듯 숙이고 있을 뿐이다.

최 실장에게 호통을 치던 수탉이 쿵쿵거리며 내 쪽으로 걸어왔다. 그게 뭐든지 죄송해요! 그러나 수탉은 하찮은 미물에게는 시선 한 번 주지 않고, 나를 지나쳐 학원의 무거운 철문을 거칠게 닫고 나갔다. 문 바깥으로 누굴 향해 내뱉는지 모를 성난 주절거림이 멀어졌다. 나는 즉시 최 실장에게 달려갔다.

"형, 괜찮아요?"

"내 잘못인데 뭘."

"그분 참 성질 대단하시네. 형이 역기로 사람을 때려눕힌 것도 아닌데 왜 저런데요?"

"내가 역기로 사람을 때려눕혔어도 특별히 더 화내진 않았을 거야. 다음번에 만날 때면 싹 잊으셨을걸."

"뭐 저런 사람이 다 있어요?"

"벤치프레스 좀 밖으로 내놓자. 좀 도와줘."

우리는 역기를 최 실장의 낡은 차 트렁크에 옮겨 실었다. 최 실장은 남색 엘란트라를 몰았다. 언젠가 왜 아직까지 엘란트라를 타느냐고 물었다. 그는 미국에서 한 탈주범이 엘란트라를 몰고 경찰차 여러 대를 따돌린 적이 있다고, 이 차는 주행 성능이 아주 훌륭하다고 대답했다. 그리고 브레이크 제동이 잘 안 되어서 고속 주행을 해본 적은 없다고 덧붙였다.

그와 나는 낡은 엘란트라의 보닛에 걸터앉아 담배를 피웠다.

"형, 나는 형이 정말 좋아요."

"나도 네가 좋다."

"형은 아무리 봐도 전혀 30대 후반 같지 않아요."

"당연하지. 30대 중반인데."

우리는 연배를 초반과 후반의 두 구간으로 나누는 것이 합당하냐, 초중후반의 세 구간으로 나누는 것이 합당하냐를 두고 논쟁을 벌였다. 서른여섯 살인 최 실장은 30대를 세 구간으로 나눌 경우 명백히 30대 중반에 속했고, 두 구간으로 나눌 경우에는 아슬아슬하게 30대 후반으로 밀려났다. 나는 10년을 세 구간으로 나누면 정확히 나누어떨어지지 않는다는 사실을 지적했다. 그러자 최 실장은 순순히 패배를 인정했다. 순식간에 30대 후반으로 밀려난 최 실장이 웃으며 담배를 권했다.

"기타 좀 배워볼래?"

"무료로? 유료로?"

"무료로."

"형이 가르쳐줄 거예요?"

"응. 일 없는 시간에 놀지 말고 배워두면 좋잖아."

이 선량하기 이를 데 없는 사람은 내가 진심으로 좋아하게 된 최초의 '어른'이다.

"정정할게요. 30대는 세 구간으로 나눠도 나쁘지 않겠네요."

8

　우지의 작업 방식은 경이로웠다. 그는 하윤과는 전혀 다른 타입
의 뮤지션이었다. 낮에는 침침한 지하실의 침대에 홀로 드러누워
엄청난 양의 캔 맥주를 마셨다. 밤에는 팀원을 모두 소집해놓고 소
주를 마셨다. 지하실에는 달력이 없었지만 우지는 언제나 오늘이
무슨 요일인지 알고 있었다. 구석에 횡대로 세워놓은 술병을 세어
7로 나누어떨어지는 날이 토요일이니까. 그는 매일 일정한 양의 술
을 마셨기 때문에 규칙은 불변이었다. 공대생이 된 혁근은 이것을
'알코올 모듈 함수(Uzi's Alcohol Modular Function)'라고 불렀다.

　우지는 아무 이유 없이 술을 마시는 보기 드문 사람이었다. 그
는 갈증 해소를 위해, 입술을 축이기 위해, 취하기 위해, 술에서 깨
기 위해 술을 마셨다. 그리고 사람들과 함께 술을 마실 때는 '간다
간다숑간다'라는 거북한 이름의 게임을 하는 걸 좋아했다. 그것은
술을 마실 사람을 결정하고, 그 사람이 술을 마시면 다시 또 술을

마실 사람을 결정하고, 한마디 대화 없이 누군가 누울 때까지, 즉 '숑' 갈 때까지 다음 술을 마실 사람을 결정하는 한심한 게임이다. 우지는 말없이 술을 마시게 하는 게임이 좋은 게임이라고 했다.

동이 틀 무렵 그는 근처 편의점에서 내일 마실 술을 사 와 냉장고의 빈 공간을 채워 넣었다. 그리고 하드디스크에 다운 받아놓은 일본 드라마들을 몇 편 감상하다가, 컴퓨터를 켜놓은 채로 잠이 든다. 책상에 쭈그려 잘 확률과 좁은 침대에서 오그리고 잘 확률은 각각 반반이다. 그가 책상에서 자면 침대는 내 차지였다. 그래서 내가 침대에서 잘 확률도 반이다. 그다음 날 오후부터 어제와 똑같은 하루가 다시 시작된다. 이 사람이 언제 음악을 만드는지는 도통 알수가 없다.

우지가 음악 하는 모습을 처음 본 것은 팀을 이룬 지 닷새째 되는 날이었다. 놀랍게도 우지는 일일이 마우스로 음표를 찍어 음악을 만들었다. 그러면 표현의 속도가 생각의 속도를 따라가지 못하게 된다. 창작에서 속도를 잃는 것은 단지 작업 효율이 떨어지는 것 이상의 치명적인 손실이다. 인간이 지닌 직관은 일정 속도 이상의 육체적 움직임이 수반될 때만 기능하기 때문이다.

작곡가들은 직관으로 음악을 만든다. 어떤 화음이 좋을지, 쌓은 화음들을 어떤 식으로 진행해나가야 할지, 모든 음표가 조화수열적인 비례를 만족시키는지 머릿속으로 일일이 계산하지 않는다. 손이 가는 대로 건반을 누르고, 그것을 녹음하여 연주와 동시에 작곡을 하는 것이다. 이것은 축구 선수가 운동 궤적을 머리로 계산하지 않고 그저 골대를 향해 공을 차는 것과 비슷하다. 마우스로 음표를 끌어당겨 작곡을 하면 음표 배치는 시간적 연속성을 잃게 되는데, 인간의 위대한 음악적 직관은 이렇게 산발적으로 흩어진 소리들까지 아우르지는 못한다. 이것만큼은 극복할 수 없는 문제였다. 대개는 그렇게 말할 수 있었다.

그런데도 우지는 마우스로 작곡을 했다. 음악을 제대로 배워본 적이 없어 건반을 다루지 못하는 그에게는 어쩔 수 없는 선택이었다. 우지의 원시적인 작곡 방식은 역설적으로 자신이 가진 놀라운 재능을 증명했다. 세상 어느 누가 몸으로 뛰지 않고 축구 시합 동안 발생하는 물리적 움직임들을 방정식으로 표현해낼 수 있겠는가. 우지는 매일 그런 일을 했다. 세상 많은 사람들이 건반으로 음악을 만들지만, 오직 우지만이 마우스로 음악을 만든다. 놀라운 기예였다. 술만 좀 줄이면 좋겠다.

도현의 지하실에서 합숙을 한 지 아흐레가 되던 밤, 즉 내가 긴아홉 번째 술자리가 있던 밤, 도현의 높으신 아버지가 지하실을 습격했다. 여태 그런 적이 한 번도 없었다고 들었는데 결국 일이 나고 말았다. 도현의 아버지는 만취해 있었다. 입에서 위스키 냄새가 났다. 그는 자신의 영토에서 허가 없이 벌어지고 있는 파티를 목격하고 격노했다. 위스키에 취한 사람이 맥주에 취한 사람들 때문에 화가 난 것이다.

도현의 아버지에게는 화를 낼 만한 이유가 있었다. 이 지하실은 사회 최상류층에 속한 아버지가, 망나니나 다름없는 아들이 생산적인 무언가를 하는 조건으로 임대해준 것이었다. 그 무언가에 음악은 아슬아슬하게 포함되었다. 맥주는 아니었다. 그의 분노는 품 사들이 해독 불가능하게 배열된 고함으로 터져 나왔다. 나는 우지 의 모든 호사가 끝장났다고 생각했다. 도현은 우지가 지하실을 사용하는 방식에 불만을 갖고 있었지만, 상황이 너무 절박했기에 우지를 변론했다.

"아버지, 이것도 창작의 일부예요."

이 정도 수준의 속임수에 넘어가는 아버지라면 대저택의 소유주가 될 자격이 없다. 객관적으로 말하자면 이곳에서는 음주가 창작의 일부가 아니라 창작이 음주의 극소한 일부였다. 도현의 아버지 역시 흩어져 있는 술병들을 보고 같은 결론에 도달했을 것이다. 지난주 우지의 명령에 따라 나는 100개 가까운 빈 술병을 분리수거함에 가져다 버렸지만, 지하실에는 이미 그보다 더 많은 빈 병들이 굴러다니고 있었다.

도현의 아버지는 한참을 소리 높여 우리를 꾸짖었다. 그러다 다들 따라와, 라며 위층으로 올라갔다. 도현이 먼저 황급히 아버지를 따라갔고, 우지는 술병을 집어 던지며 다시는 술을 마시지 않겠다고 맹세한 후 몸을 일으켰다.

거실로 올라가 우리는 나란히 무릎을 꿇고 앉았다. 누가 먼저 무릎을 꿇었는지, 우리가 왜 무릎을 꿇었는지는 잘 모르겠다. 힘을 가진 자에게 굴종하려는 원시적인 집단 본능이 순간적으로 작용한 것 같다. 도현의 아버지는 A4용지 한 장과 볼펜 한 자루씩을 우리에게 나누어 주었다.

"거기에 이름과 나이를 적어라."

나는 그가 무엇을 하려 하는지 눈치챘다. 일종의 면접을 보려는 것이다. 우리 중 누구도 도현 아버지의 회사에 취직할 의향이 없었기 때문에, 그것은 대단히 무례한 요구였다. 그러나 본래 예의라는 것은 불공정 규약이다. 우리는 한 가정과 부동산의 주인이 되는 사람을 거스를 수 없었다.

"그 아래 아버지 성함과 직업도 적고."

아무래도 이건 좀 지나치다. 나는 우지와 혁근이 어떻게 하나 눈치를 살폈다. 혁근은 비교적 당당하게 아버지 직업을 '교수'라고 적었고, 우지는 조금 망설인 후 종이 위에 두 글자로 커다랗게 '사망'이라고 썼다. 도현의 아버지를 가해자로 만들어버릴 심산이었다. 나는 아버지에 대해 '실종'이라고 적기는 싫어서 그냥 '백수'라고 적었다. 도현의 아버지는 종이를 걷어 모아 눈여겨보다가 말했다.

"아버지가 교수라고? 그런데 여기서 왜 이러고 있어?"

그는 안타까운 눈초리를 하고 혁근을 바라보았다. 그러나 그렇게 말하는 자신의 아들이 의사나 변호사가 아니라서 메시지는 전달력이 약했다. 그의 시선이 한참 혁근의 이마 근처에 머물다가 다시 우리가 써낸 자기소개서로 돌아갔다. 그리고 아마 우지의 이력서라고 생각되는 종이를 읽다가 눈에 띄게 움찔했다. 도현 아버지의 도덕성은 큰 타격을 받은 듯했다. 그는 우지와 나의 부모님에 대한 논평을 생략하고 종이들을 치워버렸다.

"도대체 음악은 언제까지 할 생각들이냐?"

그 질문에는 누구도 대답할 수 없다. 긴 침묵이 지나간 후, 도현의 아버지는 "우리 도현이는 말이다" 하고 말을 이었다. 우리 모두 알고 있지만 도현의 아버지에게는 영원히 질리지 않을 아름다운 이야기가 시작됐다.

도현은 아버지의 희망과 달리 이른 시기에 공부를 손에서 놓았다. 아버지는 도현이 그릇이 큰 일꾼이 되기를 바랐지만, 도현은 통이 큰 소비자가 될 그릇이었다. 도현은 특출한 규모의 소비 외에는 별다른 관심이 없는 전형적인 부잣집 도련님으로 자랐다. 그래서 참다 못한 아버지는 그를 외국으로 내보냈다. 몇 년 후 귀국한 도현은 갑작스럽게 아버지에게 음악을 하고 싶다고 고백했다. 늘 그랬듯이 도현이 무엇을 하려면 큰돈이 들었다. 도현은 아버지로부터 막대한 자금을 지원받아 프로 수준에 가까운 작업실을 꾸몄다. 아버지는 아마 '새 취미에 대한 열정이 한풀 꺾이면 컨버터블 스포츠카를 사달라고 할 테지'라고 생각했을 것이다. 거기까지는 보통의 도련님 성장기와 같다.

그런데 이번만큼은 도현이 금방 싫증을 내지 않았다. 그는 미치도록 음악을 듣고, 닥치는 대로 음악을 배웠다. 그러자 깊은 곳에 묻혀 잠을 자던 보석 같은 재능이 눈을 뜨기 시작했다. 도현은 홍대 근처의 한 실용음악 아카데미에 수강생으로 등록했다. 학원의 원장은 단박에 도현의 재능과 두터운 지갑을 알아보았다. 음악가로 살아가려는 사람에게는 양쪽 다 무시할 수 없는 자질이다. 원장은 도현에게 모든 자원을 쏟아부었고, 도현은 하루 20시간씩 음악에 매달렸다. 도현은 그를 가르치는 모든 사람들의 장점을 베끼고 빨아들이고 소화하여 결국에는 넘어섰다. 수강생으로 학원에 입학한 지 1년이 지난 후, 도현은 학원 사상 최연소 강사가 되었다. 가수와 음반 제작자들이 도현에게 삼고초려를 해가며 음악을 받아 갔다.

도현의 아버지는 자기 아들의 성장 서사를 읊고 나서 우리의 얼굴을 찬찬히 뜯어보며 충고했다.

"도현이처럼 모든 것을 걸어볼 생각이 없다면, 차라리 그만둬라. 모든 것을 걸었다면 온몸으로 부딪쳐야 하는 거야. 다른 일은 모두 접어두고 음악에 집중해라. 모 아니면 도라는 심정으로 덤벼, 덤비라구!"

그의 주먹이 힘차게 허공을 갈랐다. 그게 그분의 경영 철학인지는 몰라도, 어쨌든 나는 도현의 아버지가 한 연설의 진정성은 의심하지 않는다. 다만 도현의 아버지 같은 사람들도 알아야만 한다고 생각한다. 세상에는 온몸으로 부딪친 충격을 받아줄 튼튼한 그물 없이 살아가는 사람들이 많다는 사실을. 그런 사람들에게 음악이란 외줄타기는 스릴 넘치는 도전이 아니다. 오직 떨어져 다칠 것을 걱정할 필요가 없는 사람들만이 그 외줄 위에서 마음 놓고 뛰어다닐 수 있다.

도현의 아버지는 우리에게 한 번 더 기회를 주겠다고 선언했다. 그 말을 들은 우지는 너무 좋아했다. 그래서 지하실로 내려오자마자 다시는 술을 입에 대지 않겠다는 맹세를 어겼다. 그날 이후 아무것도 달라지지 않았다.

다음 날 학원 아르바이트를 끝내고 작업실로 돌아와보니, 해가

지지도 않았는데 이미 대단한 술판이 벌어지고 있었다. 하루 만에 축내기에는 아까운 술인 데킬라까지 준비되어 있었다. 도현은 에릭이 사 온 것이라고 말했다. 에릭은 첫맛을 본 순간부터 지금까지 정열적으로 소주를 증오하고 있었다. 그 점에서는 나와 기호가 비슷했다.

처음 보는 사람 두 명이 앉아 있었다. 둘 모두 나보다 한 살 더 많은 언더그라운드 힙합 뮤지션이라는데 이름은 한 번도 들어보지 못했다. 사실 백수와 언더그라운드 뮤지션은 안개와 구름 정도의 차이라 별로 개의치 않았다. 나와 혁근도 슬그머니 언더그라운드 뮤지션 취급을 받고 있었지만 누가 우리에 대해 들어보기나 했을까? 저쪽도 우리에 대해 마찬가지로 생각하고 있을 것이다.

우리는 인사를 교환했다. 얼굴이 넓적하고 유머 감각이 풍부한 남자는 'UMC'라고, 국문학과생 래퍼였다. 그는 자신을 국문학과의 사생아라고 소개했다. 그리고 문학이야말로 실은 태초의 랩으로부터 발생한 사생아라면서, 보수적인 교수들의 우매함을 소리 높여 지탄했다. 그 주제에 대해서는 혁근과 생각이 통해서 두 대학생은 아무도 관심을 기울이지 않는 열띤 대화를 이어나갔다.

허약할 정도로 몸이 마른 다른 한 명은 '현상'이라는 래퍼 겸 작곡가로, 크럽의 뮤지션들에게 음악을 써 주는 등 이 바닥 사람들에게는 꽤 유명한 존재라고 했다. 유머 감각이 아주 세련된 사람이었다. 여자들에게 인기가 많다는데 충분히 상상할 수 있었다. 현상은 으스대는 투로 진짜 사랑에 빠져본 게 언제인지 기억조차 나지 않는다고 말했다. 그는 이제 겨우 스물한 살이었다.

유엠씨와 혁근의 대화는 한국말과 라임 쪽으로 나아가 있었다. 우리는 격렬한 속도로 술잔을 비웠다. 에릭은 아무 말도 알아듣지 못하면서 때때로 커다란 소리로 웃었다. 데킬라의 효과였다. 그날의 술자리는 나를 즐겁게 했다. 음주라기보다 스포츠에 가까운 느낌으로 술잔을 휘두르는 평소 우지의 음주와는 전혀 달랐으니까.

"우리들은 중학생 시절부터 함께해왔지. 그러니까 음악적 동료라기보다 형제야. '소울트레인 브라더후드'지."

우지가 말했다. 나는 우지가 예전에 만든 노래 가사에 '소울트레인'이라는 단어가 자주 등장하는 것을 알고 있었고, 그게 우지가 속한 단체라는 이야기를 들은 적도 있다. 그것을 우지가 지어낸 가상의 조직이라 여겼다.

"이제 너희도 소울트레인 브라더후드야."

우지는 조직폭력단의 보스 같은 표정으로 혁근과 나를 번갈아 바라보았다. 나는 이 사람들이 마음에 들었다. 우지의 괴팍한 성격과 과도한 음주벽에는 여전히 적응할 수 없었지만, 한 번도 경험해본 적이 없는 고삐 풀린 삶의 방식이 나를 사로잡았다.

"그럼 이제 우리 팀의 첫 음악을 만들어야지."

우지가 몇 번씩이나 넘어질 듯 비틀거리면서 일어나 컴퓨터로 다가갔다. 나는 그가 농담하는 것이라고 생각했는데, 그는 곧 하드디스크에서 도현이 만들어 저장한 습작 중 하나를 꺼낸 후 열심히 마우스로 음표를 찍기 시작했다. 우지는 대부분의 음악을 끄적이기만 하다가 버렸기 때문에, 오늘 그의 손에 걸려 세상의 빛을 보게 될 음악은 엄청난 경쟁을 뚫고 난자와 결합한 정자처럼 그 존엄

성을 인정받아야 할 것이었다.

우리는 자기 이름조차 기억하지 못할 만큼 취한 상태에서 순식간에 가사를 써 내려갔다. 다음 기억은 한나절의 시간적 단절이 있은 후 이어지는데, 이때는 이미 음악 하나가 완성되어 있었다. 내 안의 또 다른 내가 한 랩도 녹음되어 있었다. 나는 녹음은커녕 그런 가사를 쓴 기억조차 나지 않는다. 우지를 만나 아무 의미 없는 30일을 보내고, 어느 새벽 30분 동안 우리는 첫 음악을 완성했다. 나는 우지의 작업 방식을 완벽하게 이해했다.

완성된 음악의 이름은 '어린 시절'로 결정되었지만 정작 음악을 만든 팀은 아직 이름이 없었다. 우지가 말했다.

"우리는 하나의 가족이다. 내가 결성했지만 나의 팀이 아니라 우리의 팀이라고 생각한다."

그래서 그는 우리의 의사도 묻지 않고 음악을 인터넷에 '우지스 패밀리'라는 이름으로 발표했다. 아주 공평한 팀 이름이었다. '우지스'도 3음절이고 나머지 모두를 지칭하는 '패밀리'도 3음절이니까. 음악은 폭발적인 호응을 얻어 빠르게 퍼져나갔다. 수습할 여지없이 혁근과 나는 '패밀리'의 구성원으로 널리 알려지게 되었다. 희망적인 부분은 사람들이 우지의 음악보다 혁근과 나의 랩에 더 관심을 가졌다는 사실이다. 어느 날 갑자기 우지의 두 날개가 되어 이 세계에 등장한 신인들에 대해 많은 사람들이 궁금해했다. 그중에서도 특별한 누군가가 아주 특별한 관심을 보였다.

5월 중순, 내가 잠에서 깨지 못한 시각, 그러므로 명백히 우지

역시 자고 있어야 할 시각인 오전 열 시에 나는 우지의 전화를 받았다.

"열두 시까지 강남 쪽으로 와. 점심 약속 잡았다."

"오후에 아르바이트 하는 거 아시잖아요."

"조PD가 너희를 한번 보고 싶어하는데, 아르바이트 있어서 못 온다고 전해줘?"

잠이 확 달아났다.

"당장 가죠. 어디로 갈까요?"

"베니건스 본점."

이 사람들에게는 패밀리 레스토랑이 급식소였다. 나는 최 실장에게 전화해 아르바이트를 미루고 혁근과 함께 강남으로 날아갔다. 우지의 전화를 받고 기껏 한 시간이 지났을 때 혁근과 나는 약속 장소 앞에 서 있었다.

"혁근아, 믿어져? 저번 달에는 디제이 우지, 이번 달에는 조PD. 다음 달에는 마이클 잭슨이 아닐까?"

우지와 간다간다숑간다를 두 판 뛴 것처럼 나는 도취 상태다.

"우리는 지금 기적을 겪고 있어. 너무 빨라서 어지러울 정도야. 너도 빨리 회개하고 교회에 나와."

"그럴 필요 없어. 조PD 님은 이미 예수와 동급이야. 하나님이 선택한 위대한 뮤지션이잖냐!"

조PD는 우아한 자태의 메르세데스 벤츠 S클래스를 타고 나타났다. 바깥세상의 비천한 눈길들을 차단하려고 창문은 모두 짙은 색깔로 선팅이 되어 있었다. 차의 뒷좌석에서 우지와 도현이 내렸고, 운전석에서 우리가 기다리는 사람이 모습을 나타냈다.

"왔썹!* 배고프지?"

그게 조PD의 첫마디였다. 이 인기 가수가 내가 배고픈 것까지 걱정하는구나. 난 드디어 성공을 거머쥐었다!

우리는 서버들의 과장된 접대를 받으며 레스토랑 꼭대기 층으로 올라갔다. 홀 앞 입구에서 양복을 입은 남자가 서서 기다리고 있었다.

"조PD입니다."

"네, 제가 점장입니다. 자리는 준비해두었습니다."

점장은 우리를 테이블로 안내하고, 마치 조PD가 신용카드로 식대를 미리 결제하기로 한 양 사인부터 받아갔다. 물론 내민 종이는 결제 용지가 아닌 A4용지였다. 일주일 후 복도 벽에 걸린 액자 안에서 발견될 것이다.

홀에는 우리가 사용할 커다란 원탁 테이블 하나만 덜렁 놓여 있었다. 그것은 그냥 예약이 아니었다. 점심시간을 전세 내버린 것이다. 나는 지금 내 빈약한 상상력이 미칠 수 없는 세계에 발을 딛고 서 있었다. 그 세계가 어떤 곳이든, 이 순간 내가 가장 존경하는 사람이 조PD인 것에는 변함이 없다.

메뉴판이 치워지자마자 대화는 빠르게 전개되었다.

"며칠 전에 「어린 시절」에 해놓은 랩을 들어봤어. 아주 대단한 친구들이던데."

---

*   What's up: 조PD의 발음을 음가대로 적었다.

'이봐요, 레스토랑을 전세 내는 것보다 대단한 일은 이 세상에 없다구!'

그것은 진심이었지만, 내 입에서는 다른 말이 튀어나왔다.

"감사합니다."

"어제 우지가 「어머니」를 들려줬거든. 사실 그것 때문에 만나보자고 한 거야."

"감사합니다."

"너희 둘이 다 만든 거야?"

나는 이제 하윤의 이름을 언급하며 우리의 무용담을 기분 좋게 늘어놓을 생각이었다. 그때 놀라운 일이 벌어졌다.

"부족한 부분은 제가 많이 다듬었습니다."

혁근과 내가 동시에 고개를 돌려 우지를 노려보았다. 우지는 태연한 표정으로 우리의 시선을 받아냈다.

"역시 디제이 우지. 넘버원이야. 정말 걸작이었어."

"뭘요, 애들이 열심히 했지요."

충격 때문에 숨도 쉴 수가 없었다. 좀처럼 흥분하지 않는 혁근의 얼굴도 벌겋게 달아올랐다.

"음악이 아주 마음에 들었어. 지금 작업 중인 내 음반에 리메이크해서 사용하고 싶어. 랩은 나, 오 박사, 손 전도사가 같이하기로 하고. MP3로 떠돌다가 묻히기엔 너무 아까운 음악이야."

이제 조PD는 아예 우지에 대고 이야기했다.

"글쎄요, 아직 부족한 점이 많은 음악이라 음반에 수록하기에는 무리가 있을 것 같습니다. 음악이 필요하면 제가 작업실에 가서 다른 곡들을 들려드리도록 하겠습니다."

나도 모르게 테이블 커버를 꽉 움켜쥐었다가 놓았다. 테이블 위에 올라온 접시들이 흔들렸다.

"그런데 오 박사와 손 전도사는 소속된 기획사가 있어?"

"없습니다."

우지가 뭐라 입을 열기 전에 혁근이 대답했다.

"앞으로 음악 계속할 생각은 진지하게 하고 있어?"

"물론입니다."

"내가 음반 기획사 만들고 있는 거, 우지한테 이야기 들었겠지?"

조PD는 뜸을 들이며 단계적으로 질문을 던졌다. 자신이 마지막에 할 말을 우리가 예측할 수 있도록. 아주 효과가 좋았다. 우지의 어처구니없는 행동에 대한 분노가 순식간에 머릿속에서 밀려나가고, 달콤한 제안에 대한 기대감이 그 자리를 차지했다.

"어때, 내 음반사와 계약하고 제대로 음악 해볼 생각 있어?"

"그건 곤란합니다."

선두에 목숨을 건 것처럼 우지가 재빠르게 대답했다. 질문이 끝나기도 전에 대답이 끝났다. 포크를 들어 그의 몸에 꽂아 넣을 뻔했다.

"이 아이들은 제 팀입니다. 당분간은 저하고 활동할 계획이고요. 아직 음악적으로 미숙한 부분이 많기 때문에 충분히 성장할 때까지는 독립을 허락할 수 없습니다."

도현은 실실 웃으며 상황을 즐기고 있었다. 이런 일이 일어날

걸 알고 있었나? 자신을 우지 아래 달려 있게 만든 과거가 반복되는 모습을 흐뭇하게 관람하는 중인가?

식사가 나왔다. 나는 너무 흥분해서 음식을 목으로 넘길 수조차 없었다. 혁근도 멍하니 음식을 내려다보고 있었다. 조PD는 참 속이 좋은 사람이다. 혁근과 내가 포크를 놓아버렸는데도, 테이블의 험악한 분위기를 전혀 감지하지 못하고 껄껄대며 강남 한복판에 높이 치솟아 오를 새 회사 건물에 대해 자랑을 늘어놓았다. 우리와의 계약 이야기는 완전히 잊어버린 채 조PD는 심오하고 흥미진진한 건축공학의 세계로 날아가버렸다. 혁근과 나는 식사가 끝날 때까지 조PD의 이야기를 듣는 둥 마는 둥 하다가 레스토랑에서 나왔다. 음식은 입에 대지도 못했다. 우지는 비열하게 웃으며 우리에게 작별 인사를 던지고 조PD의 벤츠 뒷좌석으로 안전하게 피신했다.

"개새끼."

벤츠가 시야에서 사라지자 혁근의 입에서 그 말이 튀어나왔다.

다음 날 우리는 씩씩거리며 작업실로 쳐들어갔다. 혁근은 우지가 어떤 변명을 늘어놓을지 궁금해 죽겠다는 표정이었다. 우지가 간밤에 제대로 된 변명거리를 발견하지 못했다면, 그는 죽은 목숨이다.

우지는 침대 위에서 맥주를 빨고 있었다. 우리가 쿵쿵거리며 걸어와 침대 앞에 섰는데도 꿈쩍하지 않았다. 항의는 혁근이 주도했다.

"자, 한번 설명해보시죠."

"많이 섭섭했나 보네."

"섭섭함은 받을 걸 못 받았을 때 느끼는 기분입니다. 우리는 가진 걸 뺏겼어요. 우리는 화가 났습니다."

"내가 너무 이기적이라고 생각하나 봐."

"그 이상이죠. 당신 같은 사람은 처음 봤습니다."

우지는 쾅 하는 소리가 나도록 맥주 캔을 거칠게 내려놓고 몸을 일으켰다. 10대의 방식으로 이 문제를 해결하려는 걸까? 그렇다면 실수하는 것이다. 우리는 두 명이다. 그리고 분노한 사람 한 명은 두 사람 몫의 물리적 능력을 발휘할 수 있다.

"나는 너희가 이기적이라고 생각해."

"뭐라고요?"

혁근과 나는 귀를 의심했다.

"나는 완전한 호의를 갖고 너희를 조PD한테 소개했어. 우리는 가족이니까. 그런데 너희는 내 자리를 빼앗으려고 했어. 둘 중 하나를 선택해. 내 동료가 되든가, 아니면 내 적이 되든가. 동료가 되는 건 내 판단을 따르는 거야."

"억지로군요. 당신 뒤에 선 사람은 동료고, 당신을 앞질러 나가는 사람은 적입니까? 우리는 당신 자리를 쟁탈할 생각 따윈 없었어요. 새로운 기회를 제안 받았을 뿐이지. 당신은 우리 기회를 부당하게 박탈했어요. 어떻게 그 순간을 입 다물고 버텼는지 지금도 믿을 수 없을 정도입니다."

"잘한 거야. 안 그랬다면 나는 모든 수단을 동원해서 너희를 제거했을 테니까. 너희는 이 바닥에 대해 아무것도 몰라. 타인의 기회? 그런 건 없어. 기회는 한 종류뿐이야. 모든 기회는 자신의 기회지. 내가 너희 같은 촌뜨기들을 불러다 내 방석을 내줄 정도로 바보인 줄 알았어?"

나는 도저히 참을 수가 없었다.

"씨발. 정말 우리끼리만 듣기는 아까운 궤변이군요. 당신이 들이마실 산소를 충분히 남겨주려면 우린 당장 뒈져버려야겠어요."

"산소가 충분하지 않을 때는 그래야겠지. 음반을 제작하고 팔아먹는 건 큰돈이 드는 일이야. 수많은 투자자를 끌어 모으고, 수많은 계약서가 오가고, 수많은 사람들이 바쁘게 움직이다 보면 수많은 시간을 소모하게 되지. 그러니까 기회는 한 번에 딱 한 번이야. 그 한 번을 놓치면 다음 기회는 언제가 될지 영영 모르는 거고. 너희가 나타나자마자 그 한 번의 기회를 두고 나와 경쟁하는 게 공정하다고 생각했나?"

인정하기 싫지만 순식간에 우리는 수세에 몰렸다.

"날 더 이상 화나게 하지 마. 너희가 기회라고 생각하는 것들이 내 덕분에 가능했다는 걸 잊지 마. 나는 더 유명해지고 더 완전해지도록 너희를 키울 거고, 때가 되면 너희한테 진짜 기회를 제공할 거야. 지금은 때가 아니야. 계속 성급하게 굴면 너희의 때는 영원히 안 올지도 모르지."

그게 협박이 될 수 있다고 보는가?

그렇다. 지난달 우지는 사망 직전의 래퍼인 혁근과 나를 건져 올렸다. 우리는 우지의 꼬붕이 되어 유명해졌고, 우지 덕분에 조PD를 만났고, 우지가 마음먹기에 따라서는 앞으로 영원히 조PD를 보지 못할 수도 있었다. 어쩌면 우지는 이미 그런 결정을 내렸을 수도 있다. 우지가 승리했다. 빛 없는 지하실에서 오랜 시간 맥주를 마시며 수양을 쌓은 노련한 뮤지션과 대적하기에는 혁근과 내가 너무 어렸다. 우리는 힘없이 꼬리를 내린 채 한마디 말도 더 하지 못했다.

우지는 다시 침대에 벌렁 드러누우며 말했다.

"내가 너희를 당장 걷어차버리지 않는 게 애정을 갖고 있기 때문이라고 생각해도 좋아. 어제 조PD와 이야기했어. 이번 주말부터 크립에서 공연을 시작할 거라고. 오디션이 있겠지만 형식적인 거지, 사실. 이번 주부터 클럽 무대에 데뷔한다고 생각하면 돼. 너희는 제대로 된 무대 경험이 없으니까 죽도록 연습해야 해. 자, 이제 맥주를 좀 사 오도록 해."

9

나는 낡은 실용음악학원의 문지기다. 나는 고졸이고 결손가정의 장남이며 디제이 우지라는 위대한 힙합 뮤지션의 하수인이다. 세상은 내가 죽어버린들 잠깐이나마 멈칫하지도 않을 것이다. 사람들은 장례식이 끝나자마자 나를 잊을 테고, 다른 누군가가 학원 입구에 앉아 하루 여섯 시간씩 졸고 있을 것이다. 우지는 고등학교를 막 졸업한 세상의 수많은 래퍼 지망생들에게 유혹적인 제안을 스팸메일처럼 뿌려댈 것이다.

'그래도, 우지와는 그만두는 게 낫지 않을까? 엿 먹으라고 말하고 혁근과 둘이서 다시 시작하자.'

하지만 뭘 다시 시작한다는 거지? 난 내가 그만둘 수 없다는 사실을 잘 알고 있었다. 그게 가장 괴로운 점이었다.

"뭐 나쁜 일 있어?"

두어 시간 동안 말없이 우두커니 앉아 있는 나를 보고 최 실장이 물었다.

"나쁜 일이 있다면요?"

"나는 그럴 때 기타를 연주하지."

최 실장은 로비에 놓인 앰프와 기타를 이고 오더니, 여섯 걸음 정도 떨어진 곳에서 나 한 명의 관객을 앞에 두고 독주를 시작했다.

나는 그의 빼어난 연주를 보며 입을 헤 하고 벌릴 기분이 아니었다. 하지만 내 기분과는 상관없이, 물리적 자극에 반응하도록 설계된 몸은 그의 연주 앞에서 그리 오래 저항하지 못했다. 나는 어느새 고개를 까닥이고 있었다.

손가락은 필요 이상의 근육이 붙어 있지 않은 최 실장의 유일한 신체 부위다. 최 실장의 손가락 앞에서는 그 어떤 손가락도 짧고 뭉툭하다고 말할 수 있다. ET처럼 길고 마디가 가늘며 섬세하고 우아하게 빠진 손가락. 나는 수탉이 최 실장의 손가락을 바라보면서 "너의 손가락에서는 부르주아의 냄새가 나"라고 말하는 걸 들은 적이 있다. 민주노동당을 증오하는 월 3천만 원대의 고소득자가 할 말은 결코 아니었지만, 어쨌든 수탉마저 나름의 언어로 최 실장의 천부적 신체 조건을 인정한 것이다.

메탈로 음악을 시작한 최 실장은 유명한 속주가여서, 그 길고 섬세한 손가락으로 기타를 치는 동안 만큼은 세상의 주인공처럼 보였다. 손가락이 허공을 가르듯 현란하게 움직일 때마다 쏟아져 나오는 아름다운 소리는, 연주라기보다는 손가락이 거는 주문에 앰프와 스피커가 공명한다는 쪽이 더 그럴듯해 보일 정도였다.

그 광경을 본 초심자들은 자신의 뻣뻣한 손가락으로는 만년이 지나도 해낼 수 없을 일이 벌어지고 있다고 느낀다. 그런 초심자인 나는, 열여덟 개처럼 보이는 최 실장의 손가락을 지켜보는 동안 예배 중인 신도처럼 내 삶에 닥친 고난에 대해 걱정할 수가 없었다.

음악사에서 '현악기가 지배하는 시대'는 어떤 기술적인 이유가 아니라 손가락의 시각적 마술로부터 시작되었을 것이다. 현을 퉁기는 손끝의 춤이 불러일으키는 경외감이야말로 기타와 같은 현악기들이 세상을 지배하는 이유임이 분명하다. 되돌아보면 음악 테크놀로지의 발전은 현악기의 권능에 대한 도전의 역사였다. 18세기의 피아노포르테, 20세기의 신디사이저는 모두 다루기 힘든 현악기들을 대체하려는 목적으로 발명된 것이다. 편리하면서도 강력한 새 테크놀로지들은 인류 최초의 악기일 것이 틀림없는 관악기들을 현대 대중음악에서 몰아냈지만(물론 진정한 최초의 관악기인 성대는 살아남았다), 오히려 진짜 다루기 까다로운 현악기들의 지위에는 아무런 위해도 가하지 못했다.

가장 전복적이고 반기성적인 집단조차도 현악의 독재에는 이의를 제기하지 않았다. 20세기를 풍미한 무정부주의적인 저항 정신의 소유자들이 가끔 사상을 부정하고 화성을 부정하며 관습을 부정하는 음악을 만들긴 했어도, 현악기인 기타로 자신의 음악을 연주하는 것까지 회의하지는 않았다. 오늘도 새로운 세대들이 구시대의 유산인 기타를 배우러 이곳에 몰려든다. 그 아이들 덕에 내 직장이 생기고 내 일자리가 생겼다. 왜 이렇게 현악기는 강력하고 중독적인가?

현을 다루는 손맛이 에로틱하기 때문이다. 현을 다루는 마법 같은 손놀림의 광경에 풍부한 성적인 은유가 담겨 있기 때문이다. 인간이란 본래 이런 말초적인 정서의 샘에서 태어난 존재이기 때문이다……

연주를 마친 최 실장은 내 가설을 간단히 반박했다.

"아니. 현악기가 음악 판을 지배하는 이유는 만들기 어렵고, 따라서 비싸고, 손상되기 쉽고, 한번 손상되면 수리가 힘들고, 그래서 결국 더 비싸고 약해진 신제품을 사게 만들기 때문이야. 황금알을 낳는 거위니까 누군가 자꾸 만들어 파는 거지."

최 실장의 유머는 날이 갈수록 훌륭해진다. 나는 웃을 수밖에 없었다.

"기분이 좀 낫지? 이러다 나는 음악치료사가 될지도 몰라. 이 음악이 얼마나 많은 사람들에게 힘이 되었는지 너는 몰라."

"형이 작곡한 거예요?"

"응. 한 5년 전에. 내 친구와 이혼한 불쌍한 여자를 위로하려고 만들었어."

"그 여자는 음악을 듣고 기분이 좋아졌나요?"

"내 애인이 됐지."

그는 유쾌하고 낙관적인 사람이다. 게다가 모범적인 근육질의 몸을 지닌 독신이었다. 내가 그의 애인이 될 일은 없겠지만, 그것은 단지 내가 남자로 태어났기 때문이다.

"크럽에서 공연한다고? 머니는 잘 있어?"

나는 움찔했다.

"그 사람, 알아요?"

"아는 동생이지."

"형은 흑인음악 하는 사람들도 알아요?"

"난 메탈 퇴물이야. 원장 선생님이 재즈나 훵크, 블루스 쪽은 더 잘 알지."

"어떻게 재즈와 훵크와 블루스를 하는 사람이 힙합을 싫어하지? 이게 말이 돼요?"

"영혼이 깃든 흑인음악은 80년대에 끝났다고 하더라."

"그럼 그때 기타를 접었어야지."

평생 한 우물을 판 늙은이는 가장 깊게 내려간 대가로 우물 바깥을 볼 수 있는 시력을 상실했다. 그리고 자신이 볼 수 없는 것은 존재하지 않는 것이라는 고집을 부린다. 스무 살인 내 눈에도 보이는 것들인데.

문득 이런 생각이 들었다. 재즈를 하는 늙은이가 힙합을 무시하고, 힙합을 하는 우지는 나를 무시하지만, 그것은 내 삶에 벌어진 여러 가지 치욕 중 하나이지 그 이상은 아니다. 그들이 나를 어떻게 취급하든, 결함은 내 존재가 아니라 그들의 판단력과 자기조절 능력에 있는 것이다. 나는 극복할 수 있다. 나는 무시당하고 모욕당하는 데 완전히 익숙하다. 일종의 정서적 면역이나 다름없다. 나는 서른 살까지 마이크를 놓지 않겠다. 그때 주위를 둘러보며 내 옆에 누구도 서 있지 않음을 확인하고 말겠다.

초인종을 누르자 한참이 지나 문이 살짝 열렸다. 현관문은 절반쯤 열린 채로 사슬 걸쇠가 걸려 있었다. 문틈으로 보이는 도현의 표정은 곤혹스러웠다.

"지금은 손님이 와서 작업하는 중인데."

"오늘 공연 연습하라고 했잖아. 늦지 말고 오라며."

"중요한 손님이라서."

가끔 작곡을 의뢰하는 음반 관계자들이 도현의 지하 작업실을 드나들었다. 그럴 때마다 도현은 우리 같은 떨거지들이 사업 파트너에게 민폐를 끼치지는 않을까 예민하게 신경을 곤두세웠다. 물론 혁근과 나는 우지보다는 덜 위험하다. 대낮부터 지하실 침대에 드러누워 이불을 뒤집어쓰고 맥주를 마시는 타입의 사람은 아니기 때문이다. 게다가 우리는 이럴 때마다 우지를 밖으로 모시고 나오는 역할을 수행해서 도현의 신뢰를 약간 얻었다.

"언제 끝나는데?"

"두세 시간. 어쩌면 서너 시간."

"우지는?"

"잠깐 집에 보냈어. 밤에 올 거야."

"그럼 우린 그냥 1층 거실에 조용히 앉아 있을게. 지하실 쪽은 쳐다보지도 않을게. 방해되지 않을 거야."

도현은 잠시 망설였다. 나는 필요한 만큼 비굴하게 굴어 그 집 안에 들어갔다.

혁근과 나는 으리으리하고 텅 빈 거실에 놓인 소파에 마주 보고 드러누웠다. 한참 천장을 응시하고 있던 혁근이 입을 열었다.

"세상에 평등 따위는 없어."

"뭐가 그렇게 불평등하냐?"

"조PD의 메르세데스 벤츠."

우리는 소리 내 웃었다. 연예인은 다른 인종이다. 단지 TV에 몇 차례 얼굴을 더 들이민다는 이유만으로, 그들의 삶은 보통의 인간과 전혀 달라진다. 혁근은 책가방을 열고 책을 몇 권 꺼냈다.

알베르 카뮈의 『시지프 신화』, 장 폴 사르트르의 『존재와 무』, 마르틴 하이데거의 『존재와 시간』, 블라블라블라……. 모두 표지가 변색될 만큼 낡았다.

"대학생들은 이런 걸 읽냐?"

나는 혀를 찼다. 혁근이 말했다.

"실존주의야."

"알아. 실존은 본질에 앞서지."

"너가 실존주의를 어떻게 알아?"

"3학년 1학기 윤리 중간고사 주관식 문제였잖아. 실존은 (본질)에 앞선다. 나는 실존은 (주의)에 앞선다고 썼지만."

혁근이 책 하나를 내 앞으로 내밀었다.

"저리 치워!"

"카뮈를 한번 읽어봐."

"아니, 난 이걸 베고 잘 거다."

"한 번만 읽어봐. 본래 책은 앞서나가려고 읽는 게 아니라 뒤처지지 않으려고 읽는 거야."

혁근은 저항할 틈도 안 주고 『시지프 신화』를 내 손에 넘겼다.

"이런 걸 읽는 놈들이 몽땅 뒤처지는 곳이 바른 사회인데."

나는 투덜거렸다. 그때 지하실로 연결된 문이 열렸다. 지하실에 갇혀 있던 쿵쿵대는 음악 소리가 삽시간에 거실로 퍼졌다. 여자 한 명이 걸어 나왔다. 혁근과 나는 동시에 그 쪽으로 시선을 돌렸다.

우리와 비슷한 또래였다. 짧은 치마와 달라붙는 니트 셔츠를 입고 있었다. 그녀의 가장 뛰어나게 아름다운 부분은 허리였고, 그다음은 잘 빠진 목이었다. 기린처럼 긴 목 위에는 텔레비전에서 지겹도록 보아온 얼굴이 달려 있었다. 이효리였다.

두리번거리던 이효리의 눈이 나의 눈과 마주쳤다. 혁근이 아니라 내 눈이었다고 확신한다. 그녀는 당황스러워했다. 천만 명의 시선을 받는 일은 익숙하겠지만, 그런 그녀이기에 5미터 거리의 실내 공간에서 마주한 낯선 사람의 시선이 불편하게 느껴질 것이다. 나는 그녀가 우지의 침대가 놓인 지하실로 후퇴하기 전에 재빠르게 인사를 건넸다.

"안녕하세요, 효리 씨?"

평생 한 번도 발성해본 적이 없는 낮은 톤의 남성적 울림이 내 목에서 튀어나왔다. 혁근이 어이가 없다는 듯 나를 돌아보았다.

"아, 예……."

"저희는 도현 형과 팀을 하고 있는 사람들이에요. 만나서 반갑습니다. 도현 형한테 음악을 의뢰하러 오셨나요?"

나는 건방질 정도로 넉살 좋은 척했다. 음악을 의뢰하러 이곳에 들르는 당신 같은 연예인들을 질리도록 봤다는 듯이. 사실은 당장 카뮈의 『시지프 신화』를 아무 부분이나 한 장 뜯어내 사인을 애걸하고 싶은 마음이었지만. 연예인에게 그의 팬을 자처하는 것은 자신의 존재 가치를 스스로 훼손하는 짓이다. 그것은 '나는 당신이 피해야 할 사람이에요'라는 고백이나 다름없다.

"그냥 음악 좀 들어보러 왔어요."

"솔로 음반을 준비하세요?"

이효리는 대답하지 않았다.

"여긴 그런 사람들이 많이 와요. 얼마 전에는 조규찬 씨가 다녀갔죠."

물론 여기 오는 그런 사람들은 나를 전혀 모른다.

"확정된 건 아니에요. 같은 팀이면 노래를 하시나요?"

"랩을 합니다."

그 질문에 대해서는 혁근이 입을 열어 대답했다. 그리고 그는 다시 침묵으로 빠져들었다. 그의 침묵은 금이다. 내가 좀 더 많은 말을 할 수 있으니까.

"멋지네요."

그녀는 감정이 실리지 않은 목소리로 말했다. 내게 그런 건 중요하지 않았다.

지하실 쪽에서 누군가 "효리야"라며 올라왔다. 혹시 성유리가 올라올까 기대했건만, 그녀는 이효리의 스타일리스트였다. 그 뒤로 세계에서 가장 운 좋은 사내인 도현이 따라 올라왔다. 스타일리스트는 의아하다는 듯 멀뚱하게 우리를 쳐다보았다. 도현이 그녀에게 "나랑 팀 하고 있는 아이들"이라고 설명해주었다. 우리는 조PD

앞에서는 패밀리였고, 이효리 앞에서는 아이들이었지만, 그 순간은 이 집을 지키는 강아지여도 상관없었다.

"안녕하세요?"

이효리의 스타일리스트가 사근사근한 말투로 인사를 했다. 나는 쭈뼛한 목례로 인사를 받았다. 큰 키에 몸이 마른 여자였다. 대한민국에서 가장 예쁜 여자를 따라다니며 그 여자를 더 예쁘게 꾸미는 일이 직업이라니 너무 불쌍하게 느껴졌다.

"효리랑 식사 좀 하고 올게. 집 좀 지키고 있어."

도현은 정말로 우리를 강아지처럼 취급하기 시작했다. 그때 이효리의 입에서 도무지 믿기지 않는 말이 튀어나왔다.

"식사 안 하셨으면 같이 가요."

그 한마디를 들은 것만으로도 내게 회고록을 쓸 명분이 생겼다. 나는 재빠르게 대답했다.

"네, 아주 배가 고픕니다."

스타일리스트가 뭔가를 말하려다 입을 다물었고, 도현이 잠시 눈을 부라렸다.

"어차피 근처에서 먹을 건데요, 뭘."

효리가 웃으며 말했다.

우리는 대한민국에서 가장 유명한 여자 가수를 모시고 허름한 분식집에서 식사를 했다. 주인 아주머니는 이효리를 알아보았다. 하지만 "어머, 핑클이네!"라더니 놀랍게도 더 이상 흥미를 보이지 않고 주방으로 되돌아갔다.

음식을 먹으면서 이런저런 이야기가 오갔다. 이효리는 나이가 나보다 한 살 더 많았고, 그녀의 스타일리스트는 이효리보다 두 살 더 많았다. 스타일리스트의 이름은 은수였다. 그녀는 이효리가 이번 핑클 음반을 마지막으로 힙합으로 솔로 활동을 시작할 계획을 잡았다고 했다.

"그런데 왜 김도현이죠?"

나는 진심으로 궁금했다. 이효리가 대답했다.

"도현이 음악을 우연찮게 들어봤는데 탁월하더라구요. 딱 제가 찾던 작곡가였어요."

괜히 물었다. 나와 혁근은 남은 삶 동안 무엇을 이루어도 도현을 추월할 수는 없을 것 같다는 생각에 어깨를 늘어뜨리고 말았다. 이효리가 말을 이어갔다.

"아까 지하실에서 두 분이 하신 랩을 들어봤어요. 좋던데요."

거대한 태풍이 몰아쳤다. 나는 날아가지 않도록 의자를 꽉 붙들었다.

"저희가 피처링 해드릴 수 있어요."

"하하, 네. 랩이 필요하면 도현이한테 말할게요."

"저한테 직접 말하셔도 됩니다. 전화번호를 가르쳐드릴게요."

이효리는 도현과 은수의 얼굴을 한 번씩 돌아보며 난감한 표정을 지었지만 싱긋 웃으며 말했다.

"그러죠. 전화번호를 가르쳐주세요."

나는 이효리에게 내 전화번호를 불러주었다. 이효리가 내 전화번호를 적고 있는 동안, 혁근은 눈빛으로 "거기까지만 해"라는 메시지를 전달해 왔다. 하지만 누구도 나를 멈추게 할 수는 없었다.

"저한테도 전화번호를 가르쳐주세요."

정적, 망설임. 그리고 다시 눈웃음. 난 이효리의 입술이 불러주는 열 자리 숫자를 적었다. 수학의 역사에서 이보다 중요한 정보를 담은 수열은 일찍이 없었다. 만류하는 눈빛으로 나를 바라보던 혁근은 지금 자신의 뛰어난 두뇌 중에서도 오작동과 정보 손실이 전혀 없는 가장 안전한 부분에 이 정보를 저장하고 있을 것이다. 나는 이효리의 전화번호를 알고 있다!

이효리와 은수가 돌아가고 난 후 도현은 나에게 단단히 주의를 주었다.

"절대로 전화해서는 안 돼. 행여 진짜 전화하라고 가르쳐준 거라는 상상은 하지 마. 우지한테 이 사실을 알려서도 안 돼. 가장 중요한 건, 이효리의 전화번호가 우지한테 넘어가서는 안 된다는 거야. 제발 날 망신시키지 마."

"목숨 걸고 약속할게."

도현은 못미더워했지만 난 약속을 지켰다. 전화하지 않았다. 대신 화장실 문을 잠근 채 문자를 날렸다. 나는 스무 살이었고 넘어서는 안 될 선 따위는 아직 알고 싶지 않았다. 「식사즐거웠습니다. 저희는 신촌의 크립에서 공연하니까 분위기도 파악할겸 모자 눌러쓰고구경오세요.」

몇 분 동안 숨을 죽이고 기다렸지만 답장은 날아오지 않았다. 기분은 나쁘지 않았다. 언젠가는 답장을 받고 말 테니까.

밤이 되자 우지가 작업실로 어슬렁거리며 돌아왔다. 그는 유엠씨와 처음 보는 또 다른 남자를 대동했다. 낯선 이의 이름은 '태완'이라고 했다. 그는 나와 동갑인데, 이미 음반을 낸 가수이자 '소울 트레인 브라더후드'의 또 다른 형제였다. 나는 태완이 낸 음반에 대해서는 한 번도 들어본 적이 없었다. 그러나 우지는 태완이 최고의 R&B 보컬이라고 극찬했다. 우리 중에서는 분명히 그럴 거다. 그는 음반을 낸 유일한 사람이었다.

"얘들이 주말 공연을 도와줄 거다. 태완이 보컬 파트를 맡고, 유엠씨는 퍼포먼스가 좋으니까 분위기를 달궈줄 거야. 너희가 유엠씨의 절반만 흉내 낼 수 있다면 공연은 대성공이지."

우지가 말했다.

유엠씨는 기괴한 음악적 성향 때문에 스스로 유명해지지는 못했지만, 퍼포먼스가 워낙 뛰어나 공연 게스트나 음반 피처링 요청에 묻혀 사는 사람이었다. 그런데 정작 자기 음악은 시큰둥한 평가에 짓밟혀 뭉개지곤 했다. 남을 드러내는 재능과 남에게 인정받지 못하는 재능을 동시에 가진 자는 얼마나 불행한가.

공연 때 세 곡을 부르기로 결정했다. 첫 곡은 힙합 뮤지션들을 직설적으로 씹는 가사로 이미 유명해진 노래 「우지스 마인드」였고, 그다음은 얼마 전 혁근과 내가 참여했던 「어린 시절」이었다. 마지막은 '씹어'라는 노래였다. 그 노래는 「우지스 마인드」의 후속곡이었는데, "저번엔 내가 씹었으니 이번엔 너희도 날 씹어"라는 자학적인 내용을 담고 있었다. 후렴구에는 "그래 맘껏 씹어"라는 구절이 반복된다. 그러나 지금까지는 아무도 우지를 씹는 노래를 만들지 않았다. 세상에는 먼저 노래해야 할 훨씬 더 중요한 주제들이 많이 있을 테니까.

우지는 각자의 역할을 배분해주었다. 그는 먼저 자신의 퍼포먼스 영역을 할당했고, 그다음 유엠씨와 태완의 영역을 정했다. 남는 자투리를 우리가 메웠다. 혁근과 나는 여덟 마디 32초 동안 랩을 하고, 나머지 13분 동안 무대 위가 떠들썩해 보이도록 손을 흔들고 박수를 이끌어내는 역할이었다. 조PD와 만났을 때 있었던 일의 보복이라고 보기에는 너무 치사했다. 또 원래 이런 용도로 사용할 계획이었다면 팀에 우리를 수혈한 이유가 납득되지 않았다. 무대를 32초 정도 채우는 것은 누구나 할 수 있는 일 아닌가. 32초라면 심지어 '침묵'으로도 감당할 수 있는 시간이다.

나는 곧 결론을 내렸다. 단 32초를 책임지려고 13분짜리 무대에 서는 것은 누구나 할 수 있는 동시에 누구나 자존심이 상할 일이다. 애초 우지는 자신의 형제들에게 그런 자질구레한 일을 해달라고 부탁할 수 없었다. 그래서 우리를 찾아냈다. 즉 그에게 혁근과 나는 형제가 아니다. 우리는 필요에 따라 입양되었을 뿐 피를 나누지는 않았기 때문이다. 알아들을 수 없는 언어로 에릭을 농락하곤 하던 우지의 모습이 떠올랐다. 그는 우리가 알아들을 수 없는 또 다른 언어로 우리를 농락하며 즐거워했는지도 모른다.

이 상황에서 가장 비참한 대목은 내가 이 32초짜리 무대 설거지를 때려치울 수 없다는 사실이다. 현재로서는 이것이 나의 유일한 일거리였기 때문이다. 아니, 이 32초짜리 일거리 때문에 누군가에게 나를 뮤지션이라고 소개할 수 있다는 쪽이 더 정확하다. 우지는 처음부터 적합한 사람들을 물색하고 발견한 것이다.

나는 남의 리허설을 지켜보는 기분으로 연습에 임했다. 공연의 대부분은 우지와 유엠씨의 랩으로 짜여졌다. 유엠씨는 듣던 대로 퍼포먼스가 대단한 래퍼였다. 대본을 보지 않는 연기자처럼 가사 따위는 신경도 쓰지 않았는데, 완벽한 연습 끝에 나온 것처럼 매끄러웠다.

그리고 태완이 노래를 불렀다. 나는 깜짝 놀랐다. 그는 정말로 가수였다. 노래방에 가면 두 방 걸러 하나마다 들리는 단지 목청만 좋은 소리가 아니었다. 그것은 하늘이 주신 선물을 오랜 시간 용도에 맞게 다듬고 단련시켜 만들어낸 작품이었다. 태완의 노래가 절정에 이르렀을 때 나는 그의 전율적인 재능에 압도되어 울어버릴 것만 같았다.

"잘 부르지?"

유엠씨가 나에게 속삭였다. 나는 넋이 나간 표정으로 중얼거렸다.

"제장, 저런 놈이 음반을 내도 망한다면 대체 서태지는 뭘 어떻게 한 거야?"

"넌 복권 사면서 어떻게 긁어야 당첨될 수 있냐고 물을래?"

태완의 목소리가 감미롭게 잦아들었다. 나는 동료에서 관객으로 강등된 지 오래였다. 이번 공연에서 태완이 가장 조심해야 될 부분은 무대를 지나치게 장악하지 않는 것이다. 엄연히 '우지'와 '패밀리'의 공연이니까.

"자, 처음부터 한 번 더 가자!"

우지는 신이 나서 소리쳤다. 우리는 지하실에서 13분짜리 모의 고사를 여덟 번 보았다. 그 104분 동안 나는 256초 랩을 했다. 육중한 비트가 공기를 뒤흔들고 남자들의 거친 울부짖음과 폭발할 듯한 열정이 지하실을 뜨겁게 달구었지만, 거기서 내가 맡은 역할은 아주 별 볼 일 없었다. 나는 구석에 방치된 소품이었다.

"네 음반을 꼭 들어보고 싶다."

연습을 끝내고 도현의 작업실에서 나오면서 나는 태완에게 말했다. 태완은 그 말을 듣자마자 반사적인 동작으로 옆 가방에서 시디를 꺼내 내밀었다. 언제 어디에서나 주인의 존재를 빛낼 수 있도록 시디 표지에는 휘황찬란한 사인이 그려져 있었다.

"나도 줘."

혁근이 요청하자 태완은 재빠르게 시디 한 장을 더 꺼냈다. 도장으로 찍어낸 것처럼 약간의 오차도 없는 것 같은 모양의 사인이 역시 표지에 그려져 있었다. 아직 가방을 털어 들어 있는 시디의 개수를 확인할 만큼 그와 친하진 않았기 때문에 나는 비웃지 않았다. 사인할 수 있는 음반의 주인이 되었다는 것은 자랑스러운 일이다. 혁근과 나는 그 일을 이룩할 때까지 먼 길을 더 가야 했다.

달빛을 받아 더 고급스러워 보이는 값비싼 주택들 사이를 걸어 내려오면서 우리는 많은 이야기를 나누었다.

태완은 여섯 살 때부터 흑인을 숭배하기 시작했고, 열다섯 살 때는 이미 스스로를 흑인이라고 믿었다. 자신이 신의 실수로 엉뚱한 육체에 주입된 검은 영혼이라는 것이다. 그는 흑인음악이 아니면 그 어떤 음악도 참고 들질 못했다. 허리가 들썩이지 않는 음악은 들을 가치가 없다는 것이었다. 그는 간단한 논리로 설명했다. "척추가 인체에서 가장 중요한 부위기 때문에 가장 중요한 음악에 반응하는 거야."

태완은 흑인음악뿐만 아니라 흑인의 패션과 흑인의 스포츠도 삶의 일부분으로 받아들였다. 100개가 넘는 R&B 음악의 가사를 외웠고, 잘 때도 듀렉*을 썼으며, 선수의 절반 이상이 흑인으로 채워지지 않은 스포츠는 진짜 스포츠가 아니라는 생각까지 하고 있었다. 그는 농구와 육상을 '흑인 스포츠'라고 불렀다. 자신은 흑인 스포츠를 너무 좋아해서 매일 한 시간씩 NBA를 시청하고, 육상 경기 결과까지 기록해둔다고 말했다. 사람들이 하염없이 앞으로 질주하기만 하는 시합에 열광할 수 있다니 놀라운 일이다.

태완은 화제가 자신의 음반에 이르자 매우 조심스러워졌다. 음반 기획사에서도 꽤 공을 들인 그의 음반은 타이틀곡이 방송 금지 판정을 받는 바람에 본전도 못 건지고 망했다. 가사에서 문제가 된 부분은 "함부로 세치 혀를 놀리지 마"라는 구절이었다고 한다.

"세치 혀를 놀리지 말라는 게 왜?"

혁근이 물었다.

"심의 사유에 '음란한 성적 행위가 연상된다'고 쓰여 있더라."

태완은 고통스럽게 신음했다. 우리는 참지 못하고 웃음을 터뜨렸고, 태완과 연락처를 주고받았다.

집에 도착하기 직전에 문자 메시지를 한 통 받았다. 태완일 거

---

* 힙합 패션의 소품으로 사용되는 나일론 재질의 두건

라고 생각하고 휴대폰을 열었는데 놀랍게도 발신인이 '이효리'였다.

「저 은수예요. 효리가 가르쳐준 게 사실 제 번호예요. 공연은 한 번 보러 갈게요. 실망하셨죠?」

나는 한숨을 쉬고 짤막하게 답장을 보냈다.

「네」

10

크립의 오디션은 오후 여섯 시였다. 우지와 태완은 크립으로 각자 오기로 했다. 혁근, 유엠씨 그리고 나는 일찌감치 신촌에서 합류했다. 신촌 길거리에 세워진 커다란 광고용 멀티비전 안에서 핑클이 춤추고 있었다. 이효리가 나머지 세 여자를 저만치 어깨 뒤로 밀어두고 화면을 독차지하자 세상이 다 환해졌다. 그녀와의 추억 같은 것은 꿈도 꿀 수 없는 불쌍한 인간들이 화면에 눈길도 주지 않고 길거리를 바쁘게 오갔다.

"실물보다 화면이 잘 안 받네."

나는 중얼거렸다. 유엠씨가 덫에 걸렸다.

"니가 만나라도 봤냐?"

"만나봤지."

"정말?"

"밥도 같이 먹었는걸."

"전화번호라도 따지 그랬어."

"이미 손에 넣었지."

물론 거기에는 생략된 사실이 있다.

"코디네이터 번호 말고, 이효리 전화번호 말이야."

유엠씨는 낄낄거렸다. 나는 혁근을 날카롭게 노려보았다. 나의 시선은 아랑곳하지 않고, 혁근은 유엠씨와 어깨동무까지 한 채 웃음을 터뜨렸다.

우지는 오디션 30분 전에 나타났다. 저녁을 먹겠냐고 묻자, 우지는 신경질적인 목소리로 공연 전에 밥을 먹으면 목이 잠긴다고 답했다. 그래서 우리까지 저녁을 굶고 크럽으로 가게 되었다. 그날 크럽에서는 '힙합 파라다이스'라는 볼륨이 큰 정기 행사가 열렸다. 그것은 이름 있는 언더그라운드 뮤지션들이 모두 한자리에 모여 자정까지 존재감을 뿜내는 언더그라운드 최고의 파티였다. 그래봐야 이효리가 두터운 선글라스를 끼고 강남역 거리를 활보할 때만큼의 관심도 끌 수 없겠지만, 어쨌든 이 세계에서는 그런 공연의 출연진 명단에 이름을 올릴 수 있다는 것만도 커다란 영광이었다. 물론 '우지스 패밀리'의 이름은 아직 출연진 명단에 없었다. 우지 말대로 조PD가 크럽에 압력을 행사할 수 있다면, 우리는 오늘 형식적인 오디션을 통과하고 언젠가 '힙합 파라다이스'의 출연진이 될 수 있을 것이다. 하지만 나는 조PD의 지원사격이 과연 효과가 있을지 심히 의심스러웠다. 조PD는 식당을 전세 낼 만큼 대단한 인물이지만, 이곳은 목이 잠길까 봐 밥을 굶는 사람들의 세계다.

클럽 입구에는 험상궂은 외모의 사내들이 서 있었다. 그들은 자욱한 담배 연기 안에 숨어 살아 움직이는 모든 것을 노려보았다. 언뜻 그들은 클럽 입구에 세워진 조형물 같아 보였다. Side B. 지워버리고 싶은 기억의 한구석을 차지하고 있는 사람들. 그 힙합 그룹은 서너 달 전 혁근과 나의 볼품없는 오디션 공연 내내 잡담만을 나누었다. 그중 한 명이 잠시 나와 눈을 마주쳤지만, 다행히 나를 알아보지 못한 듯 곧 고개를 돌려버렸다. 언젠가 우리가 정식으로 대면할 날이 온다면, 나는 반드시 "처음 뵙겠습니다"라고 인사할 것이다.

우리는 좁은 계단을 줄지어 내려갔다. 우지가 앞장서고 유엠씨, 혁근, 나 순으로 뒤를 따랐다. 지하 계단에서 풍기는 곰팡이 냄새가 낯설지 않았다. 이곳에서 맛본 쓰라린 실패도 마찬가지다. 아마 누군가는 나와 혁근의 얼굴을 기억해낼 것이다. 우리가 오늘 조PD의 권력을 등에 업고 오디션을 통과한다면, 우리의 과거가 모든 이들에게 공유되어 음악적 경력을 쌓아나가는 매 순간마다 나와 혁근을 괴롭힐 게 틀림없다.

지하 공연장 안에는 오늘 공연의 진행을 맡은 디제이와 클럽 주인 '머니', 그 두 명만이 자리를 지키고 있었다. 머니는 우리 네 명의 면상을 찬찬히 훑어보았는데, 그 시선은 아무런 동요 없이 혁근과 내 얼굴을 스쳐 지나갔다. 범법자라도 가려낼 듯한 매서운 눈빛이었지만, 그의 눈은 기억을 담당하는 기관이 아니었던 것이다.

"우지스 패밀리냐?"

우리 모두와 한 번씩 눈싸움을 한 후, 머니는 질문인지 단정인지 알 수 없는 희한한 억양으로 한마디 내뱉었다. 우지가 대답 대신 무표정하게 고개를 끄덕였다. 디제이 우지는 굴욕에 익숙하지 않은 사람이라 스스로를 낮추는 태도를 피하려고 기를 쓰고 있었다.

"MR 내놓고 올라가."

공연을 시켜달라고 찾아오는 사람들을 모두 이렇게 다루나 보다. 저번 오디션처럼 머니는 숨 쉴 틈도 주지 않고 곧바로 오디션을 시작하려고 했다. 우지가 아무 대꾸도 하지 않고 무대 위에 오르자 나머지 넷도 그를 뒤따랐다. 마이크는 셋, 사람은 넷이었다. 불행하게도 마이크를 손에 넣지 못한 혁근이 우물쭈물하고 있자 우지가 물었다.

"마이크가 하나 부족한데요?"

"너희가 중창단이야? 랩 쉬는 사람 마이크 돌려 써."

칼칼한 목소리로 대답하면서 머니가 음악을 틀었다. 그러고서는 우리가 올라간 무대를 등지고서 LP들이 빼곡히 꽂힌 책장을 정리하기 시작했다. 사실 그 책장은 정돈이 필요 없을 만큼 깔끔했다. 그는 단지 우리에게 비참한 기분을 느끼게 하고 싶을 뿐이다. 그렇게 청중 없는 오디션이 시작되었다. 우지스 패밀리가 공연할 음악들은 37초짜리 인트로를 제외하고 총 세 곡이었다. 우지는 오디션을 보러 온 주제에 야심차게 앵콜송까지 준비했지만 오디션은 인트로와 함께 끝났다. 머니가 음악을 꺼버린 것이다. 머니는 혁근과 나에게 다시는 클럽에 발을 들이지 말라고 말했을 때와 똑같은 퉁명스러운 표정으로, 그만해도 된다고 말했다. 하지만 이번 결과는 합격이었다. 있을 수 없는 일이었다. 단 한 명의 뮤지션도 참관하지 않은 지하실에서, 우리는 클럽 주인의 등에 대고 자장가 하나를 부른 뒤 오디션을 통과했다.

나와 혁근은 두 번째 음악인 「어린 시절」에서 32초씩 랩을 하기로 되어 있었다. 나는 랩 한마디 해보지 못하고, 혁근은 마이크에 손을 대보지도 못한 채 오디션에 합격했다.

"오늘 공연 첫 무대부터 시작해. 나가서 놀다가 7시 30분까지 클럽으로 돌아와. 늦으면 너희 무대는 없다."

머니는 이쪽을 보지도 않고 그렇게 지시했다. 클럽의 디제이가 이해할 수 없다는 듯 어깨를 으쓱해 보였다. 조PD가 머니를 몹시 화나게 만든 것이 틀림없었다.

"저 인간 정말 마음에 들지 않는걸."

클럽을 나오자마자 우지가 투덜거렸다. 우지와 머니는 비슷한 유형이었다. 무뚝뚝하고, 자기중심적이고, 배타적인 태도가 몸에 뱄으며, 언제나 자기 아래 사람들을 거느리는 인간.

"조PD가 방송 연줄을 대주겠다는 거래를 확실히 밀어붙였나 봐요."

나는 권력이 만들어낼 수 있는 기적이 어떤 것인지 목도하고 충격에서 벗어나지 못했다. 우지가 말했다.

"세상에는 힘을 가진 사람들이 있지. 언제나 그보다 더 높은 사람들이 있고. 곧 조PD를 장난감처럼 휘두르는 사람들도 보게 될 거다. 언젠가 내가 그런 사람들 중 하나가 될 테니까 봐둬."

놀랍다. 내가 우지에 대해 꿈꾸는 것과 똑같은 야심을 우지도 조PD를 바라보며 품고 있었다니. 내가 우지를 넘어서기 전에 우지가 조PD를 밟고 올라서는 일이 없기를.

"그 말을 들으니 세상 모르고 호랑이 새끼를 키우는 조PD가 불쌍해지는걸."

유엠씨의 말투는 신랄했다. 그는 우지의 고등학교 후배로, 거리낌 없이 우지를 비꼬아댈 수 있는 몇 안 되는 사람 중 하나였다.

"지금은 그 사람 옆에서 웅크리고 기다려야 하는 때야."

"맞아. 그래야 무사히 음반을 내고 힙합은 자유라고 외칠 수 있지."

우지는 유엠씨의 말을 무시하고 모두에게 말했다.

"중요한 건 오늘 공연이야. 할 일은 아주 간단해. 우리의 오프닝 공연이 너무 뜨거운 나머지 관객들이 남은 공연 시간이 지루하다고 느끼도록 만들면 돼."

바로 그 순간, 더할 나위 없이 적절한 타이밍에 우지와 동갑내기인 언더그라운드 힙합의 대장 '무적'이 골목을 돌아 튀어나왔다. 우지는 자신이 받아야 할 흠모를 가로채고 있는 그 잘생긴 힙합 아이돌을 사력을 다해 증오했다. 듣기로는 무적 역시 나름의 이유로 우지를 싫어한다고 했다. 무적은 우지를 말없이 응시하더니 코웃음을 치면서 말했다.

"오프닝 좋아하시네. 너희를 카펫으로 깔아놓고 공연을 시작하는 거다."

마치 잘 아는 사이라도 되는 듯, 무적은 아무렇지 않게 반말을 던진 후 가던 길을 걸어갔다. 들으라는 듯 휘파람으로 자신의 음악을 흥얼거리면서. 클럽에 소속된 모든 사람들이 우리를 적으로 여기고 있다는 게 느껴졌다. 우지는 「우지스 마인드」라는 노래로 크립의 뮤지션들을 모욕했다. 그러니 선전포고를 했던 우지의 경우는 이런 대접을 받을 만하다. 하지만 나와 혁근은? 우리는 우지가 키를 잡은 배의 창고에 얹혀 탔다는 이유만으로 300척 함대의 포문에 겨냥된 표적이 되고 싶지는 않았다.

크립의 팬들은 어둠 속에서 나지막이 흘러나오는 인트로 음악만 들어도 누가 공연할 차례인지 눈치채고 환호성을 지른다. 그러면 무대 왼쪽 구석의 '공연자 전용 출입구'가 빠끔히 열리고, 짝퉁이 일부 섞인 가장 비싼 힙합 브랜드들로 온몸을 치장한 공연자들이 성큼 무대를 밟아 걸어 나온다. 강렬한 비트가 폭발하면서 사람들은 마약에 취한 것처럼 허우적대는 시늉을 한다. 그런데 현실과 환상의 경계인 '공연자 전용 출입구' 바깥에는 무엇이 있는가? 관객으로서 나는 그것이 그다지 궁금하진 않았다. 대기실과 연습실, 자기 차례를 기다리며 열띤 최종 연습을 벌이는 래퍼들이 상기된 표정으로 서성이겠거니 막연히 추측했을 뿐.

하지만 거기에는 그냥 복도가 있었다. 쥐가 찍찍거리는 소리조차 메아리칠 것 같은 음습한 복도가. 출구 앞에는 빗자루와 쓰레받기가 처량하게 팽개쳐져 있고, 쓰레받기에는 공연자들이 기다리며 태운 지루한 시간의 흔적들이 산을 이루었다. 산산이 흩어진 담배꽁초들을 예쁘게 쓰레받기에 모아놓은 사람은 무적이나 가리온 같은 언더그라운드 슈퍼스타들일지도 모른다.

"씨발. 딱 세 달만이야. 그러고 나면 이런 쓰레기장에서 공연할 일은 영원히 없어."

우지가 중얼거렸다. 가난한 힙합의 성지에 대한 모독일지도 모르지만, 나 역시 우지의 예언이 이루어지길 진심으로 바랐다. 몇 안 되는 팬들의 영웅이 되는 희열에 중독되어, 무대에 오를 시간을 기다리며 살아가는 삶은 너무 애처롭게 느껴졌다. 그래서 클럽 주인 머니 역시 자기 아이들을 방송에 내보내고 싶어 안달인 것이다. 클럽을 모욕하는 노래를 만든 우지를 클럽에 출연시키는 거래를 해야 할 만큼 절실하게.

"오 박사랑 손 전도사, 가사 까먹은 거 없지?"

우지가 다그쳤다. 혁근과 나야 그럴 일이 없다. 사실 우리 둘의 가사는 너무 짧아 공연 연습을 하는 와중에 입에 붙어버렸다. 랩 분량의 절반을 소화해야 하는 우지는 그 반대의 이유로 양쪽 손바닥에 훈민정음을 가득히 적어야 했다.

"지금 이 순간부터 우리는 전설을 만드는 거야. 딱 세 달만 고생해서 이름을 날리고 조PD와 음반 계약을 하자."

공연이 임박하자 우지는 자상해졌다. 그는 마지막 공연곡 「씹어」의 두 번째 단락 가사가 빼곡히 적힌 오른손바닥을 쭉 펴서 내밀며 말했다.

"파이팅 한번 하자."

그때 공연장을 시끄럽게 뒤흔들던 아이스큐브(Icecube)의 음악이 뚝 끊기고, 우지와 도현이 공들여 만든 '우지스 패밀리'의 인트로가 흘러나왔다. 입장 신호였다. 우지는 내민 손을 황급히 도로 거두어들이고 입 모양으로만 소리 없는 파이팅을 외치며 무대로 연결된 출입문을 벌컥 열어젖혔다.

공연장은 조용했다.

거의 비어 있었으니 그럴 수밖에. 스무 명가량의 관객들이 아이스큐브의 음악에 몸을 맞춰 흔들다 말고, 무대 위로 기어 나온 한 무리의 공연자를 흘끗 바라보았다. 넓은 객석은 텅 비었고 좁은 무대는 마이크보다 많은 수의 사람들로 가득 차 있었다. 단 32초 동안 랩을 하게 될 내가 보기에도 김이 새는 광경이었다. 우지의 안면 근육이 씰룩거렸다.

무적의 말 그대로 우리는 이날 공연의 카펫이었다. 장작더미를 타오르게 하려고 쑤셔 넣어진 부지깽이에 불과했다. 우리의 음악이 지하실을 쿵쿵 울려대기 시작하면 파티의 냄새를 맡은 밤 손님들이 모여들고, 진짜 공연은 그다음부터 시작되는 것이다. 우지가 마이크를 잡고 어렵게 입을 뗐다.

"우지스 패밀리입니다."

얼굴은 처음 보았겠지만, 이런 곳에서 어슬렁거리는 사람들이라면 다들 한 번쯤 우지의 이름을 들어보았을 것이다. 몇몇 관객들이 그의 이름을 듣고 호기심 어린 눈길을 주었다. 그러나 그들의 시선도 곧 집중력을 잃고 시들해졌다. 우지가 콘솔 쪽을 향해 말했다.

"그냥 음악 갑니다."

우지는 연설처럼 격정적인 팀 소개를 준비했지만 과감히 생략했다. 앵콜곡까지 준비하다니, 허망한 꿈이었다. 공연이 시작되었다는 것을 알게 된 사람들이 출입문으로 드나들기 시작하자 분위기는 더욱 어수선해졌다. 우리는 단숨에 세 곡의 음악을 모두 불렀다. 퍼포먼스는 계획보다 한참 얌전했다. 유엠씨는 방방 날뛰는 대신 아예 무대에 등을 돌려버렸고, 태완은 성가대에 막 합류한 소년처럼 수줍게 노래를 불렀다.

처절하기 짝이 없는 데뷔 무대가 끝나자, 오페라의 막간에서나 들을 법한 예의 바른 박수 소리가 들려왔다. 우지는 우리가 관객들을 단박에 사로잡을 것이라고 장담했지만, 무대에서 공연하는 것은 맥주를 손에 들고 침대에 앉아 연습하는 것과 전혀 달랐다. 우리 음악에 맞춰 몸을 흔들어준 고마운 사람은 객석 끝에 걸터앉은 클럽의 터줏대감 무적뿐이었다. 그는 정적이 파멸하는 광경을 음미하며 박자를 타면서 과장된 몸짓으로 어깨를 들썩거렸다.

11

나는 고등학교 내내 성취하길 원하는 것과 포기할 수밖에 없는 것들을 분류하여 목록으로 작성하면서 시간을 보냈다. 그 작업을 하다 보면 가진 게 거의 없기에 가질 것도 거의 없으리란 확신이 생겼다.

같은 시간 동안, 어떤 여자는 스타일리스트가 되겠다는 꿈을 키우며 동대문과 이태원을 휘젓고 다녔다. 그녀는 고등학교를 졸업하자마자 빈약한 포트폴리오와 직접 재단한 옷 몇 벌이 담긴 쇼핑백을 손에 들고 당돌하게도 음반 기획사의 문을 두드렸다. 그녀는 음반 발매를 앞둔 틴에이지 그룹의 어시스턴트 스타일리스트가 되는 조건으로 회사와 계약을 맺었다. 음반사와 연결된 학원을 거치지 않은 사람이 발탁되는 것은 아주 예외적인 일이다. 어시스턴트는 일곱 명이었는데 모두 갓 고등학교를 졸업한 소녀들이었다. 그녀는 20만 원의 월급을 받으면서 하루 열 시간 동안 가수들을 쫓아

다니고, 다른 여섯 시간은 소품을 구하기 위해 시장을 뒤졌다. 모두가 정규직으로 채용될 날을 꿈꾸며 쓰러질 때까지 뛰어다녔지만, 두 달에 한 명 꼴로 후임자에게 자리를 내주고 거리로 밀려났다.

은수는 어시스턴트로 딱 9개월을 버텼다. 그사이 그녀가 맡은 아이돌 그룹은 '핑클'이란 이름으로 데뷔했다. 그다음에 아주 작은 행운이 따랐다. 팀의 리더이자 그녀의 친구가 된 이효리의 강력한 지지로, 핑클은 후속곡을 부를 때 은수가 고안한 루스삭스와 짧은 교복 치마를 입기로 결정했던 것이다. 그래서 네 소녀는 묘하게 자극적인 교복 차림으로 앙증맞게 뛰어다니며, 대한민국의 모든 남학생들이 오해하도록 「내 남자친구에게」란 노래를 불렀다. 음반은 40여만 장이 팔려나갔다. 그 노래는 여고의 교복 디자인을 바꿔놓았다. 은수는 어시스턴트에서 이효리의 전담 스타일리스트가 됐다. 월급은 여덟 배로 뛰었다. 그녀는 스물두 살에 한국에서 다섯 손가락 안에 드는 음반 기획사의 대리 직위를 꿰찼고, 제발 의류 협찬을 할 수 있게 해달라고 칭얼대는 대형 의류회사의 마케팅 담당자들을 다루게 되었다. 나는 은수의 성공기에 완전히 빠져들었다.

"내가 만나자고 해서 좀 놀랐지?"

그녀는 놀랄 만큼 자연스럽게 반말로 내 이름을 입에 담는다.

"이효리랑 같이 왔다면 더 놀랐을 텐데요."

"너 같은 애들 때문에 경호원을 붙이는 거야."

그녀는 웃었다.

카페 직원이 셰이크와 탄산수가 나왔다고 고함을 질렀다. 내가 쟁반을 받아 와 탄산수를 건네주자, 그녀는 한 모금을 마시더니 이야기를 이어갔다.

"효리는 지금 힙합에 완전히 미쳐 있어. 그런데 난 힙합에 대해서는 아무것도 몰라. 그래서 공연을 보고 좀 공부하고 싶어."

"뭘 입혀도 상관없을걸요, 이효리한테는."

"그렇지 않아. 치마냐 반바지냐를 두고도 나는 다른 스타일리스트들과 전쟁을 벌여. 내가 면치마를 고르면, 다른 애들이 청반바지를 들이밀어. 왜냐하면 내가 면치마를 골랐으니까."

"효리 씨도 패션에 관심이 많잖아요."

"언제나 많은 걸 이야기하는 편이지. 그 애가 원하는 걸 말하기 전에 먼저 제안할 수 있었기에 내가 지금까지 이 일을 할 수 있는 거야. 효리한테 최종적으로 한 벌의 옷을 입히기 위해 나는 내 몸에 스무 가지의 실험을 해봐. 그 애가 마음에 든다면 달고 있던 액세서리라도 언제든지 떼어내 줘야지. 그래서 금붙이는 집에 모셔만 둬."

은수는 혼자 웃었다. 아직은 그녀가 봉사하는 여왕에게 헌정되지 않은, 광택이 없는 은색 귀걸이가 그녀의 귓불을 잡아 흔들었다. 남을 꾸미는 게 일인 그녀는 스스로는 최소한으로 꾸미고 있었다. 뭔가 부조리하다는 생각마저 든다.

"효리의 변신은 나한테 기회야. 내가 준비할 수 있도록 힙합 공연을 좀 보여줘."

"공연을 보여달라고요?"

"부탁할게."

"클럽에 가세요. 그리고 실컷 구경하면 되잖아요."

"네가 이런저런 사람들도 소개해줄 수 있잖아."

실토할 때가 왔다.

"저도 어제부터 공연을 시작하게 된걸요."

"전문가처럼 이야기하더니!"

그녀는 실망한 기색이 역력했다.

"난 그렇게 말한 적 없는데."

사실 약간은 그렇게 말했다. 하지만 그때는 이효리가 타깃이었지, 그녀의 스타일리스트가 아니었다.

"뭐 어때? 가이드로는 써먹겠지."

"우리 공연이 누나의 경력을 쌓아가는 데 도움이 될지는 잘 모르겠네요. 제가 소개시켜줄 수 있는 사람도 없고요."

그래도 굳이 공연을 보길 원한다면 나는 우지스 패밀리의 공연이 쉬는 날 은수를 클럽으로 인도할 참이었다. 내가 우지의 그림자에 짓눌려 신음하는 모습은 어느 누구에게도 보여주고 싶지 않았다.

"괜찮아."

"별 볼 일 없을 텐데요."

"난 만 명의 관객을 거느리고 공연하는 가수의 스타일리스트야. 누구한테도 그 이상을 기대하진 않아."

나는 우지스 패밀리의 공연에 그녀를 초대했다. 그녀는 곧 나의 왜소한 실체를 보게 될 것이다.

학원 문을 열지도 않았는데 시끄러운 고함 소리가 들렸다. 학원 로비에서 수탉이 수강생을 당장이라도 잡아먹을 듯 으르렁거리고 있었다. 잘못이라고 해봐야 성실히 연주하던 중에 악보의 음표 하나를 잘못 짚은 것밖에 없을 것이다. 나는 데스크로 몸을 파묻고 고개를 들지 않았다. 수탉은 내면에서 우러나오는 분노를 터뜨리는 경지에 도달한 사람이라 화를 내기 시작하면 피하는 게 최선이다.

몇 분 버티던 수강생은 학원을 때려치우겠다고 소리치고 수탉의 지갑에서 현금을 돌려받아 나가버렸다. 수탉은 그저 밖으로 나가는 길을 터주었을 뿐인 철문을 무시무시하게 걷어찼다. 무고하고 가엾은 무생물이여! 다음 타자는 나였다. 일주일에 한 번씩 출근하는 사람답게 그는 나의 불성실한 근무 태도에 대해 화를 냈다. 욕설이 절반을 넘는 험악한 설교가 끝나자, 그는 신경질적인 태도로 열쇠 더미 하나를 책상 위에 툭 내던졌다. 유광의 흰색과 파란색이 어우러진 BMW 로고가 열쇠고리에 박혀 있었다.

"갓길에 주차해놨으니까, 주차장에서 차 하나 빠지면 냉큼 집어넣어. 붙은 자리 두 개 빈 곳 있으면 기스 안 나도록 정확히 가운데 주차하고. 긁으면 월급에서 뗀다."

아니, 내 월급을 왜? 내 월급 3개월치를 모아야 그의 차에 난 기스를 지울 수 있다.

"저는 운전면허가 없는데요."

"그래? 그럼 들어서 옮겨봐."

그는 씩씩거리며 밖으로 나가버렸다. 멀리서 지켜보던 최 실장이 키득거리며 다가왔다.

"줘. 내가 할게."

최 실장이 손을 내밀었다.

"운전면허가 없는 사람에게 차 키를 맡기고 가다니…… 들어서 옮기란 말은 그냥 해본 거겠죠?"

열쇠를 건네며 물었다.

"정말로 그래야 된다면 너도 돈을 챙겨 이곳을 나갈 때인 거야. 첫 공연은 어땠어?"

"관객들한테 준엄한 심판을 당했죠. 클럽이 우리한테 우호적이지 않은 것 같아요. 아니, 사실 우리를 아주 싫어해요. 제대로 개장하기도 전에 공연을 시키더라구요. 이건 음모예요. 우리를 제 발로 나가게 하려는."

"너희가 뭐 그렇게 대단한데?"

"이야기하자면 복잡해요."

"데뷔 공연은 항상 공연자의 패배로 끝나는 거야. 난 92년에 처음으로 솔로 무대를 가졌어. 바르셀로나 올림픽 마지막 날이었는데, 기타 연주를 하면서 맨 앞줄 관객들이 사투리 섞어 나누는 대화까지 똑똑히 들을 수 있었지. 황영조가 마라톤 금메달을 땄다고 하더라."

그는 자신의 이야기가 마음에 들었는지 숨을 헐떡거리며 웃었다. 나는 따라 웃지 않았다. 최 실장은 말을 이어갔다.

"콘서트와 학예회의 차이가 뭐겠어? 프로냐 아마추어냐? 아니지. 무대 위에 선 인간을 숭배할 가치가 있느냐 없느냐, 바로 그게 본질이야. 객석이 무대의 우월한 지위를 인정하게끔 만드는 데는 긴 시간과 숙련된 마법이 필요해. 그래서 매일 형편없이 똑같은 공연을 해도 같은 클럽에서 1년 정도 말뚝 박으면 계급장이 늘어가.

사람들이 오직 너희를 보기 위한 목적으로 클럽을 찾으려면 더 긴 시간이 걸릴 테고."

"1년이요? 그런 분위기에서 1년을 공연하는 건 상상하기도 싫은데."

"어쩔 수 없는 일이야. 관객은 관객에 반응해. 그게 집에서 얌전히 헤드폰을 끼고 음악을 듣는 대신 클럽으로 원정을 가는 이유야. 공연장이 폭발할지 침몰할지, 너희를 신으로 섬길지 단두대에 보낼지 관객들은 단 몇 초 안에 결정을 내려. 거대하고 불안정한 군중심리지. 한 명에서 시작된 박수 소리가 웅장한 갈채가 되고, 한 명의 흥얼거림이 무대를 뒤엎는 환호성으로 전염되고, 그런 작은 합의들과 함께 무대에 대한 판결은 순식간에 내려지는 거야. 관객이 너희를 받아들이는 데 필요한 건 시간이야. 공연장의 모두가 눈을 감았다고 생각해봐. 팻 메시니가 치던 기타를 내가 넘겨받는들 대체 누가 눈치챌 수 있겠어? 편견도 공연의 일부야. 관객을 통제할 수 있는 건 관객뿐이야."

"그 편견이 지금 심각한 것 같아요."

"그럼 바람잡이를 써."

"농담하지 말아요."

하지만 최 실장은 진지했다.

"작은 클럽에서는 아주 잘 먹히는 방법이야. 객석에 침투한 한 명의 바람잡이는 백 명을 바보로 만들어버릴 수가 있어. 친구, 가족, 사촌, 팔촌까지 닥치는 대로 데려가. 그리고 마이클 잭슨 콘서트의 첫 줄을 차지한 사람들처럼 미친 척을 하도록 해봐. 1분 후에는 공연장 전체가 미쳐 있을걸?"

"형, 그런 야비한 방법으로 이 자리까지 온 거예요?"

"나는 물론 실력으로 모든 걸 쟁취했지. 바로 그게 네가 갖추지 못한 거잖아. 싫다면 1년쯤 공연장에서 썩으면서 기다리든가. 연필로 팬레터를 쓰고, 공연장에서 무료로 비명을 질러줄 팬들이 하나둘 나타날 때까지."

그는 말을 마치고 수탉의 차 키를 새끼손가락에 걸어 빙빙 돌리면서 바깥으로 나갔다. 최 실장의 충고는 비현실적으로 들렸다. 가능하다고 해도 내가 바람잡이를 동원하는 일은 없을 것이다. 이것은 나의 문제가 아니라 엄연히 '우지스 패밀리'의 문제였고, 우지가 팀 이름의 절반에 자기 이름을 구겨 넣고 나에게 겨우 32초 길이의 랩 뼈다귀를 던져줄 때부터 사실은 우지의 문제였다. 32초, 내 입장에서 볼 때는 그 불공평을 시정하는 작업이 가장 절박했다. 공연이 성공하느냐 실패하느냐는 내가 신경 쓸 필요가 없었다. 어차피 클럽에서 뮤지션에게 지불하는 수당은 모두 우지의 주머니로 들어갔고, 나는 그 돈을 구경해본 적도 없었다. 우지가 백만 명의 관객을 동원한들 내 앞으로 떨어질 돈은 한 푼도 늘지 않을 게 분명했다.

목요일 저녁 은수에게서 전화가 왔다. 은수는 이번 주말 이효리의 일정이 빈다면서 크럽 공연에 오겠다고 말했다. 나는 통화를 끝내자마자 즉각 우지에게 전화를 걸었다. 그리고 내게 여덟 마디를 더 달라고 요구했다. 우지는 만나서 이야기하자고 대답했다.

12

"안 돼."

우지는 32만 원을 빌려달라는 말을 들은 것처럼 단호하게 거절했다. 나는 랩 할 시간을 32초 더 달라고 말했을 뿐이었다.

"딱 32초만 더 줘요, 부탁할게요."

"나도 그러고 싶지만, 원칙은 원칙이야."

아니, 그 지하실에서 몇 분 마이크에 대고 소리치는 일에 무슨 놈의 원칙이 있단 말인가. 손바닥에 가사를 적는 사람과 원칙에 대해 논쟁해야 하다니.

"딱 여덟 마디면 되잖아요. 맥주 더 사 올게요."

나는 그의 손에 들린 버드와이저를 흘끗 보며 말했다. 우지는 어림없다는 듯, 손에 든 빈 캔을 구석으로 굴려 보냈다. 빈 캔은 또르르 굴러 무리 속에 안착했다. 우지가 냉장고에서 새 버드와이저 캔을 꺼내며 말했다.

"네 랩을 여덟 마디 늘이기 위해서는 혁근의 랩도 여덟 마디 늘여야 될 거 아니야. 그럼 누군가의 랩이 열여섯 마디 줄어야 해. 누구의 랩을 줄일 건지 네 입으로 말해봐."

간단한 방법이 있었지만 "당신의 랩이요"라고 말할 수는 없었다.

"음악을 좀 늘이는 건 어때요? 딱 여덟 마디씩 분량만."

"우리는 팀에 주어진 시간을 다 쓰고 있어. 구성을 바꾸면 밸런스도 붕괴돼. 그건 불가능해."

대화는 예상했던 결말에 이르렀다. 나는 지하 작업실에서 걸어 나왔다.

그 주 내내 혁근과 나는 지하 작업실에 가지 않았다. 랩 여덟 마디를 위한 연습이라니, 말하기도 민망했다. 시험을 앞두고 샤프심 갈아 끼우는 연습을 하는 것처럼 바보스럽게 느껴졌다. 우지 역시 우리에게 연락하지 않았다.

나는 수탉의 학원에서 일할 때를 제외하면 집에서 종일 뒹굴며 여유로운 시간을 보냈다. 어머니는 정신적 안정을 되찾은 것처럼 보였다. 과거로부터 벗어나는 것처럼 보였다. 이제 친구들에게 전화를 걸어 아버지 탓을 하는 일도 없었다. 새로 나온 종신통합보험의 우수함을 조목조목 설명해주거나 가끔은 내 이야기를 곁들이기도 했다.

"우리 큰아들은 가수가 됐고."

어머니는 그 말을 할 때 꼭 과거형 어미를 사용했다. 그래서 그것은 거짓말이었다. 다행히 어머니의 친구들은 관심이 없어서 내가 낸 음반을 어디에서 살 수 있는지 따위는 절대로 묻지 않았다.

그 주 동안 나는 혁근이 빌려준 알베르 카뮈의『시지프 신화』를 읽었다. 무슨 말인지 단박에 알아먹을 수 없다는 점에서 카뮈는 프랑스 문학의 원칙을 충실하게 준수하고 있었다. 다행히 문체는 짧고 간결했다. 문장을 뽑다 말고 작가 스스로 숨을 헐떡였을 듯한 글쓰기는 하지 않았다. 그래서 나는 끝까지 읽을 수 있었다.

시지프는 산꼭대기로 바위를 밀어 올린다. 바위는 꼭대기에서 다시 굴러 떨어진다. 그러면 시지프는 다시 산꼭대기를 향해 바위를 밀어 올린다. 그것은 사실 삶을 부여받은 모든 인간에게 주어진 운명적인 형벌이다. 멋있는 이야기였다. 왜 카뮈는 나처럼 단 세 줄로 표현하지 못한 걸까?

혁근을 만나『시지프 신화』를 돌려주면서, 이 주제로 음악을 만들어보자고 제안했다. 하지만 혁근은 이미 실존적인 방황을 극복하고 현실의 생활인으로 복귀한 상태였다. 그의 세계는 다시 1학기와 2학기의 두 축을 중심으로 돌고 있었다.

"시지프가 돌을 굴려 산꼭대기에 이르렀을 때처럼, 내 성적도 드디어 내리막길에 들어섰어."

혁근은 대학 첫 학기 퀴즈 결과 두 개의 전공 과목에서 'B'가 나왔다. 그는 2등조차 익숙하지 않은 삶을 살아왔기 때문에 자신에게 2등급 판정이 떨어졌다는 사실을 쉽사리 받아들이지 못했다.

"그럴 때도 있는 거지."

"아버지가 알면 나는 음악을 그만둬야 해."

"니가 그만두면 힙합이 사라지기라도 할 것처럼 말하네. 성적

표를 숨길 필요가 있다면 나와 전략을 상의해도 좋아."

분명히, 전능한 오혁근은 오랜 기간 공들여 쌓은 전설의 산에서 시지프의 바위처럼 서서히 미끄러져 내려오고 있었다.

은수가 우지스 패밀리의 공연에 찾아온다고 했을 때, 나는 여덟 마디짜리 공연을 보여주느니 그녀가 아파서 드러누워버렸으면 좋겠다고 생각했다. 그런데 공연 당일에 감기로 드러누운 것은 유엠씨였다. 나에게는 좋은 일이었다. 유엠씨는 64마디 분량의 랩을 맡았고, 그 분량의 새 가사를 모두 적어 넣을 만큼 우지의 손바닥이 넓지 않았기 때문이다. 금요일 오전에 우지가 내게 전화를 걸어 혁근과 내가 열여섯 마디씩 랩을 더 준비할 수 있겠냐고 물었다. 공연 하루 전이었다. 나는 수화기에 대고 그 열여섯 마디를 당장 들려줄 수도 있었다.

우지스 패밀리의 공식적인 두 번째 공연이었다. 신촌 곳곳에 홍보 포스터가 붙었다. 출연자 명단 중 '우지스 패밀리'가 확연하게 작은 글자로 쓰여 있었다. 공연 순서는 맨 처음이었지만 홍보물에 쓰인 순서는 맨 끝이다. 게다가 우지와 함께 누가 출연하는 것인지는 절대로 알 수 없다. 하지만 나는 영광스럽고 또 자랑스러웠다. 드디어 대한민국의 재래문화시장을 움직이는 공식적인 일원이 된 것이다. 나는 포스터가 붙은 벽 앞에 서서 은수를 기다렸다.

신촌의 어마어마한 주말 인파 사이에서 어렵지 않게 은수를 발견했다. 짧은 치마에 힐이었다. 길고 멋진 다리 앞에서 평정심을 유지하기엔 나는 아직 어렸다. 흘끔거리지 않기가 어려웠다. 중력에 끌리듯 자꾸 땅으로 떨어지는 안구의 움직임을 도저히 통제할 수가 없었다.

그날은 소울트레인의 멤버인 현상과, 우지스 패밀리의 장식용 드러머 에릭이 공연을 구경하기 위해 클럽에 나와 있었다. 내가 현상과 대화를 나누는 동안, 은수는 유창한 영어로 에릭을 상대했다. 에릭은 수작을 걸고 있었다. 달콤하게 속삭이는 듯한 목소리. 은수는 에릭의 말이 끝날 때마다 허리를 부여잡아가며 웃었다. 왠지 기분이 나빠지려고 한다.

"애인?"

현상이 물었다.

"아니. 친구"

"성 친구?"

"대체 그게 뭐야."

"섹스파트너."

그건 나와 익숙하지 않은 단어였다. 왠지 차음이 확실하고 잔향이 전혀 없는 밀폐된 공간에서나 발음해야 안심이 될 것처럼 낯뜨겁게 들리는.

"제발 좀."

"섹스파트너가 뭐 어때서? 설마 지금까지 한 번도 섹스를 못해본 건 아니겠지?"

섹스 없는 삶이 무슨 부도덕한 것이라도 된다는 듯이. 하지만 그는 정곡을 찔렀고 나는 마땅히 할 말을 찾지 못했다. 재미가 붙었는지 그는 은수를 손가락으로 가리키며 강도를 높였다.

"혹시 저 여자랑?"

나는 그의 입술이 "혹시"를 발음했을 때 자리를 떠버렸으므로 대답할 필요가 없었다.

우지스 패밀리는 정확히 7시 42분에 무대에 올랐다. 관객은 저번 주보다는 많이 늘었지만, 여전히 우리는 이방인들이었다. 관객들은 클럽의 지배권을 넘기지 않을 것처럼 팽팽히 긴장된 눈초리로 무대를 경계했다. 우지가 마이크를 부여잡고 헛기침을 한 번 하더니 입을 열었다.

"저는 디제이 우지입니다."

'그래서?'라고 말하는 눈빛들이 무대로 돌아왔다. 객석 앞쪽에서 은수가 외롭게 "와!" 하고 함성을 질러주었다. 그녀 역시 객석의 이방인이었다. 에릭이 남자친구처럼 오른쪽에 꼭 달라붙어 우리를 향해 엄지손가락을 치켜 올리는 모습이 보였다. 은수의 왼쪽에는 현상이 서 있었다.

"이 친구들은 '우지스 패밀리'입니다. 오 박사와 손 전도사!"

우지는 누가 오 박사고, 누가 손 전도사인지 구분해줄 만큼 관대하지는 않았다. 객석에서 은수가 목청을 한껏 높여 함성을 질러줬다. 그녀 혼자였다.

우지는 팀을 소개하는 연설을 시작했다. 저번 주에 빠뜨린 부분이었다. 자신의 음악적 일대기를 시시콜콜하게 묘사하고, 한국 음악사를 자신이 등장한 시점으로 소급하더니, 대한민국에서 음악을 한다는 것이 얼마나 어려운 일인지, 그 역경 속에서 만들어진 자신의 음악에 어떤 철학이 들어 있는지 등등을 늘어놓았다. 혁근과 나에 대해서는 한마디 언급도 없었다. 그의 연설이 클라이막스에 이르렀을 때, 머니가 우지를 무시하고 음악을 틀었다. 그러자 우지의 입에서 마치 연설의 일부인 것처럼 첫 번째 절 가사가 매끄럽게 읊어져 나왔다. 그 장면에서만큼은 나도 감탄했다.

분위기는 첫 주보다는 나아졌다. 아직까지 "손을 들어!"라고 울부짖는 우리에게 응답해주는 사람은 은수와 에릭, 현상 밖에 없었지만. 내가 랩을 시작하자 은수는 환호성을 지르며 격렬하게 몸을 흔들어주었다. 고마웠다. 아무래도 가까이 서 있던 에릭이 좀 더 흥분한 것 같았다. 에릭은 영어로 뭐라고 괴성을 내지르더니, 은수의 허리를 부여잡고 범프 앤 그라인드*를 하려 했다. 그러자 다음 순간 객석에서 기대하지 않은 일이 벌어졌다. 에릭의 행동이 관객들에게는 무대의 위력으로 오독된 것이다. 힙합 선조들의 유전자를 물려받은 에릭은, 클럽에 입장하던 순간부터 조용한 권위로 반도의 힙합 팬들을 짓누르고 있던 차였다. 에릭으로부터 시작된 소란은 해저의 지진처럼 주변을 흔들더니, 곧 거센 해일이 되어 공간을 뒤엎어놓았다. 클럽은 단숨에 시끄러워졌으며 사람들은 자진해서 무대에 굴복해 왔다. 창에 당하고서는 투항은 깃발 앞에 하는 병사들처럼. 그들의 눈에 보인 깃발은 내 손에 들린 마이크였다.

나는 즐겼다. 위에서 아래를 통치하는 기분을. 그보다 큰 쾌락은 세상에 없다.

'객석에 침투한 한 명의 바람잡이는 관객 백 명을 바보로 만들

---

* Bump and Grind: 보통 슬로우 잼 스타일 음악에 맞춰 추는 성행위를 상징하는 춤

어버릴 수 있어.'

최 실장이 옳았다.

내 랩이 끝나자 태완이 바통을 받았다. 달아오른 분위기에 신이
난 그는 야수처럼 날뛰었다. 그의 노래가 끝났을 때, 무대 아래에서
미쳐 날뛰고 아우성치는 것들은 혼을 잃은 몸뚱이나 다름없었다.
이렇게 쉬운 일이었다.

13분이 지나, 우지스 패밀리는 열광하는 관객들을 남겨두고 무
대를 떠났다. 뒷문과 연결된 계단을 올라 클럽 바깥으로 나오자 좁
은 골목을 따라 아직은 차가운 봄의 바람이 불어왔다. 몹시 추웠다.
나는 온몸이 땀을 뒤집어쓰고 있다는 사실을 그제야 깨달았다. 지
하 아래에서 육중한 킥 드럼 소리와 관객들의 쪼개진 함성이 덜 깬
꿈처럼 여전히 울리고 있었다.

이래서 음악을 하는구나.

왜 분류 기호 9만5천 개의 많고 많은 직업들 중 하필 음악을 한
답시고 아까운 젊음을 길바닥에 쏟아버리는 패배자들이 존재하는
가. 창조적 욕망? 미학적 집착? 서너 달 정도는 우습게 골방에 처
박혀 음악과 싸우는 뮤지션들이 상상하는 광경은 언제나 단 한 장
면이다. 바로 저 아래서 내가 경험한 그 순간.

"아는 여자냐?"

우지 역시 기분이 좋은 듯, 모처럼 밝은 표정으로 말을 걸었다.

"네."

"어디까지 진도 나갔어?"

우지는 혐오스러운 충고를 늘어놓기 시작했다. 일단 입술부터

덮치고 가슴으로 손을 가져가라. 거부가 없으면 천천히 아래로 내려가라. 첫 시도는 차 안에서 해라. 차가 없으면? 나가 죽어라.

그는 이 방법으로 열두 명의 여자를 땄다고 으스댔다. 나는 열두 명의 여자에게 달려들어 개새끼로 기억되는 인간이 되고 싶지는 않다.

우지가 무용담을 뽐내고 있는 동안, 클럽 입구에 서 있던 험상궂은 남자 하나가 나를 향해 걸어왔다.

"손 전도사시죠?"

그는 손부터 쑥 내밀었다.

"네."

나는 얼떨결에 그의 손을 꽉 잡고 흔들었다. 모르는 사람에게 예명으로 불린 적은 처음이다.

"공연이 훌륭했습니다."

그는 크립에서 6개월 전부터 공연을 하기 시작한 현상의 친구로, '절정신운 한아'라는 허풍스러운 이름을 가진 래퍼였다. 그는 우지스 패밀리가 결성되기 전에 이미 우리 음악 「어머니」를 인상 깊게 들었다고 말했다. 나를 아는 다른 뮤지션이 이 세상에 존재한다는 사실이 놀라웠다. 오히려 나는 그가 누구며 어떤 음악을 하는지 전혀 몰랐다. 절정신운 한아의 소개로 클럽의 뮤지션들과 처음으로 어울릴 수 있었다. 그동안 에릭은 클럽 바깥으로 나와서도 은수를 붙잡고 있었다. 이미 취해서 그녀를 자기 집으로 데려가려고 하는 바람에 한바탕 소동이 일어났다. 덕분에 나는 그날 밤 은수를 집까지 데려다주게 되었다.

은수는 신림동 언덕 높은 곳의 주택가에 살았다. 정돈되지 않은 건축물들이 뒤죽박죽 들어선 곳이었다. 지하철역에서부터 영원히 끝나지 않을 것 같은 언덕을 헐떡거리며 오르다가 나는 그녀에게 내 오른쪽에서 걸어달라고 부탁했다.

"왜?"

"왼쪽 귀가 안 들려요."

"정말? 어디 오른쪽 귀 한번 막아봐."

"그게 장애인을 대하는 올바른 태도인가요."

그녀는 전혀 신경 쓰지 않았다.

"나 귀 안 들리는 사람 처음 보거든."

나는 오른쪽 귀를 막아 보았다. 그러자 세상의 모든 소리가 소거되고 먹먹한 이명만이 남았다. 그녀는 얼굴을 내 앞에 가져다 대고 무언가를 말했다. 나는 그녀의 입술이 움직이는 모습을 주의 기울여 관찰했지만 무슨 말을 하는지 전혀 알 수 없었다. 파우더 냄새까지 맡을 수 있는 가까운 거리였다. 어머니 아닌 여자의 얼굴을 그렇게 가까운 거리에 둔 적이 없었다. 틀어막은 오른쪽 귀로 그녀의 목소리 대신 내가 침을 삼키는 꿀렁거리는 목젖 소리가 들렸다.

귀를 닫은 손을 치우자, 라디오를 킨 것처럼 세계를 이루는 소리들이 다시 들려왔다.

"정말 안 들려? 못들은 척하는 거 아니야?"

"뭐라고 말했는데요."

"말해도 돼?"

"욕했어요?"

"나, 널 좋아하게 된 것 같다고."

나는 얼어붙었다. 은수는 소녀처럼 반짝거리는 눈망울을 하고 나를 바라보다가 웃음을 터뜨렸다.

"정말 안 들리는구나. 야 미안하다, 내가."

그리고 은수는 내 오른쪽 자리로 넘어왔다.

"너희 무대, 괜찮던데?"

"사실 저번 주가 더 나았어요. 이번 주는 최악이었죠."

날이 갈수록 거짓말이 늘고 있다.

"멋있더라."

"에릭이랑 무슨 이야기 했어요?"

"웃긴 사람이더라."

"뭐랬는데요."

"나를 만난 이상 한국을 떠날 수가 없게 됐대."

"누나랑 잘 어울려요."

내 언어 감각은 완전히 퇴행했다. 어린아이처럼 칭얼대고 있었다. 은수는 고개를 돌려 나를 바라보았다. 나는 고개를 돌려 앞을 쳐다봤다.

"여기까지만."

그녀가 걸음을 멈추었다.

"다 왔어요?"

"아니, 고개 넘어 좀 가야 해. 아직 집까지 보여줄 만한 사이는 아니잖아."

'아직'에서 은수의 말은 아주 유혹적으로 들렸다. 나는 말했다.

"오늘 고마웠어요."

"뭐가? 네가 공연을 보여준 건데 내가 더 고맙지."

은수는 또 보자며 손을 흔들고 돌아섰다. 또각또각 힐 소리를 남긴 채 언덕 너머로 멀어지는 그녀를 바라보면서 부정할 길 없는 깨달음이 엄습했다.

여자를 좋아하게 된 거다. 처음으로.

내 처지가 새삼 떠올랐다. 시급 3,333원의 아르바이트생. 무급 래퍼. 대학은커녕 정규직도 꿈꿀 수 없는. 그런 내가 지금 그녀를 좋아하고 있다. 이효리의 스타일리스트를. 가슴에 손을 얹고 맹세하건대, 그 순간 나는 그녀가 핑클보다도, 이효리보다도 좋았다.

진실이 말소된 페이지

달력을 안 본 지가 얼마나 되는지는 몰라도
7로 나누어 정확히 떨어지는 모아놓은
소주병을 보니 오늘은 바로 토요일.
아버지의 충고는 오늘도 결론을 맺고: 내 아들이 아니야!

결석한 횟수를 세다 교수님이 그저 돌아가시기를 기도했었지.
부디 조금이라도 고통은 없이,
하지만 오십에 걸어 출근하는 그분은 영원히 살 것 같지.
한 학기가 또 가지.

어젯밤엔 가득 찼지만 지금은 빈 담뱃갑을 바라보며
동전을 모아보지만 천 원은 어림도 없고
쑥스러워함도 잠시,
빈 소주 일곱 병을 모아 한 잔을 만들어내곤 도무지 어이없어 웃지.

냄비 아래 깔아 쓰던 3년째 못 읽은 '괴델'의 위에 라면을 쏟았네.
꿈꾸는 소년에서 걸어 다니는 비극으로 전락한 나는,
괴델의 책을 어루만지며 아쉬워하지.
잃어버린 꿈? 아니 흘린 라면을.

-「대학생은 바보다」
2001년, 진실이 말소된 페이지

13

혁근과 나는 크립에서 여름 내내 쉬지 않고 공연했다. 우지에 대한 인간적인 거리감 외의 모든 것이 차차 나아졌다. 8월, 하윤이 한국에 돌아왔다. 혁근과 하윤 그리고 나는 이태원의 재즈 클럽 '올 댓 재즈'에서 만났다.

하윤은 어학연수가 아니라 전지훈련을 다녀온 것처럼 몸이 좋아졌다. 피부는 완연한 구릿빛이었고, 체중은 10킬로그램 정도 붙어 적당한 근육으로 자리 잡았다. 뜨거운 한여름이었지만, 겨울과 봄 동안 운동의 결실을 맺은 사람이 아니고서는 착용할 수 없는 들러붙는 나시를 입었다. 그는 이제 미소년을 경멸했으며, 한때 스스로 그러했다는 사실을 부끄러워했다. 아메리카 대륙은 6개월 만에 그와 우리 사이에 높다란 문화적 장벽을 세워놓았다.

"이거 잘 봐."

하윤은 우리를 보자마자 팽창한 가슴 근육 사이로 볼펜을 끼워 넣는 묘기를 보여주었다. 혁근과 나는 서커스를 구경한 듯 박수를 쳐주었다. 하윤은 거들먹거렸다.

"운동을 해. 우윳빛 피부와 말라비틀어진 몸은 낙후된 패러다 임이야."

"그 볼펜은 이러려고 들고 다니는구나."

그렇게 빈정댔지만 그를 다시 만나 몹시 기뻤다.

우리는 바에서 떨어진 테이블에 앉아 지난 반년간 있었던 일들에 대해 이야기했다. 하윤은 인터넷으로 '우지스 패밀리'의 활동 소식을 들었다고 했다. 자신이 없는 동안에도 우리가 한 걸음씩 앞으로 나아가고 있다는 사실에 꽤 놀란 눈치였다.

"우지는 어떤 사람이야?"

"머리가 잘 돌아가고, 무시무시하게 정치적이고, 음악을 잘 만들어. 그리고 언제나 우리를 경계해. 아주 피곤한 사람이야."

혁근이 말했다. 하윤이 말을 받았다.

"잘됐어. 내가 비행기를 탄 뒤로도 너희가 음악을 하게 될 거라곤 생각 안 했는데."

"이제 우지도 우리를 물에 빠진 사람 취급하진 못하겠지. 잡을 밧줄이 또 있어서 얼마나 기쁜지 모르겠다."

하윤은 나의 말에 싱긋 웃을 뿐 대꾸하지 않았다.

그때 클럽 안에 흩어져 있던 사람들이 휘파람을 불어댔다. 우리의 대화는 중단되었다. 무대 위로 한 무리의 사람들이 우르르 올라왔다. 키가 작은 여자 한 명은 콘트라베이스를 들고 낑낑댔고, 머리가 희끗한 늙은 남자는 금빛 찬란한 관악기를 어깨에 걸치고 있었다. 나는 그게 색소폰인지 트럼펫인지 궁금했다.

"트럼본이야."

하윤이 가르쳐주었다.

공연은 드러머의 브러싱과 함께 시작되었다. 재즈였다. 죽이 잘 맞는 프로 밴드임을 금세 알 수 있었다. 악보를 틀리지 않게 연주하는 정도의 수준을 훨씬 넘어선 공연이다. 어쩌면 악보 자체가 없는 연주일지도 몰랐다. 성숙한 재즈 뮤지션들은 악보 하나 없이 리더가 이끄는 코드 진행만을 따라가면서도 곡 하나를 만들어낸다고 들었다. 나로서는 이해할 수 없는 이야기다. 난 재즈에 대해서는 거의 몰랐다. 아니 전혀 모른다고 하는 게 낫겠다.

어느 분야에나 엘리트들의 성역이 있다. 인간이 개척한 지적 영역의 최전선이다. 그곳에서 이루어지는 시도는 진정한 천지창조이며, 그곳에서 이루어진 성취는 무주지를 영토로 개간한 것과 같고, 그곳에서 세워진 업적은 하위 분야의 자양분이 되어 수십 년을 두고 소화된다. 과학 중에는 수학이 그렇고, 스포츠 중에는 육상이 그러며, 현대음악 중에는 재즈가 그랬다. 일반인들로서는 이 영역에서 흘러나온 분비물을 섭취하는 것조차 벅차다. 따라서 당연히 호감을 느끼기 힘들다. 창작자 입장에서 이 영역은 누구나 동경하지만 누구나 뛰어들기 기피하는 곳이다. 거기에는 가난하고 불행하게 살아가는 천재들이 득실거려서, 웬만큼 탁월하지 않고서는 명함조차 들이밀 수 없기 때문이다.

"잘하네, 그렇지?"

나는 확신 없이 말했다. 여기는 우리나라 최고의 재즈 밴드들이 공연을 하는 곳이니까. 고등학교 때 재즈 밴드에 있었던 혁근이 하윤의 눈치를 보며 조심스레 고개를 끄덕였다. 하윤이 말했다.

"저 정도 하는 사람들은 너무 많아. 지독하게 많지……."

혁근이 물었다.

"캐나다에도 저만큼 하는 사람들이 많겠지?"

"내가 있던 곳은 토론토 근교의 인구가 만 명이 안 되는 마을이었지. 거기서 어느 날 못 볼 걸 보고 말았어. 길거리에서 동전을 구걸하면서, 키보드로는 내가 절대로 따라 할 수 없는 아름다운 연주를 해대는 깜둥이를. 코드도 모르면서 그런 연주를 하더라. 마치 다음 순간에 벌어져야 할 일을 아는 것처럼."

하윤은 붕 뜬 표정이었다.

"음악을 그만둘지 고민하고 있어."

그는 실용음악과에 진학하려던 계획을 포기했다고 한다. 시간을 낭비하고 싶지는 않다는 것이다.

"그럼 뭐 할 건데?"

주로 대답해야만 했던 질문을 이번엔 내가 던졌다. 하윤은 대답하지 않았다. 내가 "우리한테 음악 부스러기 몇 개 떨궈 주는 일 정도는 할 수 있겠지?"라고 물어도 그저 피식하고 만다. 음악 이야기는 더 이상 오가지 않았다. 우리는 맥주를 몇 병씩 비우는 동안 의미 없는 잡담만 주고받다가 재즈 클럽을 나왔다.

하윤과 헤어졌다. 등을 돌려 멀어지는 그를 보고 있으려니 마음이 무거웠다. 하윤을 격려해주고 싶었다. 그게 언제나 내 역할이었다. 하지만 나는 조용히 우지에게로 향했다. 혁근과 나는 우지스 패밀리의 작업실로 가야 한다. 우지는 철저히 야행성 생활을 하기 때문에 항상 그 시간쯤 되어서야 일어났다.

도착했을 때 우지와 도현은 심각한 표정으로 음악을 듣고 있었다. 나는 그 음악이 뭔지 이미 알고 있었기에 히죽 웃었다. 그것은 '4WD'와 '버벌진트'라는 언더그라운드 뮤지션 두 명이 함께 발표한 노래로, 우지에 대한 디스*였다. 우지는 뮤지션들이 서로 친해지기 위해서는 노래 가사로 시비를 걸어줘야 한다는 지론을 가지고 있었고(그는 그것을 'Diss' 대신 '인사'라고 불렀다), 자신을 씹어달라는 내용의 '씹어'라는 노래까지 만들었지만, 정작 자신이 씹히자 노발대발했다. 노래 가사가 정곡을 찔렀기 때문이다. 단순한 모욕이나 인신공격을 넘어 우지를 발가벗기려 작정하고 만든 노래였다. 대단한 친구들이다. 음악은 큰 호응을 얻고 있었다. 특히 그 사실을 우지는 참을 수 없었다.

내가 보기에는 재능이 있는 뮤지션들이 이런 쓸데없는 골목 다툼을 벌이는 것은 에너지 낭비였다. 하지만 4WD는 자신의 궁극적 목표는 스스로를 디스해버리는 것이라고 공표한 자였다. 누가 자신을 욕해도 그 이상 욕되지 않을 만큼 완벽하게 스스로를 모욕함으로써, 순환적이며 내적 완결성을 갖는 모욕의 미학을 완성하는 것이 그의 원대한 계획이었다. 경탄할 만한 인간이다. 우지는 지고는 못 사는 사람이다. 그런 사람들은 승리할 때까지 분노와 그에

---

*   Diss(=disrespect): 특정 상대에 대한 모욕, 혹은 그것을 담은 음악

따르는 자해적인 통증을 조절하지 못한다. 나는 상황을 즐기기로 했다.

"이놈들은 지금 즐겁겠지. 우리가 어떤 사람들인지 보여줘야만 해!"

우지가 소리쳤다. 팀을 이룬 후 처음으로 그는 진심을 담아 '우리'라는 표현을 사용하고 있다. 그러나 나는 반대로 이때만큼은 '우리'에서 빠지고 싶었다.

'당사자들끼리 해결하라구.'

혁근과 나는 엔도르핀이 획획 도는 기분을 들키지 않으려고 굳게 입을 다물었다.

"그냥 무시해도 될 것 같은데요."

내가 조용히 말했다. 불길이 활활 타오르길 기대하면서. 우지는 발끈했다.

"네 일 아니다, 이거지?"

"왜 이래요? 그런 뜻으로 한 말이 아니에요."

진심이 너무 쉽게 발각되어 화들짝 놀랐다. 우지는 무언가 골똘히 생각하다가 입을 열었다.

"이놈들한테 화답 곡을 만들자."

"진흙탕에서 싸우면 손해예요."

혁근이 말했다. 그런 차분한 말은 당사자 아닌 사람의 입에서만 나올 수 있다. 이미 따귀를 맞아본 우지 역시 알고 있었다. 그는 격노했다.

"이 자식들, 싫으면 빠져. 이놈들한테 너희도 좀 씹어달라고 메일을 보내놓을 테니."

우지와 도현은 곧바로 화답 곡을 만들기 시작했다. 혁근과 나는 이 일에서 빠지고 싶었지만, 대놓고 너희끼리 알아서 해보라고 말할 수도 없는 노릇이어서 어느 정도 거리를 두고 작업을 지켜보았다. 곤란한 상황이다. 눈 딱 감고 우지를 돕는 것은 어렵지 않다. 게다가 디스 음악을 만들어 발표하는 것은 화제의 중심에 설 수 있는 가장 빠르고 쉬운 방법이다. 미국에는 음반을 준비 중인 힙합 뮤지션들의 디스 마케팅을 돕는 전문 컨설턴트가 있다는 소문도 있었다. 하지만 그런 음악을 만드는 데는 여러 가지 위험 요소가 따른다.

우선 불필요한 적이 생길 수 있다. '2PAC'과 'Notorious BIG'는 디스 때문에 목숨을 잃었다.* 우리도 크럽에서 공연하는 동안, 우지의 곁에 붙어 있다는 이유 하나만으로 손해를 입은 경험이 있다.

또한 디스 전쟁에 끼어드는 것은 얌전하고 고결한 음악을 하려는 우리의 지향점과 거리가 멀다. 본의 아니게 남의 오줌을 맛본 사람이, 매일 아침 한 컵의 따뜻한 오줌을 마시는 사람보다 청결하다고 말할 수는 없다. 우지와 결별한 이후까지를 고려할 때, 이것은 우리 경력에 치명적인 오점을 남길 수도 있는 문제다.

게다가 화답 곡이 상대에 대해 충분히 모욕적이지 못할 경우, 우리가 판정패 당할지도 모른다. 그건 두 팔 걷어붙이고 구덩이로

---

* 두 사람은 당시 미국 동부와 서부의 힙합 음악을 대표하는 래퍼들이었고, 갱단과 긴밀하게 연결되어 있었다. 심각한 수준의 모욕 곡들을 주고받더니 미국 서쪽과 동쪽에서 각각 저격당해 세상을 떴다.

뛰어내려 상대를 무등 태워주는 것이나 다름없는 끔찍한 사태다. 혁근은 교통사고로 하반신을 잃어도 남 탓 없이 여생을 살아갈 게 틀림없는 녀석이다. 나는 그가 남을 효과적으로 모욕하는 가사를 쓸 수 있다고 생각하지 않았다.

혁근과 나는 새벽까지 입장을 정하지 못하고 우물쭈물했다. 독재자인 우지는 의견을 물은 뒤 의사를 결정하는 법이 없었다. 그리고 우리에게는 그에 정면으로 대항해 의견을 굽힐 힘이 없었다. 그래서 나는 침대에 누워 잠든 척을 했다. 교활한 우지가 간지럼이라도 피우지 않을까 걱정했지만 전략은 결국 효과가 있었다. 얼마 시간이 지나지 않아 도현이 내 모습을 보더니 자기도 잠깐 눈을 붙여야겠다면서 지하실 바깥으로 나가버렸다. 맥이 빠진 우지는 나를 침대에서 거칠게 걷어냈다. 그는 손에 맥주병을 들고 다급히 이불 속으로 파고들었다. 나는 눈을 비비며 혁근에게 "지금 몇 시냐"고 묻는 여유까지 보여주었다. 지저분한 일들이 모두 끝날 때까지 이곳에 들르지 않겠다고 다짐하면서.

대한민국 라이브 클럽 세 개 중 두 개는 홍대 근처에 있었다. 하지만 신촌의 화랑 골목은 클럽 문화 전체에 무시할 수 없는 영향력을 행사했다. 오직 크립이 거기 있었기 때문이다. 그곳에서 우지스 패밀리 역시 영향력을 가진 존재로 조금씩 성장해가고 있었다. 두 달 전 데뷔했을 때는 잔챙이들이었지만, 이제는 스스로 관객 동원력을 가진 카드가 됐다. 최 실장 말대로 시간이 답이었다. 어쩔 수 없이 대우가 달라졌다. 먼저 공연을 알리는 대자보에 '우지스 패밀리'란 글자의 크기에서 더 이상 차별 대우를 받지 않았다. 공연 순서는 피크 타임 근처로 조정되었다. 무적 바로 앞 순서였다. 관객들의 반응은 이전보다 훨씬 뜨거워졌다. 물론 무적의 무대가 더 뜨거웠다. 무적이 그의 히트곡「정상을 향한 독주」를 부르면, 인명 사고에 아무런 대책도 없는 클럽은 자연재해라도 입은 것처럼 아수라장으로 변했다. 그때마다 우지는 질투심에 불탔다.

"폭도들 같군. 기관단총만 있으면 다 갈겨버릴 텐데."

'Uzi'라는 이름에 꼭 걸맞은 표현이다. 생각이 비슷한 사람들이 세상 곳곳에 포진해 있기 때문에 광주 학살 같은 비극이 일어난다.

난 클럽의 원년 창립 멤버나 다름없는 무적의 지위를 감히 넘보지는 않았다. 사실 우지스 패밀리는 내가 기대한 것 이상의 속도로 이름을 퍼뜨리고 있는 중이었다. 나는 공연이 있는 날마다 한두 사람에게 사인을 해달라는 요청을 받았고, 혁근은 클럽으로부터 꽤 떨어진 신촌의 골목길에서 그를 알아본 팬에게 사인을 해주기도 했다. 우지는 매번 혁근과 내 기록을 합한 것의 다섯 배 정도 많은 사인을 했다. 클럽과 역학 관계의 균형을 회복하자 우지는 금세 자신의 성깔까지도 회복했다. 우지는 다시 기고만장해져서 종종 머니 앞에서도 심드렁하고 아니꼬운 태도를 취했다. 처음부터 우지를 눈엣가시처럼 여겨온 머니를 아버지나 다름없이 받드는 클럽 뮤지션들 입장에서는 눈 뜨고 볼 수 없는 꼴이었다. 애초 우지를 클럽에 세울 때부터 뮤지션들의 격렬한 반대가 있었다. 그러나 수완이 뛰어나며 언제나 전략적으로 행동하는 머니는 우지를 껴안을 때 이미 손익계산을 끝냈다. 우지는 클럽을 밟고 높이 올라서서 오줌을 갈길 계획을 품고 있었고, 머니는 우지가 클럽을 이용한다고 착각하도록 놔두면서 우지의 단물을 빨아먹었다. 아마 결정적인 순간 머니는 우지를 퉤 하고 뱉어낼 것이다. 우지와 머니는 상대의 뒤통수에 큰 한 방을 먼저 먹이기 위해 필사적으로 타이밍을 재고 있었다. 그 긴장된 관계에 다른 클럽 뮤지션들의 증오가 복잡하고 지저분하게 얽혀 있다. 스무 살 때부터 정글의 세계에서 생존을 쟁취해온 사람들은, 또래 아이들이 대학에 들어가 민중가요를 틀어놓고 집단 율동이나 하고 있을 나이에 이미 삼국지의 군주들처럼 계략과 정치적 술수를 배워가고 있었다.

혁근과 나는 우리에게 비교적 태도가 우호적인 몇몇 클럽 뮤지션들과 친분을 텄다. 하지만 클럽 뮤지션들의 회합에 우지스 패밀리가 공식적으로 초청된 적은 단 한 번도 없었다. 우지는 화끈하게 대응했다. 그는 주어진 공연 시간 13분이 끝나면 작별 인사도 없이 패밀리를 이끌고 클럽을 떴다. 보통 자기 공연이 언제 끝나든 모든 뮤지션들은 공연 전체가 끝날 때까지 남아 함께 뒷정리를 했다. 클럽의 큰형인 '가리온'의 MC 메타조차, 이미 생물학적으로는 다섯 딸과 다섯 아들의 아버지가 될 수 있는 연배로 늙었지만 클럽의 규칙을 준수했다. 클럽과 우지 사이에는 보이지 않는 전쟁이 벌어지는 중이었다.

8월 마지막 주 금요일에 열리는 '힙합 파라다이스'에 하윤을 초대했다. 한때 오디션에서조차 얼간이 취급을 받던 내가 클럽에서 열리는 가장 큰 파티의 주연이 되었다는 사실을 보여주고 싶었다.

그리고 무엇보다 클럽의 열기가 음악에 대한 그의 정열에 다시 불을 지피기를 바랐다.

하윤은 공연 한 시간 전에 도착했다. 리허설이 한창인 클럽 안쪽으로 그를 데려가 우지에게 소개했다.

"제가 전에 말한 친구예요. 「어머니」의 음악을 만들었던."

우지는 탐탁지 않다는 듯한 눈길로 하윤을 바라보았다. 고개 한 번 까딱해주지도 않았다. 자기보다 키가 크거나, 얼굴이 작거나, 다리가 길거나, 비싼 옷을 입었거나 혹은 그 모든 요건들을 갖춘 사람들과 처음 마주할 때 우지는 항상 그런 태도였다. 그래서 거의 모든 사람들을 그렇게 대했다. 단박에 우지를 꿰뚫어본 하윤 역시 우지를 달가워하지 않았다. 두 사람 모두 속내를 숨기지 못하는 타입이다. 분위기가 불편해지자 우지가 한 수 뒤로 물러섰다.

"비싸 보이네."

우지는 하윤이 목에 걸친 소니의 모니터링 헤드폰을 가리켰다. 곧 "이리 내놔"라는 말이 뒤따를 것 같은 으스스한 어감이었다. 하윤이 대답했다.

"비싸니까요."

둘 사이 친분을 이어주려던 나의 생각이 얼마나 허황된 것이었는지 깨달았다. 그때 무대 쪽에서 누가 마이크를 쥐고 우리를 향해 고함을 질렀다.

"거기, 리허설에 방해되니까 공연 관계자가 아닌 사람은 밖으로 나가요."

마이크를 잡은 사람의 예명은 'B.G.'라고 하는데, 무적의 절친

한 친구였다. 우지에 대한 적개심의 정도에 따라 클럽 뮤지션들을 정렬해본다면 단연 으뜸 자리를 차지할 인물이다. 비지가 끼어든 순간 하윤과 우지의 신경전은 끝났다. 갑자기 하윤은 우지의 손님이 되었다. 우지는 무대 쪽을 거들떠보지도 않고 하윤에게 말했다.

"신경 쓸 필요 없어. 그냥 여기 있어도 돼."

몇 초 후 비지가 한층 더 위협적인 목소리로 말했다.

"이봐 거기, 사람 말 안 들려?"

우지는 비지에게 등을 보인 채, 혼잣말을 중얼거리듯 담담하게 화답했다.

"시끄럽네. 공연 때는 왜 저렇게 못 하는 거지?"

우지의 말이 떨어지자 비지는 주먹을 쥐고 쿵쿵 소리를 내며 무대를 내려왔다. 그의 팔뚝은 우지의 양쪽 팔뚝을 합한 것보다 더 굵어 보였다.

우지와 비지 사이에 있던 절정신운 한아가 끼어들었다. 그리고 한아와 일행으로 보이는 처음 보는 남자가 우지와 비지를 뜯어냈다. 피부가 희고 눈매가 날카로웠는데 싸움을 말리는 솜씨가 아주 능숙했다. 그가 경상도 사투리의 품을 애써 죽인 어눌한 표준어로 우리에게 말했다.

"죄송해요. 잠깐 올라가 있는 게 좋겠어요."

그는 클럽의 통제권을 쥐고 있는 사람처럼 절도 있고 공손한 태도로 우리를 공연장 바깥까지 인도했다. 비지는 한아의 넓은 가슴에 포옥 안긴 채 우리 등 뒤에다 악을 써댔다.

"우지, 너 이 새끼. 앞으로 공연 끝나면 마이크 줄이나 정리하고 가!"

지겹다, 그놈의 마이크 줄. 그러니까 진작 무선 마이크를 샀으면 좋았잖아.

싸움을 뜯어말린 한아 일행의 정식 예명은 'Ra.D'였고, A.K.A.는 'Wassup'이었다. 워낙 예의가 바르고 인사성이 밝아 그렇게 불린다고 한다. 라디는 오늘 절정신운 한아의 공연에 초대된 게스트였다. 그는 그날 자신이 프로듀싱하고 노래 부른 곡을 한아와 함께 불렀다. 나는 그가 태완이나 도현 그리고 하윤과 같은 과에 속하는 재능을 가졌다는 걸 한눈에 알아보았다. 하윤은 우리의 공연보다 오히려 라디의 공연에 엄청난 관심을 보였다. 눈을 떼지 못하고 라디의 공연을 지켜보던 하윤이 말했다.

"잘하네."

하윤의 입에서 나온 것치고는 굉장한 칭찬이다.

공연이 끝나자 한아는 라디를 우리에게 소개했다. 라디는 나보다 한 살이 더 많았다. 하지만 그가 워낙 우리를 깍듯이 대해주어서 오히려 내가 더 나이가 많은 것처럼 느껴질 정도였다. 우리는 클럽 입구에 조각상처럼 서서 담배를 피우며 이야기를 나누었다. 한아가 흥분해서 라디의 신화적인 일대기를 우리에게 들려주었다. 그것은 비범한 재능과 비정상적인 경력의 상관관계를 입증하는 익숙한 이야기였다.

라디는 부산 출신이다. 그는 고등학교 때 이미 그 일대를 평정했다. 음악이 아닌 주먹으로. 그리고 고등학교 3학년 때 킥복서로 데뷔했다. 라디의 주먹은 타고났지만, 세상에는 주먹이 센 사람이 너무나 많았다. 라디는 출전한 세 번의 대회에서 모두 첫 라운드에 케이오 당했다. 치욕적인 패배였다. 어느 날 저녁 체육 관장은 라디의 정신을 개조하겠다며 엉덩이가 짓무를 때까지 각목을 휘둘렀다. 순간적으로 자제심을 잃은 라디는 그 자리에서 체육관장을 케이오 시키고 도장을 뛰쳐나왔다. 미래가 거품이 되고 현재가 뒤틀린 순간 그는 해운대 겨울 바다 앞에서 깊은 생각에 잠겼다. 그럴 때 어떤 생각이 떠오르는지는 누구보다 내가 더 잘 안다.

해가 지고 집에 돌아오는 길에 라디는 중고 악기상 앞을 지나쳤다. 어머니가 어렸을 적 사준 장난감 키보드가 생각났다. 갑자기 라디는 눈물이 날 만큼 건반이 치고 싶어졌다. 그래서 롤랜드의 A-33 키보드를 사 들고 집에 돌아왔다. 하지만 아무리 전원을 연결해도 소리가 나지 않았다. A-33은 음원이 없는 마스터키보드이기 때문이다. 어쩔 수 없이 그는 통장에 든 재산을 몽땅 털어 롤랜드의 모듈 JV-1010을 더 샀다. 그리고 시간이 멈춘 방에 들어간 것처럼 오래도록 밖으로 나오지 않고 건반을 쳤다. 그다음부터는 모든 게 쉬웠다. 부산에서 가장 유명한 프로젝트 흑인음악 그룹 'DMS'는 우연히 라디의 음악을 듣고 즉시 그를 그룹의 프로듀서로 발탁했다. 라디는 작곡, 편곡, 엔지니어링, 보컬 보이싱까지 그 모든 것을 미치광이처럼 홀로 다 깨우쳤다. 모두들 그의 재능이 아깝다며 서울로 올라가길 권했다. 라디는 30만 원짜리 A-33 키보드를 옆구리에 끼고 무작정 서울로 올라왔다. 그리고 금세 자신을 입증했다. 어느 날 한 남성이 그에게 전화를 걸어와 음악을 살 수 있겠냐고 물었다. 자신을 박진영이라 소개하면서.

이런 종류의 이야기는 이제 전혀 놀랍지 않다. 나는 이것과 비슷한 내용의 크고 작은 전설과 이미 꽤 많이 마주쳤다. 언더그라운드에서는 자신의 가치를 실제 이상으로 신비롭게 포장해줄 수 있는 마케팅 수단이 존재하지 않는다. 예명 하나 걸고 승부를 보는 이 바닥 사람들에게 재능은 모든 것을 의미한다. 오직 재능만이 그들을 조PD가 가진 메르세데스 벤츠까지 인도해줄 수 있다. 이곳에서 '평범하다'는 말은 결코 중립적인 의미로 사용되지 않는다. 평범한 음악, 평범한 재능 뒤로는 항상 불쌍하고 가망 없는 미래가 뒤따른다.

라디는 자기 작업실에 한번 놀러 오라면서 전화번호를 가르쳐주었다. 그와 헤어진 후 혁근, 하윤, 나 셋은 낮보다 오히려 채도가 높은 색으로 번뜩이는 신촌의 밤거리를 걸어 여의도로 향했다. 혁근이 하윤에게 물었다.

"우리 공연 어땠어?"

하윤은 멍한 눈으로 중얼거렸다.

"고등학교 3학년 때까지 킥복싱을 하던 사람이 저런 음악을 하고 있다고……."

하윤은 우리의 존재를 잊었다. 그는 라디를 마주한 충격에 사로잡혀 있었다.

"앞으로 너한테 보여줄 멋진 사람들이 우글우글해."

나는 벌써 이쪽 분야의 전문가가 된 듯이 말했다. 하윤이 대답했다.

"그래. 재능, 재능, 재능……. 그걸 가진 사람들이 세상에는 너무 많지. 그래서 문명은 폭발하듯이 진보하지만, 한 명 한 명은 점점 비참하고 불행한 기분을 느끼는 거야."

그렇게 말하고 하윤은 축 늘어졌다. 내가 말했다.

"그게 바로 우지가 하루 일곱 캔의 맥주를 축내면서 떵떵거리지만, 나는 주머니를 털어 우지의 냉장고를 채우면서도 빈 맥주병보다 못한 취급을 받는 이유야. 하윤 너한테도 그런 재능이 있어. 젠장, 넌 재능이 있어! 넌 우지, 라디 그 이상도 될 수 있어. 넌 음악을 계속 만들어야 해."

마지막 한마디가 진짜 하고 싶은 말이었다. 나의 음악적 내공은 뛰어난 사람들 중에서도 누가 더 뛰어난 재능이 있는지 구별할 수 있을 정도는 아니었다. 그러나 나는 자기 비하에 빠진 내 친구가 모든 이들 중에서 가장 훌륭한 재능을 지닌 뮤지션이길 진심으로 바랐다. 그가 상처받지 않기를, 음악을 계속해나갈 자신감을 회복하기를. 그래서 나도 음악을 계속할 수 있기를.

그러나 하윤은 내가 기대하는 만큼 단순하지 않았다. 그는 단숨에 나의 어르는 말을 물리쳤다.

"내가 너희 음악을 만들어주지 않을까 봐 걱정되지?"

정말 눈치 빠른 놈이다.

"하나만 묻자. 너희는 대체 왜 음악을 하지? 성공하고 싶어? 돈을 벌고 싶어? TV에 나오고 싶어? 아니면 여자를 끼고 싶어? 대체 음악을 하고 싶은 이유가 뭐야?"

하윤은 노골적이고 적나라하게 누구나 가지고 있는 욕망의 일부분들을 예시했다. 나도 모르게 맞서 싸우는 어조로 그에게 대답했다.

"네가 음악을 걷어차버리고 주유소 알바로 평생 살아가더라도 내 알 바 아니지만, 우리까지 욕되게 하지는 마. 너야말로 음악을 그만두고 싶은 이유가 대체 뭔데?"

"난 최고의 재능을 가진 사람이 되고 싶어. 최고의 재능으로 무언가를 이루고 싶은 건 아니야. 재능 자체가 내 꿈이지. 단지 성공하기 위해서라면 재능과 열정 말고도 기회를 열어줄 수 있는 건 많겠지. 음악을 하는 사람한테는 언제나 비겁해질 수 있는 기회가 여러 번 찾아오니까. 그런데 비겁한 길을 선택하는 것은 재능과는 아무런 상관이 없기 때문에, 사람들이 듣는 음악 중에는 언제나 비겁한 재능이 담긴 작품과 굳은 신념이 담긴 쓰레기가 섞여 있는 거야."

"대체 너는 뭐가 문제야?"

"나한테 재능이 없다는 게 문제지. 우리가 만든 음악은 도시인의 자장가야. 꿈에서 깨고 나면 그만큼 더 비참하고 불행한 기분을 느끼게 되는 음악. 한두 명이 잠자리에서 듣다 곧 잊고 마는 음악."

"왜 비겁하게 '우리'라는 주어를 사용해? '우리'는 그렇게 생각 안 해. '우리' 중 잠시 미친 너만 그렇게 생각하는 거야!"

나는 참지 못하고 소리쳤다. 캐나다에서 뭘 만나고 뭘 겪었는지는 몰라도, 하윤은 지금 정신분열에 가까운 우울증에 시달리고 있다. 그는 자신의 재능이 바닥났거나 처음부터 그런 것은 없었으며, 자신의 미래가 아주 불행하게 전개될 것이라 확신하고 있다. 내가 우러러보던 가장 찬란한 재능인 하윤의 자기학대는 그의 재능에 기생해야만 하는 나에게 벌레가 된 듯한 기분을 느끼게 했다. 나는 짧은 순간 진심으로 하윤을 증오했다. 하윤은 자기 자신과 대화를 나누듯 주절거리기 시작했다.

"그래, 어쩌면 살아 있는 것 자체가 악몽이니까 자장가야말로 진짜 성인의 음악일지 몰라. 우리는 아인슈타인도, 브래드 피트도, 빌 게이츠도 아니야. 심지어 미국인도 아니야. 우리는 평균 주변을 배회하며 그것에 의미 없는 영향을 미치는 통계적인 요소에 지나지 않아. 너희 말대로 음악을 만들어볼까? 20대 젊음을 몽땅 바쳐봐야 세계 인구의 만 분의 일도 들어주지 않을 그런 음악을. 뭐 어때? 모차르트조차 교과서에 단 세 줄로 설명되는 시대인데. 우리는 시작부터 우울한 존재들이야. 그저 사지가 멀쩡히 붙어 있음에 매일 감사하는 비굴하고 하찮은 존재들이지."

대화를 포기하고 밤거리를 끝없이 걸었다. 강변북로 초입에 있는 편의점에서 담배와 맥주를 샀고, 서강대교를 두 다리로 건너면서 그것을 다 축냈다. 처음으로 걸어서 건넌 한강 다리는 생각보다 무척 길었다. 강바람은 서늘하지만 소리를 내지 않았다. 국회의사당이 네 모서리에서 조도가 높은 광원의 스포트라이트를 받아 아름답게 빛나고 있었고, 완만한 쌍곡선을 그리며 높이 솟은 63빌딩의 고층에서는 많은 돈을 버는 사람들이 밥값을 하려고 야근을 하는 중이었다. 세상은 너무나 멋졌다. 그래서 나와는 조금도 관계없는 사람들이 벌써 남김없이 소유하고 있었다. 멋진 도시의 밤에 불협화음을 집어넣듯 비틀거리며 걸어가는 하윤과, 보름달을 집어삼켜 하얀 카펫처럼 빛나는 한강물이 묘하게 어울린다. 문득 두려운 생각이 들었다. 하윤이 한강물에 뛰어들 것만 같다. 나는 언제든지 하윤의 팔을 낚아챌 수 있도록 그와의 간격을 좁혔다.

자정이 넘어 하윤의 집에 도착했다. 그래도 하윤이 그간 끄적이다 버린 음악들을 들었다. 음악에는 하나같이 저주에 가까운 메시지들이 담겨 있었다. 하윤이 말없이 큰 이불 하나를 바닥에 깔았고, 우리 셋은 담요도 없이 그 위에 나란히 누웠다. 하윤의 음울한 음악을 자장가 삼아 잠자리에 들며, 나는 한때 그와 함께라면 뭐든지 할 수 있을 것만 같던 위대한 친구의 비관주의에 조금씩 설득당했다.

하윤은 꺼져가고 있다. 나는 눈을 감고 내 골목 친구의 정신적 몰락에 대해 오래도록 생각했다. 어느 순간 내 몸은 이불 아래로 한없이 가라앉기 시작했다. 의식을 놓으면 그게 마지막이 될 망망대해 위에 몸을 뉘인 것처럼. 하윤의 음악은 물 바깥에서 들려오는 갈매기 소리처럼 해저에 다가갈수록 웅얼거리며 희미해졌다.

14

두 번째 만났을 때, 조PD는 전성기의 가수로서 그 이상을 기대할 수 없을 만큼 잘나가고 있었다. 신비주의 마케팅 전략을 취해 텔레비전에는 얼굴을 들이밀지 않았지만, 그는 당장이라도 생방송에 출연할 것처럼 메이크업한 얼굴이었다. 혁근과 나는 약속 시간에 10분이나 늦었다. 조PD는 우리를 보자마자 손을 흔들며 말했다.

"배고프지? 얼른 밥부터 먹자."

조PD는 누군가 자신보다 지갑을 빨리 꺼낼 경우 패배감을 느낄 사람이다. 우리야 좋았다.

이번엔 전세 예약이 아니었다. 그러나 베일에 가려진 가수 조PD의 얼굴을 아무도 알아보지 못했다. 음악 차트 1위를 다투는 노래를 부른 가수가 얼굴을 버젓이 들고 서울 한복판을 걸어 다니는데 아무도 알아보지 못한다니. 무척 놀랍다.

"아직은 길거리에서 담배를 빌려 필 수 있을 정도의 프라이버 시는 남아 있지."

조PD의 말에 나는 감탄했다. 베일 뒤에서 악동 같은 사생활을 즐기고, 뒤로는 음반을 엄청나게 팔아먹고, 좋은 식사를 급식처럼 매끼 챙겨 먹으면서, 삶이 고되다 여기는 사람들을 비웃기라도 하듯 조PD는 하늘을 훨훨 날고 있다.

최근 조PD는 엘지전자로부터 거액을 받고 광고에 출연했다. 싸이언 핸드폰 광고였는데, 인쇄 광고로 얼굴을 공개하는 조건이었다. 나도 얼마 전 그 광고를 보았다. 신문 전면을 조PD의 얼굴이 가득 채우고 있었다. 너무 당당하고 거대하게 얼굴을 들이밀었기 때문에, 최소한 수백만 명이 그 광고를 보았겠지만 여전히 아무도 길거리를 걷는 조PD를 알아보지 못했다.

"엘지에서 이번에 내 공연을 후원해주기로 했어. 세종문화회관에서 해. 힙합 가수로서는 최초지."

"뭐든 최초시군요."

내 말은 아부가 아니었다.

"이번엔 너희도 함께 최초가 될 거야."

처음에는 그 말의 의미를 잘 이해하지 못했다. 조PD는 미소를 지으며 우지와 도현, 혁근과 나를 찬찬히 둘러보았다. 모두 조PD의 말을 선뜻 이해하지 못해 의문스러운 표정이었다. 그리고 다음 순간, 깨달음의 순서대로, 전율로 인해 창백해진 표정들이 파도를 타는 것처럼 테이블을 감아 돌았다. 우지가 간신히 입을 열었을 때, 카리스마의 원천인 그의 낮고 안정감 있는 목소리는 헬륨 가스를 들이마신 것처럼 풀려 있었다.

"우리가 거기서 같이 공연을 한다는 말인가요?"

"같이? 아니, 따로 해. 너희는 너희 음악을 들고 너희 무대를 갖게 될 거야. 내 공연의 게스트가 되는 거지."

우지의 입이 떡 벌어졌다. 그는 잠시 미동조차 하지 않았다.

이봐, 숨을 쉬어야지!

조PD는 우지의 우스꽝스러운 표정을 한참 즐기고서, 이번에는 혁근과 내 쪽으로 고개를 돌려 말했다.

"오 박사와 손 전도사도 「어머니」를 부르도록 해. 공연 첫 순서로."

나도 우지와 똑같은 표정을 지었다.

저녁에는 은수와 약속이 있었다. 조PD는 자신의 차로 나를 약속 장소까지 데려다주었다. 태어나서 처음으로 벤츠를 타보았다. 나는 엉덩이를 거세게 빨아들이는 푹신푹신한 시트에 조심스럽게 앉아 말했다.

"차가 참 좋네요."

"너무 크고, 무겁고, 재미 없는 차야. 바꾸려고."

곧 주인에게 버려질 운명인 가엾은 대형차는 그 말을 다 듣고도 그저 묵묵히 달릴 뿐이다.

조PD는 운전을 하면서 공연에 대한 이야기를 좀 더 늘어놓았다. 우리는 곧 다시 만나 연출과 연습에 관한 세부 일정을 의논하기로 했다. 목적지에 도착하여 나는 차에서 내렸다.

조PD의 세종문화회관 콘서트 무대에는 하윤과 같이 오를 생각이었다. 혁근과 내가 랩을 하고 하윤이 키보드나 기타를 연주한다면 멋진 그림이 될 것 같았다. 그 제안이 하윤의 식욕도 자극할 군것질거리이길 바라면서 나는 콘서트에 대해 설명했다. 하윤은 말한마디 없이 내 이야기를 듣고 나서 딱 잘라 대답했다.

"난 조PD의 얼굴도 몰라. 내가 그 공연에 출연해야 할 이유가뭐지?"

"네가 그 공연에 출연하지 않아야 할 이유는 뭐냐?"

"좋은 기회인 건 틀림없어. 하지만 내 기회는 아닌 것 같은데?"

요즘 하윤과는 단 세 마디만 주고받아도 피로했다. 굳이 더 대화하고 싶지 않다. 그래서 그에게 쏘아붙였다.

"우린 한 팀이잖아."

"난 너와 혁근이가 디제이 우지와 한 팀인 줄 알았는데? 우지스 패밀리! 우와, 정말 가족적인 이름이야. 우리는 팀 이름도 없었잖아?"

하윤은 날이 선 말로 비꼬았다.

"우리는 너와 한 팀이라는 사실을 잊어본 적이 없어. 처음부터우지와는 프로젝트라는 조건으로 시작했어."

"인간의 삶은 팀 단위로 진행되지 않아. 너희가 나 대신 내 자식을 낳아줄 수도, 나 대신 내 묘지에 묻힐 수도 없어. 너희는 조PD의 제안을 받아들여. 우지와 함께 그 길로 밀고 나가. 나는 내 길을 간다."

결국 그렇게 되겠구나. 나는 순간 그렇게 생각했다. 그때 잠자코 이야기를 듣기만 하던 혁근이 무거운 입을 열고 말했다.

"나도 그만둔다. 조PD의 콘서트도, 우지와의 팀 활동도. 당장 그만둘 거야. 어디 한번 묘지에 함께 묻혀보자. 별로 어려운 일도 아니야."

나는 엄청난 충격을 받았다. 그 말이 약속이라면, 너무 큰 약속이다. 하윤을 설득해 세종문화회관에 세우는 것이 가장 합리적인 길이었다. 이번 공연은 돈을 주고도 살 수 없는 기회다. 세종문화회관 대극장은 공연과 공연자에 대해 매우 엄격하고 보수적인 기준의 심사를 거쳐 대관된다. 그곳에서 이루어지는 공연들은 브로드웨이 뮤지컬이나 프랑스 혹은 이탈리아 오페라, 특별히 크리스마스 시즌에는 호두까기인형 등의 발레 같은 것들이었다. 이 기회를 놓친다면, 우리가 그곳에 설 날이 다시 돌아올까? 조PD 정도 되는 가수가 그곳에서 콘서트를 하는 것도 사실은 엘지전자의 전략적인 지원이 있었기에 가능했다. 조PD는 이 일을 성사시키는 데 우리가 상상하는 것 이상의 큰돈이 들어갔다고 말했다.

내가 머뭇거리자 혁근은 지그시 바라보며 자신을 믿고 따르라는 무언의 재촉을 했다. 평소 흐리멍덩하고 탁한 눈빛이 하필 이럴 때만 끝을 알 수 없게 깊어 보인다. 나는 한숨을 내쉬며 말했다.

"세 사람이 들어갈 만큼 큰 묏자리여야겠네. 우지와는 이번 주 클럽 공연을 마지막으로 끝내도록 하자."

"우리가 우지 뒤통수를 때릴 날이 오게 될 줄이야. 갑자기 그만두겠다고 하면 우지가 어떤 반응을 보일지 기대된다."

혁근이 빙긋 웃으며 말했다. 하윤은 무뚝뚝하게 대꾸했다.

"다들 다시 한 번 생각해봐."

우지는 전혀 화를 내지 않았다. 흥분하는 기색도 없었다. 그는 턱을 괴고 잠시 생각에 빠졌다가 대답했다.

"그래, 알았다. 그렇지 않아도 나도 그만둘 걸 고려하고 있었어. 그놈들과 같은 무대에 설 수는 없지."

"네?"

나는 그의 말을 이해하지 못했다.

"버벌진트와 4WD. 그 녀석들 때문에 공연하지 않겠다는 거 아니야?"

"그들이 클럽에서 공연을 하게 되나요?"

"머니가 걔네들을 영입하려고 땀을 빼고 있다고 하더군. 날 엿먹일 작정이야."

버벌진트와 4WD는 몇 달 전 우지와 조PD를 비난하는 노래를 만든 언더그라운드 뮤지션들이다. 일이 흥미롭게 돌아간다. 나는 머니의 천재성에 탄복할 수밖에 없었다. 그는 손 안 대고 우지라는 코를 풀어버릴 방법을 찾아냈다. 머니는 버벌진트와 4WD를 영입하여 우지스 패밀리의 공연에 맞붙여놓을 것이다. 그들이 우지 앞에서 우지를 질겅질겅 씹어대는 노래를 부를지도 모른다. 관객들은 그 재미있는 광경을 구경하려고 구름처럼 몰려들겠지. 우지라면 자제력을 잃고 공연 중인 적을 향해 돌진할 수도 있다. 만약 그렇게 된다면 흥행 대박이다.

'적대적인 뮤지션들끼리 공연 도중 무대에서 격투를 벌이다!'

사건은 10년 이상 회자될 것이며, 올해 막 초등학교에 입학한 아이들이 클럽에서 공연할 나이가 되었을 때는 이미 전설이 되어 있을 게 틀림없다. 클럽은 리얼리티 퍼포먼스를 제공하는 것으로 유명해질 테고, 정작 퍼포먼스 당사자인 우지는 사건 발생의 책임을 지고 클럽에서 퇴거당하게 될 것이다.

"맘대로는 안 될걸?"

칼을 뽑아보기도 전에 칼끝에 겨누어진 우지는 분통을 터뜨렸다.

"조PD의 콘서트도 포기하려고 합니다."

"멍청한 결정이라는 건 알고 있지?"

"예."

나는 진심을 담아 수긍했다.

"뭐, 나야 상관없지. 마음대로 해. 하지만 이번 주 공연까지는 꼭 해야 돼. 알았어?"

"안 그래도 그럴 생각이었어요. 지금까지 고마웠습니다. 좋은 경험이 됐어요."

혁근이 공손하게 대답했다. 맞는 말이다. 좋은 경험이었다. 우지와 함께 지내면서, 나는 인간을 다루는 정치적 기술들에 대해 지난 20년간 깨우친 것보다 더 많은 것을 배웠다. 언젠가 그 기술들을 아주 유용하게 써먹을 수 있을 것이다.

우지스 패밀리에 속한 마지막 날이다. 하윤은 선뜻 우리의 마지막 공연에 동행했다.

그날 턴테이블을 담당한 디제이는 안면이 있었다. 반가운 얼굴이었다. 디제이 렉스! 단 한 곡의 음악조차 만들어본 적이 없던 풋내기 시절, 나는 그를 만나 우러러보았다. 하지만 이제 당당하게 그에게 악수를 청했다. 혁근, 하윤, 나는 그에게 다가가 인사를 건넸다. 처음에 렉스는 우리를 선뜻 기억해내지 못했다. 그는 미간을 찌푸린 채 한참을 생각하다가 마침내 뇌 구석에 처박아둔 우리에 관한 기억을 용케 찾아냈다.

"오! 이곳에서 공연을 하고 있었던 거야? 난 너희가 한 달 안에 음악을 접을 거라고 확신했는데. 오늘 너희 공연에는 특별히 신경써서 긁어줄게."

렉스는 손을 들어 LP판을 돌려 긁는 시늉을 하며 유쾌하게 웃었다. 이런 사람들에게 동료 대우를 받는 것도 오늘이 마지막이다. 내일 잠에서 깨어나면 햇살과 함께 새로운 기분을 느낄 것이다. 모든 것을 새로 시작하는 기분을.

마지막 날이었으므로, 나는 우지스 패밀리의 순서가 돌아올 때까지 객석에 서서 성의 있게 다른 뮤지션들의 공연을 지켜보았다. 우지스 패밀리 바로 앞 순서는 'PDPB'라는 그룹의 공연이었다. 'Insane Deegie'라는 예명을 가진 고등학생이 주축인 팀이었는데, '인세인 디지'는 예명 그대로 정말 제정신이 아닌 애처럼 보였다. 그는 그룹 이름 'PDPB'의 뜻이 '핏덩이가 된 피바다'의 영어 이니셜이라고 해설해주었다. 도통 무슨 뜻인지 이해할 수 없었다. 그는 이해할 수 있는 행동을 거의 하지 않았다. 고등학생밖에 안 된 주제에, 알코올 도수가 38도로 소주의 두 배나 되는 호세 쿠엘보를 병째 쥐고 무대에 올라 랩을 불렀다. 무대에서 내려올 때는 술병이 텅 비어 있었다. 가끔은 무대에서 제 발로 내려오지 못해 실려 내려오곤 했다. 장래가 기대되는 제대로 미친 소년이었다. 그는 자신이 미쳤다는 사실을 자랑스러워했고, 언제나 좀 더 미치려고 필사적으로 노력했다.

오늘 디지는 술병 없이 무대에 올랐다. 디제이 렉스와 호흡을 미리 맞춘 듯, 도저히 프리스타일이라고 볼 수 없을 정도로 절묘하게 음악 속에 비트 저글링이 녹아 들어갔다. 렉스는 초기 클럽 크립의 부흥을 이끈 사람으로, 오늘 공연은 상당히 오랜만에 성사된 복귀 무대였다. 그는 키가 크고 잘생겼다. 관객들의 성원은 대단했다. 종교 의식처럼 보일 정도였다. 사람들은 모두 손을 허공에 뻗고 넋 나간 표정으로 무대에 영혼을 헌납했다. 렉스는 신의 계시라도 듣는 듯, 고개를 기울여 어깨와 오른쪽 귀 사이에 머리만 한 모니터링 헤드폰을 끼고 있었다. 그리고 겨우 두 개 달린 손으로 두 개의 테이블과 한 개의 믹서와 세 장의 LP판을 다 통제하면서, 신의 말씀을 번역해주었다.

우리는 평소와 같이 포박당한 채 수감소로 이동하는 범죄자들처럼 우지를 뒤따라 무대에 섰다. 우지는 우리를 한 줄로 세워두고, 마이크 하나를 들고서 객석으로 한 걸음 성큼 나아갔다. 그리고 예상치 못한 이야기를 시작했다.

"오늘 저희는 이곳에서 공연을 하지 않을 겁니다."

관객들이 일제히 당황스러운 표정을 지었다. 무대 뒤에 선 사람들도 당황했다. 우지는 선언의 효과를 조심스레 관찰한 뒤 육중한 톤의 목소리로 말을 이었다.

"그리고 앞으로도 영원히 이곳에서 공연하지 않으려고 합니다. 대신 이 자리에서 여러분이 꼭 들어야만 하는 이야기를 들려드리고 싶습니다."

쿠데타다.

나는 드디어 무슨 일이 벌어지고 있는지 깨달았다. 그의 뒤에 줄 선 우리가 맡고 있는 역할이 무엇인지도. 우지는 목숨을 내놓아야 할 전장에 우리를 이끌고 가면서 자신의 계획에 대해서는 우리와 한마디 상의조차 하지 않았다.

"이곳에서 대한민국의 힙합이 탄생했죠. 누구 하나의 힘이 아니라 우리 모두의 힘으로 그것을 키워냈습니다. 셀로판지를 붙여놓은 조명 아래서 땀 흘리는 공연자들과 박수를 쳐준 사람들이 이 작은 세계를 만든 거지요. 누구 한 명을 이곳의 주인이라고 말할 수 있을까요?"

준비된 문장들이다. 지목하고 있는 대상도 분명했다. 그러나 아직 관객들은 우지의 의도를 이해하지 못하고 있었다. 그들은 어처구니없다는 표정을 지으면서도, 저런 말에도 몸을 맞춰 흔들어줘야 하는 건지 눈치를 살폈다.

"판이 커지니 결국 권력이 등장하고 만 것 같습니다. 현재 클럽의 뮤지션들은 정당한 대우를 받지 못한 채 착취를 당하고 있습니다. 그들은 최저 생계비에도 못 미치는 적은 돈을 받고 무대에 몸을 던지죠. 그런데 클럽의 주인은 그 육체노동의 대가로 호위호식하고 있는 겁니다."

우지는 말을 하면서 천천히 오른손을 공중으로 들어 올리더니, 마지막 문장이 끝남과 동시에 획 하고 검지를 빼 머니를 겨냥했다. 아주 극적이었다. 머니는 너무 당황해 분노하는 방법조차 잊어버렸다.

그러나 나는 우지의 편이 아니었다. 나는 최저 생계비에도 못 미치는 돈조차 받아본 적이 없다. 공연 수당은 모두 우지의 몫이었다. 하지만 우지의 뒤에 들러리처럼 서 있는 우리는 이미 신병을 그에게 맡긴 것이나 다름없는 처지다. 이왕 엎질러진 물, 제발 우지의 측정할 수 없이 통 큰 배짱이 먹혀들길 바라는 수밖에 없었다.

"이게 옳은 상황이라고 생각하세요?"

그렇게 물으며 우지는 마이크를 관객 쪽으로 내밀었다. 생각만큼 호응이 크지는 않았다. 그래도 군데군데에서 "아니오!"라는 응답이 들렸다. 우지는 관객들의 얼굴을 찬찬히 훑어보면서 다시 입을 열었다.

"저는 바뀌어야 한다고 생각합니다. 우리는 할 수 있습니다. 크립이 힙합의 유일한 답안은 아닙니다. 우리에게는 대안이 있어요. 홍대입구에도 힙합을 공연하는 클럽들이 생겨나고 있고, 저는 그중 몇 곳에서 공연 제의를 받았습니다. 저희는 그곳으로 옮겨 갈 겁니다."

'저희' 중 하나인 나로서는 처음 듣는 이야기다.

"이곳의 많은 뮤지션들이 더 많은 공연을 하고 싶어합니다. 서너 개 클럽에서 공연을 할 수 있다면, 뮤지션들은 음악만으로도 그럭저럭 용돈을 벌 수 있지요. 하지만 저기 서 있는 저 사람, 머니는 다른 클럽에서 공연하는 뮤지션들은 이 클럽에서 모두 퇴출시켜 버리겠다고 위협했어요. 독점적인 지위를 악용하고 있는 겁니다. 그는 '우리 모두'를 위한 처사라고 주장하지만, 그의 주장을 누가 수긍할지 궁금합니다. 정말 우리 모두를 위해 옳은 일인가요?"

아까보다 훨씬 큰 호응이 있었다. "아니오!"라는 외침에 동참하는 사람들이 늘어났다.

"저희는 이곳을 떠나지만 부당한 처우에 항거해 끝까지 싸울 것입니다. 거기에는 여러분의 도움이 필요합니다. 무엇이 옳은지 신중하게 판단하세요. 저 역시 이 클럽을 누구보다 사랑하고, 단 한 번도 남의 클럽이라고 생각해본 적이 없다는 것을 알아주세요. 저는 힙합을 조금 더 사랑할 뿐입니다."

자꾸 '저희'라는 주어를 내세우는 말투가 마음에 들지 않았다. 하지만 우지가 신념에 불타는 결연한 표정으로 연설을 마무리 지었을 때, 상당수의 관객들이 "우지! 우지!" 하고 부르짖었다. 그의 성공을 인정하지 않을 수 없었다.

우지가 우리를 향해 돌아섰다. 그리고 무대 뒤에 서서 어쩔 줄 몰라하던 우리를 한 번씩 안아주었다.

'괜찮아. 이 형은 너희 모두를 사랑해. 너희를 핍박하는 자에 대항해 언제까지라도 대신 싸워줄게.'

그는 입도 열지 않고 그런 메시지를 관객들에게 전달했다. 나는 며칠 전 우지에게 인간관계의 우위를 점하는 모든 정치적 기술을 배웠다고 생각했지만, 착각이었다.

우지는 공연자 전용 뒷문으로 나가지 않고 당당히 객석 쪽으로 내려왔다. 관객들이 경외에 가득 찬 시선으로 바라보며 스스로 길을 비켜주었다. 우지의 용기에 감화된 몇 사람이 박수를 치기 시작했다. 십자가를 지고 골고다 언덕을 오르는 예수의 모습이었다. 무대의 나머지 사람들은 표정을 흐트러뜨리지 않으려고 애쓰면서 우지의 뒤를 따랐다. 클럽의 오늘 공연은 이것으로 종친 분위기였다. 후유증은 심각할 것이다. 우지는 공공연하게 홍대 클럽에서 힙합 공연을 할 것이라 떠벌렸다. 그렇지 않아도 그것은 요즘 머니의 고민거리였다. 크립은 최고의 힙합 클럽이었지만, 불행하게도 신촌 구석에 있었다. 홍대 거리에는 압도적인 클럽 인프라가 구축되어 있었고, 한국 땅에서 내년에 어떤 일이 벌어질지 예언하는 트렌드 세터들이 우글거렸으며, 어디다 뿌릴지 결정할 순서만 남은 거대 자본들이 대기하고 있었다. 홍대 쪽 클럽들이 힙합 시장에 본격적으로 뛰어들면 크립이 큰 타격을 받을 것은 불 보듯 뻔했다. 지금까지 홍대 거리에서 힙합 음악을 들을 수 없었던 이유는 머니가 언더그라운드 뮤지션들을 독점적으로 '소유'했기 때문이다. 그런데 우지가 반역을 선언했다. 다른 뮤지션들 중 일부도 틀림없이 흔들리기 시작할 것이다. 일단 한번 새기 시작하면, 누수는 곧 걷잡을 수 없는 속도로 진행된다. 버벌진트와 4WD를 영입할 계획을 세운 머니는 우지의 약점을 제대로 짚었지만, 우지는 머니의 급소를 알고 있었다. 결국 우지가 고지를 점했다.

머니는 위풍당당하게 걸어 나가는 우지를 바라보며 우두커니 서 있었다. 방금 우지가 휘두른 한 방은 머니에게 커다란 구멍을 냈다. 앞으로 그 구멍을 통해 꽤 많은 돈이 샐 것이다. 우지는 고개를 돌려 머니의 얼굴을 힐끗 쳐다보고 출구 문을 열었다.

그때 무대 위에서 차분하게 깔린 목소리가 들려왔다. 우지 다음 순서로 공연할 예정이었던 무적이 마이크를 잡았다.

"정말 저들이 옳은가요?"

우지는 문밖으로 나서려다 말고 멈춰 섰다. 모든 사람의 시선이 다시 무대를 향했다.

"저들은 착취를 당했다는군요. 그런데 저는 이곳에서 착취를 당한 기억이 없습니다. 지금 클럽에 있는 뮤지션들 중에 혹시 착취 당한 사람 있습니까? 손 좀 들어봅시다."

누구도 손을 들지 않았다. 우지조차. 그때 그는 이곳을 얼른 나갔어야 했다.

"머니 씨는 이곳 뮤지션들에게 아버지나 다름없는 분입니다. 그분은 자기 삶을 내놓고 이 문화를 사수해온 사람이지요. 그가 뮤지션들을 착취해서 큰돈을 벌었다는 말은 클럽의 사정을 모르는 사람만이 할 수 있습니다. 클럽은 언제나 적자를 봐왔습니다. 지난 1년간 전혀 흑자를 내지 못했지만, 뮤지션들에게 공연 수당이 연체된 적은 단 한 번도 없었습니다. 우지는 거짓말쟁이입니다!"

무적의 말이 사실인지는 알 수 없었지만 파급효과는 대단했다. 관객들이 그에게 빨려들고 있었다.

"디제이 우지를 클럽에 영입하는 것에 대해 뮤지션들은 모두 반대했습니다. 그래도 머니 씨가 그들을 거두었지요. 이런 배신을 당할 줄은 꿈에도 모르고. 악당은 영원히 악당일 뿐인데."

우지는 예상치 못한 진압 병력의 투입에 어안이 벙벙해졌다. 그래도 무슨 말이 이어질지 궁금한 듯 자리를 뜨지 못하고 무적이 하는 말에 귀를 기울였다.

"왜 이제 와 배신한 걸까? 아마 이 지저분한 지하 공연장이 더 이상 필요치 않기 때문이겠죠. 디제이 우지는 홍대 클럽으로 가지 않을 겁니다. 언더그라운드 바닥을 혐오하고 인디 정신을 경멸하는 사람이니까. 그는 조PD와 음반 계약을 맺었습니다. 이제 주류에 편입해 음반을 내고 텔레비전 쇼 프로에 얼굴을 내밀 날이 멀지 않았나 보네요. 그런데 조용히 떠나는 쪽보다는 모든 걸 부서뜨리는 쪽을 택했군요."

관객들이 술렁이기 시작했다. 영웅의 탄생이 예고되고 있었다. 클럽의 분위기는 흔들리는 시소처럼 다시 반대 방향으로 기울었고, 우리를 바라보는 사람들의 시선은 매섭게 변했다. 관객들 사이에 서 있는 하윤의 모습이 보였다. 이 상황이 재미있어서 참을 수 없다는 듯, 얼굴에 함박웃음이 걸려 있다. 그가 그렇게 웃는 모습을 정말 오랜만에 본다.

"저는 디제이 우지와 초등학교 때부터 친구였죠. 한때 같이 음악을 하기도 했습니다. 그때도 우지는 지금과 비슷한 난장판을 벌인 후 한 무리의 사람들을 이끌고 떠났지요. 저기 서 있는 바로 저 사람들을 말입니다. 그때부터 이 작은 판의 뮤지션들 사이에서 증오와 적대의 관계가 시작되었고요. 오랜 친구로서 저는 그를 도저히 용서할 수가 없습니다."

그것은 누구도 생각지 못했을 뿐만 아니라 나 역시 알지 못하는 고대 설화였다. 나는 우지와 무적이 만나자마자 서로 반말을 나누던 사실을 떠올렸다. 함께 자라나 한국 힙합 음악계의 두 축을 형성했지만 적이 되어 전쟁 중인 두 친구. 우지는 곧 혈액 부족으로 쓰러질 사람처럼 새파랗게 질린 얼굴이다.

"저는 클럽 개장 때부터 이곳에서 공연을 해왔습니다. 정말 셀로판지를 붙인 조명 아래서 열 명의 관객을 두고 공연할 때가 있었지요. 그때 저는 디제이 우지를 이곳에서 보지 못했습니다. 우지는 자신이 판을 키웠다고 말하지만, 저에게는 그가 커가는 판의 한 조각을 떼어먹으려는 사람처럼 보입니다. 이제 더 큰 판에 뛰어들 테니, 이곳의 부스러기는 필요가 없겠지요."

말을 마친 무적은 우지가 아까 머니에게 했던 그대로, 검지를 들어 우지를 가리켰다.

"잘 가라, 디제이 우지. 위로 올라가서 반드시 성공하길 바란다. 남은 사람들은 이곳에서 누가 진짜 힙합을 사랑하는지 확인해봅시다."

무적이 콘솔 쪽을 향해 고개를 끄덕였다. 넋을 잃고 있던 머니는 잠시 그 의미를 이해하지 못했지만, 곧 정신을 차리고 황급히 무적의 음악을 틀었다.

우지는 황급히 몸을 돌려 도망치듯 그곳을 빠져나왔다. 우리 모두 우지를 뒤따랐다. 등 뒤로 들려오는 무적의 음악은 그날따라 더 멋지게 들렸고, 사람들의 환호성은 클럽을 태양계 바깥으로 날려 보낼 듯 요란했다. 오늘이라면 저곳에서 몇 명이 탈진으로 죽어나가도 나는 놀라지 않겠다.

디제이 우지는 시저를 죽인 브루투스가 되었다. 그의 쿠데타는 용기 있는 시도였고, 잠시 동안 성공했지만, 결국 제압되어버렸다. 오래도록 사람들이 오늘의 사건에 대해 떠들 텐데, 내가 이 역사적인 사건의 현장에서 실패한 반역자 무리에 속했다는 사실이 몹시 슬펐다. 그건 내 선택이 아니었다.

밖으로 나오자 우지는 밤공기를 크게 한 번 들이마셨다. 순식간에 반역 공모자가 되어버린 우리는 이 상황을 어떻게 감당해야 할지 갈피를 잡지 못했다. 하윤이 우리를 따라 뛰쳐나왔다. 그는 두 팔을 좍 벌리고 눈치도 없이 부르짖었다.

"최고야! 너무 재미있어! 내가 어떻게 음악을 그만둘 수 있겠어!"

나는 피식 웃었다. 우지가 우리에게 최후의 선물을 남겼다.

곧 클럽 바깥으로 우르르 사람들이 쏟아져 나왔다. 앞장 선 머니가 분노에 일그러진 표정으로 우지에게 다가와 멈춰 섰고, 그 뒤로 그의 사단에 속하는 뮤지션 몇 명이 갱단처럼 팔짱을 끼고 섰다. 모두 진작부터 우지에게 살의를 품고 기다린 사람들이었다. 특히 얼마 전 이미 우지와 한판 붙을 뻔했던 클럽의 뮤지션 B.G.는 벌써부터 뚝뚝 소리 내 손가락 관절을 풀며 명령만 떨어지면 곧장 이쪽으로 달려들 태세였다. 당장이라도 패싸움이 시작될 듯한 험악한 공기가 감돌았다. 나는 얼른 이곳을 뜨고 싶었다.

머니가 입을 열었다. 땅에 닿을 만큼 낮게 깔린 목소리였다.

"완전히 실수한 거야."

그 말이 전달하는 공포가 우리의 혈관을 타고 온몸에 퍼질 때까지 기다린 후 그가 말을 이었다.

"너희는 이 바닥에 다시는 발붙이지 못할 거다. 내 손이 닿는 한 그 어떤 곳에서도 너희가 무언가를 할 수 있을 거라 기대하지 마라. 너희는 끝났어. 영원히."

우지와 머니 사이에 불꽃 튀는 눈싸움이 벌어졌다. 우지는 '우리'라는 표현을 쓰고 머니는 '너희'라는 표현을 돌려준다. 우리는 탁구공처럼 상대편을 향해 험하게 내던져지고 있지만 정작 탁구채를 휘두르는 건 단 두 사람이다. '우리'가 대체 뭘 어쨌기에?

그러나 두 사람은 그런 것 따위는 신경 쓰지 않는다. 그런 면에서 적이긴 하지만 어느 누구보다 더 닮았다. 머니는 과거에 나를 한 번 잊은 적이 있긴 하지만, 이제 다시는 내 얼굴을 잊지 않을 것이다. 앞으로 미래를 어떻게 헤쳐 나가야 할지 막막한데 적까지 생기다니.

한참 동안 머니를 노려보던 우지가 무겁게 입을 열었다.

"다리가 다 후들거리도록 무섭군요. 그런데 힘이 없는 사람은 참 불행해요, 안 그런가요? 내뱉은 말이 메아리치는 광경을 지켜보는 것 말고는 할 수 있는 일이 별로 없으니까. 어떻게 되는지 어디 한번 두고 봅시다."

흥 하는 코웃음을 한 번 쳐주고서, 우지는 몸을 돌려 우리를 이끌고 클럽 골목을 빠져나왔다. 우지의 말대로 정말 메아리가 들려왔다. 그런데 내가 잘못 들은 것이 아니라면, 골목 안쪽에서 메아리치는 목소리의 주인은 다름 아닌 디제이 우지였다.

15

나는 인간이 번드르르한 지적 고민을 할 수 있다는 사실을 더 이상 믿지 않는다. 그날 이후 하윤은 자신이 음악을 계속할 수 없는 근거로 늘어놓던 고민거리들을 모두 잊어버렸다. 하루라도 빨리 음악을 만들고 데뷔하여 누군가와 한바탕 맞붙어 싸울 생각에 온몸이 근질거리는 것 같았다. 호전적인 사람들에게는 전쟁과 함께 마음의 평화가 찾아온다.

우리는 진지하게 '작업실'에 대해 이야기했다. 하윤의 집안은 자유분방했고 부모님도 우리를 따뜻하게 대해주셨지만, 아무래도 밤이나 새벽에 방문하는 것은 조심스러웠다. 우리에게는 밤과 새벽 시간이 절실히 필요했다. 생체리듬과 어떤 관련이 있는 건지 아니면 단지 음악을 하는 사람들이 죄다 백수나 다름없기 때문인지는 모르겠지만, 음악적 감수성은 해가 진 뒤에야 절정에 오른다. 나는 훌륭한 음악들의 90퍼센트 이상이 밤에 만들어졌다고 장담할 수 있다. 그러니 우리에게는 밤마다 하윤의 70만 원짜리 NS-10 모니터링 스피커가 터져나가도록 음악을 틀어놓을 수 있는 공간이 절실했다. 그 스피커는 에이징* 기간이 한참 지났는데도 아직 한계 출력의 십 분의 일도 내보지 못했다. 매일 밤 스피커는 서럽게 흐느꼈다.

월세를 감당하는 것은 꽤 부담이 크다. 우리는 될 수 있는 한 보증금의 비중을 늘려야 했다. 나는 아르바이트를 하면서 100만 원을 모았고, 혁근은 자력으로 대학 등록금을 대고도 300만 원이 넘는 돈을 통장에 쌓아두었다. 이리저리 끌어모아 500만 원이 넘는 거액을 준비한 우리는 보증금 500만 원짜리 사글셋방을 찾기 시작했다. 조건은 아주 까다로웠다. 당연히 방세가 비싸서는 안 된다. 밀집 주택가여서도 안 된다. 우리는 각자 몇 군데씩 괜찮은 방을 물색했는데, 최종적인 결정을 앞두고 혁근이 기적 같은 조건의 물건을 발견했다. 부동산 사이트에 올라온 게시물에 따르면, 그곳은 반지하이긴 하지만 방이 넓고 부엌과 분리되어 있었고, 화장실은 공용이지만 깨끗했다. 가장 매력적인 건 지하철 2호선 사당역에서 걸어 겨우 5분 거리에 위치한다는 사실이었다. 보증금 500, 월세 10. 선약금부터 입금했다.

사당역에서 내려 15분가량 걸었을 때 부동산 업자가 말했다.

---

* 음향 출력 기기의 진동판이 모든 음역에서 고르게 작동할 수 있도록 충분한 시간 동안 음악을 틀어두는 것

"거의 다 왔어요."

세 번쯤 거의 다 왔을 때 우리는 그 방을 구경할 수 있었다. 우리가 계약한 방은 한때 빌라 건물의 지하 주차장이었다. 복도 시멘트 바닥에는 하얀색의 주차 구획선이 그대로 남아 있었다. 천장에 붙은 침침한 백열전구는 수명을 다해갔고, 전선에 의지해 천장에 간신히 매달린 적나라한 몰골이었다. 권세를 잃은 지하의 빛 근처로 레이스처럼 촘촘히 거미줄이 들어찼다.

주거 공간은 앙상한 벽을 세워 네 개의 방으로 구획해놓았다. 법률에 문외한인 내가 보기에도 이런 식의 용도 변경은 명백히 불법이다. 벽의 내장재가 나무 합판이기 때문에 방음 또한 전혀 기대할 수 없다.

방 안에는 볕이 거의 들지 않는다. 하지만 천장 근처에 주차장 환기용 창문이 붙어 있어서 반지하라는 주장을 마땅히 반박하기도 힘들었다.

공용으로 사용되는 복도 화장실은 높이가 1.5미터 정도로, 소변을 보려 해도 변기 위에 걸터앉아야만 했다. 화장실 문은 걸쇠가 없어 잠기지 않는다. 휴지를 사용하든 물을 내리든 적어도 한 손은 자신의 모든 명예를 걸고 손잡이를 움켜잡아야만 했다.

집 주인은 키가 작고 인상이 좋은 노부부였다. 그들은 19세기에서 21세기로 폴짝 건너 뛰어온 듯 세상 물정 모르는 소리를 늘어놓았다.

"벼두기 아까워 싸게 내놓는 거니 후딱 들어오는 기 좋을 기야."

"샤워는 어디서 하죠?"

내가 표정을 찌푸린 채 묻자, 할아버지는 무거운 몸을 부엌 쪽으로 옮겼다. 적어도 부동산 광고처럼 방과 부엌이 격리되어 있기는 했다. 부엌 바닥에 깔린 타일들은 죄다 깨진 상태였고, 그 위로 싱크대 한 대가 덜렁 놓여 있다. 노인이 싱크대 수도를 잡아당기자 그것이 샤워기 호스처럼 주르륵 늘어났다. 그는 그것을 들어 머리 위로 가져가더니 샤워하는 시늉을 하며 웃었다. 난 왜 좀 더 일찍 그런 혁신적인 발상을 하지 못한 걸까. 샤워기 하나로 몸도 씻고, 그릇도 닦고.

나는 선약금을 포기하고 딴 방을 찾기로 마음을 굳혔다. 월세를 10만 원만 더 얹어도 화장실이 딸린 방을 구할 수 있다. 그런데 노인이 결정적으로 중요한 사실을 말해주며 내 마음을 흔들어놓았다.

"방 네 개 모두 비어 있응께, 원하는 방으로다 골라 써. 젤 안쪽 방이 볕도 잘 들고 좋을 기야."

"방이 모두 비어 있다고요?"

나는 눈을 동그랗게 뜨고 물었다.

"그랴."

"얼마나 오래 비어 있었죠?"

혁근도 깜짝 놀란다. 이것은 아주 중요한 질문이다.

"1년 됐지, 아마? 요즘 젊은 사람들은 지하를 싫어하니께."

노인은 솔직하게 말했다. 최고의 조건이었다. 방음 문제가 완벽히 해결된 것이다. 하긴 누가 이런 곳에서 살겠는가. 이 지하 셋방

임대 사업이 가진 수익 구조의 핵심은, 우리처럼 순진한 온라인 선약자들의 선약금을 위약금으로 떼먹는 데 있을지도 모른다.

혁근이 흥정을 시작했다.

"우리가 들어오지 않는다면 앞으로 또 1년간 비어 있을지도 모르겠네요?"

"설마 그럴까?"

그러나 노인의 목소리에는 힘이 없었다. 선량하고 남을 속일 줄 모르는 사람이다. 그것도 좋은 조건이다.

"월세를 낮추기로 하죠. 5만 원으로 해요."

상대적으로 덜 선량한 하윤이 과감한 흥정가를 제시했다. 그러자 상황을 지켜보던 부동산 업자가 곧바로 개입했다.

"학생, 이러면 정말 곤란해요."

하윤이 갑자기 손가락을 들더니, 아까 닫아놓은 문이 스스로 움직여 반쯤 열려 있는 공용 화장실을 가리켰다.

"저기에서 볼일을 보려면 우리 역시 엄청난 곤란을 느끼겠는데요?"

우리는 8만 원에 합의를 보았다. 부동산 업자는 계약이 끝나자마자 번개처럼 지상으로 뛰쳐나갔다.

이사는 그날 저녁에 해치웠다. 여의도에서 사당까지 두 번을 오가자 짐을 다 옮길 수 있었다. 하윤과 내가 짐을 운반하고 사당에서 기다린 혁근이 짐을 풀어 정리했다. 우리가 두 번째 사당으로 돌아왔을 때 혁근은 혼자 이삿짐을 정리한 뒤 청소까지 모두 끝내놓았다. 그는 하윤이 사용하는 악기를 제대로 다루어본 적이 없는데도, 서른 개 가까이 되는 라인의 배선까지 깔끔하게 마쳐놓았다. 대충 끼워보다가 우연히 성공했을 리는 없다. 배선의 경우의 수는 $30!=265,252,860,000,000,000,000,000,000,000,000$가지니까. 라인 하나마다 0.0001초 만에 끼워 넣는다고 해도 우주의 역사가 수천억 번도 넘게 반복되어야 한다. 이런 친구를 둔 사람들은 얼마나 행복한가. 하윤과 나는 우주가 영겁의 시간 동안 반복되길 기다리기는커녕 잠시 지하철을 탔을 뿐이다.

나는 이사를 마쳤으니 중국집에서 자장면을 시켜 먹자고 제안했다. 하윤은 자장면을 싫어했다. 우리는 자장면 두 그릇과 유산슬 하나, 고량주 한 병을 시켜 먹으면서 보금자리를 얻은 기쁨에 취했다. 하윤은 오른손에는 유산슬의 해삼을 꼼짝 못하게 포획한 나무 젓가락을 들고 왼손에는 담배를 든 채, 양손을 번갈아 입에 가져다 댔다. 나는 자장면을 먹다 말고 말했다.

"드디어, 우리 팀도 이름이 필요한 때가 온 거 같다."

"그래, 지금 정해보자."

혁근이 대답했다. 하윤은 유산슬에 정신이 팔려 우리를 쳐다보지도 않고 고개를 끄덕였다. 언제나 그렇듯 혁근이 의장 역할이다.

"모두 생각나는 대로 하나씩 말해봐."

"신변잡기적인 이름 어때? '유산슬과 짜장 둘'이라든가."

하윤이 무관심한 태도로 툭 내뱉었다. 뭔가 상징이 부여된 이름 같기도 하지만 농담으로서는 실망스럽다. 혁근이 혀를 찼다.

"넌 레코드샵에서 사람들이 '유산슬과 짜장 둘 주세요'라고 말하길 원해?"

그래, 그건 정말 곤란하다. 나는 오래전부터 생각해둔 이름이 있었다.

"이상의 「날개」란 소설 알지? 거기에 내가 좋아하는 구절이 있어."

머릿속에서 희망과 야심이 말소된 페이지가 딕셔너리 넘어가 듯 번뜩였다.*

"희망과 야심이 말소된 페이지, 어때? 멋지지 않냐? 사람들은 우리 팀 이름을 끝까지 듣기도 전에 바지에 오줌을 싸게 될걸?"

혁근은 시큰둥했다.

"넌 이상이 「날개」를 쓸 때 몇 살이었는지 알기나 해?"

"몰라, 서른쯤?"

"바보. 이상은 스물일곱에 죽었어. 죽기 한 해 전인 스물여섯 살 때 『날개』를 썼어."

"그래? 천재네."

"천재? 우리가 대여섯 살 더 먹으면 스물여섯이야. 넌 앞으로 5 년 동안 네 정신세계가 얼마나 더 성장할 것 같아? 지금 당장 이상 의 글에 공감할 수 없다면, 앞으로도 영원히 그럴 거야."

"그건 애초부터 공감하라고 쓴 글이 아니야."

혁근은 같은 천재로서, 자신 이외의 사람이 천재라는 것을 인 정하기 싫은 것 같았다. 이상은 경성고등공업학교에서 수석을 다

---

*   이상, 「날개」

투던 학생이었다. 해방 후 경성고등공업학교는 서울대학교 공과대학이 되었다. 그러니 서울대학교 공과대학에서 한때 수석을 다투다 음악을 한답시고 주르륵 미끄러진 혁근으로서는, 자신의 선배인 이상을 질투하는 게 당연한지도 모른다. 이상은 시와 그림을 정신없이 만들어내면서도 졸업할 때까지 줄곧 최고의 성적을 유지했으니까. 물론 나로서도 스물여섯 살의 시인 이상이 스무 살의 괴물 혁근보다 똑똑했다고 상상하기는 힘들다. 혁근은 열일곱 살에 국제수학올림피아드에서 은상을 받았다. 그때 혁근을 멀찌감치 뒤로 밀어두고 금상을 차지한 프랑스 어린이는 이미 수학사에 족적을 남길 만한 논문을 몇 편 써냈다고 하니까, 호모 사피엔스의 범주에 들어가는 생물에 국한하면 혁근과 지적 능력을 겨룰 수 있는 개체는 거의 없다고 보는 게 옳을 거다.

"나는 20대 중반의 젊은이가, 세상의 모든 고통과 좌절을 다 껴안은 것만 같은 글을 쓸 수는 없다고 생각해."

자신이 이상의 고조할아버지쯤은 되는 것처럼 혁근은 시건방진 젊은이 이상을 나무라기 시작했다. 하윤은 대꾸 없이 먹고만 있다. 이상의 「날개」를 읽어보지 않은 하윤에게는 한국에서 가장 유명한 시인이 중국에서 가장 맛있는 요리만큼 중요할 리 없다. 혁근은 계속 나를 표적 삼아 논변을 펼쳤다.

"엘리트들은 종이에 손만 베어도 호들갑을 떨며 죽음의 고통을 유추해내지. 이상은 총독부에 소속된 유일한 조선인 건축가였어. 젊고 잘나갔지. 그런데 이상의 작품에서는 항상 자신이 세상에서 가장 고통스러운 사람이잖아. 시대가 암울했지, 이상의 삶이 암울하지는 않았어."

혁근의 논리에는 강한 설득력이 있었다. 고등학교 때, 사회를 혐오하고 체제를 비판하며 소외당한 자신을 한탄하는 글을 써서 문예지에 기고하는 똑똑한 친구들을 여럿 보았다. 그런 부류가 쓰는 글은 항상 자살을 암시하는 결말로 끝이 난다. 그 친구들의 소식은 모르지만 아직 아무도 자살하지는 않았을 것이다. 그들은 스타벅스에서 커피를 마시거나, 메가박스에서 팝콘을 집어 먹거나, 여대에 다니는 예쁘장한 여학생의 전화번호를 캐는 중일 거다. 이상이 한동안 다방 마담과 놀아났듯이. 그러다가도 누군가 원고지를 들이밀면 그 친구들은 10분 안에 세상을 아주 지옥 같은 곳으로 만들어놓고서는 과외를 하러 떠날 게 틀림없었다.

방황은 삶이 평탄한 사람들의 특권이다. 진짜 고난에 빠진 사람은 생존하기 바쁘다. 이상이 천재였다고 해도, 화려한 경력을 지닌 20대 중반의 작가가 삶의 고뇌를 원죄처럼 걸머지고 살았을 가능성은 희박하다. 그건 두뇌의 명석함과는 별개의 문제로, 천재의 역할을 수행하는 매너리즘적인 방식이다. 그들의 정서는 유년기에 머물다 죽는다.

"우리는 솔직한 음악을 만들어야 돼. '야심이 말소된 페이지'라고? 그 구절을 적어놓고 자신의 시적 재능에 흡족해서 온몸을 부르르 떨었을 야심찬 젊은이의 모습을 떠올려봐. 그건 진심 없는 수식어에 불과해. 나는 이상의 글이 '희망과 야심이 말소된 페이지'가 아니라 차라리 '진실이 말소된 페이지'라고 봐."

하윤이 갑자기 체한 듯 캑캑대더니, 유산슬 한 무더기를 퉤 하고 뱉어냈다. 급하게 물을 한 모금 들이켜고 그가 말했다.

"'진실이 말소된 페이지'라고? 그거 아주 멋진데."

위대한 시인을 비난하려고 별 고민 없이 내뱉은 한마디였다. 그 말이 우리의 미래가 될 수 있다고 생각지 못한 듯, 혁근은 자신의 입에서 나온 표현을 되뇌었다. 스스로의 시적 재능에 흡족해서 온몸을 부르르 떠는 야심찬 젊은이의 모습이었다. 혁근이 말했다.

"그래, 맞아. '진실이 말소된 페이지'야."

팀의 이름이 결정되었다.

16

'우지 깽판 사건'이라고 인터넷에 알려진 일이 클럽 크립에서 일어난 날 밤, 도현은 처음으로 우지와 심하게 다투었다. 이미 대규모 사업이나 다름없는 작곡 활동을 하고 있던 도현에게는 모든 뮤지션들이 잠재적인 고객이었다. 그는 어떤 사람과도 불편하지 않은 관계를 유지해야 했다. 우지는 자신의 섣부른 행동을 사과했지만, 도현의 화는 쉽게 풀리지 않았다. 도현은 우지와 결별했다. 그는 청담동 근처에 자신만의 스튜디오를 열었다. 그것만으로는 성에 차지 않았는지, 다시는 우지가 자신을 찾아오지 못하도록 '키 172 이하 남성 출입 금지'라고 쓰인 팻말을 문에 달았다. 덩달아 유엠씨까지 그곳을 출입할 때마다 고통스러워했다.

평균 키가 180에 달하는 준수한 세 청년들, '진실이 말소된 페이지'는 거리낄 게 없었다. 나는 하윤을 소개시킬 겸 해서 도현의 새 스튜디오를 찾아갔다. 자기 명의의 스튜디오까지 차린 도현은 이제 진짜 사업가였다. 정확한 액수는 모르지만, 그는 최근 작곡으로 꽤 많은 돈을 벌어들였다. 적어도 더 이상 아버지의 지원 없이 강남에서 스튜디오를 굴릴 만한 돈을. 만약 내가 느닷없이 지갑에다 집어넣을 수도 없는 큰돈을 벌게 된다면 아마 어떤 차를 사야 할지부터 고민했을 것이다. 하지만 도현은 나와 달랐다. 그는 돈을 버는 족족 남김없이 새로운 장비를 구입하는 데 썼다. 음향 장비들은 워낙 고가인 데다 매달 신제품들이 끊임없이 쏟아져 나오기 때문에, 프로 엔지니어들조차 상당수의 기계들을 구경해보지도 못한다. 그래서 최신 기술이 적용된 장비들을 다룰 수 있는 능력은 그 자체로 돈을 버는 수단이 된다. 돈이 많고 눈이 높은 유명 뮤지션일수록 자신의 음악에 그런 기술들을 적용하고 싶어 하기 때문이다. 예를 들어 어느 날 서태지가 찾아와 이렇게 물었다고 하자.

"이번에 제 음반 타이틀 곡에 아날로그 보코딩이 좀 필요한데요."

보통 서태지는 이런 걸 묻지 않고 혼자 다 해버리지만, 이런 요구를 받았을 때 단지 기술이 적용된 장비가 수중에 없다면 그것은 어떻게든 해결할 수 있는 문제다. 그러나 그 장비를 다룰 능력이 없다면 서태지와 함께 떼돈을 벌 기회는 날아간 것이다.

그래서 도현은 당장엔 쓸 일 없는 장비라도 끊임없이 구매하고, 핸드폰을 처음 산 아이처럼 밤을 새워 그것을 연구했다. 테크닉을 노트에 모두 메모하고 나면 기계를 처분하고 이번 달에 새로 나온 장비를 구매했다. 이것은 사실 작곡가라기보다 엔지니어가 할 일이었지만, 그는 이미 음악과 음향 기술의 모든 영역을 커버하는 제작자가 되어가고 있었다.

최근 그의 연구물은 128채널의 디지털 콘솔이었다. VIP고객인 도현은 파격적인 염가 할인을 받아 그 물건을 1200만 원에 샀다. 국내에는 디지털 콘솔을 사용하는 스튜디오가 거의 없었다. 32채 널 이상의 아날로그 콘솔을 사용하는 개인 작곡가 또한 극히 드물었다. 도현은 미지의 영역을 개척하는 중이었다.

스튜디오에 도착했을 때, 도현은 어린 코끼리만 한 무생물을 붙잡고 끙끙대며 씨름하고 있었다. 기계가 어떤 기적을 일으킬 수 있는지 기필코 확인하고야 말겠다는 의지로 두 눈이 불탔다.

"어, 왔네! 조금 있다가 라디도 오기로 했어. 라디 알지? 크립에서 너희를 봤다던데. 잠깐 거기 소파에 앉아서 기다려."

우리 쪽은 쳐다보지도 않고 정신없이 인사를 던진 도현은 한 시간 가까이 더 기계와 사투를 벌였다.

우리는 그 광경을 물끄러미 바라보았다. 워낙 놀라운 물건이라 구경도 그리 심심하지는 않았다. 도현이 수백 개 버튼 중 하나를 누르면 LED창에 뭔가 번쩍거리며 떠오르기도 하고, 음악을 틀어놓고 태엽을 감듯 노즐을 돌려대면 희한한 소리가 만들어지기도 했다. 일종의 공연 같았다. 기계에서 새로운 일이 벌어질 때마다 우리는 뭐가 뭔지도 모르면서 박수를 쳐주었다. 나는 그 물건이 128채널의 소리를 다룰 수 있다는 사실 말고는 아무것도 이해할 수 없었다. 128채널이라니. 도현은 자신의 스튜디오에서 필하모닉 오케스트라도 통솔할 수 있다.

도현은 라디가 스튜디오로 들이닥칠 때까지 기계에 붙어 있었다. 라디는 뜻하지 않은 곳에서 우리를 다시 만나자 몹시 기쁜 척을 했다. 그는 한참 동안이나 크럽에서 벌어진 '우지 깽판 사건'에 대해 캐물었다.

"아, 그렇게 재미있는 구경거리를 놓치다니. 디제이 우지가 크게 한 건 할 인물이라는 건 진작 알아봤지."

나는 라디에게 지금까지 지켜봐온 우지의 모든 악행을 즐겁게 고자질했다. 우지가 나쁜 놈이 되는 것만큼 내가 선량해지기라도 하는 듯이. 라디는 껄껄 웃다가 도현과 함께 자기 용무를 보기 시작했다. 라디는 도현에게 자기가 만든 음악의 패칭*을 부탁했는데 오늘 경과를 확인하려고 이곳에 찾아온 것이다. 라디도 도현의 비싼 장비에 군침이 도는 모양이었다. 라디와 도현은 언더그라운드 출신으로서는 가장 잘나가는 프로듀서들이니 둘이 함께 손댄 음악은 굉장할 것이다. 도현은 맥킨토시 폴더를 한참 뒤적거려 자신이 손본 라디의 작품을 찾아냈다. 도현이 그것을 재생하려는 순간까지 라디는 겸손을 떨며 하윤을 칭찬했다.

"이렇게 뛰어난 작곡가한테 들려주기는 참 부끄러운데."

그리고 정말 굉장한 음악이 흘러나왔다. 라디와 도현의 손끝을 거쳐 만들어진 소리들은 우리들 사이의 공간에서 넋이 나갈 만큼 아름답게 춤추었다. 그 음악은 마치 '하지만 그래도 내가 좀 더 뛰어나지?'라고 하윤에게 말을 거는 것 같았다. 하윤이 얼마나 모욕적인 기분을 느꼈을지 나는 상상할 수도 없었다.

---

* 음악에 사용된 악기의 소리 혹은 악기 자체를 변경하는 작업

하윤 그리고 도현과 라디는 음악적 장점이 서로 달랐다. 하윤이 모든 종류의 음악과 악기를 이해하고 자유자재로 다루는 전방위적이고 고전적인 '창작가'라면, 도현과 라디는 미디와 흑인음악에 특화된 프로페셔널로 사람들이 무엇을 듣고 싶어 하는지 정확히 이해하고 있는 '꾼'들이다. 그 분야에 국한한다면 도현과 라디의 능력은 최고 수준이다. 애초 그들의 전공 분야에서 하윤이 그들과 공정하게 경쟁하리라고 기대할 수는 없었다. 반대로 피아노 콩쿠르에 나간다면 이야기가 또 다르겠지만, 지금 내가 하윤에게 뭐라 말할 수 있겠는가. "괜찮아, 넌 피아노를 더 잘 치잖아"라고?

"진실이 말소된 페이지? 재미있는데."

라디는 육포를 뜯으면서, 우리가 우지와 갈라서 팀을 만들게 된 경위를 경청했다. 도현은 이미 잠깐의 휴식을 끝내고 다시 디지털 콘솔에 달려들었다.

"그럼, 너희는 계속 크립에서 공연할 수 있는 거야?"

"절대 못 하지. 우린 앞으로 신촌 근처에는 얼씬도 안 할 거야."

내가 우울한 표정으로 대답했다.

"음반사는? 연 닿는 데 있어?"

잠시 조PD의 제안이 떠올랐다. 하지만 이미 물 건너간 이야기다. 혁근은 학교 선배에게 작곡가 방시혁을 소개받기도 했다. god와 비의 음악을 프로듀싱하는, 박진영이 가장 아끼는 작곡가였다. 혁근은 메신저를 통해 작곡가에게 우리의 음악을 건네주며 들어봐 달라고 부탁했다. 1분 후, 통신 두절이 된 듯 그 작곡가는 로그아웃해버렸고 다시는 로그인하지 않았다. 나는 더욱 음울해진 표정으로 말했다.

"음반사 쪽은 더 멀지."

"공연도 못 하고, 음반도 안 하고. 그럼 팀 만들어서 뭐 하려는 건데?"

라디는 핵심을 찔렀다. 앞으로 우리는 뭘 어떻게 해야 할까? MP3 파일로 음악을 공개 배포하는 프로모션이 일반적인 형태로 자리 잡아가고 있었지만, 그것은 어디까지나 프로모션에 지나지 않는다. 언제까지나 공짜 MP3파일만 뿌리고 있을 수는 없는 노릇이다. 우리는 음악으로 생활을 감당할 수 있을 정도의 돈을 벌어야만 한다. 그렇지 못하다면 우리에게 음악은 직업도, 부업도 아닌 취미일 뿐이다.

"공연 하나 뛰어볼래?"

라디가 동아줄을 내려주었다. 혁근과 하윤의 귀가 쫑긋이 하늘로 솟았다. 우리는 이 줄을 단단하게 붙잡아야 한다. 혁근이 물었다.

"어디에서?"

"부산."

동아줄은 손이 닿지 않는 높이에서 멈추었다. 나는 실망을 감추지 못했다.

"놀리는 거야? 어떻게 부산까지 가서 공연을 해?"

"왜, 나도 돈이 급할 때 몇 번 가서 하고 왔는데."

"고향 내려간 김에 하고 온 게 아니라?"

"응."

"얼마 주는데?"

"30만 원."

그날 스튜디오에서 들었던 그 어떤 음악보다도 아름다운 소리다. 30만 원. 발음에서부터 감미로운 울림이 있었다. 나는 눈을 감고 그 단어를 마음속으로 몇 번이고 되뇌어보았다. 가슴이 따뜻해진다.

혁근이 놀란 표정으로 물었다.

"한 번 공연하는 데 30만 원이라는 거야?"

"물론이지. 세 곡 이상, 15분만 채우면 돼."

"맙소사. 하루 두 번씩 일주일에 두 번만 공연해도 한 달에 480만 원이잖아. 부산에서 음악을 하면 금방 부자가 되겠다. 그 동네 왜 그래?"

혁근이 재빨리 계산했다. 고등학교 내내 수학에서 50점 이상 맞은 적이 없었지만, 나는 그때만큼은 혁근과 비슷한 속도로 같은 결과를 얻어냈다.

"공연할 기회가 그렇게 많지는 않지. 서울도 크게 다르진 않지만. 부산 애들은 30만 원까지 못 받아. 이쪽 클럽에서 활동하는 애들 섭외할 때만 주는 금액이야. 교통비와 숙박비를 고려해서."

15분 공연을 하고 30만 원을 받는다면 부산까지의 왕복 기차표 값을 고려해도 나쁘지 않은 조건이다. 1분에 2만 원을 벌 수 있는 사람은 세상에 많지 않다. 세 명이 왕복 기차표를 구매하고 숙박비를 쓰면 남는 돈은 거의 없겠지만, 어디선가 공연을 하고 작게나마 돈을 벌 수 있다는 사실만으로도 훌륭하다. 게다가 부산은 제 돈을 들여서라도 다녀올 만한 멋진 휴양지다. 나는 일곱 살 때 한 번 해운대 바닷가에 가보았을 뿐이다.

"하지만 우리는 우지스 패밀리로 활동했지, 진실이 말소된 페이지로 활동한 게 아니야. 그쪽 클럽에서 우리를 원할까?"

혁근은 걱정스럽게 묻는다.

"내가 클럽 주인한테 잘 말해줄게. 아주 괜찮은 녀석들이라고."

그렇게 말하고 라디는 한쪽 눈을 찡긋해 보였다. 나는 그를 부둥켜안을 뻔했다.

나는 최 실장에게 주말 이틀간 아르바이트를 빼달라고 요청할 생각이었다. 그런데 그날 학원에는 수탉이 나와 있었다. 그가 사라지기를 기다렸다가 최 실장에게 조용히 허락을 받는 편이 더 쉬웠지만, 뭔가 비겁한 짓이란 기분이 들어 그냥 그 자리에서 용기를 냈다. 수탉은 내가 다가가자 으르렁거리는 소리를 낼 것처럼 표정부터 바꾸었다. 꼭 제 영역을 지키려는 짐승 같다는 생각이 든다.

"주말에 부산에 좀 내려가야 할 것 같습니다."

"부산엔 왜 내려가?"

수탉은 부산 출신이다. 음악 하는 사람 중에는 의외로 부산 출신이 많다. 경상도 출신들은 정권뿐만 아니라 대중음악계까지 뒤흔들었다. 멋대가리 없고 무뚝뚝하다는 그 동네 사람들이 어떻게 예능 분야에서도 정상에 오를 수 있는지 도무지 이해가 안 간다. 그냥 인구가 많은 도시라 그렇게 보이는 것일 뿐이겠지.

"친구 공연이 있는데 도와주기로 했습니다."

조금이라도 책임의 소재를 덜어야 했다.

"아, 너 힙합 한댔지?"

정신이 번쩍 든다. 이 사람이 그걸 어떻게 알았지?

"절 죽일 건가요?"

"하! 그런 음악을 하면 알아서 굶어 죽게 돼 있어."

수탉은 왜 그렇게 힙합을 싫어하는 걸까? 오페라는? 민주노동당은?

오페라에 대해서는 잘 모른다. 부자들을 절단 내고 말겠다는 민주노동당의 강령에는 흥미가 있었지만, 공교육을 확대하겠다는 그들의 정책은 마음에 들지 않는다. 지옥을 확대하겠다니. 공교육은 조건 없이 폐지되어야 한다. 하지만 난 힙합만큼은 순수하게 사랑했다.

라디와는 토요일 새벽에 청량리역에서 만났다. 우리는 통일호 열차표를 끊었다. 공연 수당으로 30만 원을 받으면서 그 위 급의 열차로 부산을 왕복해서는 수지가 맞지 않았다. 편도 만 원인 통일호를 타도, 숙박비를 제하고 나면 공연 수당은 한 사람 당 7만 원꼴이다. 라디는 25만 원 가까이 남길 수 있었다. 머릿수는 우리가 세 배인데 돈벌이는 1/3이 아니라 1/4에 가까웠다. 왜 이효리가 핑클에서 뛰쳐나오려는지 이해가 되었다.

기차에 오르자 오래도록 잊고 있었던 들뜬 기분이 느껴졌다. 털털거리는 낡은 디젤 열차를 타고 우리는 뜨거운 남쪽 바다로 떠난다. 이 낭만적이고 느려터진 여행은 부산까지 열두 시간이나 지속

될 예정이다. 기차는 거의 모든 역에서 선다. 우리 셋방만 한 역까지도 빠짐없이.

라디는 자신이 태어난 남쪽 동네에 대한 이야기를 흥분하며 늘어놓았다. 이런 식이었다.

"해운대 해수욕장 근처에는 상상도 못 할 갑부들이 살아."

"강남보다?"

"바다가 강보다 넓잖아. 그리고 남포동 떡볶이는 떡가래 모양이 남성적이야."

"그게 무슨 뜻이야?"

"가서 먹어보면 알아. 그리고 부산 어느 곳에서나 순대를 소금 대신 쌈장 비슷한 것에 찍어 먹어, 막장이라고."

그 대목에서는 우리 모두 움찔했다.

"순대를 장에 찍어 먹는다고?"

혁근은 구토하는 시늉까지 해 보였다. 그러나 라디는 조금도 기죽지 않았다.

"나는 순대를 소금에 찍어 먹는 게 더 구역질 나. 삶은 달걀이나 소금에 찍어 먹는 거야."

그렇게 말하면서 라디는 삶은 달걀 하나를 소금에 찍어 입 속에 집어넣었다. 그는 입을 우물거리면서 말을 이었다.

"우리 아빠는 밥을 땅콩 버터에 비벼 드셔. 6·25 때 부산에 피난 온 부자들이 그렇게 먹는 걸 봤대."

라디는 부산 자랑을 이어갔고 그러다 라디 자신의 삶으로 화제가 옮아갔다. 나는 그쪽이 더 놀라웠다.

라디에게도 우리처럼 미래가 불투명하던 시절이 있었다. 무작정 서울에 올라왔지만 생활비조차 댈 수 없어 매달 집에 송금을 졸라야 하는 처지였다. 그때는 라면을 사려고 지갑을 꺼낼 때조차 손이 떨렸다. 닥치는 대로 작업했지만 돈을 떼어먹히기 일쑤였다. 배기량이 큰 외제차를 타고 다니는 놈들일수록 돈을 떼어먹는 경우가 많았다. 그런 차에 들어가는 프리미엄 휘발유는 아주 큰돈을 집어삼키기 때문이다. 라디는 서울에 올라온 후 첫 몇 달간, 벤츠를 타고 다니는 가수나 음반 제작자들의 밑을 닦아주며 시간을 축냈다. 다 포기할 생각을 하고 부산으로 돌아간 적도 있다. 차마 집으로 들어가지는 못하고 부산역 광장 계단에 쭈그려 앉아 엉엉 울었다. 눈을 들자 한 무리의 시선이 자신을 내리깔고 있는 것을 알았다. 눈빛이 말하고 있는 바는 분명했다.

"사느자식이 만다 우노?"

슬픔이 순식간에 적의로 바뀌었다. 한때는 부산의 모든 고등학생들을 두려움에 떨게 만들었던 주먹에 힘이 들어갔다. 라디는 피하지 않고 그들을 마주 쏘아보았다. 상대는 네 명이었지만 라디는 그보다 더 많은 수의 적들과 맞붙은 적도 많았다. 남자들은 자기들끼리 뭐라고 수군댔다. 곧 우두머리로 보이는 놈이 어슬렁거리며 라디 쪽을 향해 걸어왔다. 그가 라디 앞에 섰을 때, 라디는 계단을 박찬 반동을 이용해 몸을 공중으로 날렸다. 단단한 주먹이 허공을 가르더니 상대의 왼쪽 뺨에 꽂혔다. 라디의 주먹은 전혀 녹슬지 않았다. 그 가엾은 친구는 2미터쯤 날아가 콘크리트 바닥에 처박힌 후 퍼덕였다. 퍼덕임이 멈춘 이후로도 오랫동안 일어나지 못했다.

라디는 아주 오랜만에 턱을 하늘로 쳐들고 누운 도전자를 내려다 보았다. 그러자 그때까지 보이지 않던 것이 보이기 시작했다. 쓰러진 남자는 오른손에 종이와 볼펜을 쥐고 있었다. 용케 언더그라운드 영웅을 알아보고 사인을 받으려던 충실한 고향 팬이, 입에 거품을 물고 누워 있는 것이다.

올해 들은 가장 웃긴 이야기였다.

"그래서, 어떻게 됐는데?"

"주먹 맞은 볼에다가 사인을 해달라더라. 해줬지 뭐."

라디는 그들이 자신에게는 은인이었다고 말했다. 그들을 만나지 않았다면 라디는 음악을 그만두었을지도 모른다. 남은 재능이라고는 주먹을 빠르게 휘두르는 것밖에 없었으니, 미래가 어떻게 진행되었을지는 상상만 해도 끔찍하다 했다. 다행히 라디는 지방의 혼잡한 역전 광장에서조차 자신을 알아보는 사람들이 있다는 사실에 감동받았다. 그는 곧장 편도 승차권을 끊어 서울로 되돌아왔다. 몇 달 후부터는 서울 길거리에서도 사람들이 그를 알아보기 시작했다.

그 이야기를 다 듣고 나니 한 가지 소망이 생겼다. 나에게도 괴로울 때마다 힘껏 때려줄 수 있는 볼따구니가 하나 있었으면 좋겠다.

9월로 접어들었지만 부산의 공기는 아직도 뜨거웠다. 여자들은 등이 깊게 파인 탑과 엉덩이의 윤곽이 그대로 드러나는 짧은 반바지를 입었다. 억양이 센 사투리까지도 섹시했다. 클럽에 도착하기도 않았는데 벌써 나는 흥분하고 있었다.

서면에 위치한 클럽에는 입구부터 현수막만 한 공연 홍보물이 붙어 있었다.

'Ra.D & 진실이 말소된 페이지, 크립에서 찾아온 슈퍼스타들의 특별 출연!'

게다가 공연 제목은 'Super Sexy Saturday Night'이다. 깊게 생각할 필요가 없다. 우리 팀 이름이 큼지막하게 적힌 종이가 나부끼고 있다는 사실 하나만으로도 충분히 만족스러우니까.

클럽에서 고정적으로 공연하는 뮤지션들이 인사를 건넸다. 그들은 우리를 귀빈처럼 대했다. 눈빛에는 환상이 서려 있었다. 그들은 '진실이 말소된 페이지'라는 팀에 대해서는 처음 들어보았지만, '우지스 패밀리'에 대해서는 잘 알고 있었다. 그들은 크립에 대해, 그 클럽에 소속된 뮤지션들에 대해 꼬치꼬치 묻기 시작했다. 이미 크립에 소속된 뮤지션들의 이름을 모두 다 알고 있었다. 심지어 나조차 처음 들어보는 뮤지션의 근황을 묻기까지 했으니.

해가 쨍쨍하게 뜬 여섯 시부터 사람들이 클럽으로 모여들기 시작했다. 두 눈을 휘둥그렇게 만드는 엄청난 숫자였다. 크립에서도 그렇게 많은 사람들이 몰려드는 건 본 적이 없다. 8시 40분 즈음에는 정원의 두 배나 되는 관객들이 클럽에 꽉 들어차, 사장이 직접 입구로 나가 사람들을 돌려보냈다. 이 클럽에서 왜 서울에서 내려오는 뮤지션들에게 30만 원이나 되는 거금을 지불하는지 이해가 된다. 유명 가수의 콘서트가 시작되기 전에나 느낄 수 있는 팽팽한 긴장과 흥분이 작은 클럽을 가득 메워 흔들었다.

나는 이 공연에 많은 것을 기대했지만, 실제로 벌어진 일에 비하면 너무 적은 것이었다. 나는 공연을 하면서 첫 줄 관객들이 웃통을 벗어 던질 날이 오리라고는 상상하지 못했다. 관객들은 굶주려 있었다. 열광적이라거나 폭발적이라는 상투적인 표현 따위로는 그날의 분위기를 묘사할 수 없다. 그들은 우리를 숭배했고 나는 마음속 깊이 그들을 존경했다. 앞으로도 항상 이런 공연을 할 수만 있다면 돈 한 푼 못 받더라도 매일 다섯 번씩 공연을 할 수 있을 것 같았다.

공연이 끝난 후 나는 지금껏 해본 것보다 더 많은 사인을 했다. 우리 팀 이름을 어디 한 번 들어본 사람이라도 있으랴마는, 그런 것쯤은 아무도 개의치 않았다. 사인을 요청하는 행렬이 클럽을 감고 돌았다. 줄이 기니까 일단 서고 보는 사람들이 섞여 있지 않을까? 맥주라도 리필해주는 줄로 착각한 사람들이.

하윤과 혁근이 사인하는 광경을 훔쳐보았다. 그들의 사인에 비교하면 이름 석 자를 무성의하게 갈겨쓴 내 사인은 금융거래에나 쓸 만해 보인다.

'돌아가면 멋진 사인을 개발해야겠군.'

여자들 몇 명이 우리에게 술을 사고 싶어 했다. 아마 길거리에서 우연히 마주쳤다면 우리 쪽에서 먼저 밀봉한 위스키 병을 내밀어도 코웃음을 칠 만큼 예쁜 여자들이었다. 그녀들 사이에 앉아 폼 나게 럼을 홀짝거리는 장면을 떠올리니 흥분이 되었지만, 불행히도 진실이 말소된 페이지는 모두 맥주 이외의 술을 잘 마시지 못했다. 혁근이 정중히 거절할 때 클럽 사장은 못마땅한 눈초리로 우리를 흘겨보았다.

클럽은 새벽에야 정리되었다. 그날 공연한 뮤지션들은 모두 해운대로 자리를 옮겨 뒤풀이 시간을 가졌다. 우리는 다섯 걸음 앞까지 파도가 밀려오는 모래사장에 빙 둘러 주저앉아 술을 마셨다. 깍두기를 맡은 아이들처럼 세 명의 잔에만 맥주가 차 있었다. 여러 가지 이야기들이 오갔다. 음악적 견해에서 출발하여 불확실한 미래와 절박한 현재까지. 뒤로 갈수록 이야기는 공감이 갔다. 그래도 우리는 상황이 좋은 편이었다. 이름을 알렸고 음악을 들어줄 사람도 있었으니까. 여기에서는 우리가 넋두리를 들어야만 하는 입장이었다.

그들은 모두 열정이 있고, 순수하며, 비극적일 만큼 가난했다. 그중에는 성공을 점칠 수 있을 정도로 눈에 띄는 재능이 있는 사람들도 더러 섞여 있었다. 단지 척박한 문화적 배후지에서 태어났고 고향을 떠나는 도박을 할 용기가 없었기 때문에, 그들은 언젠가 음악을 접게 되리라는 확신 속에서 현재를 까먹는 중이었다. 모두 이 모래사장에 묻힌 무수히 많은 조개껍데기들 같은 사람들이었다. 몸이 해안으로 몇 미터만 더 가까운 곳에 있었다면 그 조개들도 으깨진 가루가 되어 이곳에 남게 되지는 않았을 것이다. 하루에도 몇 번이고 밀려오는 파도 중 하나를 기회 삼아 넓은 바다로 나갈 수 있었을 것이다. 메마른 모래밭에서 말라비틀어지고 밟혀 부스러지기 전에 말이다. 내가 들이켠 종이 잔에는 어느새 맥주가 아닌 소주가 채워져 있었다. 한 사람이 시원한 소주로 빈 잔을 채워주면서 말했다.

"느그들은 좋겠다. 크립에서 공연도 하고."

바닥에 담배꽁초가 그득한 크립의 복도가 눈앞에 스쳐갔다. 그 지저분한 곳에서 영원히 공연하지 않겠다고 다짐하던 우지의 모습도.

금의환향한 라디를 바라보는 그들의 시각은 아주 특별했다. 그들은 라디에게 부러움 이상의 감정들을 품었다. 라디를 바라보며 느끼는 그들의 선망과, 절제되지 않은 라디의 자화자찬들이 교차하자 술판의 분위기가 묘하게 고조되었다. 그 절정에서, 라디는 바다에 던져졌다. 날은 더웠지만 그래도 9월에 접어든 때였다. 나는 취기가 돈 상태로, 부산 사나이들이 라디를 물고문하는 광경을 조용히 감상했다.

참 멋진 도시였다. 길고 완만한 해안, 그것을 내려다보는 웅장한 호텔들, 달맞이 고개 위에 이름 그대로 걸려 있는 큼지막한 달. 사방을 밝히는 조명 때문에 밤하늘은 근해의 색처럼 어스름한 빛깔이었다. 그래서 별은 보이지 않았다. 멀리 불을 밝힌 배들이 점점이 흩어져 별 대신 깜빡였다. 오징어를 잡는 배들이다.

어느새 일행의 대부분이 바다에 들어가 있다. 하윤의 몸 위에도 젖은 속옷만 남았다. 잘 가꾸어진 그의 몸도 이곳에서는 구경거리가 아니었다. 이곳 남자들은 다들 몸이 좋다.

나는 모래사장에 홀로 남았다. 내 주변으로 군데군데 둥글게 자리를 틀고 술을 마시는 무리가 보였다. 통기타를 치며 제5공화국 시대의 노래를 부르는 남자들이 있는가 하면, 그대로 바다에 뛰어들어도 별로 젖을 게 없는 차림새의 예쁜 여자들도 있다. 두 무리가 은근슬쩍 합쳐져 더 크고 둥근 대형을 이루기도 한다. 문득 나를 취하게 만드는 게 알코올이 아닌 외로움인 것만 같다. 지금 내 옆에 앉아 있었으면 좋을 사람의 모습이 떠오른다. 나는 완전히 취해 스스로를 조절할 능력을 상실한 상태였다. 은수에게 전화를 걸었다.

통화음 대신 연결음으로 설정된 핑클의 음악이 흘러나왔다. 노래가 절정에서 꺾일 때까지 은수는 전화를 받지 않았다. 다시 한번 전화를 걸었다. 역시 전화는 연결되지 않았다. 전화를 끊자 곧 문자 메시지가 도착했다.

「미안 지금 방송 중이야」

나는 한참 동안 핸드폰 액정 화면에 뜬 문장을 노려보았다. 그리고 지금과 같은 정신 상태가 아니라면 하기 어려운 짓을 했다.

「보고싶다……」

망설일 틈을 주지 않고 핸드폰의 전송 버튼을 누른 순간, 심장이 출렁하더니 모랫바닥에 떨어진 듯한 기분이 들었다. 나는 침을 삼키며 답신을 기다렸다.

은수는 응답하지 않았다. 나는 오늘 우리 공연을 기다리던 관객들처럼 숨을 죽이고 그녀를 기다렸다. 핸드폰에 기를 불어넣거나, 눈을 감고 숫자를 세면서.

불안하게 답신이 너무 늦다. 초조해서 혼자 대화를 한다. 그녀는 지금 너무 바쁜 걸 거야. 이효리의 눈가 주름 위에 파우더를 입히겠지. 눈썹에 마스카라를 바르거나. 하지만 이미 시간이 많이 지났는데? 그럼 고민 중이겠지. 뭐라고 대답해야 할지. 워낙 철저하고 신중한 사람이잖아. 그녀가 듣고 싶은 말을 네가 한 거라면, 고민할 게 뭐 있는데? 고민할 필요가 없지, 답신은 오지 않을 거니까. 넌 두 번 다시 그녀를 보지 못해. 자, 너도 바다에 뛰어들어. 해변 말고, 오징어가 잡히는 저 깊은 곳에. 그물에 시체가 걸리면 뒤늦게나마 그녀가 울어줄지 모르지.

결국 메시지는 돌아오지 않았다.

그렇게 확신하는 순간, '너는 이제야 마음의 자세가 됐구나'라는 듯 핸드폰이 "삐비빅" 하고 울렸다.

액정 화면을 가린 손을 조심스레 치웠다. 메시지는 길지 않았다.

「서울올라오면전화해」

이 정도면 썩 나쁘지는 않다.

17

부산 공연을 다녀온 후 진실이 말소된 페이지의 자신감은 충만해졌다. 특히 대역폭이 큰 정서를 가진 하윤이 가장 신이 났다. 그래서 그는 구질구질한 작업실부터 손보자고 제안했다.

"벽에 방음 타일을 도배하자."

그건 말도 안 되는 소리였다. 가장 값이 싼 스폰지 재질의 계란판형 방음 타일을 시공하는 데도 제곱미터당 만 원 이상이 든다. 우리 작업실이 눈물 나게 작기는 하지만 시공하려면 50만 원은 필요할 것이다. 그리고 무엇보다, 우리에게는 방음벽이 필요가 없다. 이 지저분한 지하 주차장에 입주한 사람은 우리뿐이다. 20년 된 자동차를 주차하기에도 꺼림칙할 만큼 지저분한 지하라는 사실이 중요하다. 우리를 제외한 누구도 자신의 소중한 몸을 여기로 끌고 오려 하지 않을 텐데, 방음에 신경 쓸 이유가 어디 있단 말인가?

나는 하윤의 들뜬 기분을 해치지 않도록 조심하면서 반문했다.

"그게 과연 필요할까? 여기는 우리만 거주하는데……."

"무슨 소리야. 방음은 단지 소리가 새어 나가지 않게 하려고 하는 게 아니야. 잔향을 줄이려는 목적이 오히려 더 커. 챙 있는 모자만 쓰고 있어도 20±2킬로 헤르츠 대의 가청음역이 유체저항을 받아 왜곡되는데, 나더러 차음도 없는 방의 잔향 속에서 모니터링을 하라는 거야?"

그래, 지구가 공전하기 때문에 네 음악 소리는 항상 도플러 간섭을 일으키겠지. 대체 왜 음악을 만든다는 놈들은 다들 자신이 바늘로 옷을 꿰매는 소리까지 알아챌 수 있다고 믿는 걸까. 한여름에 녹음하면서 털털거리는 선풍기를 끌 생각은 안 하는 사람들이 말이다. 나는 지친 표정으로 중얼거렸다.

"모니터링은 헤드폰을 끼고 하면 되잖아."

"헤드폰은 공간감을 충분히 표현할 수 없어. 알 만한 녀석이 왜 그래?"

알 만하기는. 왼쪽 고막과 달팽이관이 오래전에 폭발해버린 나로서는 눈을 감으면 공간이 사라져버리는 것이나 다름없다. 스테레오와 모노의 차이도 구분할 수 없는데 청각적 공간감이 어떤 것인지 알 리가 있나. 대신 나는 이 방에 방음 타일을 시공할 때 들어가는 금액에 대해서는 아주 잘 안다.

"방음 시공은 벽에 돈을 처바르는 건데. 천 원짜리로 방을 도배하는 거나 마찬가지지."

하윤은 나를 노려보았다. 그런 몰상식한 말을 하다니 믿을 수 없다는 눈빛으로. 혁근이 우리 사이를 중재했다.

"사실 나도 방이 너무 더러워서 도배를 해야겠다고 생각했어. 도배하느니 그냥 방음 타일을 깔자. 돈은 내가 낼게."

혁근은 진실이 말소된 페이지의 리더라기보다 아버지 같은 존재다. 하윤도, 나도 그 사실을 인정하고 있었다.

그날 오후 방음재를 가득 실은 트럭이 우리 작업실 앞에 섰다. 시공은 세 시간 만에 끝났다. 막상 말랑거리는 스펀지가 방을 뒤덮자 방음벽을 깔길 정말 잘했다는 생각이 들었다. 지하실이 진짜 작업실처럼 보이기 시작했다. 누구에게 보여주어도 그다지 부끄럽지 않은 모습이다. 하나둘씩 사들인 악기와 장비도 꽤 부피감 있게 공간을 차지하고 있다. 유일하게 걸리적거리는 것은 복도에 있는 공용 화장실뿐이다. 그 화장실은 차라리 없는 게 나을 뻔했다. 그곳은 마치 배변을 모독하기 위해 지어진 것만 같은 느낌을 준다. 혁근의 부모님이 딱 한 번 이곳에 찾아왔는데, 화장실 문을 열어 보고 변기 안에서 헤엄치는 사람이라도 목격한 듯한 표정을 지었다. 얼른 내가 나서서 화장실을 역성들고 싶어지는 그런 표정이었다. 물론 그렇다고 내가 그 화장실을 좋아한다는 것은 절대로 아니다. 우리 중 누구도 거기 들어가는 끔찍한 일을 좋아하지 않았다. 우리는 기록을 세우려고 경쟁하는 사람들처럼 오래도록 배변을 참았다. 그 안에 있는 시간을 어떻게든 줄여보려고.

화장실 대신 부엌에서 오줌을 싸기 시작한 것은 하윤이었다. 하윤의 누런 배설물은 싱크대 아래의 타일 틈새를 따라 흘러 하수구로 내려갔다. 그 충격적인 광경을 목격했을 때 나는 하윤의 멱살을 붙잡고 불같이 화를 냈다. 아직 끝나지 않은 오줌발이 사방으로 흩날렸다. 하지만 그의 이기적인 행동은 고쳐지지 않았다. 몇 차례 더 그런 일이 있고 나자 천장이 앉은키 높이인 데다 바닥에 하등동물들이 기어 다니는 화장실에서 나만 고통 받을 수는 없다는 생각이 들었다. 그래서 나도 부엌에서 볼일을 보게 되었다. 혁근은 그 후로도 오랫동안 품위를 지켰으나, 하수구로부터 참을 수 없는 냄새가 올라오기 시작하자 체념하고 우리의 몰상식한 행각에 동참했다.

우리는 딱 1년간만 이곳에 살 생각이었다. 우리는 1년 동안 몸을 내던져 최고의 음악들을 만든 후 사방팔방 뛰어다니며 음반사를 찾을 계획을 세워놓았다. 그 후에는 도현의 스튜디오 같은 곳으로 이사할 것이다. 난 반드시 그렇게 되리라고 믿었다.

은수는 최소 하루 한 번은 커피숍에 들렀다. 그녀는 내가 좋아하는, 식용유크림이 잔뜩 들어간 셰이크 따위는 입도 대지 않는다. 그녀는 탄산수만 마셨다. 탄산수를 즐겨 마시는 내가 아는 유일한 한국인이다. 참으로 고상한 취향이었다. 탄산수 병을 앞에 놓아둔 채 미국판 보그를 들척이는 그녀는 진짜 뉴요커 같다. 살짝 기울여 꼬아야만 하는 긴 다리까지. 그래도 여전히 치약 맛이 나는 액체는 내가 수용할 수 있는 취향 너머였다. 처음으로 탄산수 맛을 보았을 때 나는 '페리에'와 '페리오'가 같은 회사의 상품일 것이라고 단정했다. 은수의 입술을 점유할 날이 멀지 않았음을 예감하고 있었기 때문에, 그녀가 그런 것을 계속 마셔서는 곤란했다. 이것은 언젠가 반드시 짚고 넘어가야 할 문제다.

오늘도 약속 장소는 커피숍이다. 은수는 구석 테이블에 출구 쪽을 등지고 앉아 나를 기다렸다. 나는 조용히 다가가려고 했다. 그러나 그녀는 뒤도 돌아보지 않고 담담하게 입을 열었다.

"왔어?"

감전 당한 듯이 깜짝 놀라 그녀의 뒤통수를 노려보았다. 테이블에 앉자마자 그녀에게 물었다.

"어떻게?"

"발소리로."

"내 발소리를 구별할 수 있다는 거야?"

"그런 시끄러운 발소리는 네 부츠만이 낼 수 있거든."

나를 제외한 세상 모든 사람들이 음향 전문가가 된 것만 같다. 나는 부츠를 내려다보았다. 크럽에서 공연할 때 신으려고 산 팀버랜드 가죽 부츠다. 엄청난 속도로 굽이 닳는 것으로 악명이 높았기 때문에 공연을 하거나 은수를 만날 때만 신었다. 숙이고 있던 고개 아래로 은수의 손이 불쑥 튀어나왔다. 커다란 종이봉투였다.

"선물이야."

봉투를 받아 내용물을 꺼냈다. 세벌의 하늘색 후드 티셔츠. 그중 한 벌을 공중에 들어 펼치자, 가슴팍에 '진실이 말소된 페이지'라는 그래픽 로고가 아름답게 나부꼈다. 나는 완전히 감동받았다.

"이럴 수가. 직접 만든 거야?"

"그럼."

"이야, 어떻게 이런 걸 만들어?"

"먼저 나한테 직업이 뭐냐고 물어보지 그래?"

그녀가 웃으며 대답했다.

나와서 극장으로 자리를 옮겼다. 영화는 그녀가 골랐다. 나야 스크린에 뭐가 뜨든 아무런 상관이 없다. 어둡고 밀폐된 공간에서 그녀와 몸을 붙이고 두어 시간 보낸다는 사실만으로 충분하다.

극장에서 내내 생각했다. 우리 관계를 여기서 한 걸음 더 진전 시키려면 무얼 해야 하지? 딱 한 걸음이면 되는데. 유치하지만 한순간 그녀의 손등에 살며시 손을 얹어볼까 고민해보았다. 내 쪽을 향해 툭 내밀어진 그녀의 팔은 어서 좀 해보라는 듯 보이기도 했다. 그러나 나는 섣부른 짓은 하지 않기로 마음을 고쳐먹었다. 혹시라도 그녀가 몸서리치는 반응을 보인다면 나는 대단히 상처 입을 것이다. 나는 안전한 게 좋다. 그래서 무한한 인내를 지니고 그녀를 천천히 두드리기로 했다.

작업실로 돌아왔을 때, 하윤과 혁근은 보자기가 덮인 넓은 접시 하나를 노려보고 있었다.

"왜 그래?"

"열어봐."

열자마자 잊고 싶은 광경이 펼쳐졌다. 나는 눈을 질끈 감아버렸다. 접시에 놓인 부추전 위에 엄청난 수의 개미들이 살림을 차렸다. 여자 탈의실의 문을 실수로 연 사람처럼 서둘러 보자기를 다시 덮었다.

"대체 이게 뭐냐?"

"주인 할머니가 주고 갔어. 맛있게 먹으라면서."

하윤의 목소리가 분노로 떨린다.

"설마."

"이게 무슨 뜻일까? 난 이런 일은 태어나서 처음 당해봐."

당장이라도 뛰쳐 올라가려는 하윤을 혁근이 말렸다.

"몰랐을 거야. 밖에 놔둔 사이에 개미가 덮쳤겠지."

"반대로 개미가 덮쳤기 때문에 우리한테 넘긴 건 아닐까? 그 할머니는 내가 월세를 낮췄을 때부터 태도가 심상치 않았어."

하윤은 이것이 세입자에 대한 선전포고나 다름없다면서 바퀴벌레를 토핑한 피자로 반격하자고 주장했다. 그러나 혁근은 개미와 부침개를 화장실 변기통에 털어 넣고 접시를 깨끗이 닦아 주인집에 돌려주었다. "맛있게 잘 먹었다"는 감사의 말까지 덧붙여서. 그럴 리는 없겠지만, 주인 할머니가 우리에게 고의로 개미 부침개를 주었다면 "맛있게 잘 먹었다"는 한마디만큼 사람을 오싹하게 만드는 답례는 없을 것이다.

나는 우지를 다시 보게 될 일은 없을 줄 알았다. 그는 더 이상 우리가 필요하지 않다. 클럽에서 내쫓겼기 때문이다. 우리도 그가 필요하지 않다. 하윤이 돌아왔기 때문이다. 그에게는 거느리고 다니며 괴롭힐 만한 사람이 여전히 필요하겠지만, 우리에게는 우리를 그렇게 다룰 사람이 결코 필요치 않다.

그런데 클럽에서 쫓겨난 후 한 달 만에 우지가 연락을 해 왔다. 그는 정중하다고 느껴질 만큼 차분한 목소리로 꼭 하고 싶은 이야기가 있으니 만나자고 말했다. 그가 불치병에 걸려 사형선고를 받앉을 것 같은 예감이 들었다. 그걸 기뻐할 만큼 내가 나쁜 놈은 아니지만, 정말 그런 일이 일어난다 해도 슬플 것 같지는 않다.

우리는 강남에 있는 우지의 새 작업실을 방문했다. 조PD는 새로 세운 자기 음반사 '퓨처플로우' 건물의 방 하나를 우지에게 무상으로 임대해주었다. 터무니없는 호의다. 강남 한복판에 막 세워진 빌딩의 전망 좋은 방 하나를 제값에 임대하려면 얼마나 들까. 아마 우리 작업실 1년치 월세가 필요하겠지.

우지는 아직 그 회사와 계약하지는 않았다. 투자자들이 못미더운 반응을 보였기 때문이다. 월급을 받지 못한다는 것만 빼면 우지는 정식 직원이나 다름없는 대우를 받고 있었다. 사원 식당에서 무료로 식사하고, 회사의 스튜디오 장비를 마음대로 사용할 수 있도록 허락받았다. 전속 계약 같은 법률적인 문제를 처리하기 위해서는 투자자들의 동의가 있어야 하지만, 회사 내의 행정 업무를 집행할 때 조PD는 왕이다. 그가 입을 열면 사원 식당의 겉절이는 그다음 날 신 김치로 삭혀져 식판에 오른다. 총애하는 우지에 대한 예우를 명령하는 것쯤은 문제도 아니었다. 조PD는 우지에게 무상으로 좋은 환경을 제공하고, 우지는 조PD에게 무상으로 음악을 제공한다. 둘 모두에게 그리 나쁘지 않은 묵시적 합의가 이루어졌다.

그런데도 우지의 얼굴은 눈에 띄게 수척했다. 느닷없이 우리를 반기기까지 한다. 사고 싶은 장난감이 생기자 시키지도 않은 설거지를 하는 아이를 연상시킨다. 만나자마자 사원 식당부터 데려가는 모습을 보아하니 시급하게 처리되어야 할 골치 아픈 문제가 발생한 게 틀림없다. 아마 우리가 가진 능력 중 무언가가 그걸 해결하는 데 도움이 되리라 판단한 것 같았다.

우지는 쉽게 속을 드러내지 않았다. 식사가 끝난 후에도 그는 느긋하게 회사 건물을 구석구석 구경시켜주었다. 음반사는 가장 높은 층 세 개만 사용하고 나머지는 임대를 내주었다. 한 층은 사무실, 그 위층은 스튜디오 및 소속 뮤지션들의 작업실이다. 맨 꼭대기 층에는 회의실과 CEO인 조PD의 방이 있다고 한다. 우린 거기로는 올라갈 수 없었다. 그곳은 금단의 성역이었다. 일정 이상의 사회적 혹은 경제적 성취를 거둔 사람만이 드나들 수 있는 곳. 조PD의 부름에 따라 딱 한 번 올라가본 적이 있다는 우지의 말에 따르면 그 방 안에는 서울 시내가 모두 내려다보이는 전면 유리와 마블링이 환상적인 대리석 테이블, 로마의 후예들이 직접 손으로 만든 500만 원짜리 가죽 의자가 있다고 한다. 그 말을 들으니 굳이 용무가 있다고 해도 거기에 올라가고 싶지는 않았다. 나는 이상하게 요즘 아름답고 멋진 광경을 보면 상처를 받는다. 그런 광경에 눈이 노출되면, 머리는 반사적으로 우리 작업실의 화장실을 떠올리고 만다. 그러면 꼭 그 화장실이 내 존재의 일부분이라도 되는 것처럼 가슴이 쓰리다.

스튜디오가 있는 층을 구경시켜줄 때, 우지는 노크도 없이 녹음실 문들을 벌컥벌컥 열어젖혔다. 녹음실 직원들은 사장이라도 납신 것처럼 우지에게 깍듯이 고개를 숙였다. 가슴속은 궁궐을 헤집고 다니는 후궁을 바라보는 시녀의 마음처럼 부글부글 끓고 있겠지. 그 속을 모르는 건지 무시하는 건지, 아마 후자 쪽이겠지만 우지는 껄껄 웃으며 말했다.

"믹싱은 엔지니어와 뮤지션 사이의 전쟁이야. 하지만 이분들이 내 음악을 믹싱할 때면 난 그냥 누워 자. 완전히 신뢰하기 때문이지."

분명히 놀라운 일이긴 하다. 그런 용기 있는 행동은 엔지니어를 두텁게 신뢰하거나 자기 음악을 결코 신뢰하지 않는 사람이 아니면 할 수 없을 테니까. 엔지니어들은 뮤지션이 가져온 음악을 낱낱이 분해한 다음, 고가의 장비를 써서 소리 하나하나를 매만진다. 그렇게 해서 최종적으로 조립한 음악은 이론상으로는 이상적인 음악이 되어야 하지만, 그렇게 되지 않는 경우가 훨씬 많다. 소리들의 미묘한 조화가 흐트러지면서 밸런스가 붕괴되기도 하고, 나름 들을 만은 하지만 최초 의도와 전혀 다른 음악이 되어버리기도 한다. 그러니까 엔지니어에게 자기 음악을 맡겨놓고 잠을 자는 것은, 다섯 살 난 자기 아기를 유치원까지 택배로 부치는 정도의 강심장을 가진 사람이 아니라면 할 수 없는 일이다.

드디어 우리는 같은 층에 있는 우지의 작업실에 도착했다. 설마 했지만 우지는 가장 넓고 쾌적한 방을 배정받아 사용하고 있었다. 거기에 우지는 꽤 큰돈을 쏟아부어 모니터링 환경을 갖추었다. 방을 채운 모든 물건들이 새로 산 것처럼 번쩍였다. 처음 보는 악기도 좀 있었다. 모든 악기에서 출발한 오디오라인은 중앙 콘솔에서 만났다. 그러나 그 악기들이 만들어내는 음악 소리를 들어보려면 먼저 이질적으로 불쑥 끼어든 오디오라인 하나를 빼내야 한다. 콘솔의 메인 오디오는 고가의 장비들을 모두 밀어내고 플레이스테이션이 차지했기 때문이다. 자동차 한 대 값 정도의 음향 환경을 갖추어놓고 우지는 열심히 전자오락을 하는 모양이다. 나는 격투 게임을 잠시 해보았다. 게임 캐릭터들이 내지르는 비명이 150만 원짜리 탄노이 모니터링 스피커를 타고 공간을 찢었다. 내가 다 고통스러울 지경이었다.

방 안을 둘러보았다. 침대에 가려진 방구석에 여전히 버드와이저 빈 병들이 빽빽하게 줄 서 있다. 거주지는 바뀌어도 거주자의 버릇은 쉽게 바뀌지 않는다. 빈 병의 수를 세다가 마흔 즈음에서 그만두고 우지에게 물었다.

"세종문화회관 공연은 다음 주죠? 준비는 잘 되어가요?"

"그럭저럭. 그것보다 더 멋진 일이 있어. 조PD가 새 음반의 타이틀곡을 함께 부르자고 제안했어."

"잘됐네요. 이제 계약만 하면 형은 걱정할 게 없겠어요."

그 말을 듣자 우지의 표정이 어두워진다.

"사실은 문제가 있어. 크럽에서 있었던 일 때문에."

하마터면 "우지 깽판 사건 말인가요?"라고 되물을 뻔했다.

"회사 실권자 중 하나가 머니한테 나에 대해 물어봤나 봐. 나하고 계약을 하려고 하는데 어떻게 생각하는지."

그 질문을 받고 머니가 얼마나 큰 기쁨을 느꼈을지는 복권에 당첨되어본 사람이 아니면 이해할 수 없을 것 같다.

"최악의 상황이네요."

"그래, 그렇게 말했다는데. 최악이라고. 도저히 눈과 귀를 열고 있을 수 없는 공연을 하는 놈이었다고. 언더그라운드에서조차 나한테 관심을 갖는 사람들은 전혀 없다고 했다는군. 그것 때문에 저

위층에서 수차례 회의가 있었어."

난 정말 나쁜 놈이다. 그 순간 내가 이 회사로부터 계약을 제의받은 듯 들떴으니까 말이다. 나는 스스로를 정당화했다. 악에 대한 악한 감정은 선과 동의 관계에 있다고.

"그래서 내가 회사에 제안했어. 직접 내 공연을 보고 판단하라고."

"세종문화회관 공연요?"

"아니. 그건 조PD 공연이지. 거기 올 사람들의 목적은 모두 조PD야. 나는 내 이름을 건 콘서트를 열어 내 능력을 보여줄 생각이야."

"어디서요?"

그 질문을 받자 우지는 움찔했다.

"실은 그걸 의논하려고 불렀어. 서울대학교에 괜찮은 공연장이 하나 있다며? 재학생한테는 무상으로 대관해준다고 하던데."

이거였구나. 오늘 있었던 모든 쇼는 이 말 한마디를 하려고 준비된 것이다.

"너희도 공연하는 거야. 태완이, 유엠씨, 현상이도 함께. 우리 '소울트레인'의 이름을 걸고 공연하는 거지. 다른 음반사 관계자들도 부를 생각이니까 모두한테 기회가 될 거야. 나도 여차하면 다른 회사로 갈아타려 하거든."

"우리는 우지스 패밀리로 공연에 섭니까?"

말없이 듣고 있던 혁근이 날카로운 질문을 던졌다. 혁근은 말이 많을 때나 적을 때나 언제나 꼭 필요한 말만 입 밖에 낸다.

"너희 팀 이름이 뭐랬더라?"

"진실이 말소된 페이지요."

혁근이 대답했다.

"그래, 진실이 말소된 페이지. 그게 바로 공연 홍보 포스터에 들어갈 이름이야. 너희는 더 이상 우지스 패밀리가 아니야. 이번 공연의 기획은 모두 너희한테 맡길게. 진실이 말소된 페이지가 공연의 책임 프로듀서가 되는 거지."

기획, 책임 프로듀서, 이런 단어를 쓰니 참 거창하게 들린다. 그러나 정말 번쩍이는 아이디어가 돋보이는 기획을 우리가 내놓는다고 해도, 그걸 실현시키기 위한 자금과 인력을 우지가 제공할 리는 없다. 그러니까 여기서 기획이란 공연장을 예약하고, 무대를 세팅하고, 포스터를 인쇄하고, 그걸 여기저기 붙이고 다니는 허드렛일을 의미할 뿐이다. 책임 프로듀서는 어쩔 수 없이 그 모든 걸 떠맡은 불쌍한 사람이란 뜻이다.

그러나 거부할 수가 없다. 우지는 손에 들린 라면을 같이 먹자며 대신 너희가 끓여 오라고 말했다. 지금 우리는 이것저것 따지기에는 너무 배가 고프다. 굶은 지 너무 오래되었고 앞으로도 얼마나 더 굶을지 알 수 없는 상태다. 단독 공연은 우지가 포함되지 않는다면 절대로 불가능한 이벤트다. 내가 그 허드렛일을 기꺼이 맡겠다고 대답하려는데, 우지가 먼저 입을 열었다.

"참, 내가 조PD한테 부탁해서 너희 좌석표를 구해놨어."

그가 봉투를 내밀었다. 그 안에는 다음 주 세종문화회관에서 열리는 공연 티켓이 세 장 들어 있었다. 'VIP초대권'이라는 금박 문구가 번뜩였다. 멋진 당근이다. 굳이 이런 걸 주지 않아도 원하는 것을 얻었겠지만.

"와서 꼭 보도록 해."

건물을 나오자마자 하윤은 봉투에서 표를 꺼내 정확한 좌석 번호를 확인했다. 그는 골똘히 생각에 잠겼다. 지금 그의 머릿속에서는 세종문화회관 대공연장의 좌석 배치도가 그려지고 있다. 곧 하윤이 탄성을 내질렀다.

"우와. 이건 정말 엄청난 물건인걸?"

"좋은 자리냐?"

나도 표를 보았다. 좌석은 1층 C4에서 C6까지였다. 나는 하윤과는 달리 품격 있는 문화 생활과는 거리를 좀 두고 자랐기 때문에, 좌석 번호만 보고 머릿속으로 위치를 그려낼 수는 없었다. 사실 세종문화회관이 정확히 어디 있는지도 잘 모르겠다.

"맨 앞줄 중간 자리야. 돈으로는 살 수 없는 자리지. 우리가 세종문화회관 대공연장 첫 줄에 앉을 기회는 이게 처음이자 마지막이야."

하윤에 말에 따르면 세종문화회관 대공연장에서 열리는 공연에서는 이것보다 훨씬 못한 좌석도 종종 20만 원 가까이에 팔린다고 한다. 우리 손에 들어온 티켓의 좌석은 귀빈석이었다. 만약 이것이 세계적인 지휘자가 이끄는 교향악단의 방한 공연이었다면 우리 옆에는 필시 문화부장관이나 삼성 일가가 앉아 있을 만한 자리였다.

날 때부터 왕족의 피를 타고난 것처럼 보이는 조PD도 사실은 비천한 힙합 음악에 종사하는 딴따라일 뿐이었다. 그래서 아마 그 자리에 어울릴 만한 고귀한 신분의 유명 인사들을 '섭외'할 수 없었던 듯하다. 공연을 하면서 출연자가 아닌 관객을 섭외해야 한다니 참 우스운 일이다. 결국 VIP석은 공연 관계자의 가족에게 돌아갔고, 우지의 몫은 다시 우리에게 돌아왔다. 우지는 어지간히 마음이 급했던 모양이었다.

18

드넓은 서울대 캠퍼스 내부에는 '두레문예관'이라는 향토색 짙은 이름이 붙은 공연장이 있다. 기부자인 농협의 요청에 따라 향토애를 고취시킬 만한 이름을 선정한 것이라고 한다. 그런데 농협은 정작 자신의 금융 계열 자회사에 'NH투자신탁'이라는 향토적이기는커녕 모던하기 이를 데 없는 상호를 붙였기 때문에 많은 서울대생들이 분개했다.

힙합 공연과 가장 어울리지 않을 듯한 이름이 붙긴 했으나 이 공연장의 설비는 훌륭하기로 정평이 나 있었다. 그리고 재학생들로 구성된 단체는 이 공연장을 무상으로 대관할 수 있다. 그게 바로 우지에게 진실이 말소된 페이지가 절실히 필요했던 이유다. 엄밀히 말하면 혁근의 신분이 필요했던 것이지만, 우리 세 명의 정체성은 서로에게 종속되어 있었다. 우리는 서울대학교로 들어가 시설 사용 등록을 담당하는 부서를 찾았다. 담당자는 사무적인 태도로 우리에게 물었다.

"재학생들입니까?"

"예."

거리낄 게 없는 혁근이 당당하게 대답했다.

"동아리인가요?"

"아닙니다."

"정식 인가된 단체가 아닌가요?"

"그냥 학내 밴드인데요."

혁근은 '밴드'에 강세를 주어 대답했다. 아무래도 힙합 그룹보다는 밴드 쪽이 좀 더 그럴듯하게 들릴 테니까. 어떤 대학에나 공연 한 번 해보지 못하고 사라지는 밴드들이 있다. 사실은 그런 밴드들이 무수히 많기 때문에, 밴드는 결성만 해도 밴드일 수 있다. 아직 힙합 그룹은 밴드만큼 많지 않아서 그런 혜택을 입지 못했다. 힙합 음악이 정당한 대우를 받으려면, 앞으로 공연 한 번 해본 적 없이 이름을 팔고 다니는 힙합 그룹이 더 늘어나야만 할 것이다.

"정식 인가되지 않은 단체가 대관 신청을 하려면 지도교수의 확인이 필요합니다. 여기 신청서 작성해서 지도교수 인장을 받아 오세요."

담당자는 선과 글자가 거칠게 인쇄된 질 나쁜 복사지 한 장을 건넸다. 그러고서는 우리의 얼굴을 흘끔 보았다. 우리를 믿지 못하고 있었다. 서울대학생인 척 똑똑해 보이는 표정을 짓고 있는 내가 할 말은 없지만.

'지도교수 확인'은 무상 대관 자격을 제한하는 엄격하고 까다로운 절차였다. 마치 이런 일이 일어날 것을 예견했다는 듯, 혁근은 20년 전부터 이미 서울대학교 교수의 아들로 태어나는 준비를 해두었다. 그는 바로 다음 날 아버지의 인장이 찍힌 대관 신청서를 가져왔다. '서울대학교 교내 밴드 진실이 말소된 페이지의 공연을 확인함'이라는 문구가 혁근의 서툰 글씨로 써 있었다.

일단 진실이 말소된 페이지가 서울대학교에 소속된 것으로 서류상 확인되자, 놀라운 혜택들이 쏟아졌다. 스탠딩으로 600명 가까이 수용 가능한 2층 공연장을 무상 대관할 수 있다는 사실은 가장 기본적인 특권이다. 이 정도 규모의 사설 공연장을 대관하려면 적어도 200만 원 이상이 필요하다.

공연장은 음향 시설과 조명이 완비되어 있었고, 1층과 2층의 객석이 가운데 위치한 스테이지를 둘러싼 사각의 홀로 설계되었다. MTV에 등장하는 클럽의 모습과 유사한 구조다. 그런 형태의 공연장은 우리나라에 거의 없었다. 공연장의 시설도 손볼 것이 거의 없어 200만 원이 더 굳었다.

또한 공연장에 전속된 두 명의 음향 엔지니어와 한 명의 조명 엔지니어가 우리를 위해 하루 종일 무상으로 일하게 된다. 그들은 1년 내내 공연장에 붙어 있었는데 월급은 학교로부터 받았다. 엔지니어들은 계획한 무대의 디자인만 스케치해서 가져오면 그대로 만들어줄 수 있다고 장담했다. 이마가 다 벗겨진 대표 엔지니어는 이 공연장이 자기가 10대 때부터 다뤄온 조립식 장난감이라도 되는 것처럼 자신만만한 태도였다.

"한번은 연극 동아리에서 '햄릿'을 공연하려는데 성을 쌓아달라 하더라고. 그래서 성을 쌓아줬지."

엔지니어들을 따로 고용할 필요가 없었으므로 다시 100만 원가량을 절약했다. 혁근이 서울대학생이어서 우리는 합계 500만 원 이상을 아끼게 되었다. 사람들이 왜 그렇게 이 학교에 들어오려고 발버둥을 치는지 대충 알 것 같다.

이런 황홀한 특권이 우리에게만 매력적일 리 없다. 학생들은 재학 중에 등록금 상당의 비용을 뽑아 졸업하려는 듯 공연장을 레스토랑처럼 예약해놓았다. 앞으로 1개월 이내에는 단 하루도 비는 날이 없었다. 예약 차트를 살펴보니 경영대 연극 동아리, 인문대 노래패, 심지어 수화 동아리까지 이미 사용 예약을 해두었다. 예약이 없는 주말은 한 달하고도 보름을 기다려야 했다. 하는 수 없이 11월 2일부터 4일까지 목, 금, 토 사흘을 예약했다. 하루는 세팅, 하루는 리허설, 하루는 공연이었다. 리허설과 세팅을 합쳐 30분 안에 끝내야 했던 지하 공연만을 해온 우리에게는 과하게 느껴지는 준비였다. 세팅과 리허설을 어떻게 각각 하루씩이나 할 수 있단 말인가. 하나님이 온 세상을 만드는 데도 6일밖에 안 걸렸는데.

"이제 우리가 하는 건 그냥 공연이 아니라 콘서트야. 큰 콘서트는 무대 준비가 기본적으로 사흘이지."

혁근은 말했다.

매일 이어지는 창작에 지친 우리는 부엌에서까지 창작을 하고 싶지는 않았다. 어쩌면 부엌이라는 공간은 요리가 아니라 설거지를 목적으로 고안된 것일지도 모른다. 그 공간은 필시 불의 등장이 아니라 접시의 등장과 함께 출현했을 것이다. 음악이 더러워진다 싶으면 'Delete' 키를 눌러 모든 것을 해결해온 우리에게 설거지는 너무 어려운 문제였다. 그래서 최소 하루 한 끼는 집 앞에 있는 '맛조아 분식'에서 해결했다. 현격히 전문성이 떨어지는 게 딱 엄마의 요리 같았다. 오늘의 조리법이 어제 남은 식자재에 따라 결정되는 듯 김밥에 시금치 대신 대파가 들어가는 날도 있었다. 크게 성공한 뮤지션들이 어려운 시절 끼니를 해결했던 곳으로 적합한 식당이었다. 우리는 항상 그곳에서 식사를 했다.

우리는 두레문예관을 예약한 후 그 식당으로 내려와 공연 준비를 주제로 회의를 벌였다. 내가 제시한 안건은 과연 우리가 공연장에 몇 명이나 되는 사람을 동원할 수 있겠는가 하는 것이었다. 하윤과 혁근은 그렇게 큰 공연장을 무상으로 대관했다는 것에 하염없이 즐거워했지만, 공연장이 커진다고 관객도 따라서 늘지 않는다는 당연한 사실을 지적하는 나야말로 합리적인 사람이다.

"진실이 말소된 페이지의 공연이 아니라 '소울트레인'의 공연이니까 좀 나을 거라고 생각해. 디제이 우지, 태완, 유엠씨, 현상, 진실이 말소된 페이지까지. 벌써 다섯 팀이잖아."

혁근의 말에는 허점이 있다. 나는 그것을 짚어냈다.

"다섯 팀이 과연 다섯 배의 관객들을 불러 모을 수 있겠냐? 다섯 팀의 팬들은 거의 중첩되어 있어. 하루 열 팀이 뛰는 크립에서도 200명 이상의 관객을 구경해본 적이 없는데, 우리 다섯 팀의 공연에 과연 그 이상의 사람들이 올까?"

"크립 공연은 관객이 매주 분산되는 정기 공연이지만, 우리 공연은 일회적인 이벤트니까…….”

혁근은 말끝을 흐렸다. 나는 허공을 향해 랩을 하고 싶지는
않다.

“공연 게스트를 많이 세우는 게 어때? 소울트레인 콘서트라기
보다는 서울대학교에서 개최하는 힙합 파티의 개념으로 홍보를 해
보자.”

하윤이 아이디어를 냈다. 나는 회의적이다.

“누구를 섭외할 수 있겠냐? 바로 얼마 전에 클럽에 테러를 저
지른 우리가.”

정확히 말하자면 우리가 아닌 우지다. 하윤이 다시 의견을
냈다.

“조PD도 섭외가 가능할까? 우지를 통해서.”

“우리 때문에 움직이기엔 너무 거물이잖아.”

조PD가 우리의 공연에 출연하기 위해 벤츠를 몰아 서울대학교
로 찾아오는 일은 어느 모로 봐도 불가능하다. 그는 세종문화회관
에서 있을 자기 콘서트를 준비하느라 여념이 없을 것이다. 그 공연
에는 최소한 3,000명의 팬들이 찾아올 것이 분명했다. 그런 기회를
날려 보내고서 수용 인원 600명의 공연장을 절반이라도 채울 궁리
를 하고 있다니. 나도 모르게 하윤을 째려보았다.

“일단 게스트 섭외 문제는 우지한테 다시 넘기도록 하자. 우리
는 음악을 준비하는 일이 더 급해. 이제 진짜 발표할 수 있는 음악
들을 만들어야 해. 이번 공연은 진실이 말소된 페이지의 음악을 알
릴 수 있는 가장 큰 기회야.”

혁근이 의사봉을 두드려 회의는 끝이 났다. 대파가 들어간 김밥을 먹을 차례였다.

음악을 하는 사람들 중에는 유독 왼손잡이가 많다. 왼손잡이는 우뇌가 매우 발달되어서 그렇다는 설도 있고, 왼손잡이는 음악 같은 하찮은 일 이외에는 할 수 있는 게 없어서 그렇다는 설도 있다. 전자는 음악을 만드는 왼손잡이들이 지지하고, 후자는 음악에 관심이 없는 오른손잡이들이 지지한다. 그러고 보면 음악은 왼손잡이들에게는 축복받은 성역이다. 왼손잡이가 오히려 천재성의 징표처럼 여겨지기도 하니까. 게다가 음악을 하는 왼손잡이들의 수가 꽤 되고 또 그들 중 성공한 사람들 역시 많기 때문에, 전 세계 10억 명이 사용하는 컴퓨터 키보드에는 왼손잡이용이 없어도 100만 명도 안 되는 기타리스트들을 위해서는 왼손잡이용 기타가 제작된다.

하윤은 왼손잡이다. 지미 핸드릭스, 폴 메카트니, 커트 코베인 그리고 베토벤처럼. 베토벤이 왼손잡이였다는 사실과 내가 그의 음악 때문에 왼쪽 청력을 잃은 사실 사이에도 어떤 상관관계가 있을까?

왼손잡이인 하윤은 괴팍하고 성격이 모났으며 음악에 대한 고집이 엄청났다. 도현의 작업실을 구경한 후 하윤은 이제 좋은 악기와 좋은 환경에 대한 욕심을 통제하지 못했다. 최근 그의 불만은 오디오 인터페이스였다. 우리는 컴퓨터 사운드카드인 '사운드 블래스터'의 최고급 기종을 오디오 인터페이스 대신 사용했는데, 하윤은 단자가 순금으로 도금된 그 카드조차 잡음이 많다며 도저히 만족하지 못했다. 내 귀가 상대적으로 좀 후지기는 해도 어떤 잡음도 느낄 수 없었다. 나는 미묘한 음질에 관해 남들과 논쟁을 벌이는 것을 아주 싫어한다. 그것은 착한 사람만이 볼 수 있다는 벌거숭이 임금님의 옷에 대한 논쟁과 같아서, 항상 문제를 느끼지 못한 쪽이 둔하다는 결론으로 끝이 나기 때문이다.

혁근이 또 중재했다. 그는 함께 돈을 출자하여 저가형 인터페이스인 '지나'를 구입해보자고 제안했다. 그러나 하윤은 일언지하에 거부했다.

"이왕 사려면 따뜻한 아날로그 음색을 제대로 표현해줄 수 있는 고급 인터페이스를 구입해야 해."

따뜻한 음색이라는 건 정말 웃기는 말이다. 소리가 어떻게 따뜻할 수 있다는 말인가? 그건 다 헛소리다. 음향 전문가들은 소리의 따뜻한 느낌이란 잡음이 끼었다는 걸 의미할 뿐이지 아날로그 출력의 특성은 아니라고 말한다. 하지만 많은 작곡가들은 여전히 '아날로그적인 따뜻한 소리'라는 신화적 개념을 포기하지 못하고 있다. 그래서 이 디지털 시대에 아날로그 악기들이 프리미엄까지 얹힌 채 비싸게 거래된다.

하윤은 바로 그 따뜻한 소리를 원했다. 가끔은 의도한 느낌의 음색이 나오질 않아 음악을 못 만들겠다고 투덜거렸다. 내가 그의 투정을 터무니없다고 단정해서 한바탕 말다툼이 일어났다. 묵묵히 지켜보던 혁근은 논쟁이 소강상태에 접어들자 문밖으로 휙 나가버렸다. 나는 혁근이 화끈하게 통장 잔고를 털어버릴까 봐 겁이 났다.

혁근은 그 주가 지난 뒤 작업실로 돌아왔다. 거대한 유리관들이 달린 투박한 기계를 용달차에 싣고서. 드디어 혁근이 일을 저질렀다. 아마 다음 학기쯤엔 휴학을 해야 될 것이다. 등록금을 대지 못할 테니까.

용달업자가 물건을 작업실 안으로 옮겨놓고 돌아가자, 혁근은 애완견을 소개하듯 손바닥으로 기계를 쓰다듬으며 말했다.

"진공관 프리앰프를 응용해서 만든 오디오 인터페이스야. 일주일 동안 밤을 새가며 만들었어. 12AX7 타입의 병렬 3극진공관을 중고로 구하느라 정말 힘들었어. 회로 채널을 여덟 개로 분리해서 설계했으니까 이 방에서 이루어지는 녹음 정도는 모두 커버할 수 있어. 아날로그적인 소리를 원한다고 했지? 이건 아날로그 그 자체야. 하윤이 네 두 귀보다도 더 아날로그적으로 작동하는."

나와 하윤은 상황을 쉽게 받아들이지 못하고 한동안 말을 잃었다. 하윤이 입술을 떨면서 말했다. 그것조차도 아주 어려워 보였다.

"이런 미친 새끼."

"따뜻한 소리가 필요하다며."

혁근의 웃음도 따뜻했다. 필요하다고 하니까 만들었다. 아주 간단한 논리다. 나는 여자가 필요해, 혁근. 여자를 하나 만들어 와.

"이 아이의 이름은 NUFU-1gK야. 수소핵융합(NUclear FUsion)이 일어나는 1기가 캘빈온도에 달하는 '따뜻한' 소리를 내준다는 뜻이지."

혁근의 목소리는 위대하다고 느껴질 정도로 자부심에 넘쳤다. '하나님이 그 지으신 모든 것을 보시니 보시기에 심히 좋았더라(창세기 1:31)'를 신께서 직접 읊는 것처럼.

곧바로 시연회가 열렸다. 혁근은 자기 작품의 성능을 극적으로 보여줄 수 있는 샘플 시디를 몇 장 가져왔다. 그는 'NUFU-1gK'를 통할 때와 그렇지 않을 때의 음색 구현을 비교해 들려주었다. 소리가 한결 부드러워진 것은 사실이지만 겨우 그 정도 성취를 위해 핵융합온도까지 견디는 기계를 만들어야 할 필요가 있는지는 잘 모르겠다. 그래도 나는 무조건 "좋아, 아주 좋아!"를 연발했다. 하윤이 혁근의 창조물에 흠뻑 빠져 고가의 오디오 인터페이스에 대한 탐욕으로부터 벗어나길 바라면서.

"이제 진짜 대단한 걸 보여주지. 이 녀석은 일렉트릭베이스를 콘트라베이스로 왜곡시킬 수도 있어."

혁근은 "기대하시라" 하는 예고와 함께 시디 한 장을 틀었다. 그런데 아무 소리도 들리지 않았다.

하윤은 놀랍다는 표정을 지으며 탄성을 내질렀다.

"이건 정말 대단하다!"

벌거숭이 임금님 놀이는 이제 신물이 난다. 나는 비꼬는 투로 말했다.

"정말 대단하네. 유를 무로 왜곡시킬 수도 있다니."

두 사람은 이상하다는 듯한 표정으로 나를 바라보았다. 혁근이 물었다.

"그게 무슨 소리야?"

"최고의 바보를 뽑는 중이냐? 여기에는 아무 소리도 녹음되어 있지 않잖아."

혁근은 뭐라고 말하려다 입을 꾹 다물었다. 그리고 조심스러운 어조로 다시 물었다.

"정말 아무 소리도 들리지 않아?"

"내 귀에 이상이 있다는 말은 하지 마. 베이스 정도 저역대의 소리를 전혀 못 들을 만큼 나쁘진 않아."

혁근과 하윤은 마주 바라보았다. 하윤이 다시 물었다.

"진짜 아무것도 안 들려?"

"아무 소리도 없잖아."

그들은 나를 불안하게 만들었다. 하윤이 벌떡 일어나더니 컴퓨터에 앉아 그래픽 이퀄라이저 창을 띄웠다. 나는 그것을 본 순간 자리에 무너질 뻔 했다.

디스플레이는 내가 들어야만 하는 낮고 좁은 음역대에서 끊임없이 격렬하게 요동치고 있었다. 베이스로 추정되는 단일 악기의 소리가 작업실 안에 가득 울려 퍼지고 있다는 뜻이다. 나는 살아남은 내 반쪽 청각기관에 새로운 문제가 생겼음을 깨달았다. 실제 세계와 내가 듣는 세계 사이의 균열이 심각해지고 있었다.

그 자리에서 여러 음악들을 돌려 들어보았다. 내 귀는 불과 한두 달 전까지만 해도 들을 수 있었던 소리들 중 일부를 더 이상 듣지 못했다. 청력 저하의 징후는 명백했으며, 빠른 속도로 진행되고 있었다.

며칠 후, 나는 몇 차례 정기적인 청력 정밀 검진을 받았던 세브란스 병원을 찾았다. 은수가 함께해주었다. 고맙긴 하지만 위로가

271

되지는 않았다. 나는 한 번도 느껴본 적이 없는 오싹한 두려움에 사로잡혔다. 그것은 좋아하는 여자와 함께 있을 때 해결되는 종류의 감정이 아니었다.

나이가 들면 언젠가 귀머거리가 될지도 모른다는 사실은 예감하고 있었다. 열 장쯤 음반을 내고 세상에 더 이상 쓸짝에도 없는 60대 늙은이가 됐을 때라면 상관없다. 하지만 스무 살 때 일어나서는 안 되는 일이다. 절대로.

병원에서 기초적인 임피던스 검사부터 CT 검사까지 온갖 검사를 받았다. 가장 괴로웠던 건 헤드폰을 끼고 오른쪽 귀의 가청 능력을 측정하는 기본 청력검사였다. 나는 어려서부터 정기적으로 그 검사를 받아왔다. 크기와 음역이 다른 소리들이 주기적으로 헤드폰을 통해 들려오는데, 들리는 쪽의 손을 들기만 하면 되는 검사다. 왼쪽 청각은 신경계 파손으로 영구적으로 손상되었기 때문에, 나는 그 검사를 항상 오른쪽 귀에만 받았다. 간단한 검사였지만, 그날 내 손은 쉽게 올라가지 않았다. 낙방 결과를 알고 문제를 푸는 수험생처럼 나는 검사가 끝나기도 전에 벌써 좌절해버렸다. 검사를 끝내고 나오자 은수가 어색하게 웃으며 어깨를 두드렸다.

젊은 의사 하나가 나의 과거 검사 기록과 이번 검사 결과를 한참 비교해 보더니 말했다.

"아시겠지만, 오른쪽 귀에도 난청이 진행되고 있습니다. 최저역대의 가청역치가 85데시벨로 나오는군요. 현재 오른쪽 귀로도 저음을 거의 들을 수 없다는 뜻입니다. 일상생활의 의사소통에 커다란 지장을 줄 만한 수치는 아니라서 다행입니다."

저음을 느끼지 못한다면 래퍼로서 나는 죽은 것이다.

"제가 힙합 음악을 하는데요, 음악을 하는 것과 관련이 있을까요?"

"특정 음역대의 강한 자극에 지속적으로 노출되면 소리를 전달하는 이소골의 기능에 장애가 발생할 수도 있습니다. 그냥 자연적인 감퇴 현상일 수도 있지만. 왼쪽 귀가 들리지 않기 때문에 오른쪽 청력의 동반 저하가 발생할 수도 있어요. 항상 조심하셔야 돼요."

옆에서 잠자코 듣던 은수가 끼어들었다.

"앞으로 더 나빠질 수도 있다는 건가요?"

"좌우 대칭으로 형성된 인간의 신체 기관은 모두 미묘한 균형 관계를 이루고 있습니다. 한쪽 기관의 기능을 잃으면 장기적으로 다른 쪽 기관의 기능에도 영향을 미칩니다. 이명이 들리면 청력 기능에 장애가 일어나고 있다는 신호니까 병원에 다시 오세요."

그 말과 함께 온 세상을 뒤덮는 이명이 들려오는 듯했다. 나는 더듬더듬 머릿속에 떠오르는 말들을 겨우 주워 모아 물었다.

"수술은요? 수술 받으면 나아질 수 있나요?"

의사는 내 말을 듣고 가만히 웃었다. 뭐 그리 중요하지도 않은 걸 수술까지 해가며 들으려고 하냐는 듯.

"왼쪽 귀는 와우신경이 완전히 손상되었기 때문에 수술로도 효과를 볼 수 없어요. 오른쪽 귀의 경우에는 청력 손실이 부분적으로만 진행된 상태이기 때문에 수술을 고려할 만한 단계는 아닙니다. 저는 수술을 권하지 않습니다. 남은 청력을 보존하려고 노력하는 쪽이 더 나을 것 같군요. 이어폰이나 헤드폰은 절대로 착용하지 마세요."

이어폰이나 헤드폰을 착용하지 말라. 여러 차례 들어본 권고다. 모든 이비인후과 의사들이 약속이나 한 듯 그 말을 했다. 내게는 그것이야말로 가장 시끄럽고 듣기 싫은 소리였다.

병원에서 나오자마자 나는 가까운 벤치에 그대로 주저앉았다. 은수가 바싹 다가와 앉았다. 그녀의 허벅지가 내게 밀착되었지만 아무 느낌도 없다. 나는 시선을 허공의 한 점에 찍어둔 채로 아무 말도 하지 않았다. 그녀의 이마가 내 어깨 위로 다가왔다. 어깨를 통해 전달되는 들썩이는 떨림에서 그녀가 흐느끼고 있다는 사실을 알았다. 나는 백 마디 말보다 많은 것을 들었다.

나는 마음 깊이 그녀에 대한 감정을 확인했다. 그리고 그녀가 나에 대한 연민으로 복받친 그 순간을 이용해 비겁한 고백을 했다.

"나랑 사귀면 안 될까……."

19

세종문화회관의 규모는 대번에 나를 압도했다. 내가 세상에 태어나 숨 쉰 20여 년간 꼬박꼬박 누군가 이곳에서 공연을 했다는 사실이 믿어지지 않았다.

대공연장에서는 리허설이 한창이었다. 리허설 공연은 관계자 외에는 참관할 수 없었지만, 우리는 조PD의 배려로 리허설을 모두 지켜볼 수 있었다. 리허설조차도 화려했다. 천장에서는 집 한 채 가격을 호가하는 조명 기구들이 빛을 뿜어냈고, 태어날 때부터 전문가의 얼굴이었을 법한 사람들이 전문가다운 심각한 표정으로 사방에서 무전기에 뭐라고 고함을 질러댔다. 우지가 그렇게 주눅이 들어 있는 모습은 처음 보았다. 우지 옆에는 역시 게스트로 초청받아 무대에 서기로 한 태완이 있었다. 탁월한 재능과 실력을 갖춘 두 사람이었지만, 불행히도 아직 전문가답게 바쁘게 움직이는 법까지는 배우지 못했다. 그들은 공연장 구석에 얼어붙어 있었다.

전문가들은 하나같이 성질이 더럽고, 사람을 인격적으로 존중하는 법을 모른다. 상대가 자신과 같은 전문가가 아니라고 판단한 순간, 곧바로 존댓말을 생략하고 하대하기 시작한다. 그 점에서 공연 연출의 최종 책임을 맡은 담당자는 오늘 내가 본 사람들 중에서도 가장 전문가다운 사람이었다. 그는 목이 쉬도록 쉴 새 없이 고함을 쳤고, 입을 다문 동안에는 혼내줘야 할 누군가를 찾아 두리번거렸다. 눈썹 위쪽은 야구 모자가, 입술 아래쪽은 제멋대로 자란 수염이 차지하고 있어 얼굴은 반밖에 드러나지 않았다. 그의 행동거지와 괴이한 차림새는 수탉을 떠오르게 했다. 수탉은 턱 대신 가슴에 수염을 기른다. 전문가들은 수염을 기르길 좋아하는 것 같다.

우지의 리허설은 보기가 민망할 정도였다. 우지가 최선을 다해 성실한 리허설을 보여주고 있는데도, 연출 담당자는 넓은 무대를 향해 포효했다. 그는 급기야 음악을 뚝 꺼버리고 마이크에 대고 이렇게 외쳤다.

"야, 야, 야! 자꾸 왼쪽으로 치우치지 말란 말이야! 몇 걸음인지 계산 좀 하고 움직여. 여기가 나이트클럽인 줄 알아?"

내가 아는 우지라면 그런 말을 들었을 때 팔을 걷어붙이고 달려들어야 했다. 그런데 우지는 그저 비실비실 웃으면서 "아, 예"라고 대답하는 게 아닌가.

기세 싸움에서 승리한 연출 담당자는 기고만장해졌다. 그의 자아는 관성을 이기지 못하고 세상 모든 사람을 업신여길 수 있을 만큼 부풀어 올랐다. 그는 무대 한편에 걸터앉아 우지의 리허설을 지켜보던 스물다섯 살의 풋풋한 청년에게까지도 고함을 지를 수 있게 되었다.

"야! 너도 좀 거기서 나와."

조PD는 걸터앉은 무대에서 풀쩍 뛰어내려 연출 담당자 쪽으로 천천히 걸어갔다. 그는 담담하고 부드럽지만 다른 사람이 들을 수 있도록 힘이 실린 목소리로 말했다.

"다시 한 번 그 말을 해보도록 하죠."

연출 담당자의 얼굴이 벌게졌다. 그는 그날 처음으로 경어가 들어간 문장으로 더듬거리며 대답했다.

"어, 저, 죄송합니다. 조PD 씨."

조PD는 연출 담당자보다 열두 살은 어려 보였지만, 애초 나이를 무시한 위계는 전문가들 스스로 도입한 룰이다. 연출 담당자는 세종문화회관에 1억 원의 문예진흥기금을 구세군 냄비에 동전 집어넣듯 기부할 수 있는 스물다섯 청년을 상대할 수준의 전문가는 아니었던 것이다. 조PD는 교장 선생님이 신입생을 다루는 것처럼, 삼촌뻘 되는 전문가의 고개를 땅바닥까지 꺼지게 만들었다. 그는 다시 무대 쪽으로 돌아가 당당하게 아까와 같은 자리에 걸터앉았다. 조PD가 손뼉을 치며 "자, 계속 갑시다!"라고 소리치자 전문가들의 세계는 아무 일도 없었다는 듯 다시 바쁘게 돌아갔다. 나는 스폰서인 엘지전자의 고위 관계자들을 위해 마련된 자리를 흘끗 살폈다. 부유한 늙은이들 몇 명이, 상황을 백 퍼센트 장악하고 있는 젊은 청년이 대견한 듯 흐뭇한 미소를 지었다.

리허설이 끝난 후 우리는 우지와 태완을 따라 분장실로 자리를 옮겼다. 우지와 태완을 사랑스럽게 꾸미느라 스타일리스트들이 분주하게 움직이고 있었다. 내 여자친구가 하는 일이다.

"서울대 공연장을 예약했어요. 11월 첫째 주로."

혁근이 사라질 것처럼 투명해지는 우지의 볼을 바라보며 말했다. 구석에서 같은 짓을 당하고 있는 태완이 엄지를 치켜세웠다. 우지는 얼굴을 코디네이터에게 내어준 채 우리 쪽을 보지 않고 대꾸했다.

"포스터와 티켓이나 차질 없이 준비해. 500장씩은 인쇄해야 될 거야."

"돈은 누가 내나요?"

우지는 잠시 생각에 잠겼다가 대답했다.

"일단 너희 돈으로 해. 영수증 가져오면 줄게."

늘 이런 식이다. 하지만 이번 경우에는 우리가 채권을 회수할 확실한 방법이 존재한다. 공연 기획을 맡았으니 우리에게는 공연 회계까지 전담할 권리가 있다. 우지는 공연 수익을 출연자 몫으로 나눈 다음 제반 비용을 뺀 만큼만 지급받게 될 것이다. 그의 태도에 따라서 돌아가는 돈이 조금 더 줄어들 수도 있다.

우지는 포스터를 붙이는 일이 가장 힘들 거라고 주의를 주었다. 물론 도와주겠다는 뜻은 아니다. 우리는 500장의 포스터를 한 달 가까이 버틸 수 있도록 서울 시내 곳곳에 견고하게 붙여야만 한다. 우지는 반드시 포스터가 붙어 있어야 하는 곳과 그 수량까지 구체적으로 지시했다. 홍대 클럽 골목, 신촌 골목에 각각 100장씩. 흑인 음악 판매량이 높은 서울 시내 유명 레코드 가게 일곱 군데와 그 근처에 총 100장. 나머지는 명동, 강남역, 압구정동, 삼성동, 신사동, 대치동, 역삼동, 양재동, 분당에 나누어 붙여야 한다.

"우리 셋이 그걸 다 하라고요?"

나는 우지가 수도권의 주요 행정구역을 읊는 모습만 지켜봐도 벌써 숨이 찼다.

"음반사에서 많이 찾아올 거야. 텅 빈 공연장을 보여주고 싶어?"

그는 이게 다 진실이 말소된 페이지를 위한 공연이라는 것처럼 말했다.

"그 사람들은 힙합 음악에 관심이 많아. 댄스 음악 시장이 저물고 조만간 힙합에서 뭐가 하나 크게 터질 거라고 예감하고 있지. 지저분한 클럽을 돌아다니기에는 너무 점잖은 인간들이지. 내 공연은 너희에게도, 그들에게도 기회가 될 거야."

'내 공연.'

음반 관계자 이야기가 나오는 순간 우지는 태도를 돌변하며 우리가 모든 뒤치다꺼리를 하는 이 이벤트를 '내 공연'이라고 부르기 시작했다.

대공연장으로 돌아가니 벌써부터 엄청난 수의 여자아이들이 객석을 빽빽이 채우고 있었다. 우리는 VIP초대권에 적힌 대로 1층의 앞줄 중앙 좌석을 찾아갔으나, 그런 중요한 자리를 그냥 비워뒀을 리 없다. 야광봉을 휘두르는 여중생들이 우리의 좌석을 이미 선점하고 있었다. 팬클럽에서 가장 투쟁적인 정예부대들인 것 같았다. 팬클럽 회장을 찾아가 좌석 번호가 적힌 티켓을 내밀어 보였지만, 이곳의 소녀들은 우상을 좀 더 가까이 볼 수 있기만 하다면 자본주의와 싸울 배짱이 있었다. 팬클럽 회장이 우리의 티켓을 살펴보고 돌려주면서 완강한 태도로 말했다.

"그래서 어쩌라고요? 이곳은 팬클럽 간부들이 앉는 자리예요."

"정말 그렇다면 팬클럽 간부들 손에 이 티켓이 들려 있었겠지요."

나는 온화한 목소리로 내가 그녀와 다툴 필요가 없다는 사실을 일깨워주었다. 그녀는 어린아이고 나는 성인이다. 주민등록증도 있다. 그녀는 태연하게 말했다.

"하지만 우리가 먼저 앉았잖아요."

혁근은 가망이 없다는 표정을 짓고 내 옷깃을 잡아끌었다. VIP 초대권을 가지고도 좌석에 앉을 수 없다니. 경멸하듯 쩨려보는 날카로운 어린 시선들이 내 몸을 도륙하고 있었다. 나는 깊게 생각해 보지도 않고 거짓말을 내뱉었다.

"실망이군요, 회장님. 저는 중훈이 형의 친동생이에요. 여기는 제 친구들이고요. 이건 중훈이 형한테서 직접 받은 초대권인데."

나는 팬클럽 회장의 코앞에 대고 초대권을 팔랑팔랑 흔들었다. 그녀는 잠시 그것을 멍하니 바라보고만 있었다.

곧 소녀는 장로회 목사처럼 굴기 시작했다. 스스로 자기의 머리를 한 대 쥐어박더니, 객석을 향해 몸을 돌리고 저 멀리 아득한 곳까지 좌석을 남김없이 독식하고 있는 엄청난 수의 팬클럽 회원들을 향해 손뼉을 치면서 외쳤다.

"여기, 조PD 님의 가족분이 오셨어요. 여러분, 모두 일어나서 한 줄씩 뒤로 옮겨주세요!"

나는 그런 장관을 본 적이 없다. 세종문화회관 대공연장 1층을 채운 수천 명의 소녀들이 동시에 박차고 일어나더니, 한 칸씩 뒤로 자리를 옮겼다. 대이동이 끝나고 나자 거짓말처럼 첫 줄이 텅 비었다. 팬클럽회장은 별것 아닌 일을 했다는 듯 나를 바라보며 수줍게 미소를 지었다.

"됐네요. 이곳에 앉으세요, 오빠."

그녀는 나에게 첫줄 정중앙 자리를 권하고 자신은 내 왼쪽 자리에 바싹 붙어 앉았다. 그리고 끊임없이 이야기를 늘어놓았다. 왼쪽 귀가 들리지 않아 다행이었다. 나는 그녀가 반드시 대답을 요구하는 눈빛으로 질문을 해올 때만 되는 대로 지껄여주었다.

여중생들의 괴성 속에서 공연을 정상적으로 관람하는 것은 불가능한 일이었다. 이 아이들도 학교에서는 좀 다를 거다. 도도하게 고개를 들고 다니며 남학생에게 편지라도 받으면 북 하고 찢어버리겠지. 스타에게 어떤 힘이 있는지는 불가사의하다. 그에게 수천 명의 여성을 열광하게 만들 만큼 원초적인 매력이 있다면, 왜 방송에 나오기 전까지는 아무도 사인을 해달라고 조르지 않았을까?

그날은 우지의 공연조차 열광적이었다. 의아한 생각에 뒤를 돌아보자, 발 빠른 아이들은 이미 '조PD가 선택한 사나이'라고 쓰인 배너까지 준비해 정신없이 흔들고 있었다. 이런 팬들을 거느리는 사람이 되는 것은 어떤 기분일까. 그런 엄청난 느낌을 나는 결코 이해할 수 없다. 이곳을 나가면 나는 공연장 빈자리를 채우기 위해 서울 전역에 포스터를 붙이고 다녀야 하는 처지였다.

콘서트의 라인업이 완성되었다. 우지는 '크로스'라는 그룹을 게스트로 엮어 왔다. 나는 우지가 두세 팀쯤 되는 유명 가수들을 섭외할 수 있을 거라고 기대하고 있었기 때문에 적잖이 실망했다. 물론 크로스는 엄연히 가수다. 소울트레인 브라더후드 중 유일하게 자기 음반을 낸 경험이 있는 태완보다 많은 음반을 팔아치운.

게스트의 이름에 기대어 관객 동원을 할 수 없다면, 이제 공연의 성패는 포스터를 얼마나 열심히 붙이느냐에 달렸다. 포스터 디자인은 당최 못하는 일이 없는 나의 존경하는 그녀가 맡기로 했다. 나는 포스터의 출연진 명단에 진실이 말소된 페이지의 이름을 가장 위에 올릴 생각이었다. 그러나 혁근이 반대했다.

"우지의 이름을 가장 크게 위에 올려. 그 사람이 가장 유명하니까."

그래서 어이없게도, 이 모든 일이 진행되는 동안 수십 병의 버드와이저를 빨고만 있었을 우지의 이름이 출연진 명단의 가장 위쪽에 가장 크게 올라갔다. 가끔 세상은 정해진 주인공들을 위한 연극인 것 같다.

은수는 하루 만에 포스터 디자인을 마치고 샘플 인쇄한 종이를 건네주었다. 디제이 우지라고 쓰인 글자가 너무 컸다.

그녀에게 정말 실망스럽다. 'Uzi' 세 글자를 위태롭게 이고 있는 '진실이 말소된 페이지' 아홉 글자가 당장이라도 주저앉을 듯하다. 혁근은 어른스럽게 말했다.

"포스터는 포스터일 뿐이야."

하지만 이름이 작은 순으로 성공하는 것은 아니니 기분은 여전

Soultrain Back Again Concert

11월 4일 토요일 오후 6시 서울대학교 두레문예관,
지성의 전당을 우롱하는 처절하게 비지성적인 무대!

DJ Uzi

진실이 말소된 페이지
태완
현상
UMC
Gues : Cross

COMMING SOON!

히 별로다. 이런 포스터 디자인을 보고 "드디어 우리 이름을 건 콘
서트를 한다!"라고 외칠 수 있는 혁근은 참 놀라운 사람이라는 생
각이 들 뿐이다.

그러나 다음 날 혁근은 잠든 나를 울부짖으며 흔들어 깨웠다.
얼굴이 새파랗게 질려 있었다.

"야, 포스터 아래 'COMING SOON'이 아니라 'COMMING
SOON'이라고 적혀 있잖아. 네 여자 친구 겨우 이 정도야?"

잠결이었지만 내가 사랑하는 사람에 대해 그런 식으로 말하는
건 정말 불쾌했다. 이제 와서 어쩌겠는가. 포스터는 이미 어제 저녁
에 전량 인쇄에 들어갔다.

"너도 어제는 발견 못 했잖아."

"이거 수거하고 다시 찍어야 돼. COMING의 스펠링도 틀리게

쓰는 무식한 사람들의 공연을 누가 보러 오겠어?"

그렇게 생각한다면 포스터 상단에 '처절하게 비지성적인 무대'라고 적지도 말았어야지. 포스터 하단의 실수는 포스터 상단의 모토와 수미일관 구조를 이루고 있다는 생각마저 든다. 사실 나는 우지의 이름이 이창호의 바둑처럼 지면의 판세를 휘어잡았을 때 진작 포스터를 포기했다. 그래서 침대에 다시 쓰러지며 대꾸했다.

"포스터는 포스터일 뿐이라며."

눈을 떴을 때, 하윤은 내가 잘 들을 수 있도록 음역을 절반 이상으로 압축한 샘플을 들려주었다. 그럴 때 내게 들리는 소리는 음악이라기보다 원형적인 리듬에 가깝다. 소리의 질감은 남김없이 훼손되지만, 골격이라고 말할 수 있는 소리의 패턴만큼은 오히려 도드라진다. 믿기 힘들겠지만 그것만으로도 좋은 음악과 그렇지 못한 음악을 짚어낼 수 있다. 아니, 나는 오히려 내가 듣는 방식이 우수한 음악을 발견하는 가장 효과적인 방법이라고 생각한다. 내 귀가 듣는 것은 화장을 지운 음악의 맨 얼굴과 같으니까.

그날 나는 하윤이 들려준 음악들 중 걸작이 하나 튀어나올 것을 예감하고 몹시 흥분했다. 혁근이 나를 진정시켰다.

"좋아, 좋아. 그런데 공연에서 사용하기에는 너무 무겁다는 생각이 들어. 조금 더 신나게 편곡해보면 어떨까?"

"그러지 뭐."

하윤은 오랜만에 자기 방어의 수순을 건너뛰고 곧바로 편곡에 돌입했다. 나는 꽤 오래전부터 생각해오던 것을 말했다.

"실존주의로 가자."

혁근이 되물었다.

"뭐가?"

"우리가 쓸 가사 말이야."

"실존은 (주의)에 앞선다? 그런 걸 쓰겠다고? 끔찍하다. 토할 것 같아."

"나한테 『시지프 신화』를 줄 때는 그렇게 말하지 않았잖아."

"그건 카뮈가 쓴 거고."

"우리가 랩으로 쓰면 왜 안 돼?"

"책 한 권 읽고서? 무슨 말인지 스스로도 모르는 소리를 랩으로 지껄이겠다고?"

"그게 철학의 정의잖아. 언덕 위로 밀어 올린 바위가 내리막길을 따라 굴러 내려간다는 정도의 이야기는 퍼프 대디도 할 수 있다고."

혁근은 떨떠름한 표정을 지었지만 몇 분 뒤 우리는 누렇게 변색된 『시지프 신화』에 밑줄을 그어가면서 머리를 쥐어짜고 있었다. 자살에 대해 써보기로 했다. 카뮈는 고통스러운 삶의 쳇바퀴를 도는 인간들에게 자살을 권유하지는 않았지만, 우리는 자살을 권유해보기로 했다. 그쪽이 좀 더 멋있기 때문이다.

카뮈는 그 책을 서른한 살 때 썼고, 우리는 이제 스무 살이다. 카뮈는 자살을 고려해볼 만한 나이였지만, 우리에게는 적어도 10년 가까운 전성기가 남아 있다. 카뮈는 감히 자살을 입에 담기 두려웠을 테지만, 우리에게는 자살에 관한 판타지를 써 내려갈 마음의 여유가 있다. 우리 노래를 들은 사람들이 줄줄이 자살하더라도 나는 악착같이 살아남겠다. 가수로 성공하고 큰돈을 벌어서 이 지 긋지긋한 지하실에서 탈출할 것이다. 자살은 그다음에 고려해도 늦지 않다.

노래의 제목은 혁근이 붙였다.

'타다만 담배를 끄다'

아주 멋진 제목이다. 담배를 든 채 불씨가 꺼질 때까지 기다리 는 흡연자는 없기 때문이다.

20

작곡이 순간적인 모티브에 의존하는 것이라면, 편곡은 치밀한 계산이 요구되는 작업이다. 작곡은 재능이고 편곡은 기술이다. 그런데 재능이란 건 아주 모호한 말이라서, 언제부터인가 휘파람으로 만들어낸 멜로디까지도 재능의 산물이라고 우기는 작곡가들이 나타나기 시작했다. 그들을 작곡가라고 부를 수 있다면.

음반 부클릿을 눈여겨보면 항상 작곡에만 이름을 올려놓고 편곡은 하찮다는 듯 손도 대지 않는 거물 작곡가들이 보인다. 그럼 편곡은 무엇이며 누가 할까? 성공한 작곡가들은 '찍새'라고 낮추어 부르는 어시스턴트들을 거느리고 있다. 찍새는 미디로 음악을 찍는 사람들이란 뜻이다. 작곡가의 휘파람을 들은 후, 그 멜로디를 화성학적 조화에 맞게 드럼과 베이스와 기타와 피아노와 리드와 스트링이 들어간 하나의 완성된 음악으로 구현해내는 것이 찍새의 일이다. 찍새가 일을 마치면 작곡가는 그 이름을 구석에 조그맣게 써준다. 그게 바로 '편곡'이다. 물론 음악의 저작권은 20초 동안 휘파람을 불었던 사람에게 돌아간다. 이미 작곡가 스스로도 자기가 휘파람으로 뭘 불렀는지 잊어버렸을 것이다.

어떻게 이런 일이 일어날 수 있을까? 음악과 음향 기술이 10년 단위로 변하는데도 통기타 하나로 모든 걸 해결하던 사람들의 권력은 변하지 않기 때문이다. 한 달에 100만 원만 줘도 테라바이트 하드디스크가 대폭발을 일으킬 때까지 편곡에 봉사하겠다는 젊고 가난한 재능들이 수두룩하기 때문이다.

그러나 언더그라운드의 작곡가들은, 음악에 대한 자긍심 때문이 아니라 찍새를 거느릴 형편이 안 되기 때문에 스스로 찍새가 된다. 여기에서는 편곡이 진짜 문제다. 모든 논쟁이 편곡 과정에서 발생한다. 한 음악이 수백 번씩 편곡되기도 하고, 그 수백 개의 음악 중에서 잘빠진 하나만 살아남는다. 작곡은 편곡의 일부분이 된다. 전성기의 감수성을 지닌 20대 초반의 창작자들의 머릿속에는 언제나 수백 가지 악상이 떠돌고 있다. 이 중 하나의 멜로디를 끄집어내는 일에 작곡이라는 거창한 이름을 붙이는 것은 우습기 그지없다. 그것은 냉장고에서 재료를 빼내는 행동을 요리라고 부르는 것과 같다. 부르기야 나름이지만, 사람들이 생각하는 요리가 그런 것이었던 적은 단 한 번도 없다. 요리는 언제나 꺼낸 재료들을 적당한 기술로 배합하는 귀찮고 어려운 작업을 의미했다.

「타다만 담배를 끄다」 역시 편곡 과정에서 시끄러운 충돌이 일어났다. 하윤의 편곡이 나빴던 것은 아니다. 조금 더 나아질 수 있다는 기대감, 취향의 사소한 불일치, 열정적인 창조와 냉정한 평가,

이런 것들이 뒤엉킨 논쟁이 일어났다. 내가 하윤에게 조심성 없게 칼을 휘둘렀다는 사실은 인정한다. 하윤 역시 발끈해서 나를 반격했다. 내가 무엇보다 두려워하는 것은 팀워크를 훼손하는 말이다. 음악을 그만둬버리겠다는 위협.

"초자연적인 현상이야!"

학원 아르바이트를 끝내고 작업실에 도착했을 때, 하윤은 스피커가 터져라 「타다만 담배를 끄다」를 틀어놓고 덜덜 떨고 있었다. 하윤의 말에 따르면 낮 동안 꺼놓은 악기들의 전원이 저녁이 되자 스스로 켜지더니 「타다만 담배를 끄다」를 재생하기 시작했다는 것이다. 작업실이나 녹음실에서는 종종 그런 일들이 일어난다. 보통 귀신이 들렸다고 말하는데, 이때 작업을 하면 대박이 난다고들 한다. 초자연적인 현상이 일어나야만 대박 날 음악을 만들 수 있는 사람들은 참 불행하다. 그게 초자연적인 현상이라고 불리는 이유는 자연계에서 그런 현상이 거의 일어나지 않기 때문이니까 말이다.

"이렇게 배선이 복잡하고 항상 과부하가 걸려 있는 시스템은 전자기적 간섭 때문에 언제든지 오작동을 일으킬 수 있어. 초자연적인 현상은 무슨. 아멘."

공학도이자 기독교도인 혁근은 귀신을 믿지 않지만, 하윤은 이미 헤드폰을 쓰고 신내림 준비를 마쳤다. 뭐든 어떠랴. 좋은 음악만 만들어라. 나는 하윤의 작업을 몇 분 더 지켜보다 침대에 쓰러져 잠들었다. 작업실이 너무 좁아 침대에 한 명, 바닥에 한 명이 누우면 남는 공간은 서 있을 자리밖에 없다. 그래서 우리는 교대로 잠을 잤다. 서너 시간에 걸쳐 하루 세 번 정도 자는 게 보통이었는데, 그때가 바로 내 차례였다.

자정이 넘자 하윤이 나를 깨웠다. 혁근은 나가고 없는 가운데 하윤이 혼자 만족스러운 미소를 짓고 있었다.

"들어봐. 내가 만든 게 아니야. 귀신이 내 안에서 만들고 나갔어."

하윤은 자신만만한 태도로 음악을 들려주었다. 나는 눈도 제대로 뜨지 못한 상태에서 흐느적거리며 그것을 들었다. 그리고 몹시 실망했다.

"음악이라기보다는 악보 같은 느낌인데? 너무 딱딱하잖아."

누적된 하윤의 스트레스는 한계치에 도달했다. 내 얼굴을 한참 동안 빤히 지켜보던 그가 소리쳤다.

"넌 청력 장애자야. 제대로 듣지도 못하면서 자꾸 모든 걸 들었다는 듯이 말할래?"

"너 지금 장애인을 비하하고 있어."

나는 농담이었지만 하윤은 진지하게 받았다.

"사실이잖아."

그날의 말다툼은 그렇게 시작됐다. 음악이 내게 불완전하게 들리는 이유가 스스로 완전하게 들을 수 없기 때문이라는 주장에는 어떤 논리적 하자도 없다. 그게 사실일지 거짓일지 입증할 방법조차 없다. 말다툼은 굉장한 싸움으로 커졌다. 서로 욕설을 돌려주었고 손에 붙잡히는 대로 물건을 집어 던졌다. 아버지처럼 호통을 칠 혁근이 그 자리에 없었다. 비극적 대단원.

하윤은 X자형 건반 받침대 위에 놓여 있던 신디사이저 트라이톤을 역기 들듯 번쩍 들어올렸다. 연결되어 있던 미디 케이블이 핑 하고 튕겨져 나갔다. 하윤은 그것을 당장이라도 집어 던질 기세였다.

"뭐 하는 거야?"

그건 중고 가격만 160만 원인 악기다. 하윤은 행동과는 어울리지 않게 침착한 어조로 대답했다.

"서로 그만 괴롭히자. 너희는 드럼 스틱으로 책상을 두들기는 놈들이었잖아. 뭘 더 바라는 거야?"

30킬로그램이 넘는 악기를 머리 위로 든 하윤의 두 팔이 경련을 일으켰다.

"그러지 마, 이 미친 새끼야. 제발 그러지마."

"날 그만 내버려둬. 그리고 네가 찾는 천재들한테 달려가서 음악을 구걸해."

하윤은 몸을 돌리고서는, 일말의 망설임도 없이 차가운 복도 바닥에 트라이톤을 내동댕이쳤다. 순간 나는 시간이 멎거나 중력이 사라지기를 빌었다. 그런 일은 일어나지 않았다. 악기는 익숙한 형태의 포물선을 그리더니 딱 그 정도 질량을 지닌 물체가 전속력으로 땅에 곤두박질칠 때 날 만한 커다란 소리와 함께 박살이 났다. 전자 부품들이 파편이 되어 사방으로 튀었다.

하윤이 악기를 부쉈다. 인간이 영혼을 지니고 있다는 사실은 믿지 않지만, 악기는 영혼을 지니고 있다고 말하던 이하윤이.

이제 흩어진 반도체들의 집합인 그 악기는 우리가 가진 것 중에 가장 비싼 물건이었으며, 우리 음악에 들어가는 음색의 70퍼센트를 품고 있는 보물이었다. 그것은 우리가 공동 출자하여 구입한 최초의 물건이었다. 고등학교를 막 졸업한 아이들이 내놓을 수 있는 최대한의 거금을 우리 셋 모두 거기 투자했다. 그 돈을 마련하려고 나는 수탉에게 닭보다 못한 취급을 받아가며 일했다. 그 악기는 진실이 말소된 페이지의 결속을 상징했다. 산산조각 난 채 복도를 뒹굴기 전까지.

바닥에 흩어진 전자 부품들을 멍하니 내려다보다가, 나는 병신같이 차오르는 서러움을 걷잡을 수 없는 상태가 되어버렸다. 곧 풀썩 주저앉아 귀가 먹어가는 것을 알았을 때도 터뜨리지 않았던 눈물을 엉엉 쏟아냈다.

"저걸 사려고 내가 몇 시간을 일한 줄 아냐? 개새끼. 넌 진짜 개새끼야. 어떻게 내가 너 같은 놈이랑 지금까지 팀을……."

"너하고 함께한 시간은 아주 좆같았어. 난 네 음악을 만들어주는 기계가 아니야!"

하윤은 그렇게 말하고 방을 뛰쳐나갔다. 하윤의 신발에 밟힌 부품들이 우두둑 짓뭉개졌다. 내 뼈가 으스러지는 소리처럼 고통스러웠다.

나는 다음 날 해가 뜰 때까지 서럽게 울었다. 악기를 부수고 호기롭게 방을 나간 하윤을 떠올리며 쭈그려 앉아 울고 있는 나는 참 머저리 같았다. 어머니도 이혼 합의서를 앞에 놓고 울면서 사라진 아버지에게 나와 비슷한 기분을 느꼈을 것이다. 성격은 유전된다. 나는 지칠 때까지 울다 죽어버린 것처럼 긴 잠에 빠져들었다.

음악 소리가 들려온다. 청아한 일렉트릭 피아노 음색의 아름다운 연주. 하윤이 트라이톤으로 「타다만 담배를 끄다」를 연주하는 꿈이다. 'NUFU-1gK'의 진공관이 그 소리를 끓여내며 빨갛게 달아오른다. 크리스마스트리를 감싼 전구처럼. 나는 멍하니 하윤의 등을 바라보며 연주를 감상한다. 침대 머리맡에 혁근이 앉아 있다. 그의 두 눈은 진공관과 같은 색으로 빨갛게 충혈돼 있다. 혁근이 하윤의 등에 대고 식식거리며 말한다.

"왜 그랬어……."

이건 꿈이 아닌가? 그러면 하윤이 악기를 부순 게 꿈이었던가? 나는 벌떡 일어나 악기를 살폈다. 악기에는 알루미늄 케이스 대신 비닐 랩이 씌워져 있다. 'TRITON'이라고 쓰인 알루미늄 케이스는 방구석에 구겨져 있다. 혁근을 돌아보았다.

"내가 살아 있는 한, 너희 두 놈은 세상 그 어떤 것도 파괴할 수 없을 거야."

그는 아직 상황 파악을 하지 못한 나를 돌아보며 미친 과학자처럼 킬킬거렸다.

"내가 모조리 다시 조립해버릴 테니까!"

어떤 일이 일어났는지 알았다. 전능한 오혁근이 산산이 흩어진 부품들을 모아 손으로 조립해낸 것이다. 설계도면도 없이 수많은 초정밀 집적회로들로 구성된 전자제품을 조립해버린 것이다.

"이게 어떻게 가능한 거지? 이게 어떻게 인간이 할 수 있는 일이야? 아니야, 설명하지 마. 난 믿지 않을 거다."

"신디사이저를 발명한 사람도 공대생이었지. 작곡가들은 악기를 부수기만 했지 만들 줄은 몰랐거든."

혁근은 하윤을 노려보며 말했다. 하윤은 아무 대꾸 없이 소리가 제대로 나오는지 점검하는 중이었다.

"서킷보드가 아작 나고 트랜지스터 몇 개는 완전히 으스러졌어. 학교 실험실에서 정격이 다른 트랜지스터를 구해서 끼우긴 했는데 완전하게 맞진 않아. 앞으로 출력 조절은 가급적 소프트웨어로 하는 게 좋을 거야. 전압이 급격하게 변화하면 회로가 타버릴 수도 있어."

말을 마친 혁근은 눈을 좀 붙여야겠다면서 내가 막 일어난 침대에 누웠다. 혁근의 이야기는 DNA 조각 하나가 부족해서 다리가 세 개인 개구리를 만들 수밖에 없었다는 푸념처럼 들렸다.

하윤은 내 쪽을 돌아보지 않고 연주를 하고 있었다. 나는 그것을 화해의 표시로 받아들이기로 했다.

수요일에 혁근이 공연 실황을 담은 DVD를 하나 가져왔다.

'더 루츠(the Roots)'라는 필라델피아 언더그라운드 출신 힙합 밴드의 공연이었다. 하윤과 나는 컴퓨터 모니터 앞에 앉아서 공연을 한참 지켜보았다. 그들은 공연장에 울려 퍼지는 모든 소리를 그 자리에서 직접 연주했다. 마치 락 밴드처럼. 힙합의 역사를 퇴행시키는 시도였다. 신디사이저와 드럼머신이 없었다면, 마이크 하나만 들고 성공을 거둔 래퍼들은 언젠가 뒤통수를 치고 배신할 밴드를 먼저 찾아야만 했을 것이기 때문이다. 락 밴드 출신의 가수들이 항상 그랬듯이 말이다. 나는 굳이 그런 불편한 시도를 하는 이유를 이해하기 어려웠다. 영상이 끝나자 혁근이 하윤을 향해 말했다.

"내가 잘못 생각했어. 애초부터 네가 컴퓨터 앞에서 편곡을 하는 것부터가 잘못된 거야. 우리가 갈 길은 바로 이거야. 네가 평생 해오던 짓이잖아."

우리는 하드웨어를 애완동물처럼 다루고, 마우스만 휘둘러 간단히 음악을 만드는 사람들을 만나왔다. 전자 모듈을 쌓아두고 컴퓨터와 씨름하는 일은 본디 하윤의 전공이 아니었다.

아주 어렸을 때 형편이 어려웠던 하윤의 집에는 피아노가 없었다. 젊은 시절 클래식 피아니스트였으며 재즈광인 하윤의 어머니는 종이에 그린 건반으로 아들에게 피아노를 연습시켰다. 하윤이 세 살도 되기 전에. 처음으로 진짜 피아노를 연주해보았을 때, 하윤은 흰 건반 사이에 입체적으로 불쑥 튀어나온 검은 건반이 너무 낯설어서 깜짝 놀랐다. 그는 곧 자기가 만지는 대로 소리를 내뱉는 진짜 악기에 빠졌다. 그래서 어머니의 품을 벗어나서도 엄청난 식욕으로 접하는 악기마다 닥치는 대로 마스터해버렸다.

뛰어난 재능, 어머니의 혹독한 훈련, 그리고 선천적으로 왕성한 호기심. 하윤은 유년기에 이미 연주 음악을 하기 위한 모든 조건을 갖추었다. 어쩌면 지금 그는 전자 모듈과 소프트웨어 시퀀서라는 새로운 악기를 배우고 있을 뿐인지도 모른다.

"이건 가능성 있는 이야기야. 하윤이 넌 고등학교 때도 밴드 애들 악보를 몽땅 썼잖아."

혁근이 하윤을 흔들기 시작했다. 하윤은 가만히 생각에 잠겼다. 그리고 천천히 입을 열었다.

"좋은 연주는 작곡 이상의 문제야. 앞으로 한 달 동안 세션들을 구해서 연습까지 마치는 게 가능할까?"

"한번 부딪쳐보자."

나는 하윤을 바라보았다. 시선이 부딪혔지만, 아직 감정의 골이 회복되지 않아 어색했다. 우리는 동시에 눈을 돌렸다.

"안 되면 내가 드럼이라도 칠게."

혁근이 웃으며 말했다. 그 역시 고등학교 재즈 밴드의 드러머였다는 사실을 오래 잊고 있었다. 음악적 바탕이 전혀 없는 건 나뿐이다. 하윤은 미간을 찡그리고 한참 동안 고민하더니 말했다.

"일렉트릭 기타, 어쿠스틱 기타, 베이스, 키보드 두 명, 그리고 드럼. 내가 아무 악기나 맡는다고 해도 나머지 다섯 명은 어디서 구할 거야?"

"네 고등학교 밴드 친구들은?"

"연락 안 한 지 너무 오래됐어. 연락이 가능하다고 해도 걔네들한테 맡기고 싶지는 않아."

"도현과 라디가 건반을 다룰 수 있으니까, 도와줄 수 있는지 한 번 물어보자. 나머지는 좀 더 고민해보자구."

혁근은 모든 문제가 해결되었다는 듯 손뼉을 쳤다. 그는 우두머리임을 자처하지 않는다. 목표와 문제 해결 방법에 대한 눈높이를 바꿔놓는 식으로 팀이 그를 따라갈 수밖에 없도록 만든다. 기술적인 것에서부터 인간적인 충돌까지, 그는 문제의 분석이 끝나기도 전에 그것을 해결해버린다. 방음벽이 필요하면 통장을 털어낸다. 어쿠스틱한 소리가 필요하면 진공관 인터페이스를 만든다. 팀이 붕괴 위기에 처하면 산산조각 난 신디사이저를 조립한다. 그리고 하윤의 장점을 최대한 끌어낼 수 있는 풀 밴드 라이브라는 아이디어를 낸 지 10분도 안 되어, 도현과 라디에게 전화를 걸어 키보드 세션을 수락하도록 만든다.

내 삶에서 처음 미래가 긍정적인 확신으로 다가왔다. 나는 이 친구들과 한 팀이 될 운명으로 이 땅에 태어났다. 그 전의 지랄맞은 시간들은 오늘 이후의 역사를 위한 배경에 불과하다. 나는 이들과 함께, 지금으로서는 상상조차 할 수 없는 엄청난 무언가를 이룰 것이다. 나는 이제 꿈을 꿀 필요가 없다. 내 현실마저 다음 세대 소년들이 꾸는 꿈의 일부가 될 테니까. 가슴이 두근거렸다.

21

서울 전역에 포스터를 붙이는 첫날이다. 유엠씨는 녹음이 있었고, 현상은 데이트가 있었다. 태완은 바빴고, 라디는 전화를 받지 않았다. 우지에게는 연락할 필요도 없다. 이것을 어떻게 처리해야 한단 말인가. 나는 묵직한 포스터 더미를 망연자실하게 바라보았다. 우리는 동선에 따라 서울시를 몇 구획으로 나눈 후, 이것을 여러 차례에 걸쳐 나누어 붙이기로 결정했다. 그러나 아무리 잘게 나누어도 서울은 여전히 넓다.

혁근이 에릭을 불러냈다. 에릭은 "헤이"라고 흥겹게 인사를 건네며 제 발로 함정에 다가왔다. 혁근은 그를 덥석 물었다. 다리도 길고 팔도 기니까 일을 훨씬 빨리 수행할 수 있을 것이다.

일을 시작하기 전에 버거킹에서 점심으로 햄버거를 먹었다. 에릭은 한국 음식을 입에도 대지 않는다. 나는 처음으로 에릭과 더듬더듬 의사소통을 해보았다. 에릭은 서른네 살이었다. 만으로. 나는 꽤 놀랐다. 워낙 피부가 좋고 탄력이 있어서 당연히 그가 20대 중 반일 거라고 생각했다. 그는 한국 여자들에게 큰 관심이 있었고, 또 손을 꼽아 세어보기에는 좀 많은 수의 한국 여자들을 건드려왔다. 그러나 한국이란 나라 자체에는 아무런 관심도 없었다. 그는 흙이 코로 들어갈 날까지는 소주와 김치를 입에 대지 않을 인간으로, 벌 써 3년 가까이 체류했는데도 기초적인 한국어조차 하지 못했다. 그 는 한국어의 발음이 너무 어렵다면서 '하윤'이라는 발음은 고통스 럽고, '혁근'이라는 발음은 불가능하다고 하소연했다. 나는 우리보 다 열다섯 살 연장자인 그에게, 그냥 우리를 'Hyung'이라 통칭하라 고 가르쳐주었다. 그는 그것조차 '흉'이라고 발음했다. 그러나 에릭 은 은수라는 이름은 발음할 수 있을 뿐 아니라 기억하고도 있었다. 물론 단지 발음이 쉬워서가 아니다. 그는 그 이름이 전에 클럽에서 만났던 '지옥처럼 섹시한' 여자의 이름이라고 했다. 에릭은 그녀가 이제 내 여자라는 사실을 모른다. 그녀와 나 사이를 설명하려다가 굳이 외국인 노동자에게까지 프라이버시를 다 까발리고 싶지는 않 아 관두었다.

작업은 신촌에서부터 시작되었다. 신촌은 우리가 앞으로 돌아 다녀야 할 행정구역 열다섯 군데 중 하나에 지나지 않았지만, 네 개의 영역으로 나눠 꼼꼼히 작업했다. 나는 이화여대 쪽 거리에서 부터 신촌 입구까지 스물다섯 장을 붙이기로 했다. 이화여대 쪽 일 을 해치우는 데 두 시간이 넘게 걸렸다. 나는 거기서 포스터 열아 홉 장을 소비했다. 여대생들이 내가 붙인 포스터 주변을 수없이 왕 래했지만, 단 한 명도 포스터 쪽에 눈길을 주지는 않았다. 거리에는 그녀들의 시선을 잡아 끄는 잡동사니들이 끝없이 널브러져 있었다. 구청 환경과 사람들이 내 포스터를 제외한 모든 것을 좀 수거해 갔으면 좋겠다. 나는 그 사람들이 혹시 내 포스터를 떼어낼까 봐 포스터 위에 스카치테이프를 덕지덕지 발라놓았다.

오후 다섯 시쯤 우리는 다시 신촌에서 만났다. 에릭이 가장 늦게 왔다. 그의 손에 들린 포스터는 크게 줄지 않았다. 대신 여자들을 몇 명 데려왔다. 우리 나이 또래의 여자애들이 능숙한 영어로 그와 말을 나누었다. 그중 한 명은 포스터 몇 장을 나눠 들고 서 있었다. 나는 "이 공연에 너도 나오는 거니?" 하고 에릭에게 묻는 여자의 말을 용케 알아들었다.

"Hell, yeah!"

에릭은 조금도 망설이지 않고 대답했다. 이러다가는 에릭이 우리를 공연 출연진에서 제외시켜버릴 것 같다.

"에릭을 정말 공연에 넣어볼까?"

나는 혁근과 하윤에게 조심스럽게 제안했다.

"미국에서 드럼을 쳤다며. 세션으로 한번 써보는 게 어때?"

"미국에서 드럼 친 게 벼슬이냐? 드럼 다루는 모습을 한 번도 보지 못했는데 어떻게 참여시킨다는 거야?"

하윤은 시큰둥했다. 그러나 혁근은 내 편이었다.

"아냐, 좋은 생각인 것 같아. 일단 얼마나 하는지 보자. 나오는 그림만으로도 큰 도움이 될 거야."

혁근은 여자애들을 주렁주렁 달고 있는 에릭을 손가락으로 가리켰다. 그래, 멋진 그림이 될 것만큼은 분명하다. 눈부시게 잘생긴 흑인 드러머가 이끄는 밴드.

혁근은 여자들 틈에서 에릭을 조용히 불러내 우리 공연에서 드럼을 쳐보겠냐고 물었다. 에릭은 소스라칠 듯한 반응을 보였다. 그는 혁근을 포옹하고 연이어 "Hyung!"을 외쳤다. 그렇게 해서 에릭이 밴드에 합류했다. 저녁 식사를 하면서 내가 아는 모든 단어와 바디 랭귀지를 동원해, 그에게 한국어에는 쌍시옷이 들어가지 않는 욕설도 많다는 사실을 설명해줬다. 특히, '후레자식'처럼 나쁜 욕을 듣고서는 절대로 참아서는 안 된다는 것을.

토요일 오후 여섯 시까지 강남역을 순회하며 포스터 40장을 붙였다. 처음에는 어디에 붙여야 할지 막막했지만, 운 좋게도 오토바이를 타고 나와 같은 사이즈의 광고 벽보를 붙이고 다니는 사람을 발견했다. 나는 그의 뒤를 졸졸 따라다니며 벽 혹은 전봇대에 포스터를 붙였다. 그는 사람들의 시선이 가장 많이 머무는 지점을 정확히 알았다. 그가 붙인 벽보에는 자신의 얼굴이 대부분을 차지한다. 나이트클럽 부킹 전문 웨이터, 마징가. 그게 그의 이름이었다.

"이봐, 왜 자꾸 그 지저분한 걸 내 옆에다 붙이는 거야. 시선 분산되게."

마징가는 결국 미꾸라지 같은 내 행동에 울화통을 터뜨렸다. 나는 실실 웃으며 동종업계가 아니니 한 번만 봐달라고 재롱을 떨었다. 마징가는 매우 불쾌한 표정을 하고 있었으나, 내가 그의 명함을 하나 달라고 하자 주머니에서 빳빳한 종이 한 장을 꺼내주었다. 명함을 건네준 그는 내가 쫓아오지 못하도록 오토바이를 전속력으로 달려 사라졌다.

"꼭 한번 찾아뵐게요!"

멀어지는 마징가의 등 뒤에 대고 외쳤다. 그리고 홀쭉하게 생긴 그의 얼굴이 인쇄된 벽보 바로 옆에 포스터를 붙였다. COMMING SOON.

사당 작업실에서 반가운 얼굴이 나를 기다리고 있었다.

"핼쑥하게 말랐구만. 요즘 굶냐?"

커다란 베이스 가방을 맨 상연이, 낯익은 비아냥으로 나를 맞았다. 그는 어깨 근처까지 치렁치렁한 머리와 좌우대칭이 완벽한 수염을 길렀으며, 자기 주먹만큼 커다란 알이 들어간 안경을 썼다. 제법 뮤지션다운 분위기를 풍긴다.

"이걸 달고 사회생활이 되냐?"

나는 그의 수염을 잡아당겼다. 상연은 내 손을 뿌리쳤다.

"니가 패션에 대해 아는 거라곤 바지를 엉덩이에 걸쳐 입는 것뿐이지."

"프링글스 마스코트가 너랑 똑같은 수염을 하고 있다는 건 안다. 왜 왔어?"

"혁근이가 내 도움이 필요하다고 해서 왔지. 너희한테 이놈을 보여줄 수 있겠군."

그가 자신의 악기를 꺼냈다. 15만 원짜리 하드코어용 싸구려 베이스 기타가 아니었다. 방금 도끼질해서 만든 듯, 원목 결이 그대로 살아 있는 재즈용 베이스였다. 상연은 엑스칼리버를 뽑듯 그것을 쳐들고 뽐냈다. 악기 머리가 천장에 닿아 쿵 하고 소리를 냈다.

"데임이야. 이 방의 1년 치 월세가 있어야 살 수 있을걸?"

나는 불안한 눈빛으로 혁근을 바라보았다. 정말 상연에게 공연을 맡기려는 생각이냐? 나는 이 자그마한 녀석을 좋아하지만, 미래를 내맡길 정도로 그의 능력을 신뢰하지는 않는다. 혁근은 내 생각을 읽었다는 듯 말했다.

"상연이는 대학로에서 활동하는 재즈 밴드 오디션에 합격했어. 요즘도 주말마다 거기서 공연해. 내년에 밴드 음반에 참여할지도 모른대."

그 말을 듣는 순간 뜨끔했다. 수많은 비아냥거림과 비하를 주고받으면서, 나는 은연중에 상연을 과소평가하고 있었던 것 같다. 상연은 대학생이고, 대학로에서 정규 밴드 활동을 할 뿐만 아니라, 우리보다 앞서 음반을 내게 될 수도 있다. 누가 봐도 그는 나와는 격이 다른 삶을 살아가고 있다. 하윤이 끼어들었다.

"상연이가 자기 밴드의 기타리스트 한 명을 끌고 오겠대. 그럼 이제 밴드 구성은 끝났어. 베이스, 드럼, 건반 둘, 기타 둘. 내가 일렉트릭 기타를 맡을게. 내가 넘긴 악보를 다음 주 초까지 익혀 오면 곧장 합주 연습에 들어갈 수 있어."

화요일. 내가 진호실용음악학원의 아르바이트생이 된 것에 자부심을 느낀 첫날이다. 일을 처음 시작할 때 약속 받았던 대로, 나는 학원의 합주 연습실을 무상으로 사용할 수 있었다. 그때는 내가 그 옵션을 사용하게 될 날이 올 거라고는 생각하지 못했다. 그 옵션 덕택에 공연 연습에 소요되는 경비가 최소한 20만 원 이상 절감될 것이다.

나는 오전 내내 광화문 교보문고 인근에 포스터를 붙이고 다녔다. 교보문고 안에 있는 음반점 핫트랙스의 매니저는, 고맙게도 매장 입구에 포스터를 연달아 넉 장까지 붙이게 해주었다. 그곳은 마흔 장을 붙여도 아깝지 않을 자리다. 매일 만 명의 젊은 친구들이 들락거리는 곳이니까. 나는 외부 출입구로 연결된 복도에 포스터 넉 장을 격자형으로 붙였다. 아주 깔끔해 보였다.

학원에는 오후 두 시쯤 도착했다. 혁근과 하윤이 에릭을 데리고 먼저 와 있었다. 학원에 들어서자마자 나는 매우 흐뭇하고 놀라운 광경을 목격했다. 에릭이 드럼을 치고 있는데, 모든 사람들이 빙 둘러싸고 그것을 구경하고 있었다. 나는 그 대열을 비집고 들어가 혁근의 옆에 섰다. 다른 사람들처럼 혁근도 넋을 잃은 채 중얼거렸다.

"프로였잖아……."

에릭은 완전히 물을 만났다. 하이햇의 터치는 기계처럼 고르고 인터벌이 짧아서 드럼이 자체 진동으로 소리를 내는 것 같았다. 그리고 광속으로 수평을 오가는 두 팔은 인간의 신체가 구속된 좌와 우의 개념을 무너뜨리고 있었다. 신이 난 에릭이 스틱을 손가락으로 휘리릭 돌리며 뒤통수로 넘기자 구경꾼들이 일제히 "햐" 하고 감탄사를 터뜨렸다. 그가 우리의 공연에서 눈요깃거리 이상의 역할을 할 게 분명하다.

30분 후에 상연과 상연이 속한 밴드의 기타리스트가 도착했다. 하나같이 음악적 진지함을 과시하려고 명품 악기를 어깨에 걸메고 있었다. 눈썰미 있는 수강생 몇 명은 악기 가방만 보고도 이곳에서 뭔가 심상치 않은 일이 벌어지고 있다는 사실을 눈치챘다. 곧이어 도현과 라디도 도착했다. 두 사람 역시 손과 귀에 익은 신디사이저를 가지고 왔다. 도현은 자신의 비대한 애마인 커즈와일 PC-88을 모셔 왔다. 전자 부품들로 구성된 신디사이저인데도 그랜드 피아노처럼 무겁기로 악명 높은 녀석이다. 택시 기사가 낑낑대며 학원 2층까지 옮기는 것을 도왔다.

오늘 이 순간부터 나는 말단 아르바이트생이 아니다. 내가 거느린 웅장한 위용의 밴드 세션들을 보면서, 수강생들의 머릿속에서 비천한 아르바이트생이던 녀석에 대한 근본적인 재평가가 이루어질 것이다. 내가 물을 마시려고 로비를 가로질러 걸어갈 때 수강생들이 나를 우러러보았다. 수탉을 바라볼 때의 바로 그 시선으로.

진실이 말소된 페이지와 그들의 밴드는 합주실 문을 굳게 닫고 호흡을 맞추기 시작했다. 합주실 입구 근처에는 어떤 음악을 연주하는지 들어보려는 수강생들이 우글거렸다.

리더는 드럼이 되어야 했다. 그러나 하윤은 에릭의 첫 여섯 마디 연주를 듣고 제동을 걸었다.

"음악을 완전히 바꿔놓았잖아. 악보를 읽어보지도 않은 것 같은데?"

하윤은 에릭과 몇 분간 티격태격했다. 저래서 어학연수를 가는구나 싶었다. 외국인과 말다툼을 하다니, 나로서는 상상도 할 수 없는 일이다. 영원한 중재자인 혁근이 또 나섰다. 혁근은 한때 드러머였던 사람으로서, 악보 그대로 연주하라는 요구는 드러머에게 지나치게 가혹한 처사라고 하윤을 이해시켰다.

"네 손을 떠난 순간부터 더 이상 너의 악보가 아니야."

하윤이 고집을 꺾었다. 그러나 내가 보기에도 에릭은 악보라고 불리는 종이 따위는 한 번도 읽어본 적이 없는 사람 같았다. 에릭의 퍼포먼스는 최상급이었지만, 다른 연주자들은 그의 돌발적인 연주를 따라가느라 진땀을 뺐다. 혁근은 에릭에게, 적어도 우리가 랩을 하는 동안에는 혼자 영감을 받아서는 안 된다고 주의를 주었다. 악기 연주는 잠시 삐끗해도 금방 따라잡을 수 있지만, 랩은 단추가 어긋나기 시작하면 끝장이다. 리듬뿐만 아니라 가사가 들어가기 때문이다.

「타다만 담배를 끄다」로 다섯 번 호흡을 맞추고 나자 합주는 기대 이상의 수준으로 올라섰다. 나는 벌써부터 우리 공연이 센세이션을 일으킬 거라고 확신했다. 공연장에서 몇 명이 실려 나가는 상상을 하면서.

랩을 하면서 그날만큼 신이 났던 적은 없었다. 첫날 연습일 뿐이었지만, 나는 랩을 한다기보다 고함을 지르다시피 하면서 목이 쉴 때까지 마이크를 괴롭혔다. 그러고 있는데 갑자기 합주실 문이 거칠게 열렸다.

수탉이었다.

닭 벼슬 같은 빨간 머리가 오늘 따라 유난히 뾰족해 보였다. 오한이 느껴질 정도로 아찔하다. 어색한 분위기 속에서 연주가 중단되었다. 수탉은 본격적으로 욕설을 늘어놓기 전 단계로 조용히 시동을 걸었다.

"이게 뭐지?"

"예?"

"이게 뭐냐고."

"죄송해요. 오늘 안 나오실 줄 알았어요."

원한다면 넙죽 엎드릴 준비가 되어 있었다.

"이게 무슨 음악이냐고 묻잖아?"

"저희 건데요."

수탉의 이마가 꿈틀하더니 종잇장처럼 구겨졌다. 몇 분 후면 우리 역시 그렇게 될 것 같다.

"누가 썼지?"

거의 반사적으로 하윤을 바라보았다. 모든 원흉이 저놈에게 있다는 듯. 수탉은 고개를 돌려 하윤을 노려보았다. 그는 하윤을 향해 똑바로 걸어가다가 두 걸음쯤 앞에서 멈추었다. 불같은 성질을 가진 두 사람은 서로의 힘을 가늠하려는 듯이 몇 초간 눈싸움을 벌였다. 수탉이 하윤을 노려보면서 입을 열었다.

"어디서 배웠냐?"

"엄마한테요."

"엄마?"

"네."

"엄마가 뭐 하는데?"

"주부인데요."

"배우지 않고 이 진행들을 사용할 수는 없어. 꼬박 몇 년간 배워야 다룰 수 있는 것들인데?"

"그냥 이렇게 하는 걸 많이 들었는데요."

"들었다고?"

"마일즈 데이비스에 자주 나와요. 어머니가 항상 듣거든요. 그냥 비슷한 느낌을 떠올리면서 따온 거예요."

마치 이 공간에 두 사람만이 존재하는 것처럼, 나머지는 대화에서 완전히 소외되고 있었다. 우리는 멀뚱히 서서 두 사람 사이에서 벌어지는 일들을 지켜보았다.

"몇 살이냐?"

"스무 살이요."

"나이는 좀 있군. 제대로 배워, 마구잡이로 하지 말고. 자넨 댄스 음악이나 만들고 있기엔 좀 아깝군."

"이건 댄스 음악이 아니에요."

"아 맞아, 힙합 음악! 댄스를 추면서 입까지 쉴 새 없이 놀리는 음악이었지."

수탉은 코웃음을 치더니 몸을 돌려 방을 나갔다. 우리는 30분 정도 더 연습했는데 나는 그동안 전혀 집중할 수가 없었다. 자리를 정리하고 악기를 챙겨 연습실 밖으로 나왔다. 수탉은 문 바로 앞에 간이 의자를 끌어다 놓고 앉아 있었다. 그곳에 앉아 문틈으로 새어 나오는 우리 음악을 전부 들은 것이다. 오늘 일에 대해 그에게 뭐라고 해명하고 싶었지만 아무 말도 떠오르지 않았다. 머뭇거리고 있는 내게 수탉이 먼저 물었다.

"저기 뒹구는 게 너희 공연 포스터냐?"

그는 자신의 옆에 놓인 종이 더미를 가리켰다. 오늘 돌리고 남은 포스터다. 나는 공손하게 대답했다.

"네, 나가면서 치울게요."

"100장 정도 두고 가."

말을 마친 수탉은 몸을 일으켜 학원 바깥으로 나갔다. 합주실에서 행여 대학살이 일어나지 않을까 잔뜩 기대했던 수강생들이 우르르 길을 터주었다.

위풍당당한 수탉의 뒷모습을 바라보면서, 나는 생각했다. 만약 기적이 있다면 지금 벌어지고 있는 일과 다름없을 거라고.

팀의 분위기는 최고조를 달리고 있다. 합주 연습을 하면서도 하윤은 계속 새로운 악상들이 떠오르는 모양이다. 그는 매번 연습이 끝날 때마다 악보를 끊임없이 개선해나갔다. 하윤은 컴퓨터로 시퀀서를 다룰 때보다 오선지 위에 음표를 그릴 때가 더 즐거워 보인다. 하윤이 즐거워 보여 나 역시 즐거웠다.

나는 더 이상 하윤의 작업에 토를 달지 않았다. 요즘 그는 내가 원하는 것 이상의 결과물을 내놓았다. 특히 재즈에 기본을 두고 만든 「타다만 담배를 끄다」를 훵키한 스타일로 편곡한 것을 들었을 때, 나는 그 음악을 이하윤 생애 최고의 걸작으로 선정했다. 음악이 구워져 나온 후 24시간 동안 나는 쉬지 않고 그것을 들었다. 하윤은 그 음악이 'Snuggy'하다는 표현을 썼다.

"그게 무슨 뜻이야?"

"내가 만들어낸 형용사야."

하윤은 6개월 동안 어학연수를 다녀오더니 영어 단어를 만들어 쓰는 경지에 올라섰다. 나는 그 단어의 뜻이 천재가 낙서하듯 쓴 시처럼 번뜩이는, 순간적으로 떠오른 영감으로 가득 찬, 혹은 여운이 남으면서 완벽한 구도를 이룬, 뭐 그런 뜻이 아니냐고 물었다. 하윤은 피식 웃었다.

"그냥 발음이 좋아서 입에 담아본 거야."

그게 그 말이 아니던가!

혁근과 나도 가사를 조금씩 수정해나갔다. 조금 더 쉽고 솔직한 문장을 쓰는 방향으로. 그것이야말로 가장 어려운 일이다.

어려운 문장은 언제나 쉽다. 자기 스스로도 이해 못 할 문장을 쓰는 것은 세상에서 가장 쉽다. 펜을 쥔 손끝의 씨부림에 모든 걸 맡기면 그만이니까. 그러나 인간의 감정선을 예리하게 파고드는 시어는 매일같이 발견되는 게 아니다. 사람들은 달변가가 어렵고 이해하기 힘든 말을 쓰는 사람이라고 생각하지 않으면서, 희한하게도 좋은 작가는 어렵고 이해하기 힘든 글을 써야 한다고 믿는 경향이 있다. 종이에 무언가를 적는 행위가 지성과 품격이라는 강박관념을 야기하는 이유에 대해서는 연구해볼 가치가 있다. 결국은 입으로 발화해야 할 랩 가사조차도, 한번 종이에 적는 과정을 거치면 상형문자처럼 읽기 힘든 것이 되곤 하니까. 공연장에서 즉석으로 만들어낸 프리스타일 랩은 아무도 그렇게 하지 않는다. 거기에서는 낮에 먹은 요리 이름부터 여자친구의 컵 사이즈까지 별별 이야기가 다 나온다. 그런 랩을 하던 사람들마저 음반에 실을 노래 가사를 종이에 적을 때면 백과사전을 들척인다. 꼭 그래야만 한다면 나는 브리태니커 백과사전을 추천하겠다.

22

현대 사회에는 안전지대가 없다. 사방에 위험이 도사리고 있다. 고속도로는 물론이고, 초록불이 켜진 횡단보도나 매일 수만 명의 인파를 실어 나르는 백화점 에스컬레이터도 위험하긴 마찬가지다. 공중목욕탕마저 위험하다.

밴드 세션이자 상연과 같은 재즈 밴드에서 활동 중인 기타리스트는 목욕탕에서 나오다 물기 있는 바닥을 딛고 미끄러졌다. 중력에 끌려 추락하는 75킬로그램의 신체 중 하필 오른손 약지가 가장 먼저 땅에 닿았다. 손가락은 마른 나뭇가지처럼 부러졌다. 공연을 일주일 남겨둔 시점이었다.

상연 혼자 학원에 나타나 사고의 경위를 설명했다. 그는 기타리스트가 상해를 입게 된 과정을 직접 본 것처럼 자세히 묘사했다. 너무 자세히 묘사하니까 꼭 자기가 부러뜨리고서 각본을 지어내는 듯했다.

"이런 씨발, 왜 하필 지금이야……."

하윤은 머리를 쥐어뜯으며 그 자리에 주저앉았다. 나는 너무 어이가 없어서 웃음이 나왔다. 신은 참 유머 감각이 뛰어나다.

"대체할 수 있는 기타리스트는 없을까?"

비보를 듣고서는 혁근조차 허둥댔다. 하윤이 고개를 푹 숙인 채 말을 받았다.

"무슨 대체를 한다는 거야. 악보 익히고 호흡 맞추는 데도 일주일은 걸리는데. 이제 끝이야."

"그냥 어쿠스틱 기타 빼고 하면 안 될까? 그래도 드럼이나 베이스가 없는 것보다는 낫잖아."

내가 말하자 하윤이 신음을 토했다.

"휴. 그게 어떻게 들릴지는 공연장에 가보면 알게 될 거다. 처음부터 모든 악보를 어쿠스틱 기타와의 하모니를 생각하면서 만들었어. 우린 텅 빈 연주를 하게 될 거야. 내가 장담해."

"저번에 봤던 학원 원장, 기타 친다고 했잖아. 부탁해보면 안 될까?"

전능한 혁근은 또 금방 대안을 찾아냈다. 그러나 이번만큼은 정말 말도 안 되는 소리다. 혁근이 수탉을 본 날에는 수탉의 머리에 나사가 하나 빠져 있었다. 혁근은 수탉에 대해 아무것도 모른다.

"여기서 일했다는 네 고등학교 후배들에게 물어봐. 그 사람이 어떤 인간인지. 우리가 합주실을 계속 사용할 수 있는 것만 해도 기적이야.

"기타 가르치는 사람이 그 사람뿐이야?"

상연이 물었다. 그렇다. 기타 강사는 한 명이 아니다. 또 있다. 최 실장. 주저앉아 있던 하윤이 벌떡 일어났다.

"맞아, 이 학원에서 너랑 친한 사람이 기타를 가르친다고 했잖아!"

최 실장은 내게 대단히 호의적인 사람이다. 그러나 나는 그가 내 부탁을 들어줄지는 자신이 없다.

"여기 강사들은 모두 프로야. 연주로 먹고살아가는 사람들. 우리 공연 따위는 학예회로 느껴질 텐데, 과연 하려고 하겠냐?"

"돈을 주면 되잖아?"

하윤이 아주 간단하게 대답했다. 어쩌면 적당한 보수까지 지급하겠다는데 최 실장이 마다할 이유는 없다. 그 돈은 공연 수익을 분배할 때 경비에 포함시켜 까버리면 된다. 회계장부는 우리 손 안에 있으니까. 나는 라디와 도현을 바라보았다. 자기 몫이 좀 줄겠지만, 이미 우리와 한 팀이니 나중에 혹시 그걸 알게 되어도 이해해 줄 것이다.

최 실장은 다음 강습을 위해 기타를 조율하고 있었다. 그의 차보다 비싸고 그의 목숨보다 소중하다는 깁슨(Gibson)의 일렉트릭 기타는 내가 태어나 본 것 중 가장 귀한 연주용 악기다. 그 기타로 우리 공연에서 연주를 해달라고 조르는 것은 너무 파렴치한 요구인 것 같다. 최 실장이 나를 보고 씩 웃으며 물었다.

"왜?"

"날 사랑하죠?"

"그냥 원하는 걸 말해. 대체 뭐야?"

"우리 기타 세션을 해주기로 한 사람이 오른쪽 팔목을 부러뜨렸어요."

약지 대신 팔목이 부러진 것으로 상황을 좀 부풀렸다. 혹시 최 실장이 손가락 정도는 하나 없어도 기타 치는 데는 전혀 지장이 없다고 대답할지도 모르니까.

"어이쿠 저런, 좆 됐네."

남의 일이라는 투다.

"그래서 내가 아는 최고의 기타리스트인 형이 좀 도와줬으면 해요. 보수도 드릴 수 있어요. 큰돈은 못 돼도."

"그건 곤란한데. 나는 원장님과 전속 계약된 상태야. 수익의 20프로를 선생님과 나눠야 해. 그러니까 수익 공연은 선생님 허가 없이 뛸 수 없어."

"원장님은 완전히 앉아서 받아먹네. 불공정 계약이네요."

그런 계약에 묶여 있으면서도 최 실장이 수탉을 꼬박꼬박 '선생님'이라고 부르는 게 참 놀라웠다.

"내 일거리의 대부분이 선생님을 통해서 들어오니까 불공평하다고는 말할 수 없어. 일단 선생님 허락을 받아야 할 텐데, 그분이 힙합 공연을 허락해주실지는 잘 모르겠다."

나는 수탉이 우리의 포스터를 음악학원과 음반사에 돌려준다고 했던 일을 떠올렸다. 그건 우리 팀을 인정한다는 뜻이다. 아니, 그건 너무 섣부른 판단이다. 어쩌면 그저 가수를 꿈꾸는 불쌍한 아르바이트생을 동정한 걸지도. 나는 벌써 이곳에서 1년 가까이 일했으니까. 미운 정이라도 들 만한 시간 아닌가. 지금까지 수탉 아래서 나만큼 오래 버틴 놈은 없다.

"불확실하네요. 좌절했어요."

최 실장이 갑자기 목을 뒤로 젖히고 크게 웃었다. 온몸의 근육들이 파도를 친다.

"하지만 말이야, 무보수 세션이라면 아무 상관없어. 선생님과 분배할 수익이 없으니까 허락을 받을 필요도 없고."

"그렇게 해주실 수 있어요?"

"그런데 이런 경우 결국은 더 큰 비용이 든다는 걸 알아야 해. 무보수로 세션을 하는 사람들은 술자리에서 그 이상의 술을 먹어 치우는 법이니까."

공연까지 시간이 너무 촉박했다. 하윤은 강습으로 바쁜 최 실장이 악보를 언제쯤 익힐지 걱정했다. 그는 기타 라인을 좀 간단하게 수정할까 했지만, 나는 그런 행동은 최 실장을 모욕하는 거라고 반대했다. 결국 악보는 최 실장에게 그대로 전달되었다. 하윤은 최 실장에게 그의 전공인 일렉트릭 기타 파트를 내어주고, 자신이 어쿠스틱 파트로 옮기기로 했다. 그렇게까지 신경을 써줬는데도, 악보를 넘겨받은 최 실장은 그것을 공중으로 휙 던지며 말했다.

"이걸 언제 다 읽으라는 거야. 가이드 녹음해둔 거나 줘봐. 듣는 게 더 빨라."

하윤은 곧 가이드 시디를 가방에서 꺼내 가져왔다. 하윤은 음악을 틀고 최 실장에게 요구사항을 설명하려 했지만, 최 실장은 자기가 할 일에는 전혀 관심이 없는 사람처럼 싱글싱글 웃으며 "공연에 여자애들도 많이 오겠네"라는 말만 늘어놓았다. 5분 37초짜리 가이드 음악이 금세 끝났다. 하윤은 한숨을 내쉬며 말했다.

"내일까지 해 오실 수 있으신가요?"

"내일? 그냥 지금 해."

"뭘요?"

"합주."

하윤은 반신반의했다.

첫 번째 합주에서 최 실장은 우스개를 던지며 귓등으로 들었던 가이드라인을 통째로 암기했음을 단박에 증명했다. 평생 이 음악만을 연습해온 사람처럼 음표 하나 박자 하나 틀리지 않았다. 모든 연주자들이 입을 다물지 못했다. 최 실장이 하윤에게 물었다.

"괜찮아?"

"한 번 듣고 악보를 다 외운 거예요?"

"이 짓도 못하면 기타로 어떻게 먹고살아?"

기타에 관해서라면 최 실장에 대한 걱정은 모두 기우였다. 최 실장은 7일이 아니라 일곱 시간만 주면 세상 어떤 음악도 마스터할 수 있는 경지에 도달해 있었다. 그뿐만이 아니었다. 최 실장은 하윤의 음악을 한 번 연주해보더니 벌써 학원 강사다운 기질을 발휘했다.

"그런데 말이야. 이 음악은 코드 보이싱이 지나치게 어색하군."

그렇게 말하면서 최 실장은 「타다만 담배를 끄다」의 자기 파트 몇 소절을 연주해주었다.

"여기 EGG#BCDG로 나가는 부분 말이야. E7 얼터드를 이렇게 진행하면 상당히 듣기 거북하거든. EG#CDG가 훨씬 나아."

최 실장이 조금 손보아 연주하자 진행이 훨씬 단순하고 품위 있게 들렸다. 그가 하윤을 바라보며 물었다.

"어때?"

"괜찮을 것 같기도 한 것 같은데요."

하윤은 인정도, 부인도 아닌 이상한 문장으로 대답했다. 자기가 쓴 악보에 보완해야 할 결점이 있다는 사실이 떨떠름한 모양이다.

"전반적으로 감각이 아주 좋아. 넌 화성학만 좀 제대로 배우면 정말 굉장한 뮤지션이 될 거야."

최 실장은 하윤을 칭찬했다. 하지만 하윤은 자신을 내려다보는 위치에서나 할 수 있는 말을 듣는 걸 매우 싫어한다. 그는 불쾌한 표정을 지었다.

우리는 최 실장의 저녁 레슨 타임까지 약 두 시간 정도 더 연습을 했다. 공연은 명백히 성공할 것이다. 유일한 구멍이 있다면 그건 바로 나다. 나는 랩을 하다가 리듬을 놓치는 일이 점점 잦아졌다. 그럴 때마다 혁근은 내 공백을 서둘러 메우며 불안한 표정으로 나를 바라보았다. 오른쪽 귀의 소리들은 이제 감당할 수 없을 만큼 빠르게 증발하고 있다. 나는 이미 우리의 음악을 힙합으로 듣고 있지 않았다. 나는 베이스가 낼 수 있는 소리가 어떤 것인지 잊은 지 오래였다. 킥드럼은 달토끼가 방아 찧는 소리처럼 멀리 들렸다. 리듬 파트는 사물놀이처럼 하이햇과 스네어의 장단이 지배했다. 하지만 청력 소실과 음악적 성취 사이에 수학적 비례가 성립한다 해도 좋다. 여기서 한 발자국 더 높이 오를 수만 있다면 나는 얼마든지 더 내 귀가 가진 것을 내놓겠다.

공연 이틀 전. 포스터는 수도권 전역에 붙었다.

진실이 말소된 페이지는 무대 세팅을 위해 서울대학교의 공연장을 찾았다. 엔지니어들은 이미 우리가 요구한 위치에 높이 1.5미터, 폭 10×10미터의 입방체형 스테이지를 만들었다. 출입구 쪽에는 나무로 된 계단까지 알아서 다 설치해놓았다. 직원들까지 똑똑한 학교다.

우리는 공연장을 역동적이고 입체적으로 쓸 계획이었다. 무대를 중앙에 두고, 관객들은 그것을 빙 둘러싸고 공연을 보게 된다. 2층 객석 역시 무대를 360도 둘러싼 모습 그대로 개방할 것이다. 우리는 엔지니어에게 강력히 요청하여, 2층과 3층에 설치된 조명 관리자용 철골 복도까지 객석으로 용도 변경했다. 1층 객석에서는 무대를 올려다보고, 2층 객석에서는 무대를 내려다보게 된다. 이런 구도는 관객들에게 서로의 모습을 노출시키는 장점이 있다. 충분한 정도의 관객을 동원할 수만 있다면 공연장은 실제보다 훨씬 많은 인파로 술렁이는 듯한 착시를 일으킬 것이다. 크립에서 깨달은 바지만, 공연 중 관객들의 무의식은 항상 자신과 동일한 갈망을 지닌 존재들을 찾아 헤맨다. 우리는 그들이 실컷 교감하도록 해줄 것이다. 혜택은 언제나 무대로 돌아오니까.

무대 계획을 처음 들었을 때 고참 엔지니어는 즉시 반대했다. 무대의 뒤편을 보여주는 공연은 있을 수 없다는 것이다. 공연자와 퍼포먼스는 무대 위에 오를 때까지 철저히 신비의 장막에 가려져 있어야 한다. 모자를 벗었을 때의 헝클어진 머리나 순서를 기다리며 새우깡을 나눠 먹는 모습이 관객들 눈에 들어가서는 곤란하다. 노련한 기술자답게 그는 핵심을 지적했다. 그게 바로 우리가 의도하는 바다. 우리는 바지를 갈아입는 장면까지 모든 것을 관객들에게 보여줄 작정이다. 공연자 전용 출입구를 걷어차며 '짜잔' 하고 나타나는 대신 관객들 사이를 유유히 걸어 무대에 오를 것이다. 이곳의 기물 중에는 수신 거리가 200미터나 되는 젠하이저 무선마이크도 있다. 나는 우리 음악 「어머니」가 연주되기 시작하면 무선 마이크를 들고 랩을 하면서 2층 객석에서 무대로 걸어 내려올 것까지 고려하고 있었다. 부디 내가 인파를 헤쳐야 할 만큼 사람이 많았으면 좋겠다.

우리는 엔지니어들에게 내일 리허설 때 보자고 인사한 후 서울대학교를 내려왔다. 그리고 우리의 부엌인 '맛조아 분식'을 찾아가 대파 김밥 10인분을 시켜놓고 조용히 최후의 만찬을 벌였다.

리허설은 오후 두 시부터 예정되어 있었다. 모두가 두 시에 온다고 약속했건만, 세 시 이전에 나타난 사람은 오직 진실이 말소된 페이지의 세 명뿐이었다. 실은 우리도 두 시에는 사당동 셋방에 누워 있었다. "지금 문 앞이야"라는 전화 통화를 마치고 72시간 후 작업실에 나타난 기록을 세운 혁근이 진실이 말소된 페이지의 리더다. 우리는 시간 준수에 대해 남을 탓할 자격이 없다.

사람들이 슬슬 도착하기 시작하자 엔지니어들과 함께 최종적으로 시설 점검을 했다. 그게 끝나갈 때쯤 디제이 우지가 한 손에 맥주병을 쥐고 어슬렁어슬렁 공연장으로 들어왔다. 맥주는 평소처럼 우지의 왼손에 쥐어져 있었다. 우리가 신경쇠약에 걸릴 만큼 긴장하며 준비한 공연이 우지에게는 안주거리밖에 안 돼 보였다. 그에게는 이 바닥에서 자신이 최고라는 흔들림 없는 확신이 있었다. 오랜 시간 최고의 자리에 있었으니까.

오후 여섯 시경에는 최 실장과 게스트인 '크로스'를 제외한 모든 사람이 이곳에 도착했다. 최 실장은 레슨 때문에 일곱 시는 되어야 올 것이다. 어쩔 수 없이 우리 리허설은 맨 뒤편으로 밀려났다.

크로스가 나타났다. 키가 크고 몸이 좋은 남자들로 이루어진 팀이다. 그 멤버 중 한 명이 대동한 여자 때문에 우리 사이에서는 난리가 났다. 그녀는 여성그룹 '쥬얼리'의 멤버라고 하는데, 나는 TV를 보지 않아서 그녀는 물론 쥬얼리에 대해서도 전혀 몰랐다. 그래서 아무 거리낌 없이 당당해질 수 있었다. 사람들의 눈총을 받아가며 나는 그녀에게 사인을 요청했다. 그녀가 누구인지 알아가는 일은 시간 날 때마다 TV를 보면서 천천히 할 수 있을 거다.

저녁식사를 마쳤을 때 최 실장이 도착했다. 진실이 말소된 페이지와 밴드는 황급히 무대에 올라 악기 조율을 했다.

"살살 합시다."

나는 공연 당일인 내일 깜짝 놀라게 해주고 싶었기 때문에, 밴드에게 모든 걸 보여주지 말라고 당부했다. 그러나 그것조차 마음처럼 쉽지가 않다. 보여주지 않기 위해 일부러 틀린 연주를 할 수는 없는 노릇이다. 무대 아래서 공연을 지켜보던 음악 동료들은 벌써 꽤 놀란 눈치였다.

무대에서 내려오니 공연장 입구에 은수가 서 있었다.

"멋있다."

그녀는 활짝 웃으면서 내 목을 살짝 끌어안았다. 그래, 이거야.

곧 불청객처럼 현상이 훼방을 놓으러 나타났다. 그는 나를 연인으로부터 떼어내 남자들의 품으로 데리고 왔다.

밤 아홉 시에 최종 리허설을 마무리 지었다. 최 실장이 자기 차를 타고 학교 밖으로 나가 소주와 안주를 잔뜩 사 왔다. 그는 통상의 보수 이상의 술을 얻어먹겠다고 말했지만, 결국 자비를 털어 우리에게 술까지 대접했다. 그에게 고맙다는 말은 따로 하지 않았다. 친구이자 동료로서 우리는 앞으로도 기나긴 인연을 이어나갈 것이다. 언젠가 그에게 백 배로 보답할 수 있는 날이 돌아오리라 나는 믿었다.

공연장 앞에 먹을거리를 죽 늘어놓고 둘러앉았다. 은수는 그날 짧은 스커트를 입어 선뜻 자리에 앉지 못했다. 사람들은 내 여자의 스커트가 몇 센티미터나 더 위로 말려 올라갈지 조용히 주시했다. 모두 설치류 수컷으로 퇴화해버린 것처럼 자극과 그에 대한 반응이 똑같았다. 나는 재킷을 벗어 그녀의 무릎 위에 덮어주었다. 사람들은 왁자지껄하게 서로에게 술을 권하기 시작했다.

우지는 에릭에게 억지로 소주를 먹여 기절시켰다. 상연은 "나좀 토할게"라고 말하더니, 그 자리에 앉아 고개만 돌리고 아주 쉽게 속을 게워냈다. 원하기만 하면 언제든지 뱃속의 장기를 꺼낼 수 있는 사람처럼. 그냥 가래침 한 번 뱉은 것처럼 고통스러워하는 기색도 없다. 그는 소주를 한 잔 더 받아 알코올로 입속을 헹궜다. 그 광경을 지켜본 은수는 화장실에 가겠다며 사라졌다.

　새벽이 되어서야 술자리가 파하고, 사람들은 혈중 알코올 농도
가 구속 수치에 이른 운전자 두 명의 차에 나눠 탔다. 차가 두 대뿐
이라 자리가 충분치 않았다. 디제이 우지는 눕고 싶다며 최 실장의
엘란트라 트렁크에 수하물처럼 올라탔다. 은수는 서울대학교 바로
근처인 신림동 주택가에 산다. 나와 그녀는 만원 승차된 자동차 두
대를 떠나보내고, 나무가 우거져 어둡고 으슥한 새벽의 캠퍼스를
걸어 내려갔다. 나는 금세 어지럽다고 말하며 벤치에 주저앉았다.
은수가 내 어깨에 손을 얹고 "괜찮아?"라고 물었다. 나는 그녀에게
키스했다. 내 첫 키스였다. 나는 멜로 영화에서 아무것도 배우지 못
했다. 무작정 입술을 가져다 댄 채 그녀의 처분을 기다렸다.

　은수는 내 서툰 범행에 당황한 듯 움찔거렸다. 그러나 곧 두 입
술로 내 아랫입술을 포개 옴짝달싹 못 하게 제압하고는, 천천히 또
부드럽게 빨아들였다. 내 입술을 그 자리에서 다 들이마셔버릴 것
처럼. 아랫입술과 함께 영혼이 빨려나가는 것만 같았다. 입술의 접
촉만으로도 이렇게 터무니없이 황홀하고 나른한 기분을 느낄 수
있다니. 그녀에게 내 입술을 30초만 더 내어준다면 탈진해서 쓰러
질 것 같다. 나는 문득 그녀가 어떤 표정을 하고 있을지 궁금해 눈
을 떴다.

　그런데 정작 눈꺼풀을 열자 의지와 달리 눈동자는 툭 떨어져
뻗어 내린 다리부터 훔쳐보았다. 나는 그녀의 허벅지 사이로 조심
스럽게 왼손을 비집어 넣었다. 반사적으로 그녀의 두 다리에 힘이
들어갔다. 순식간에 침입자는 밀려났다. 그녀는 내 몸을 그대로 집

어 올릴 수도 있을 것처럼 물고 놓지 않던 입술까지 뱉어냈다. 마지막으로 두 손을 동원하여 내 가슴을 있는 힘껏 밀쳐냈다.

"뭐 하는 거야."

그녀의 날카로운 목소리는 나를 어찌할 바 모르게 만들었다. 뭐가 잘못된 거지? 그냥 어떻게 하면 되는지 가르쳐줬으면 더 좋았잖아. 나는 초보라고.

입술에서는 기분 좋은 감촉이 계속 맴돌았다. 병아리처럼 가만히 있을 테니 키스만이라도 좀 더 안 되겠냐 조르고 싶은 마음이 굴뚝같았다.

우리는 일어서서 그녀의 집을 향해 걷기 시작했다. 대학 정문을 벗어날 때쯤 기분이 슬슬 다시 들뜨기 시작했다. 미래는 모든 면에서 내 편이었다. 나는 충분한 시간을 두고, 그녀를 더 탐사해나갈 참이다. 일단 내일 공연을 성공적으로 마친 뒤에.

23

공연은 오후 여섯 시로 예정되어 있었다. 우리는 최종 리허설을 오전 열한 시부터 시작하기로 했다. 최 실장은 오후 두 시가 되어도 나타나지 않았다. 전화를 받지도 않았다. 깨어나지 못하고 있는 게 분명했다. 나는 황급히 택시를 타고 최 실장의 원룸을 찾아갔다. 현관문이 열려 있었다. 내가 들어가 깨우자 최 실장은 헐레벌떡 일어나 세수도 하지 않고 집을 나서려 했다. 그가 더 멋진 모습으로 무대에 서기를 바랐지만, 시간은 이미 오후 세 시를 넘겼고 나 역시 참기 힘들 만큼 초조한 상태였다. 오후 다섯 시경부터는 관객들이 입장할 것이다. 나는 최 실장의 우락부락한 몸에 올가미 씌우듯 옷을 덧입히고서 서둘러 그곳을 빠져 나왔다.

최 실장이 운전하는 차의 조수석에 타본 것은 그때가 처음이었다. 나는 그가 사방이 찌그러진 중고 엘란트라를 모는 이유를 곧 알게 되었다. 정확히 말해 '사방을 찌그러뜨린' 중고차를 모는 이유를. 무리하게 차선 변경을 할 때마다 그는 제 갈 길을 가던 차들의 경적 세례를 받았다. 그는 투덜거렸다.

"이래서 우리나라에선 깜빡이 넣고 들어가면 위험하다니까. 안 끼워주려고 오히려 가속하고 달려오거든. 가장 안전하게 차선 변경을 하는 방법은 방심하고 있을 때 재빨리 새치기해 들어가는 거야."

일리가 있는 말이다 싶기도 했지만, 정작 그 자신이 옆 차선의 프라이드에게 새치기를 당했을 때는 모든 걸 잊고 고함쳤다.

"야, 조심해! 그러다 박으면 나한테 그 차 줘야 돼!"

엘란트라의 윈도우가 수동식이었기 때문에, 의사소통의 창구는 내가 팔을 돌려 확보해야 했다.

서울대 근처의 횡단보도에서 빨간불이 떨어졌을 때, 최 실장은 자신의 앞에서 꿈쩍하지 않고 교통질서를 준수하는 택시를 향해 최후의 궤변을 쏟아냈다.

"저놈의 택시 아직 멀었네. 사람 하나 안 지나가는데 멈춰 서 있냐? 20년쯤 운전 더 하고 택시 몰아라."

파란불로 바뀌어 택시가 출발한 이후에도 최 실장은 300미터 가량 꽁무니를 쫓아가며 경적을 울려댔다.

세 시 54분. 공연장에 도착하니 이미 멋진 힙합 패션을 차려 입은 아이들 네댓 명이 공연장 근처를 배회하고 있다. 갑자기 긴장이 몰려와 잇몸까지 간지럽다.

다른 팀은 모두 리허설을 마친 상태였다. 진실이 말소된 페이지와 밴드는 서둘러 최후의 리허설을 했다. 밴드는 평소와 달리 두어 군데 실수를 범했고, 나는 한 번 가사를 완전히 놓쳤다. 마지막으로 다시 맞춰볼 기회를 줄 수 있는 신이 있다면 당장 개종하겠다. 그러나 벌써 공연장 바깥에는 30명 가까운 사람들이 쭈그려 앉아 개장만을 기다렸다. 실제 공연에서 모두 정신이 번쩍 들기만을 바랄 수밖에.

네 시 43분. 공연장 정문 출입구를 개방하고, 공연자들은 모두 대기실로 꼭꼭 숨었다. 아무리 소꿉장난 같은 공연이라고 해도, 여섯 시에 공연을 시작하겠다는 약속 정도는 지키고 싶다. 그렇다면 공연자들이 관객 틈에 껴서 한 시간 넘게 빈둥대고 있어서는 곤란하다.

다섯 시 4분. 티켓 판매를 책임진 혁근의 학교 친구들이 입장객 수가 100명을 돌파했다고 알려왔다. 우리는 공연장 수용 가능 인원의 절반인 300명 정도가 찾아올 거라 기대하고 있었다. 현실적으로는 크립 공연에서의 관객 동원 기록에 가까운 200명 정도를 예상했다. 아직 여섯 시까지는 한 시간이 남아 있다. 200명은 가능하지 않을까.

다섯 시 13분. 기대치도 않았던 30명의 단체 관람객들이 찾아왔다. 상연과 혁근이 속해 있던 재즈 밴드 제니아의 후배들이다. 이렇게 고마울 수가. 하지만 나는 마음과는 달리 상연을 붙잡고 투덜거렸다.

"이게 무슨 일일 호프라도 되는 줄 알아? 고등학교 후배들한테 티켓을 강매하게."

"한번 나가보시지? 혹시 알아? 너의 존경하는 스승 김자현 선생이 같이 와 있을지."

머리칼이 곤두섰다. 랩을 하다 말고 그 인간과 눈이라도 마주친다면 순간 나는 무생물로 변해버릴 것이다. 상연은 히죽거리며 웃었다.

"농담이야. 그 양반이 대체 왜 여길 오겠냐? 네 이름 따위는 벌써 잊었을 텐데. 넌 매해 손볼 500명 중 하나일 뿐이야. 그 사람이 깡패가 된 지는 벌써 20년이 지났고."

그럼 만 명이다. 한 명의 교사가 만 명의 아이들을 정신적 불구로 만들 수 있다. 박정희도, 전두환도 이 기록 근처에 가보지 못했을 것이다.

다섯 시 20분. 입장객은 벌써 200명을 넘어섰고 지금도 끊임없이 밀어닥치고 있다. 발품을 팔아 포스터를 붙이고 다니길 정말 잘했다. 티켓 가격이 6천 원이니까 이미 120만 원의 수익이 발생했다. 우리가 이번 공연을 위해 지출한 비용은 포스터와 티켓 인쇄비를 빼면 거의 없다. 모든 것이 공짜, 공짜, 공짜였다. 공연이 끝나고 나면 우리는 부자가 되어 있을 것이다.

다섯 시 23분. 혁근의 아버지가 공대 실험실에서 제자 다섯 명을 이끌고 찾아왔다! 그 소식을 들었을 때 나는 공연을 막기 위해 행패를 부리실 계획인 줄 알았다. 그분은 단 한 번도 아들이 음악하는 것을 탐탁하게 여기지 않았으니까.

혁근의 아버지는 염산이 담긴 물총도, 방사능 폭탄도 소지하지 않았다. 그는 푸짐하게 웃으며 물었다.

"직계 가족은 무료인가?"

"그렇지는 않지만, 그냥 입장시켜드리겠습니다."

"표를 살 테니 무대 위에 좀 올려줄 수 없을까? 나도 색소폰을 20년간 불었거든."

밤 열 시가 되면 전화선을 빼놓는 집의 가장이 이런 농담을 던진다는 사실이 내게는 익숙하지 않다. "20년 더 불고 오시죠"라고 받아치려다가, 그가 그 말을 수용할 수 있을 정도로 유머가 늘었는지 확신이 서질 않아 그만두었다.

다섯 시 33분. 입장객이 300명을 넘겼다는 소식이 들려왔다. 공연자들 모두 환호성을 지르며 부둥켜안았다. 바깥에서는 사람들이 줄을 서서 티켓을 사는 진풍경이 벌어지고 있었다. 티켓 요원은 두 명이었는데 일손이 딸렸다. 기분 같아서는 내가 당장 뛰어나가 돕고 싶었다. 하지만 공연을 30분 앞둔 뮤지션이 입구에서 티켓을 끊고 있을 수는 없는 노릇이다.

다섯 시 42분. 은수에게 서울대학교로 들어왔다는 전화가 걸려왔다. 나는 기쁜 마음으로 달려 나갔다. 일을 마치고 곧바로 달려온 듯 그녀는 검은색 밴을 타고 학교 안까지 들어왔다. 차의 문이 열리자 내가 숭배하는 미끈한 다리 중 한 쪽이 바깥으로 미끄러져 나왔다. 날카롭고 높은 굽이 단단히 땅을 짚는다. 오늘 그녀는 여신처럼 아름답다.

은수는 친구를 하나 데리고 왔다. 친구는 165센티미터 정도의 키에 호리호리한 몸매의 소유자였다. 야구 모자를 눌러썼고, 어두운 공연장에 들어가면서도 짙은 색 선글라스를 벗을 생각이 없어 보였다.

"여기까지 오시다니 영광입니다."

나는 오랜만에 다시 보게 된 이효리에게 정중히 인사했다.

그러나 오늘 찾아온 사람 중 나를 가장 놀라게 한 이는 따로 있다. 그는 공연 시작이 임박하여 도착한 주제에 티켓 판매 요원들에게 당장 나를 데려오라고 호통을 쳤다. 로비로 달려 나가 하늘을 갈라놓을 듯 솟은 빨간 머리를 보았을 때, 나는 도저히 있을 수 없는 일이라고 생각했다.

"나한테도 표를 팔 생각이냐? 월급에서 까마."

수탉은 나를 향해 웃기까지 했다! 그는 중년 남자 한 명을 대동했다. 그 남자는 차림새가 괴이했다. 수트 아래 1990년형의 흰색 나이키 에어맥스를 신었다. 수탉은 공연이 시작되기 전에 혁근과 하윤도 꼭 만나봐야겠다고 이야기했다. 나는 두 사람을 대기실 쪽으로 데리고 가 혁근과 하윤을 불러냈다. 영문을 모르고 튀어나온 혁근과 하윤을 가리키며 수탉이 수트 입은 남자에게 말했다.

"이 아이들이야."

"그래, 얼굴에서 들어내야 할 게 참 엄청나군. 의사를 하나 사야겠어."

수트는 그렇게 말하면서 지갑에서 명함을 꺼내 우리에게 한 장씩 나눠 주었다. '스테어 뮤직 대표 이영헌.' 그게 그의 직함이다. 물론 우리는 이 음반사를 아주 잘 알고 있다. 최근 그 회사 소속의 원맨밴드 가수는 자기 음악을 차트 꼭대기에 올리며 20만 장의 음반을 팔아치웠다. 수트가 물었다.

"팀 이름이 뭐지?"

"진실이 말소된 페이지입니다."

"팀 이름도 랩인가?"

그렇게 말하고 껄껄 웃는다. 따라 웃으면 너무 비굴해 보일 것 같아서 나는 가만히 서 있었다. 수탉이 내게 말했다.

"오늘 날 만족시키지 못하면 네 일자리는 더 이상 없는 걸로 생각해라."

나는 고개를 끄덕이고 이제 들어가봐야 한다고 대답했다.

"최선을 다해 열심히 해보게."

수트가 말했다. 나는 빙긋 웃고 돌아섰지만, 손에 들린 명함은 이미 축축하게 젖었다.

여섯 시 13분. 이제 새로이 도착하는 입장객은 뜸해졌다. 상관없다. 이미 우리는 446장의 티켓을 팔았다. 공연 수익은 300만 원에 다가섰다. 언제 꿈에서 깰지 모르니 마음을 비웠다. 하지만 몸은 마음을 따르지 않는다. 뇌로부터 불과 10센티미터 떨어진 곳에 달린 턱 근육조차 마음대로 통제할 수가 없다. 은수가 대기실로 들어와 황급히 출연진들의 메이크업을 해주었다. 나는 그녀가 일을 하는 내내 턱을 덜덜 떨었다. 이미 수십 번의 공연을 해본 내가 왜 이러는지 알 수가 없다.

이제 막을 올릴 시간이다. 첫 순서는 태완이다. 은수는 능숙한 솜씨로 태완의 얼굴을 만져 내보낸 후, 구석에 쭈그려 앉은 내 앞으로 다가와 섰다. 그리고 내 볼에 손등을 가져다 댔다. 그녀는 항상 손이 차다.

"진정해."

힘이 없어 대답조차 할 수 없다. 파랗게 질린 나를 보더니 혁근도 내 쪽으로 다가왔다.

"옛날 생각나네. 우황청심환 사다 줄까?"

그건 크럽에 첫 오디션을 보러 갈 때 혁근이 했던 말이다. 우리는 그날 떠올리기 싫은 치욕을 당했다. 그리고 그곳에서 하윤을 만났다. 우리는 「어머니」를 만들었고, 공모전에 떨어졌다. 그 후 디제이 우지를 만났고, 조PD를 만났고, 이효리를 만났고, 내게는 이제 종교나 다름없는 은수를 만났다. 내가 속한 팀의 이름은 '진실이 말소된 페이지'이며, 사람들은 나를 '손 전도사'라고 부른다.

나는 정체성을 찾아 헤매는 기억상실증 환자처럼 옛일들을 더듬어보았다. 은수는 혁근이 입은 후드 티셔츠를 가리키며 웃었다.

"옷 참 예쁘네요."

혁근은 '진실이 말소된 페이지'라고 새긴 후드 티셔츠를 입고 있었다. 나와 하윤도 그걸 입었다. 은수는 내 옷을 잡아당기면서 웃었다.

"토할 것 같으면 옷이나 벗어둬. 너 왜 그러는 거야?"

"모르겠어. 머릿속이 텅 비었나 봐. 가사가 떠오르질 않아."

"제발 정신 차려."

은수는 그렇게 말하더니 대기실을 두리번거렸다. 사람들은 모두 자기 파트 가사를 복습하느라 여념이 없다. 느낌은 다음 순간

왔다. 쭈그려 앉은 나의 가랑이 사이로, 막다른 가장 깊숙한 곳까지, 살아 있는 것이 파고드는 느낌이. 지구상에 한 명의 여자만이 갖도록 허용된 아름다운 다리가 그 안에 들어와 있었다. 나는 놀라 뒤로 자빠질 뻔했다. 그녀는 짓궂게 웃으면서 얼른 다리를 빼냈다. 그리고 내 귀에 입을 붙여 속삭였다.

"정신차리라고."

효과는 아주 좋았다. 그때 태완의 음악 소리와 꼬리를 무는 환호성이 들려왔다. 정말 공연이 시작된 것이다. 이제 내가 미치든 죽든 절대로 돌이킬 수 없다. 대기실 안에 있던 사람들은 이 바닥 최고의 보컬이 무엇을 보여줄지 확인하러 몰려 나갔다. 은수가 함께 나가자며 내 손을 잡아 일으켰다. 그녀는 이미 나를 소유하고 있다.

태완의 공연은 언제나 대단하다. 그의 퍼포먼스는 절대 따라잡을 수 없는 것으로 느껴지기 때문에 질투가 나지도 않는다. 무대 위에서 그는 위험한 괴수다. 닥치는 대로 관객들을 잡아먹어버리니까. 태완은 객석을 완전히 끓여놓고 무대를 내려왔다.

태완 다음에는 유엠씨, 그다음에는 진실이 말소된 페이지가 무대에 선다. 그리고 약 30분간의 휴식. 그 시간 동안 우리는 음악을 틀어놓고 관객들과 섞여 놀면서 파티 분위기를 낼 생각이다. 그 후에 현상, 크로스, 디제이 우지의 순서다. 우지가 무대 마지막에 서는 것은, 그가 이 공연의 메인이라는 의미다. 상당수의 관객들이 그의 이름에 이끌려 이 자리에 왔다. 그중에는 우지의 공연이 끝나면 곧바로 자리를 뜰 만큼 충성스러운 팬들도 꽤 된다. 우리 중 누구도 메인 자리를 차지하고 싶다는 욕심 때문에 관객 이탈이라는 손실을 감수할 수는 없었다. 그 자리는 어쩔 수 없이 우지의 것이었다.

유엠씨는 가장 광적인 소수의 팬들을 거느려온 동시에, 시대적 상식에 부합하는 음악을 원하는 사람들의 범우주적 무관심 때문에 오랜 시간 괴로워했다. 유엠씨는 진보적인 뮤지션들을 곧잘 기성세대로 만들어버린다. 현재라고 일컬어지는 모든 시점에서 그는 가장 급진적인 경향에 속한 사람이었다. 스스로도 그걸 아는지, 공연을 시작하기 전 언제나 마이크를 들고 다음과 같이 경고를 한다.

"이 노래는 19세 이하의 청소년들이 들으면 나중에 깜방 들어갈 소지가 다분합니다. 부모님들 계시면 참고하세요."

나는 그 말을 들은 19세 이하의 청소년들이 왜 그렇게 신이 나하는지 잘 모르겠다. 그들은 나중이 아니라 당장이라도 씩씩하게 깜방에 쳐들어갈 것처럼 객석에서 유엠씨를 지지한다. 유엠씨의 가사는 19세 이하 청소년들의 지적 미성숙을 경멸하고 조롱하는 것이었다. 인간은 주민등록증을 가진 존재라고 생각하면서도, 미성년자들에게 음악을 팔아야만 하는 처지에 대한 자괴감을 유엠씨는 그런 식으로 해소했다. 그래서 그날도 무대 위에서 객석을 짓뭉개는 가사들이 쏟아지는 중이었으나, 어린 관객들은 그것에 맞춰 몸을 흔들며 스스로에 대한 모욕에 자발적으로 동참했다.

어쨌든 유엠씨는 어린 관객들의 커다란 호응을 얻어냈다. 나는 그것을 보면서 곧 이어질 우리의 공연을 걱정하기 시작했다. 우리가 스스로에 너무 함몰되어 있던 것이 아닐까? 진실이 말소된 페이지는 야심찬 공연을 준비하긴 했지만, 우리의 기획은 형식을 뒤트는 데 초점이 맞춰져 있다. 그게 예술적으로는 가치가 있을지 몰라도 공연 현장에서 어떤 효과를 불러일으킬지는 미지수였다.

우리는 여기 모인 동료들 사이에서 공연 경력이 가장 짧았다. 해로 꼽아도 1년이 안 되고, 공연 일수로 꼽으면 불과 수십 일에 지나지 않는다. 혁근과 나는, 지금까지 태완이나 유엠씨처럼 관중의 넋을 빼놓는 수준의 퍼포먼스를 해본 적이 없다. 그런데 사람들은 그런 퍼포먼스를 원한다. 관객들 스스로 미쳐버리길 원하기 때문에 무대 위에서는 모든 일이 허용된다. 사회 통념적으로 받아들여질 수 없는 성폭력적 농담들이 난무하고, 그걸 들은 여학생들은 티셔츠를 들어 올려 화답하기도 한다.

그런 관객들이 시디를 돌려 트는 대신 직접 악기를 연주하는 변화에 얼마나 의미를 부여할까? 뒤에 기타를 세우든, 가야금을 세우든, 마이크를 든 사람들이 관객을 선동하는 데 실패한다면 그것은 절대로 좋은 공연일 수 없다. 생각이 거기까지 미치자 이마에서 땀이 한 방울씩 흘러내렸다. 옆에 서 있던 은수가 황급히 파우더 스펀지를 꺼내 이마에 가져다 댔다.

"잘할 수 있을 거야. 효리는 첫 방송 때 너보다 더했어."

문제는 오늘이 내 첫 공연이 아니라는 데 있다.

유엠씨의 마지막 음악이 끝났다. 그는 무대에서 내려오기 전에 우리를 소개했다.

"다음에 올라올 팀은 여러분 모두가 알고 있는 사람들이지요. 진실이 말소된 페이지입니다."

공연장은 조용했다. 우리는 팀을 결성한 뒤 단 한 번 부산에서 공연했다.

"그럼 악몽 같은 시간되시길."

유엠씨가 마이크를 내려놓고 무대를 내려오자 은수가 내 등을 떠밀며 속삭였다.

"사랑해."

그녀는 오늘, 나를 평소보다 지나치게 더 사랑하고 있다. 내가 그만큼 약해져 있다는 사실을 의미하기 때문에 썩 유쾌하지 않았다.

나는 그녀에게 경례하는 시늉을 하고 무대 위로 올라갔다. 여덟 명이나 되는 밴드와 함께. 무대에 오르는 일조차 아주 소란스러웠다. 이제 우리는 좀 더 소란스럽게 악기를 조율해야 한다. 그러려면 최소 3분이 필요하다. 다른 래퍼들이 짧은 음악을 하나 공연할 시간이다. 들고 나온 악기가 없는 나는 버름하게 마이크를 들고 객석을 마주했다. 관객들은 벌써 지루해하는 것 같다. 그런데도 밴드는 아직 주음을 통일하지 못해 시끄러운 불협화음들을 내고 있다.

혁근이 쭈뼛거리면서 진실이 말소된 페이지에 대해 소개하기 시작했다. 그리고 우리가 무엇을 시도할 것인지도. 강연이라도 하는 듯한 태도다. 객석 1층 왼편 구석에서는 그의 아버지와 따라온 대학원생들이 눈을 빛내며 귀를 기울였다. 종이만 쥐여주면 평소하던 대로 필기를 시작할지도 모른다.

가장 먼저 조율을 끝낸 에릭이 뒤에서 드럼 솔로 개인기를 보여주었다. 그러자 이번엔 혁근의 아버지 무리와는 반대편 끝에 서 있던 다인종 외국인 그룹이 환호성을 지르기 시작했다. 에릭의 지원 병력인 듯싶다. 그러나 대부분의 관객들은 무대 위에서 벌어지고 있는 일을 낯설어했다. 여전히 심리적 거리를 두고 무대를 바라보았다.

하윤으로부터 튠 업을 알리는 신호가 떨어졌다. 몇 초 후 에릭이 스틱을 들어 카운트를 넣고 공연의 첫 마디를 열었다. 세 번째 소절에서 하윤과 최 실장의 기타 파트가 진입했고, 4.3초 정도의 시간이 지나 마디 하나를 돈 후에는 모든 연주자들이 음악에 참여했다. 첫 곡은 정해진 악보가 없다. 그것은 코드만을 부여받은 연주자들의 기량에 모든 걸 맡긴 어반 횡크였다. 연주자들은 이 음악에서 원하는 만큼 테크닉을 과시할 수 있다. 앞으로 벌어질 일들에 대해 관객들에게 엄포를 놓는 셈이다. 음악에는 'Mellow out Jam'이라는 제목을 붙였다. 혁근과 나는 여기에서 여덟 마디씩 짧은 랩을 하기로 되어 있다.

나는 관객들이 우리 음악을 마음에 들어하지 않는다기보다, 어떻게 반응해야 될지 모르는 것이라 믿고 싶었다. 이것은 그들이 보거나 상상해온 어떤 힙합 공연과도 다른 모습이었을 테니까. 우리는 전자음악이 횡행하는 21세기에 1970년대 초반에나 있었을 법한 복고적인 무대를 가져왔다. 1970년대 초반에는, 무대 위의 우리를 포함하여 이 공간을 채운 사람들의 98퍼센트가 정자와 난자의 두 몸으로 나뉘어져 있었을 것이다. 현재로 돌아와보면, 그렇게 태어난 사람들이 힙합을 귀가 멀게 할 양으로 쿵쾅거리는 사운드로만 인식하고 있다. 바로 그게 우리 공연에 빠진 유일한 것이다.

기대한 무언가를 얻지 못한 객석이 무겁게 가라앉자 마음은 오히려 차분해졌다. 첫 번째 음악을 힙합에서 가장 동떨어진 듯한 형태로 잡은 것은 계산된 전략이다. 우리는 짧은 시간 동안 관객들에게 최대한 이질적인 경험을 제공할 것이다. 그들이 보고 있는 것이 이 세계에 막 태어난 무엇이라는 사실을 환기하도록. 혁근과 나는 랩 퍼포먼스 역시 과장을 빼기로 약속했다. 우리의 목소리 역시 전체 연주에 묻혀가야 한다. 우리는 너무 고요하여 밴드를 구성하는 하나의 악기처럼 들리는 랩을 했다.

첫 곡에서는 단 한 명, 단 한 군데의 실수도 없었다. 모두 자기 임무를 무사히 수행하고 첫 음악은 조용히 막을 내렸다. 객석을 내려다보았다. 공연이 완전히 실패했거나, 혹은 관객들이 엄청난 충격을 받았거나 둘 중 하나였다. 모두 얼어붙은 눈빛으로 소리가 멎은 무대를 바라보고 있었다.

그리고 객석에서는 지금껏 참아온 숨을 내쉬는 것처럼, 한꺼번에 시끄러운 박수 소리가 터져 나왔다.

힙합 공연에서는 박수가 잘 나오지 않는다. 그곳에서 관객들은 음악을 감상하는 것이 아니라 음악에 참여하기 때문이다. 공연이 끝나면 박수를 치는 대신 공연 내내 몸을 흔들어 무대로 경의를 보낸다. 적어도 힙합 공연에서 예의 바른 박수는 무대에 대한 실망을 우회적으로 표현한 것에 지나지 않는다. 그것은 "자, 수고했으니 이제 그만 들어가라"라는 뜻이다.

우리의 첫 음악은 박수를 받았다. 함성이 곁들어진 매우 긴 박수였다. 그날의 박수는 온전한 것이었다. 적어도 나에게는 그렇게 들렸다.

두 번째 음악인 「타다만 담배를 끄다」를 시작했을 때, 드디어 몸을 푼 관객들은 무대 위로 넘칠 것처럼 거대하게 술렁였다. 사실 그때까지도 나는 우리가 얼마나 잘해내고 있는지 잘 몰랐다. 여전히 얼떨떨한 감각이 몸을 지배하고 있었다. 나는 스스로 판단을 내리기 힘들 때 늘 하던 대로 혁근의 표정을 유심히 살폈다. 그리고 확신에 찬 그의 표정에서 읽어냈다. 우리는 오늘 의도했던 바를 모두 다 거뒀다. 나는 신이 나서 그의 랩을 되받았다. 객석의 온도는 끝없이 올라갔다. 사방에서 사람들이 아우성치는 모습이 보인다. 그중 대부분은 오늘 우리 팀 이름을 처음 듣는 사람들이다. 그들은 서로들 이렇게 묻고 있는 게 틀림없다.

"대체 저 인간들 어디서 나타난 거야? 팀 이름이 뭐랬지?"

나는 소리칠 것을 요구했다. "진실이 말소된 페이지!"

1년 전에 발표하여 사람들에게 비교적 널리 알려진 편인 「어머니」로 음악이 넘어갔을 때, 공연장은 이미 불바다가 되어 있었다. 객석 2층 음반업계 관계자들을 위해 마련해놓은 좌석에는 사람이 한 명도 보이지 않았다. 아무도 앉아 있지 않았기 때문이다. 벌떡 일어나, 당장 뛰어내릴 것처럼 난간 바깥 무대 쪽으로 상반신을 내밀고 있었다.

나는 우리가 주어진 시공간을 남김없이 장악했다는 사실을 알았다. 이곳에서 살아 숨 쉬는 자의 영혼이라면 악마보다도, 신보다도 우리가 먼저 포획해 갈 수 있을 것이다. 가사를 잊어먹을 걱정 따위는 이제 하지 않는다. 가엾은 내 귀가 리듬을 놓칠까 봐 걱정하지도 않는다. 관객들은 가장 정확한 메트로놈이다. 어깨의 들썩임, 고개의 끄덕임만 보아도 나는 리듬을 읽을 수 있다. 그들의 몸에서 나타나는 반응은 0.1초의 오차도 없다. 망설임 없이 하나뿐인 목숨을 걸겠다. 그들이 1분 동안 BPM과 똑같이 96번씩 몸을 흔들고 있다는 쪽에.

사람들은 기름 위에 떨어진 불씨처럼 동요하고 또 타올랐다. 나는 이런 시간이 미치도록 좋다. 나에게 짧게 주어지는, 수백 명의 인간다운 품위를 거세할 수 있는 권능의 시간. 그 시간이 끝나간다는 사실에 고통을 느끼며 랩을 마무리 지었다.

어린 나날의 나를 키웠던 건 팔 할이 바람이었다고 말할 때,
사람 또 사랑을 나는 몰랐었지.
나 바라던 걸 항상 말한 만큼 많은 바람들을
달래며 어머니는 언제나 목이 말랐었지.

그렇게 햇살에 눈이 부신 어느 날
문득 내 두 눈, 그 우둔한 두 눈 가득 주둔해버린 세상.

다시 오라고, 한마디를 못하고,
짐 진 슬픔을 지친 웃음으로 짐짓 감춘 어머니
나를 배웅한 날 뻔히 헤맬 미래에 부어준 축복의 세례.

어머니,
왜 그때 내게 해야 할 말을 하지 못했었나요.

당신이 바보인 줄만 알았던 그때,
왜 그때 내게.*

랩을 마친 나는, 정지된 시간 속에 들어간 듯 공연장 전체를 살펴보았다. 혁근의 아버지, 수탉과 수트, 고등학교 후배들이 눈에 들어왔다. 은수와 이효리도. 오늘 그 여가수는 450명의 내 관객 중 하나일 뿐이다. 그리고 공연장 구석에서 땅에 박힌 듯 미동도 없이 서 있는 남자도 눈에 띄었다. 낯선 얼굴을 한 남자다. 이 시공간과 가장 어울리지 않는 구닥다리 낡은 양복이 눈에 거슬린다. 나는 그 남자를 한참 동안 노려보았다. 그런 끝에, 태어나 처음 본 것만 같던 낯선 얼굴로부터 하나씩 눈에 익은 선들을 찾아냈다. 그리고 결국 그것들을 모아 내 아버지였던 사람의 얼굴을 조립해냈다.

우리는 항상 꿈꾸었던 것보다 훨씬 더 열렬한 반응 속에서 공연을 끝냈다. 전체 공연은 절반이 끝났을 뿐이고 남은 동료들이 자기 차례를 준비하고 있었지만, 미안하게도 나는 이제 아무것도 관심이 없었다. 빨리 사당의 작은 셋방으로 돌아가 몸을 눕히고 싶다는 생각만 간절하다. 악기들을 정리해 무대에서 내려올 때 최 실장이 활짝 웃으며 말했다.

"축하한다. 너희는 성공했어."

짤막하지만 아주 마음에 드는 표현이었다. 성공이란 단어가 들

---

* 진실이 말소된 페이지, 「지금 알고 있는 사실을 그때도 알았더라면」

어가는 문장은 몇 번을 들어도 기분이 좋다. 나는 무대 2층을 흘끗 올려다보았다. 음반 사업 관계자들이 열심히 대화를 나누는 중이었다. 수첩에 메모를 하는 사람들도 있었다. 그들을 이곳에 부른 우지는 보이지 않았다. 나는 복도에 나가서야 그와 마주쳤다.

"괜찮았다. 수고했어."

우지는 감정이 담기지 않은 말투로 말했다. 우리 관계는 조금도 나아진 바 없이 어색하다. 그래서 이유를 결코 알 수가 없다. 왜 앞으로는 그와 좀 더 잘 지낼 수 있을 것 같다고 느껴지는지.

객석으로 들어가자 많은 사람들이 대단한 공연이었다고 아우성쳤다. 나는 그들에게 인사하고 고개를 두리번거려 아버지를 찾았다. 아버지가 먼저 나를 발견하고 다가왔다.

드디어 아버지를 대면했다. 1년 만이었다. 아버지와 나는 서로 눈도 마주하지 못하고 어색하게 침묵을 지켰다. 오히려 내 아버지란 이야기를 듣고 달려온 애인이 금세 애교를 떨었다. 은수가 1분 정도 재롱에 가까운 말재주로 들러붙자 아버지는 희미하게 웃었다.

"좋은 여자친구를 뒀구나."

나는 은수의 팔뚝을 잡아 내 쪽으로 끌고 왔다. 그리고 아버지를 향해 냉랭하게 말했다.

"와주셔서 감사해요."

이게 무슨 짓이냐는 표정을 짓는 은수를 잡아끌면서, 아버지에게 등을 돌렸다. 오늘이 아버지의 얼굴을 볼 수 있는 생애 마지막 날이라고 해도, 나는 도저히 아버지에 대한 애정을 회복할 수 있을 것 같지 않다. 두고두고 오늘을 떠올리며 후회할 때가 올지도 모른다고 생각해본 건 사실이다. 하지만 그 순간에는 아버지에게 상처를 입히지 않고서는 견딜 수가 없었다. 그 역시 생애 마지막 기회일지도 모르기 때문이다.

아버지의 마지막 말은 아주 짤막했다.

"멋지더라."

나는 이미 그와 멀어지고 있었고, 다시 뒤돌아보지 않았다.

수탉과 수트는 2층에 앉아서 이야기를 나누고 있었다. 우리가 다가가자 수트가 손을 흔들며 말했다.

"공연이 인상적이더군."

그러더니 자기 세계에서는 우리 존재를 순식간에 걷어내버릴 수 있다는 듯 우릴 버젓이 앞에 세워둔 채 수탉에게 이렇게 말했다.

"하지만 이 아이들은 안 돼요. 선생님도 알지 않습니까? 그룹은 수익이 작다는 걸. 잡음과 법률적 문제의 소지도 많고 통제하기도 어렵습니다. 리스크가 작은 솔로만을 키우는 게 우리 방침입니다."

고맙게도 수탉은 팔을 걷어붙이고 우리 역성을 들었다. 오늘 수탉의 이야기에서는, 지난 1년간 학원에서 개밥의 도토리 취급을 받아온 내가 될성부른 나무의 떡잎처럼 묘사되었다. 정말 눈물겹다. 수트는 나를 바라보며 멋쩍게 웃었다.

"선생님 오늘 참 이상하시네."

절대적으로 동의하는 바다.

수탉은 자신이 '발굴'했다는 그룹, 진실이 말소된 페이지의 상품 가치가 충분하다는 사실을 한참 동안 역설했다. 내 얼굴에 붙어 있던 입술이라도 빌려간 듯이. 그는 종종 '우리 아이들'이라는 닭살 돋는 표현까지 썼는데, 방금 전 친아버지를 버리고 온 나로서는 그 말이 상당히 불편했다.

둘은 10분이 넘도록 논쟁을 벌였다. 나는 진심으로 수탉의 편에 섰다. 하지만 우리를 주제로 한 두 사람의 견해는 끝없는 평행선상에서 거리를 좁히지 못했다. 결국 자신의 이야기가 씨알도 먹히지 않았다는 걸 깨달은 수탉이 제 본성을 되찾아 불같은 포효를 토해냈다.

"이봐, 정말 아직도 모르겠어? 자네는 평생 찾던 걸 드디어 찾아냈어. 우리 아이들과 계약하지 않는다면 인생 최대의 실수를 하는 거라니까! 내 말을 좀 믿어요, 머리 위로 돈다발이 우박처럼 쏟아질 테니."

24

우리에게 가장 먼저 접근해 온 곳은 조PD가 세운 음반 기획사인 '퓨처플로우'다. 계약 교섭을 하는 동안 나는 우지를 떠올리며 약간 미안한 감정을 느꼈다. 그쪽은 전속 계약 조건으로 우리에게 선약금 500만 원, 인세 장당 150원, 5년간 음반 다섯 매 발매를 제시했다. 수탉은 이 계약에 반대했다.

"급하다고 몸을 싸게 팔지 마."

그러면서도 그는 신인에게 제시된 것치고 절대로 나쁜 조건은 아니라고 덧붙였다. 단지 우리가 더 좋은 대우를 받을 자격이 있다는 것이다. 그는 어느새 진실이 말소된 페이지의 진짜 아버지처럼 굴고 있다. 우리는 그의 의견에 따라 퓨처플로우와의 이야기는 없던 것으로 하기로 했다. 수탉은 데모음반을 하나 만들라고 했다. 몇 곡이든 좋으니 데모음반을 하나 만들어 가져오면, 자신이 직접 음반사들에 넣어주겠다면서.

데모음반이 음반사에 우편을 통해 들어가는 것과 인적 경로를 통해 들어가는 것은 매우 커다란 차이가 있다. 아무리 작은 음반사라도 최소 하루 다섯 장씩의 데모가 우편함으로 들어간다는 점에서. 우편으로 보낸 데모는 한 번 듣고 버려지는 경우가 많다. 심지어 신경질적인 대형 음반사는 봉투를 뜯지도 않고, 그날 우송된 음반들을 모아 모조리 반송시켜버리기도 한다.

"당분간 신인 키울 생각이 없으니 귀찮게 하지 마시오."

글귀 한마디 적지 않고도 그런 메시지를 아주 효과적으로 전달하는 것이다. 그러나 수탉의 손을 통해 회사에 반입된 데모는 운명이 다르다. 잘은 몰라도 그것은 우편으로 전달된 데모와는 다른 서랍에 보관될 것이다. 아니, 아예 놓이는 책상 자체가 다를지도 모른다.

수탉은 최고의 세션 기타리스트 중 한 사람으로서 대한민국의 모든 음반사들과 적어도 한 번씩은 일을 했다. 그는 업계에서 편집증적인 완벽주의자로 알려져 있다. 그러니 그의 추천을 받은 데모음반에 사람들은 당연히 호기심을 가질 것이다. 우리 데모는 음반사에 전달된 지 30분 내로 모든 사람이 돌려 듣게 될 것이며, 긍정적이든 부정적이든 그날 이내로 수탉에게 답변이 올 것이다. 그러면 우리는 보통의 가수 지망생들이 매일 열 장의 시디를 구워 1년간 거르지 않고 우편으로 발송해야만 하는 과정을 열흘 안에 끝낼 수 있다. 나는 요즘 수탉, 아니, 김진호 선생님을 머릿속에 떠올리기만 해도 눈시울이 붉어진다.

데모음반을 넘기고 2주 정도가 지났을 때, 수탉은 나에게 혁근과 하윤을 부르라고 명했다. 나는 바로 그 자리에서 둘에게 전화를 돌렸다. 두 사람은 얼마 지나지 않아 학원에 나타났다.

"원장실로 들어와."

우리는 수탉의 방으로 들어갔다. 원장실 문에는 여전히 황금 테두리의 문패가 걸려 있고, 유성 사인펜으로 '닭장'이라고 쓰여 있다. 나는 요즘 그걸 지울 방법을 고안하는 중이다. 현재까지의 기술로 도저히 불가능하다면 혁근이 새로운 화학적 합성물을 발명해서라도 보은할 셈이다.

수탉은 한참 동안 말없이 담배를 뻑뻑 피워댔다. 두 개비째 비벼 끄고서야 말을 했다.

"나는 자네들을 매우 높게 봤어. 상품성이 있다고 생각했지. 내가 그렇게 생각했다는 것만으로도 아주 대단한 일이라는 걸 알아야 해."

그건 안다. 듣고 싶은 것은 그 뒷이야기다. 마른침을 삼켰다.

"내가 늙긴 늙었나 보지. 솔직히 한 군데 음반사는 관심을 보일 줄 알았는데."

그는 차분하게 뒷말을 이어갔다. 너무 실망하지 마라. 너희는 미래가 밝다. 앞으로도 열심히 하면 된다. 한 군데 음반사가 관심을 보이거나 안 보인다고 크게 달라지는 건 아무것도 없다.

그러나 내 귀에는 아무 말도 들어오지 않았다. 나는 이미 우리 앞길에는 음반 출시와 성공만이 남았다고 믿었다. 수탉이 이렇게까지 적극적으로 밀고 있는데, 우리가 전속 계약조차 해보지 못하고 쩔쩔맬 리는 없을 것 같았다. 문득 조PD의 음반사가 떠올랐다. 지금이라도 다시 되돌아갈 수 있을까? 그 계약 건을 잊으라고 말한 사람은 수탉 당신이다. 당신이 없다면 우린 지금쯤 그곳에서 음반 작업에 돌입했을지도 모른다. 우지를 밀어내고 초고층의 호화스러운 작업실을 차지했을 텐데. 이 방 문패에 써진 '닭장'이라는 글씨는 당신 묘비에도 새겨질 거다.

수탉은 담배를 하나 더 꺼내 불을 붙였다. 하루 두 갑의 담배를 피우는 사람이다. 그렇게 한 달을 피고 나면 수강생 한 명의 수강료가 날아간다.

"그놈의 한 회사가 항상 문제지."

수탉은 갑자기 너털웃음을 터뜨렸다. 얼굴에 달린 모든 구멍에서 일제히 담배 연기가 뿜어져 나왔다. 그는 문자와 숫자가 빼곡히 적힌 A4용지 한 장을 우리 쪽으로 밀어주었다.

"그 한 회사 빼고는, 다들 한번 자네들을 보고 싶어해. 모두 찾아가보도록. 내가 보냈다고 말하고."

거기에는 읽는 동안 세 번은 오줌을 싸야 할 만큼 많은 음반 기획사들의 이름이 적혀 있었다. 오른쪽에는 담당자 연락처, 또 그 옆에는 회사 주소가. 종이가 너무 무거운 나머지 비명을 지르며 땅바닥에 떨어뜨릴 뻔했다.

'글로벌뮤직'은 KBS 방송국 본관 홀이 내려다보이는 고층 건물에 입주해 있다. 아마 그 홀에서 가요 프로그램을 녹화하기 때문일 것이다. 회사로 찾아가는 길에 우리는 방송국을 지나쳤다. 하윤과 나는 오랫동안 여의도에 살았지만 방송국 근처는 얼씬대지 않았다. 거기에는 방송국과 증권회사와 국회의사당밖에 없다. 대한민국의 언론과 경제와 정치가 그곳에서 시작되지만, 그중 어떤 것도 아이들의 흥미를 끌지 못한다.

그러나 그날, 우리와 다른 관점을 가지고 유년기를 보내는 아이들이 세상에 많다는 것을 인정할 수밖에 없었다. 방송국 후문 근처에는 누군가의 얼굴을 잠깐이라도 구경하려는 수많은 여자아이들이 운집해 있었다. 우리는 얼떨결에 그들 틈에 끼어 모두가 알고 있는 어떤 얼굴을 대면할 순간을 기다렸다. 얼마 후 차체부터 창문까지 온통 검은 밴 한 대가 방송국에서 굴러 나왔다. 소녀들이 달려들었다. 창문이 열리더니 창백한 남자 손 하나가 나와 팬들의 손을 차례로 잡아 흔들어주었다. 나는 사람이 악수라는 점잖은 행동을 하면서 동시에 목청 높이 울부짖을 수 있다는 사실을 그날 비로소 깨달았다. 갑자기 하윤이 인파를 거칠게 비집고 들어가 소녀들로부터 하얀 손을 낚아챘다. 그는 누구의 것인지도 모른 채 그 손을 한참 동안 열광적으로 흔든 후 물었다.

"그쪽은 누굽니까?"

"원타임의 송백경인데요."

"네"라고 대답하고 하윤이 뒤돌아 나왔으나 이 작은 테러에 신경을 쓰는 사람은 아무도 없었다. 소녀들은 다음 차례를 차지하려고 하얀 손을 향해 재빠르게 몸을 던졌다. 그 애들이 앞으로 우리의 손을 기다리게 될 거라고 생각하니 살짝 흥분되었다.

우리는 음반사 건물로 들어가 글로벌뮤직이 입주한 층으로 올라갔다. 글로벌뮤직은 한 층을 다 전세 내어 사용했다. 실내 부스가 워낙 많아 직원들이 전부 몇 명인지 어림할 수 없었다. 대한민국 음반의 절반 가까이를 찍어내는 상위 서너 개 음반사를 제외하면, 이곳은 최근 가장 잘나가는 회사다.

우리는 회의실로 인도되었다. 이런 높은 곳에 입주한 회사에서 보기 힘든 점퍼와 청바지 차림의 남자들이 우르르 몰려들어왔다. 가장 나이가 많은 사람도 30대 후반이 안 되어 보였다. 그들은 우리 셋이 앉은 테이블 건너편에 앉았다. 우두머리인 기획실장이라는 사람이 차례대로 사람들을 소개했고, 소개된 사람들은 각자 명함을 한 장씩 나눠 주었다. 가장 중요한 사람은 기획실장 그 자신이다. 그는 회사의 경영과 법률적 사무에 관한 모든 결정을 내릴 수 있는 권한을 위임받았다. 이곳 사장은 모차르트 이후 태어난 음악인의 이름을 단 하나도 모른다. 그는 여의도 증권가에서 큰돈을 벌었고, 그 돈으로 할 일을 찾다가 증권가 주변에 널린 음반 기획사들을 떠올렸을 뿐이다. 나는 이 회사에 소속된 여가수들이 하나같이 비정상적으로 가슴이 큰 이유가 사장의 취향과 밀접한 관련이 있을 거라고 짐작하고 있었다.

기획실장 옆에는 마케팅 팀장이 앉았다. 그는 우리를 뜯어보면서 머릿속으로 계산기를 두들기는 중이다. '저기 있는 녀석의 코를 들어 올리는 데 500만 원은 들겠군. 눈은 놔둬도 괜찮겠어. 500만 원 정도는 음반 판매로 커버가 되니까 괜찮아. 이 애들은 버라이어티보다는 토크 쪽이 맞는 것 같군. 좋아, 한번 해보지!' 이렇게.

그리고 엉뚱하게도 로드매니저 두 명이 입회해 있었다. 처음에는 계약도 하기 전에 매니저들을 불러낸 이유를 이해할 수 없었다. 그들은 단 한마디도 하지 않고, 계약 교섭 내내 우리를 뚫어져라 지켜봤다. 내가 오른쪽 다리를 떨거나, 혁근이 코를 푸는 모습까지 유심히. 모든 걸 다 외워버릴 것 같은 집중력을 지닌 남자들이었다. 아마 현장에서 잔뼈가 굵은 사람들의 본능적인 감각을, 찾아온 세 인간의 잠재적 가치를 평가하는 데 참고할 것이라고 나는 추측했다.

그쪽에서는 일단 우리 음악을 칭찬하기 시작했다. 한 가지 놀라운 부분은, 기획실장이 데모를 받기 전에 이미 우리의 존재를 알고 있었다는 사실이다. 그는 언더그라운드 음악에 귀를 열어놓고 건질 만한 물건이 있는지 항상 두리번거린다고 했다.

"나는 다른 회사에서 이미 자네들을 낚았을 거라고 생각했어. 우린 자네들과 계약할 마음을 거의 굳혔어. 사실 계약서도 준비해놨고."

그는 당장 그것을 꺼내려고 했다. 이미 우리는 열 군데 가까운 음반사를 방문했다. 회사 측에서는 흥정을 감안하고 초장에 터무니없는 계약 조건을 내민다. 그리고 우리를 만 원짜리 지폐에 그려진 사람의 이름도 모르는 코흘리개들로 아는지, 그게 얼마나 기적 같은 제안인지 침을 튀기며 설명한다. 나는 그 뻔한 이야기를 다 들어주는 데 싫증이 났다. 오늘은 조금 건방져지기로 했다. 나는 우리가 원하는 조건을 먼저 입 밖에 냈다. 내 요구 조건을 듣고 나자 테이블 건너편 사람들은 의자 아래서 바늘이 쑥 올라온 것처럼 동시에 움찔했다. 곧 사방에서 코웃음이 터졌다. 기획실장이 말했다.

"전속 2년, 음반 두 장에 인세 400원? 터무니없는 소리를 다 듣는군. 엘비스 프레슬리가 살아 돌아와도 우린 그렇게 못 해."

나는 제법 훌륭한 협상가처럼 차분하게 대답했다.

"우린 이미 대한민국 10대 음반사 중 두 곳에서 계약 제의를 받았어요. 저희는 이곳에 음반을 내달라고 사정하러 온 게 아니라, 더 좋은 조건을 들을 수 있는지 확인하러 온 겁니다."

"내가 설명해주지."

기획실장은 테이블을 탁 내리쳤다. 사실 나는 별로 듣고 싶지 않았다.

"자네가 하는 소리가 왜 말이 안 되는지."

그리고 그는 익숙한 패턴의 이야기를 이어갔다.

"음반을 한 장만 제작해도 최소 수억 원이 들어가. 신인 가수의 음반을 내는 건 항상 모험이지. 우리는 처음부터 수익을 기대하지 않아. 손익분기점은 3년 후야. 우리는 신인 가수가 데뷔한 후 두 장의 음반을 낼 때까지 엄청난 손해를 감수하면서 손익분기점까지 달릴지, 가수를 포기할지 결정해. 우린 5년 이하의 전속 계약 기간을 제시해본 적이 없어. 7년도 운이 좋은 거지. 행운의 숫자잖아?"

그는 행운의 숫자라는 부분을 강조하며 여유 있게 웃었다. 그는 우리에게 7년의 전속 계약 기간을 제시할 계획이었음이 틀림없다. 7년. 나는 7년 전에 막 중학교에 입학했다. 그리고 앞으로 7년 후면 스물여덟 살이 된다. 7년이라는 전속 계약이 이루어진다면 무슨 일이 일어날지 쉽게 예상할 수 있다.

회사는 그 기간 동안 엄청난 돈을 벌어들일 것이다. 소속 가수는 스타라는 허울을 쓴 채, 주식과 도박에는 손도 대지 않았는데 거대한 빚더미에 올라앉는다. 회사에서는 불만을 달래려고 3년마다 한 번씩 BMW를 제공하겠지. 그러나 명의는 회사 앞으로 되어 있다. 7년이 지나 전속 계약 기간이 끝나면 가수는 차를 회사에 반납한 뒤 지하철을 타고 집으로 돌아가야 한다.

그래, 7년이 지났다. 7년이 지나 30줄을 바라보는 나이가 되면 대개의 가수는 은퇴 수순을 밟는다. 가수들은 여전히 노래할 수 있다고 항변하지만, 음반사 입장에서야 눈높이만 높아진 늙은 가수를 부양하고 싶을 리 없다. 멋진 음악을 기계처럼 만들어내면서도 세상 물정은 전혀 모르는 젖비린내 나는 아기들이 얼마나 많은데. 그 애들은 볼이라도 쪽 빨아주고 싶을 만큼 피부도 탱탱하다.

결국 늙은 가수들은 빚을 갚으려고 방송 무대 대신 밤무대를 찾는다. 남을 웃길 수 있는 재능이 있다면 쇼 프로그램에서 쿵쿵따를 하면서 더 늙어가도 나쁘지는 않다. 그러면서 그들은 조금씩 잊혀져간다. 그러나 초등교육과정의 물갈이 주기인 6년 정도의 생명 연장이 끝나면, 그들은 완전히 잊힌다. 은퇴 송별회도, 퇴직금도 없다.

늙은 군인은 사라지는 게 아니라 죽는다. 하지만 가수는 절대로 죽지 않는다. 다만 사라질 뿐이다. 꼭 신체 포기 조항이 들어가야 노예 계약이 아니다. 가수에게 7년 동안 선약금만 받고 전속되어 일하라는 것은, 30년 동안 초봉만 받고 일하라는 사무직 계약과 다를 바 없다. 물론 퇴사는 절대로 불가능하다는 단서 조항을 붙여서. 7년을 채우기 전에 주저앉은 가수는 지난 500만 년 동안 멸종한 동물의 수보다 많다.

우리는 바보가 아니다. 감히 우리를 햇병아리 가수 지망생처럼 다루려 하는가? 조금만 일찍 태어났다면, 우리 중 한 명은 아인슈타인을 제치고 상대성이론을 써낼 수도 있었단 말이다. 나는 단호하게 말했다.

"전속 계약 기간은 2년입니다. 인세는 크게 상관없습니다. 저희는 그 이상의 계약 기간은 받아들이지 못합니다."

그와 우리 사이 위치한 테이블에 침묵이 놓였다. 오직 그것만이 거기 놓여 있었다.

"사장님과 상의해보고 연락하지."

모두 자리에서 일어섰다. 그가 이 불쾌한 경험을 사장에게 보고하기보다 그냥 잊어버릴 가능성이 더 높다는 걸 안다. 신경 쓸 게 뭐 있는가. 우리는 이미 여러 음반사에서 계약을 제안 받았고, 내 주머니 안에 고이 접힌 A4용지에는 볼펜으로 줄을 긋지 않은 회사 이름이 한참 많이 남았는데.

음반 기획사는 대개 강남 아니면 여의도 근처에 몰려 있다. 강남에는 케이블 방송국들이 있고, 여의도에는 공중파 방송국들이 있다. 케이블 방송이 공중파를 밀어내고 성장하면서, 강남 쪽에 입주하는 음반사들이 점점 늘어났다. 그래도 여의도의 음반사들은 이름과 전통이 있다.

'삼화뮤직'은 그중에서도 가장 전통 있는 음반사다. 거기서 음반을 낸 가수 중에는 우리가 태어나기도 전에 음악을 시작한 사람들이 적지 않다. 회사의 전성기는 90년대 초반이었는데, 그때는 내가 기억하는 그 시절 가수의 대부분을 거느렸다. 그중 몇 명은 현재 입에 담기도 겁나는 전설이 되었다. 나는 이 회사와 계약에 대해 이야기를 나눈다는 것만으로도 가슴이 뛰었다.

사옥은 글로벌뮤직에서 멀지 않은 곳에 있었다. 우리는 글로벌뮤직에서 나와 지하철을 환승하듯 삼화뮤직으로 갈아탔다. 생각보다는 덩치가 크지 않은 회사였다. 퇴근 시간이 지난 시각이긴 했지만, 회사 내에는 직원이 단 두 명밖에 없었다. 나는 약간 실망했다.

직원은 사장실에 들어가 좀 기다리라고 말했다. 아마 이곳에는 따로 회의실이 없는 모양이다. 우리는 일렬로 서서 사장실로 들어갔다. 그곳은 사장실이자 회의실일 뿐 아니라 분장실로도 사용되고 있었다. 폭이 7미터쯤 되는 긴 옷장 위아래로 빈틈없이 옷들이 가득 차 있다. 21세기 사람들의 눈길을 끌지 못할 의상들이 대부분이다. 저런 옷을 입고 통기타를 치던 장발 남자들의 전성 시절에는 내 어머니도 젊었다.

한 시간쯤 지나서 기획실장이란 사람이 들어왔다. 생각보다 나이가 많았다. 키가 작달막하고 뱃살은 축 처졌다.

"반갑네. 기획실장 공돈호일세."

괴상한 이름이다. 우리 셋은 번갈아 그와 악수를 나누었다. 그는 자리를 향해 손을 내밀며 앉으라고 권했다. 우리 세 명은 2인용 소파 위에 끼어 앉았다. 거기 앉자마자 혁근은 내가 아까 글로벌뮤직에서 사용했던 전략을 다시 구사했다.

"우리는 글로벌뮤직에서 전속 계약 2년, 음반 두 장을 제의받았습니다. 삼화뮤직에서 특별히 우리를 놀라게 하지 못한다면 우리는 그쪽과 계약을 할 생각입니다."

그쪽에서는 사장과 상의한다고 대답했으므로 그 말은 사실이 아니다. 그러나 여기서 우리가 듣게 될 이야기 중에도 사실은 별로 없을 테니까 이건 아주 정당한 선공이다. 기획실장은 놀랍다는 표정을 지으며 잠시 생각에 잠겼다.

우리는 이쪽 바닥에 이미 경험이 있는 태완으로부터 수많은 충고를 들었다. 그는 음반 기획사들이 신인에게 통상 내밀 수 있는 계약 조건과 옵션, 그리고 다양한 법적 구속 장치들에 대해 상세히 가르쳐주었다. 계약서의 형식, 눈여겨봐야 할 함정, 속임수로 단정해야 하는 전형적이고 유혹적인 제안들까지. 태완은 우리가 정상적으로 제시받을 수 있는 최고 수준의 계약 조건에 미리 선을 그었다. 그 이상 좋은 조건은 오히려 의심해야 한다면서.

'나이트팩토리'라는 대형음반사가 태완이 그은 한계선에 가까운 인세를 제시했다. 그러나 우리는 인세보다 계약 기간에 더 관심이 있다. 전속 계약 기간은 짧을수록 좋다. 회사 입장에서는 그 반대다. 그들은 오랜 시간 우리의 뼛국까지 우려 팔아먹고 싶어 한다.

"그럼 우리도 그렇게 하지."

기획실장의 입에서 수락이 떨어졌다. 너무도 쉽게. 나는 그 대답을 그렇게 쉽게 들으리라고는 생각지 못했다. 2년 음반 두 장 계약은 사실 톱가수들이나 요구할 수 있는 조건이다. 그리고 음반 한 장으로 전속 기간 없이 출판 계약을 할 수 있는 사람은 대한민국에서 서태지밖에 없다. 우리가 '2년 두 장'을 요구할 수 있었던 것은, 발아래 몇 겹의 그물이 쳐져 있었기 때문이다.

우리는 손에 힘이 풀릴 때까지 높은 곳으로 오르다가 그냥 아무 데나 떨어지면 됐다. 그래서 나는 전속 계약 기간으로 실랑이를 하다가 그것을 다른 조건과 묶어 흥정하는 나름의 전략까지도 고려하고 있었다. 우리는 요구한 조건을 벌써부터 수락당할 마음의 준비가 되어 있지 않았다. 기획실장은 웃으면서 나머지 조건을 설명했다.

"단, 첫 음반을 발매한 후부터 2년이야. 그리고 우리는 장당 600원의 인세를 지급하겠네. 5만 장 이상을 판매할 경우 인센티브를 지급하고. 내가 지금 말하고 있는 건 계약이라기보다 하나의 역사야. 이미 잘 알고들 있겠지만."

이번에도 귀를 의심하게 하는 말이었다. 나는 성급하게 웃지 않으려고 이를 악물었다.

"두 장의 음반을 발매한 후에는 어떻게 해도 좋지만, 대신 계약 존속 중 다른 음반사로 이적해서는 안 돼. 계약 조건이 좋은 만큼 위약금을 약정한다는 조건으로 하지. 1억5천만 원 정도로. 내가 줄 선약금도 없는 걸로 하고."

이런 조건을 팽개치고 다른 음반사와 중복 계약할 일은 있을 법하지도 않다. 그러니 위약금 조항은 존재하지 않는 것이나 다름없다. 선약금? 그딴 건 필요 없다. 겨우 500만 원 정도를 버는 게 목표라면, 나는 여기서 헤매는 대신 수탉의 학원에서 몇 달 더 아르바이트를 하면 된다.

2년간 두 장, 그리고 장당 600원. 우리는 방금 신인으로서는 최고 수준의 조건을 제시받았다. 역사상 최고의 특급 대우를 받은 가

수 김건모가 장당 천 원 정도의 인세를 받았다. H.O.T.가 받은 멤버당 인세는 장당 20원이라고 한다. 이보다 더 엄청난 조건은 있을 수 없다. 이제 음반사를 더 돌아볼 필요도 없다. 문득 태완의 목소리가 머릿속을 스쳐 지나갔다. 너무 좋은 조건은 의심해봐야 해.

"왜 이렇게 좋은 제안을 하시는 거죠?"

바로 그 제안을 받은 사람이 할 만한 질문이 아닌 건 나도 안다. 여기에 뭔가 함정이 있다고 해도 그것에 대해 설명 받을 일도 없을 테고. 그래도 나는 어떻게든 이 미스터리를 풀고 싶었다. 기획실장은 능숙한 언변으로 말했다.

"난 수많은 음반을 제작했어. 남이 만든 것도 지켜봤고. 좋은 음반을 만드는 데는 운이 따르지. 10년 전 너희처럼 야심찬 녀석의 데모음반을 받았어. 재능은 있지만 길들여지지 않은 음악이었지. 거의 계약할 뻔했는데 태도가 건방져서 그냥 걷어차버렸고. 나는 그놈이 내 친구와 계약을 맺고, '서태지와 아이들'이라는 해괴한 이름으로 음반을 내는 걸 지켜봐야 했어. 그 후 오랫동안 우리 회사는 서태지라는 거물과 전쟁을 벌였지."

기획실장은 서태지와 아이들에 대한 이야기를 꺼내고 우리의 반응을 살폈다. 당신이 서태지와 아이들을 키울 '뻔'했다고? 그는 점점 초현실적인 존재가 되어간다. 기획실장은 우리의 미덥지 않은 태도쯤은 아랑곳하지 않고 더 밀어붙였다.

"가치 있는 사람에게는 투자를 아끼면 안 된다는 교훈을 얻었지. 같은 실수를 반복하고 싶지 않아. 몇 가지만 보완된다면, 자네 음악은 당장 20만 장짜리야. 나만큼이나 자네들도 운이 좋다고 봐.

좋은 음악을 만드는 건 어려운 일이지만, 그걸 알아주는 음반 제작자를 만나는 건 신의 손에 달린 일이거든."

음반 시장은 꺼지기 직전의 촛불처럼 활활 타오르고 있었다. 힙합 음반은 심심치 않게 10만 장 이상 팔렸다. 이 대목에서는 흔들릴 수밖에 없었다. 그의 말처럼 우리가 대단하다면 20만 장을 팔 수 있다는 건 전혀 허풍이 아니다. 서태지는 데뷔 음반을 200만 장 가깝게 팔았다. 우리가 서태지처럼 못 할 이유가 뭔가. 혁근은 서태지보다 두 배쯤 머리가 좋고, 하윤은 서태지보다 두 배쯤 빨리 악기를 연주할 수 있다. 나는 아마 서태지의 애인보다 두 배 이상 예쁜 애인이 있을 거다. 서태지는 본인 입으로 자기 이상형은 못생긴 여자라고 말했다.

우리가 흐뭇한 상상을 할 말미를 준 후, 기획실장은 이미 준비된 양식의 계약서를 꺼냈다. 그리고 인세 금액란에 아무렇지도 않게 '600원'을 써 넣었다. 눈물이 흘러내릴 뻔했다. 불과 10년 전 까지만 해도 600원의 용돈을 받기 위해 부모님을 졸라야 했던 나의 모습이 떠올랐다. 20만 장을 팔면 1억2천만 원이다.

여길 보세요, 김자현 선생. 내가 평생 벌 돈이 천만 원이 안 될 거랬죠? 저는 내년부터 매해 당신 연봉의 다섯 배 되는 돈을 법니다.

고등학교 때 우리 반에서 제일 얄밉던 놈도 생각났다. 그는 나만큼이나 놀면서도 언제나 반에서 1등을 했다. 결국 의대에 들어갔다. 하지만 적어도 생애 첫 번째 1억은 그가 아니라 고졸인 내가 먼저 벌게 된다. 의사 자격증이 나오려면 그놈은 10년쯤 더 기다려야겠지. 나는 그때쯤 온퇴해서 제주도 해안에 별장을 지을 생각이다. 그 친구는 30년간 쓸개가 빠지게 일한 후 정년퇴직을 하고 나서야 내 옆 별장으로 들어올 수 있다. 그때까지도 그곳이 비어 있다면. 하하하하하하하하하하!

빈칸을 모두 채운 기획실장이 계약서를 우리 쪽으로 내밀었다. 그러나 아무리 좋은 조건이라도 이렇게 당장 서명할 수는 없다. 기획실장의 입에서 나온 말들은 참을 수 없이 달콤했고, 그에게서 풍기는 분위기는 묘하게 교활했다. 그 부조화를 나는 본능적으로 경계했다.

'이 사람은 아주 위험해. 모두들 그걸 느끼고 있겠지.'

두 친구를 돌아봤다. 그들은 이미 펜을 손에 쥐고 있었다. 펜이 없다면 손가락을 깨물어서라도 당장 서명을 할 기세다.

"일단 가져가서 검토해보겠습니다. 바로 연락드릴게요."

테이블 위의 계약서를 낚아챘다. 그리고 혁근과 하윤을 양 떼처럼 몰아서 삼화뮤직을 벗어났다. 먼저 변호사를 찾을 필요가 있다. 그런 다음 이 계약서에 숨어 있는 치밀한 법률적 함정부터 맞춤법의 오류까지 샅샅이 검토해야 할 것이다. 그러나 내 좌뇌가 현실적인 계산을 하고 있는 것과는 달리 우뇌는 오직 장밋빛 미래만을 계산하고 있었다.

20만 장을 판매하면 1억2천만 원.

2년 동안 계약된 두 장의 음반을 판매하면 2억4천만 원.

그러나 그것은 아무것도 아니다. 가수들의 진짜 유토피아는 첫 번째 계약이 끝났을 때 펼쳐진다.

음반사들은 자기 자본이 거의 없고 투자자들의 손에 장악되어 있다. 투자자들은 음악에 대해 조금도 모르고 그것을 부끄러워하지도 않는다. 그들은 투자가치를 판단할 때 음악을 듣기보다는 가수의 나이와 이름을 듣는다. 그래서 초벌 계약이 끝난 젊고 유명한 가수들을 자식처럼 사랑한다. 성공 가능성이 입증된 셈이니까.

우리는 두 장의 음반을 성공시킨 후, 2년 만에 계약 만료되어 자유 계약 시장에 다시 나온다. 그래도 20대 초반이니까 한참 더 활동할 수 있다. 모두가 우리를 입양하려고 난리를 칠 것이다. 어떤 음반사는 자기가 키우던 자식을 버려가면서까지 우리를 입양하려 할 것이다.

그러면 보다 공정한 계약을 할 수 있다. 관례에 따라, 선약금만으로도 수억 원에서 수십억 원의 현금이 주어진다. 그때부터는 진짜로 돈을 벌게 된다. 가수로서 수명은 10년이면 끝날지도 모르지만, 이미 아버지와 할아버지와 증조할아버지가 번 것을 다 합한 것보다도 더 많은 돈을 벌어두었을 것이다.

그럼 일단 하윤이 부순 신디사이저부터 버려야지. 코르그의 최신 신디사이저를 사고, 전용 부스를 갖춘 녹음실을 장만해야겠다. 외출할 때는 아르마니 정장을 입을 테고, 주차장에는 BMW가 기다리겠지. 유리창은 아주 진한 색으로 선팅을 해야 돼. 대한민국에서 우리의 이름과 얼굴을 모르는 사람이 없을 테니까.

텔레비전에 대통령 얼굴이 나오면 아이들은 지겹다는 듯 채널을 돌리며 우리 얼굴을 찾겠지. 학교에서는 교가 대신 우리 노래를 흥얼거릴 테고. 이 부분은 특히 마음에 든다. 하지만 가장 기쁜 일은, 우리가 월세 8만 원짜리 지하 방을 벗어난다는 사실이다!

지하 셋방에 생각이 미치자 떠밀리듯 나는 현실로 돌아왔다. 월세 납기일이 지났다. 집에 돌아가면 당장 주인집 할멈이 내 멱살을 잡아 흔들지도 모른다. 내 입에 개미로 부친 부침개를 처넣고 싶을 것이다.

돌아가는 길에 은수에게 전화를 걸었다. 나는 들뜬 목소리로 말했다.

"누나, 이효리 스타일리스트 그만두면 안 돼?"

그녀는 일하느라 바쁜지 신경질적으로 반응했다.

"말도 안 되는 소리는 사양할게. 그 말을 하려고 전화한 거니?"

"말이 돼. 내 스타일리스트를 하면 되니까."

내가 대답했다.

타다만 남몰래 피다

눈앞의 시야를 하얗게 가리우는
옅은 회색 연기에 실려 오는 탁한 냄새

내 슬픈 기억들이
쓰라린 눈망울에 맺힌 눈물 위에 비쳐
꿈처럼 스쳐갔지

모든 걸 알았다고 생각한 그 순간,
현실은 과감하게 내 알량한 착각에
뼈아픈 고통으로 연거푸 앙갚음했지

나에겐 그야말로 유일무이하게
스스로 깨우쳐 깨달은 이치, 무소불위의 진리
들이쉰 연기 속에 악취가 스며오듯이
그렇게 의식선의 경계를 허물어갔지

흐려진 타협선의 접점 위 외줄타기
막다른 나락으로 치달아가는
나를 따라가기보단 차라리 여기서 눈을 감아

어차피 끝도 없는 쾌락의 짙은 냄새만을 따르던
그 삶에 마침표를 달아

- 「타다만 담배를 끄다」
2000년, 진실이 말소된 페이지

25

　우리는 스튜디오에서 음반을 녹음하고 있는 중이다. 계약은 결국 삼화뮤직과 했다. 변호사에게 계약서 검토를 의뢰하려고 했지만, A4용지 3매 분량의 문서를 잠시 읽어보는 데 30만 원을 요구하는 사람들과 어울릴 형편이 안 되었다.

　삼화뮤직은 사실 기울고 있는 회사다. 기획실장은 자신이 서태지를 키울 '뻔'했다고 주장했지만, 회사의 몰락은 서태지의 등장과 함께 시작되었다. 서태지 이후 음반 시장의 판세가 완전히 변해버렸기 때문이다. 서태지가 주도한 트렌드 아래 가수들의 평균 연령대는 20대 초중반으로 낮아졌고, 90년대 후반에 H.O.T.가 등장하자 5년 정도 더 밑으로 내려갔다. 그동안 삼화뮤직은 20대 음악인들이 쳐다보지도 않는 삭은 음악들만 고집했기에 시장 변화에 적응하지 못했다. 회사도 뒤늦게 뭔가 새로운 것을 해보려고 발버둥쳤지만, 시장 주도권은 이미 젊은 사업가들의 손에 넘어간 후였다.

삼화뮤직과 계약을 체결한 후, 진실이 말소된 페이지는 지하 셋방에서 나와 각자의 집으로 돌아갔다. 그리고 얼마간 음악을 잊고 정말 신나게 놀았다. 간간이 공연을 하기는 했지만, 대개는 창조적인 것과는 별로 관련이 없는 소비적인 향락이었다. 서두를 필요가 없었다. 우리는 소속된 음반사가 있었고, 거기서 음반만 내면 성공은 따놓은 당상이라고 굳게 믿었다.

내 귀는 저음을 완전히 잃은 것이나 다름없는 상태로 퇴락했지만, 다행히 중음과 고음은 건질 수 있었다. 나는 그것만으로도 만족했다. 일부라도 소리를 식별할 수만 있다면 어떻게든 음악은 할 수 있다. 하윤은 내가 들을 수 있도록 신경을 써서 음악을 만드는 게 습관이 되었다. 그래서 그의 음악은 힙합답지 않게 음의 중심이 높고 여리다. 재미있게도 사람들은 그것을 하윤의 음악적 개성으로 받아들였다. 심지어 막 힙합에 입문한 언더그라운드 뮤지션들 몇 명은 하윤의 스타일을 흉내 내기까지 했다. 중국에 서시라는 절대미인이 있었는데, 가슴이 저려오는 가슴앓이라는 병이 있어 항상 가슴에 손을 얹고 다녔다고 한다. 그 자태가 너무 고와 지금도 중국에서는 가슴에 손을 다소곳이 얹은 모습이 전형적인 미인상으로 여겨진다. 어쩌면 내 귀앓이 역시 힙합 음악의 흐름을 바꿔놓을지도 모른다.

우지는 결국 조PD와 계약하고 음반을 준비하게 되었다. 그의 전속 계약 기간은 우리보다 세 배 더 길었고, 음반 인세는 우리가 세 배 더 많았다. 우리는 한때 그가 그랬던 것처럼 세 배 더 높은 곳에 올라간 사람처럼 구는 대신 동등한 눈높이의 관계를 유지했다. 종종 우리는 조PD가 우지에게 마련해준 강남의 스튜디오로 찾아갔다. 거기서 우지가 가장 좋아하는 술 게임 '간다간다용간다'를 즐겼다.

조PD는 새 음반을 냈다. 우지는 그 음반의 타이틀곡에 참여했기 때문에 하루 열두 번씩 방송에서 목소리가 들렸다. 우리 역시 그 음반의 다른 곡에 참여했다. 정식 음반 표지에 '진실이 말소된 페이지'라는 글자들이 인쇄된 것은 그때가 처음이었다.

라디는 가수 '싸이'의 음반 작업을 맡아 돕고 있었다. 그는 자기가 태어나서 본 사람 중에 싸이가 가장 부자라고 떠들었다. 라디는 싸이의 지갑에 들어 있는 돈만으로도 당장 KBS를 살 수 있다고 주장한다. 오랜 기간 궁핍한 생활을 했었던 불쌍한 라디는 경제관념을 조금도 갖추지 못한 채 성인이 되어버렸다. KBS를 살 수 있을 정도의 돈이 들어가는 크기의 지갑을 만드는 데만도, KBS를 살수 있을 만큼의 돈이 필요할 것이다. 혁근이 라디에게 말했다. 군사정권 시절 삼성의 TBS가 KBS로 국가에 강제 인수되었기 때문에, 삼성은 꿈꿔온 미디어 사업을 포기하고 조금도 비전이 없어 보이는 전자 사업을 키워야만 했다고. 싸이가 삼성전자를 살 수 없다면, KBS도 살 수 없다.

우리 중 가장 성공한 사람은 도현이다. 오래전부터 이 사실은 예견되었다. 그는 이효리의 솔로 음반을 제작했고, 덕분에 이효리는 핑클의 귀여운 소녀에서 섹시한 힙합 걸로 변신했다. 그해 여름, 도현이 만들고 이효리가 노래 부른 음반 수록곡들은 대한민국 곳곳에서 최소 백만 회 이상 울려 퍼졌다. 그는 작곡비를 받는 대신 방송 횟수에 따라 저작권료를 지급받기로 계약했으니, 도대체 얼마나 벌었을지는 신만이 알고 계실 것이다. 그러나 도현은 그렇게 번 돈으로 차 한 대 사지 않았다. 그는 스쿠터를 타고 삼각김밥을 먹으면서 자기가 번 돈을 모조리 악기와 장비를 사는 데 쏟아부었다. 나는 그때부터 그의 음악적 열정을 존경하기보다 의심하기 시작했다. 그는 세상에 음악이 사라지는 날에도 어디선가 악기를 살 것이 분명하다.

이효리의 성공으로 은수까지 덩달아 바빠졌다. 은수는 힙합 패션을 공부하다시피 했다. 그녀가 손댄 이효리의 패션은 노출이 좀 과하긴 했다. 이효리가 대성공했기 때문에, 여름 동안 모든 여자들이 옷감 하나 정도 분량의 천을 몸에서 덜어냈다.

대한민국 여성들을 그렇게 심각한 유혈 경쟁에 몰아넣은 장본인인 은수 자신의 패션관은 철저히 보수적이었다. 그녀도 짧은 치마 정도는 즐겼다. 하지만 그건 인간이 자신과 같은 다리를 달고 태어나기가 얼마나 힘든지 스스로 알기 때문이다.

그녀와 나 사이에 세워진 굳건한 장벽은 무너지기는커녕 흔들리지도 않는다. 키스 이상의 스킨십에도 그녀는 결벽적인 태도를 보인다. 나는 그녀가 걸친 천 쪼가리를 약간이라도 들춰서는 안 되었다. 그러니까 그녀의 옷차림은 내게 그 자체로 엄격한 규율이다. 내가 그녀와 접촉할 수 있는 면적은 여름이면 꽤 늘어났다가 겨울이면 없어진다. 언젠가 한번 물어보았다. 왜 그렇게 스킨십을 조심스러워하느냐고. 그때 내 손은 높은 힐에 지친 그녀의 발을 15분째 잡아 돌리고 있었다. 그녀는 내 질문과 마사지를 동시에 음미하면서 대답했다.

"적당한 때가 있을 거야."

나는 그 적당한 때까지 어떻게 기다려야 하는가. 나는 그녀의 몸을 멀리하는 것이 나 자신을 보호하는 길이라고 믿기로 했다. 그녀의 신체에서 굳이 옷을 동원하여 가린 부분은, 나 같은 보통 남성이 손으로 직접 만지기에는 너무 위험하다. 나는 아직까지 내 육체와 정신이 그런 굉장한 자극을 견뎌낼 만큼 강인한지 확신하지 못한다.

녹음 중인 스튜디오에 기획실장이 들렀다. 녹음실 창에서 내다보니 그는 회사에 소속된 트로트 여가수를 데리고 왔다. 고양이처럼 요염하게 생긴 여자다. 얼굴에 두껍게 분을 발랐다. 그녀는 양손으로 종이 부채를 쥐고 소파에 앉은 기획실장의 넓은 이마에 팔랑거렸다. 벌써 가을이 다 지나갔는데도 저 지랄이다. 나도 모르게 눈살이 찌푸려졌다. 우리는 그냥 모른 척하고 녹음실에서 나가지 않았다.

한참 후 녹음실에서 나오니, 그녀는 아예 제 아버지뻘에 키는 저보다 한 뼘 작은 기획실장의 무릎 위에 얌전히 올라가 있다. 당장 토할 것만 같다. 기획실장은 접시 위의 요리처럼 여가수를 무릎에 올려둔 채 우리에게 인사했다. 그리고 그녀에게 간단히 우리를 소개했다.

"내가 요즘 키우는 아이들이야."

여가수는 내 눈을 똑바로 응시한다. 그러다 곧 흥미를 잃었는지 기획실장의 목을 어린애처럼 꼭 끌어안고 부벼댔다.

기획실장은 한참 동안 세상에 대한 한탄을 쏟아냈다. 음원 시장을 괴기스러운 속도로 잠식하고 있는 MP3 때문에 살 수가 없다는 것이다. 그는 MP3 때문에 회사가 엄청난 위기에 처해 있다고 말했다. 하지만 내가 보기에는 MP3와 조금도 상관없이 회사는 90년대 초반부터 언제나 위기였다. 잘못된 시장 판단과 경영 전략과 소속 여가수를 대하는 개 같은 태도가 계속되는 한 회사는 영원히 위기 속에서 허우적댈 것이다.

물론 MP3의 등장은 음반업계의 구조와 지형을 실제로 바꿔놓았다. 좋은 음악을 가진 가수로 승부하는 회사는 훨씬 더 어려워졌다. 그런 음악은 그냥 다운로드 받아버리면 그만이니까. 이제 음악을 팔기 위해서는 소비자의 음악 외적인 욕망을 잘 공략해야 한다. 방법은 많다. 음반을 크고 아름답게 포장하거나, 야한 화보집과 다이어리를 별첨하거나, 혹은 가수를 시대적 우상이자 트렌드로 만드는 것 등. 마지막 수단이 개중 그나마 바람직한데, 음악만 열심히 한다고 어느 날 갑자기 시대적 우상이 되는 건 아니다. 영화에도, 드라마에도 자꾸 얼굴을 들이밀어줘야 하는 것이다. 그런데 영화와 드라마에 나갈 수 있으려면 일단 음악으로 성공해야 한다. 이 새로운 경향은 신규 진입이 차단된 폐쇄적인 고리와 같다.

그게 필연적인 대세이자 운명이라니 나는 뭐 특별히 불평하고 싶지 않다. 그저 우리 팀, 진실이 말소된 페이지의 음반만큼은 어떻게 운명을 거슬러볼 수 있지 않을까 바랄 뿐이다. 그러나 관절염에 걸릴 때까지 무릎 위에서 고양이를 내릴 생각이 없는 늙은이를 보면 한숨이 절로 나온다. 그 여자에게 이제 내가 대신 올라갈 테니 잠시 쉬라고 말하려다 그만두었다.

11월에는 음반에 참여할 세션들의 녹음이 시작되었다. 외부 세션을 쓰는 것은 음반을 풍성하고 멋지게 만들기 위해서기도 하지만, 사실은 음악인들이 서로의 밥벌이를 챙겨주는 수단으로서 의미가 더 크다. 세션 비용은 음반 제작비에 포함되므로, 전속 계약의 내용상 모두 회사에서 출자하도록 되어 있다. 회사에서도 그걸 알기 때문에 세션 사용에 대해 하나하나 꼬투리를 잡는다.

"기타가 필요한데요."

"너희가 칠 수 있잖아."

"드럼이 필요한데요."

"그건 나도 할 수 있어."

"오케스트라가 필요한데요."

"그거 들어가면 다들 망하더라."

"그럼 우리한테 필요한 건 뭘까요."

아무리 회사가 심술 맞게 굴어도, 친구들을 바삐 불러 참여시켜야 한다. 그래야 나 역시 언젠가 부름 받게 될 테니까. 그래서 세션 사용을 둘러싼 회사와의 투쟁은 조금도 이타적이지 않다.

종종 여기에는 스튜디오 측의 이권이 개입하기도 한다. 스튜디오에는 전국의 주요한 세션 연주자들의 이름이 나열된 파일이 비치되어 있다. 스튜디오 직원은 녹음실을 사용하는 뮤지션의 입에서 '세션'이라는 단어가 튀어나오기만 하면 그걸 참고하라고 들이

민다. 파일의 맨 앞장에 이름을 올린 연주자들은 최고 수준의 실력을 지닌 사람들이다. 몸값도 가장 비싸다. 수탉의 이름은 이 목록에서 세 번째에 올라 있다. 그런데 신기하게도 이 마법의 책을 사용할 때는 세션비가 약간 올라간다. 통상의 비용보다 10만 원 정도가. 수수료가 좀 붙는 것이다. 그래서 마음에 드는 세션을 만났을 때는 잊지 말고 명함을 받아두어야 한다. 운 좋게도, 우리는 이 복잡한 생태계의 법칙으로부터 자유로웠다. 최고의 세션들을 형제로 두었기 때문이다.

그날 스튜디오 일정에는 우리의 신곡 「지금 알고 있는 사실을 그때도 알았더라면」의 녹음이 잡혀 있었다. 우리는 여기에 두 명의 세션을 참여시킬 수 있도록 회사로부터 가까스로 허락을 받아냈다. 한 명은 보컬, 다른 한 명은 기타. 보컬에는 태완을, 기타에는 최 실장을 선정했다. 두 사람 모두 얼굴을 못 본 지 1년이 훨씬 넘었다.

우리는 스튜디오에서 재회한 태완과 그간의 회포를 풀었다. 그는 삼화뮤직과 우리가 계약한 이야기를 듣고 놀란 기색을 숨기지 않았다.

"정말 환상적인 조건이야."

그는 우리의 교섭 능력을 끝없이 칭찬했다. 전속 기간도 그렇지만 인세 조건은 도저히 믿을 수 없는 수준이라는 것이다. 그는 이미 유명해진 가수 '휘성'과 친구 사이였다. 휘성은 인세가 적어, 음반을 20만 장이나 팔고도 비공식적인 행사에는 지하철과 버스를 타고 움직인다고 한다. 충격적인 이야기였다.

"그래도 아무도 못 알아본대?"

"전혀. 모자를 벗고 선글라스를 주머니에 넣고 콧노래까지 흥얼거려도 한 명도 못 알아본대."

그날은 녹음한 시간보다 잡담을 나눈 시간이 더 길었다. 태완이 부스에 들어가 한 소절을 녹음하면 진실이 말소된 페이지는 유리창 건너편 콘솔 앞에서 느낌이 어떠하며 무얼 더 어떻게 해줬으면 좋겠다고 엔지니어 마이크로 이야기했다. 워낙 알아서 잘하는 인간이라 실은 무얼 더 요구할 필요도 없었다. 그래서 그냥 녹음하는 모습이 아름답다느니, 침까지 튀기며 노래할 필요는 없다느니 하는 잡담이 이어졌다. 그렇게 잡담이 길어지다 보니 문득, 1미터 거리에서 방음 유리를 사이에 두고 유선 통신을 하고 있는 우리의 모습이 우스꽝스럽게 느껴졌다. 결국 태완이 잠시 부스에서 나오고 눈 깜박할 사이에 한 시간이 흘러간다. 녹음실 임대와 엔지니어 고용을 포함한 시간당 비용은 약 10만 원가량이다. 어차피 이것도 회사가 낸다. 스튜디오 입장에서야 우리의 잡담거리가 떨어지면 성경을 가져다주며 창세기 1장 1절부터 차분히 읽어보기를 권하고 싶을 것이다.

태완은 도현의 생일 파티에 대한 이야기를 꺼냈다. 이미 대중음악계의 젊은 거물로 성장한 도현은, 생일에 압구정동 클럽을 전세 내어 내빈만 입장 가능한 파티를 벌일 계획이었다. 내가 아는 도현은 거창하고 귀족적인 파티를 즐기는 사람이 아니었다. 나는 이 생일 파티가 인적 자원을 확장하기 위한 사업의 일환일 거라고 추측했다. 이효리도 초청받았으니 자연스럽게 스타일리스트인 내 애인 역시 그곳에 있을 것이다.

"갈 거야?"

태완이 물었다.

"가려고."

"거기 누구 오는지는 알아?"

"이효리가 온다던데."

"핑클도 온대."

"정말?"

"그뿐만이 아니야. 조PD, 쥬얼리, 신화, 양현석, 또 누구 있더라. 아직 절반도 안 끝났는데. 거기 가서 뭘 할 수 있을까? 손수건을 선물하면 괜찮겠다. 아무도 생일 선물로 그딴 걸 준비할 생각은 못 하겠지."

"넌 안 갈 거야?"

"고민 중이야. 다른 사람들은 아무도 안 간대."

'다른 사람들'이란 밑바닥에서 함께 시작했던 '소울트레인 브라더후드'를 말하는 것이다. 참혹하다. 자신의 초라한 현실을 무의식 속에 묻어두려면 친구의 생일 파티조차 피해야 하다니.

태완이 노래를 녹음하고 돌아간 뒤, 밤이 다 된 시각에 최 실장이 기타를 들고 나타났다. 그는 학원 업무 때문에 낮에는 시간을 내지 못했다. 스튜디오가 24시간 개방이라 다행이었다. 그와 나는 얼굴을 보자마자 가슴을 맞대고 포옹했다. 그의 대흉근은 예전보다 더 단단하게 부풀어 있다. 기타를 튕기며 몸을 푸는 모습을 보니 손가락은 예전보다 더 유연하다. 그는 이제 곧 마흔이다. 그는 언제까지나 젊음을 유지할 수 있을 것 같은 느낌이 든다.

최 실장은 이번에도 역시 가이드를 한 번 들어보더니, 연습을 한번 해보겠다 말하고 녹음 부스에 들어갔다. 그에게는 말하지 않고 우리는 몰래 연습 연주를 녹음했다. 역시 연주는 단 한 군데도 틀리지 않았다. '애드립 제1원칙: 한 번은 두 번보다 낫다''에 따라, 우리는 그의 연습 연주를 녹음한 음원을 그대로 쓰기로 했다.

나는 회사에 과다 청구하여 얻어낸 40만 원의 세션비를 최 실장에게 넘겼다. 최 실장은 한사코 받지 않으려고 했다. 나는 내가 주는 것이 아니라 회사에서 주는 것임을 상기시켜 그 돈을 겨우 최 실장의 주머니에 집어넣었다. 그는 연거푸 "고마워서 어쩌지"라고 말하고 있지만, 겨우 이 정도로 내가 지금까지 받은 것을 다 갚았다고는 말할 수 없다. 그는 앞으로 나를 피해 다니고 싶어질 것이다. 다 들고 있을 수 없을 만큼 많은 것을 받게 될 테니.

---

* 애드립 제2원칙: 세 번 이상은 만 번 이상과 다름이 없다

26

아침부터 기획실장에게 전화가 걸려왔다. 왜 이러는 거야, 알 만한 사람이. 음악 하는 사람이 이 시간에 깨어 있다면 자살을 고민하고 있는 것이다. 기획실장의 목소리는 딱딱하게 굳어 있었다.

"스튜디오에 전화해서 오늘 녹음 일정 다 취소해. 다들 방송국에 들어가야겠다. PD와 약속이 있어."

"저희는 왜 가나요?"

"너희 음악을 듣고 그 사람이 이야기해줄 거야. 부장급 PD야. 그 사람은 너희한테 신이나 다름없다. 단 한마디로 너희 음반을 만 장씩 더 팔리게 할 수 있는 사람이야."

나는 이게 좋은 일인지 나쁜 일인지 잘 모르겠다. 하지만 좋은 쪽에 가까운 것 같다. 어디에선가 이런 기회를 잡으려는 가수 지망생들이 발을 동동 구르는 중일 테니까. 하지만 기획실장의 목소리는 드디어 악몽이 시작되었다는 듯 어두웠다.

우리는 그날 오후 어섯 시쯤 방송국에 들어섰다. 허름한 경비실에서조차 방문 자격을 엄격히 심사했다. 기획실장은 상시로 방송국을 출입할 수 있는 카드 비슷한 걸 가지고 있었다. 그것은 일종의 자격증이다. 경비원은 물건을 가리키듯 우릴 향해 손가락질을 했다.

"이 사람들은 누굽니까?"

"가수들입니다. 제 아이들이에요."

그러자 경비원이 고개를 끄덕이고는 임시 출입증 세 개를 만들어 주었다. 나는 왠지 그걸 가슴에 달고 방송국에 들어가는 게 부끄러웠다. 얼굴 자체가 신분증인 수많은 사람들 틈에서 "저는 이런 게 있어야 여기 들어올 수 있네요" 하고 광고해야 하다니.

방송국은 친구처럼 낯익은 얼굴들이 아무렇지도 않게 활보하는 공간이다. 나는 깊은 흠모를 담은 시선으로 그들을 바라보았다. 그렇다, 나는 드디어 가수가 되고 만 것이다! 내 시선은 공간을 입체적으로 휘젓고 난 뒤 저 멀리 멀뚱히 서 있는 나와 비슷한 또래의 여자아이에게 머물렀다. 얼굴이 하얗고 작은 아주 예쁜 아이였다. 곧 눈이 마주쳤는데, 그녀는 나와 비슷한 흠모의 시선으로 한참 동안 나를 우러러보는 것이 아닌가. 나는 그제야 그녀의 가슴에도 임시 출입증이 대롱거리고 있는 것을 보았다. 천한 신분을 나타내는 낙인처럼. 나는 옷깃으로 곱게 덮어놓은 내 출입증을 꺼내 흔들며 그녀를 향해 웃었다.

얼굴에 검버섯이 가득한 피디는 혁근과 같은 서울대 공대 출신이었다. 공대 출신이 대체 왜 방송국 피디를 하고 있을까? 아마 선형대수학 같은 것을 잘 다루지 못했겠지. 혁근이 머리를 식히려 들척이던 그 수학책을. 그 정도 수준의 수학을 할 때 혁근에게는 종이와 펜도 필요 없었다.

기획실장은 우리를 피디의 방에 던져놓고 밖에서 기다리겠다며 나갔다. 피디가 입을 열었다.

"음악은 잘 들었네."

"감사합니다."

그의 대학 후배인 혁근이 예의 바르게 대답했다. 아무리 노력해도, 인간은 별로 감사하지 않을 때 감사하다는 말을 하면 티가 난다. 그래도 눈치껏 그런 짓을 해줘야 권력을 쥔 자 아래서 힘들지 않게 살 수 있다.

"그런데 문제가 많아."

반사적으로 하윤의 얼굴이 찌그러진다. 나는 이 위험한 공간에서 우리가 해야 할 모든 말을 혁근에게 맡기기로 했다. 최후의 수단으로 혁근은 자신이 괴물의 학교 후배이며, 자신의 아버지는 괴물이 한때 우러러 섬기던 교수라는 사실을 밝힐 수도 있을 것이다. 아니, 아버지에 대한 이야기는 하지 않는 게 낫겠다. 괴물이 공학자의 길을 포기한 이유가 예상치 못한 곳에서 발견될지도 모른다. 혁근 아버지의 깐깐한 성적 채점 방식 같은 곳에서.

혁근이 공손하게 되물었다.

"어떤 부분에 문제가 있나요?"

"모든 부분이."

혁근은 입을 다물었다. 잠시 후 다시 물었다.

"음악을 개선해나갈 수 있도록 자세히 설명해주실 수 없겠습니까?"

괴물은 잠시 뜸을 들이더니 천천히 입을 열었다.

"세상 만물에는 영혼이 담겨 있지. 그건 우주의 섭리야."

뒤통수를 두들겨 맞은 것처럼 얼얼하다.

"나는 열한 살 때 우주의 섭리로 주어진, 영혼 가장 깊숙한 곳에 도달했지. 너희 음악에는 그런 깊이가 없어."

그의 말이 비현실과 초현실 사이의 경계를 떠돌았다.

"그 정도 깊이에 도달하면 세 가지 원리를 알게 돼. 그중 두 가지만 알아도 성공할 수 있어. 보통 사람들은 한 가지를 깨닫기 위해 평생을 살아가지."

나는 벌써 완전히 그가 싫어졌다. 이 사람은 정신병자다. 아니면 우리와 정상적인 대화를 하고 싶지 않은 것이다.

"특별히 그중 한 가지를 말해줄 테니 귀 기울여 들어. 이 이야기는 내가 집필한 책에도 나와 있는 거지. 열정을 담아 일하라. 그게 그 첫 번째 원리야. 너희 음악에는 조금도 열정이 없어. 열정을 담아 처음부터 다시 만들어봐. 지금 너희 음악은 아무런 가망이 없어."

나는 하윤이 얼마나 상처받고 있을지 상상해보았다. 그는 중고가 160만 원짜리 악기를 스스럼없이 집어 던지는 놈이다. 방송국에는 그 악기보다 훨씬 작으면서 열 배 이상 비싼 물건이 많다. 하윤을 돌아보았다. 이미 얼굴이 빨갛게 달아올랐다.

그때 혁근이 괴물에게 대답했다.

"무슨 말씀인지 이해하겠습니다."

뒤이어 내가 태어나 들어본 것 중 최고로 아름다운 논변이 펼쳐졌다.

"이 세상에는 깊이란 것이 있다는 말에 절실히 동감합니다. 저는 피디님이 우리의 음악에서 깊이를 발견하지 못하는 이유를 설명할 수 있어요. 깊이에는 여러 단계가 있죠. 통상의 깊이라고 불리는 것은 보통 사람이 사색과 공부를 통해 다다를 수 있는 단계예요. 바로 피디님이 열한 살 때 도달한 깊이죠. 그다음 단계는 '에우로 프록시아'라고 불립니다. 해탈의 경지죠. 이 단계에 도달한 사람들은 깊이를 의식하지 않고 깊이를 보여줍니다. 그다음 단계는 '밀체 라피알'이에요. 이 단계에 이른 창작물을 보면 사람들은 그것이 특별히 선택된 자의 지적 부산물임을 단박에 깨닫지요."

혁근은 숨을 고르고 위해 잠시 쉬었다.

"마지막 단계는 '홀리 그루아'라고 하죠. 이것은 인류의 역사에서 단 한 번만 허용되는 단계의 깊이입니다. 바로 생각하는 바가곧 신의 뜻이 되고, 예측하는 바가 미래가 되며, 세계 속에서 창작을 하는 것이 아니라 창작을 통해 세계를 만들어가는 단계죠. 불행히도 세상 사람들은 이 단계의 깊이를 이해할 능력이 전혀 안 됩니다. 그것이 바로 피디님이 우리의 창작에서 깊이를 발견할 수 없는이유입니다. 피디님은 우리의 '홀리 그루아'를 이해할 수 있는 영혼이 못 되니까요. 그러나 실망하지 마세요. 피디님이 첫 단계의 깊이에 도달한 것도 대단한 일입니다. 피디님이 말씀하셨듯, 사람들

대부분은 그 정도 깊이에 다가가지도 못하고 무덤에 묻힙니다."

혁근은 침착하게 조금도 결점이 없는 궤변을 마쳤다. 그 모습이 너무나 아름다워 방 안에 있는 사람들만 보고 있는 게 안타까울 지경이었다.

피디는 "이 개새끼야, 좆 까는 헛소리 집어치워!"라는 말이 턱 끝까지 차오른 표정으로 혁근을 바라보았지만, 한마디 말도 할 수 없었다. 관념적 깊이를 주제로 먼저 논쟁을 시작한 피디는 자신이 판 함정에 빠져버린 것이다. 혁근은 잔인하게 그 상황까지 해설해 주었다.

"제가 주장하는 깊이가 헛소리라면 피디님이 주장하는 깊이도 헛소리예요. 그리고 피디님이 주장하는 깊이가 존재한다면 우리가 도달한 '홀리 그루아' 상태도 존재하죠. 그러니 둘 중 하나의 세계를 선택하세요. 인간의 정신이 평등하거나, 아니면 불평등해서 우리는 신이고 당신은 인간일 뿐인 세계 중 하나를."

서울대 출신의 피디는 대학시절 똑똑한 사람을 많이 만나보았을 것이다. 하지만 혁근처럼 미치광이에 가까운 천재를 만나본 적은 없었을 것이 분명하다. 붉으락푸르락한 표정으로 혁근을 노려보았지만, 그는 말싸움으로는 혁근을 이길 수 없다는 사실을 직감했다. 우리는 그 방에서 내쫓겼다. 나오자마자 우리 셋은 방 안까지 소리가 들리도록 하이파이브를 했다. 저놈이 앞으로 우리가 나갈 길을 어떻게 훼방 놓든 상관없다. 우리는 영혼을 팔지 않는다. 부장급 피디라고? 이곳 사장이 안간힘을 써도 막을 수 없는 거대한 파도를 몰고 오마. 어디 한번 해보자구.

나는 혁근에게 '홀리 그루아'가 어디에 나오는 말이냐고 물었다. 나는 라틴어원의 단어라고 추측했다. 혁근이라면 우리 모르게 라틴어를 마스터했더라도 전혀 놀랍지 않다. 그래봐야 다룰 수 있는 외국어가 약간 더 늘어난 것뿐이다. 그가 대답했다.

"생각나는 대로 지어냈어."

우리는 만장일치로 다음 작업할 음악의 제목을 '홀리 그루아'라고 붙이기로 결의했다.

우리는 기획실장의 차를 타고 회사로 들어왔다. 기획실장은 잠시 기다리라고 하더니, 정말 잠시 후 돌아왔다.

"방금 피디랑 통화했어."

어떤 끔찍한 말을 들었을지 뻔하다.

"자네들 음악이 글렀다고 하던데. 완전히 형편없대."

물론 그렇겠지. 그런데 기획실장은 입을 벌리고 활짝 웃는다.

"하지만 자네들 태도가 마음에 든다는군. 성실하고 착해 보인다고. 자기가 적극적으로 음악을 밀어줄 생각이 있다고 해. 그 사람이 밀어주기만 한다면야 공시디도 백만 장씩 팔 수 있지. 문제는 천만 원을 요구하고 있다는 거야. 이런 경우에는 그렇게 큰돈이라고 말할 수 없어. 이건 회사가 지불할 수는 없는 돈이야. 그 사람 마음이 바뀌기 전에 빨리 준비해야 될 텐데, 자네들 부모님과 한번 만나서 상의해야 될 것 같군."

나는 그제야 깨달았다. 오늘 방송국에서 무슨 일이 있었던 것인지. 사건의 공모자들에게는 불행하게도, 우리는 몇 년 전 태완에게서 조심해야 할 음반 기획자들의 기망 행위 유형을 모두 배웠다. 그리고 지금 벌어지고 있는 일은 가수 지망생 집 안의 금고를 털어 내는 가장 흔하고 전형적인 수법이다.

피디와 기획실장은 한 패거리다. 이 한 패거리는 사전에 모의를 했지만, 사후에 전화 통화를 나누지는 않았다. 그 방 안에서 예상치 못한 일이 일어났기에 입이 맞지 않게 된 것이다. 성실하고 착해 보이는 태도가 마음에 들어 밀어주겠다고? 웃기는군.

그들의 전략은 이랬다. 피디는 우리의 음악을 변기통에 쏟아부어야 할 것으로 만들어 겁을 준다. 회사에서는 피디를 어르기 위해 필요하다며 우리에게 돈을 요구한다. 천만 원의 절반인 500만 원이 피디의 수중에 떨어지겠지. 아니, 그렇게 분배되지는 않을 것 같다. 이런 생각을 할 만한 놈들 사이에 무슨 신의를 기대하겠는가. 피디는 100만 원을 받게 된다. 기획실장은 우울한 표정을 지으며 우리가 200만 원밖에 준비하지 못했다고 말할 테니까. 그러나 두 사람 다 실패했다. 너희는 한 푼도 받지 못해.

나는 기획실장의 눈을 똑바로 쳐다보면서 말했다.

"개수작하지 말아요. 우리가 바본 줄 알아요? 이러려고 방송국에 데려간 거로군. 그 사람 피디는 맞는 거야?"

기획실장은 잠시 할 말을 잊었다. 아마 이 전략을 20년도 넘게 사용해왔을 텐데, 갓 스무 살을 넘긴 철부지한테 간파당한 게 실감이 나지 않는 모양이다. 완전히 실패했다는 것을 깨닫자 그는 바로 본색을 드러냈다.

"바본 줄 아냐고? 네가 지금 하고 있는 게 바로 바보짓이야.

천만 원이 아깝게 느껴진다면 너희는 영원히 음반을 낼 수 없을 거다."

하윤이 버럭 소리를 질렀다.

"계약서가 괜히 있는지 알아? 거기에 우리가 당신한테 돈을 준다는 조항은 없어. 2년 두 장의 음반을 낸다는 게 전부지."

"자세히 읽어보는 게 좋을 거다. 첫 음반을 낸 후 2년으로 기산해서 두 장이지, 첫 음반을 언제 낸다는 이야기는 없어. 그러니 내가 마음먹기 따라 너희는 영원히 내 소유가 될 수도 있어. 돈을 가져오고 인기 가수가 되든지, 영원히 음반을 꿈꾸든지 그건 너희가 결정하도록 해."

혁근이 조용히 대답했다. 그는 흥분한 것 같지도 않다.

"그런 협박은 안 통해요. 이 계약은 명백히 무효니까. 우리는 내일 당장 다른 회사로 옮기고 음반을 내서 이 회사를 박살내버릴 겁니다."

"그럼 나는 기쁜 마음으로 소송을 걸 거야. 위약금은 1억5천만 원이야. 한 푼 투자 안 하고도 돈을 벌 수 있겠군! 1억5천만 원짜리 소송을 달고 다니는 가수 지망생들을 받아줄 음반 제작사는 지구상에 단 한 군데도 없을 거다."

혁근은 지지 않았다.

"그딴 소송이 가능할 거라고 생각해요? 계약을 위반한 건 그쪽이에요. 먼저 계약서에도 없는 돈을 요구했으니까. 우리는 계약 위반뿐만 아니라 사기죄로 당신을 고소할 겁니다. 당신의 남은 삶 동안 음반 기획이라는 소일거리는 없어지는 거죠."

"먼저 법정에서 입증해야겠지. 내가 돈 때문에 음반을 내지 않겠다고 말한 사실을. 하지만 절대로 입증할 수 없을 거다. 난 판사한테 너희의 음악성이 떨어져서 아직은 음반을 낼 수 없다고 대답할 테니까."

다리가 후들거린다. 차라리 그에게 천만 원을 줘버리는 게 낫겠다는 생각마저 들었다. 하지만 우리에겐 그런 돈이 없다. 있다고 해도 그걸 헌납하는 건 미친 짓이다. 다음번에는 2천만 원을 달라고 할지 어떻게 아는가? 우리는 그물에 걸렸다.

이놈은 악마야. 내가 만난 어떤 인간과도 달라. 진짜 악마야. 우리가 도저히 그를 이길 수 없을 거라는 확신이 머릿속을 지배했다. 그와는 달리, 우리는 원하는 것을 얻기 위해 눈도 깜박하지 않고 불법 행위를 할 수는 없기 때문이다. 우리는 스무 살을 갓 넘긴 아이들일 뿐이다. 저 늙은이처럼 인생을 내놓고 살기에는 아직 남은 날이 너무 많다.

"간단해. 천만 원으로 그냥 혹을 떼어내면 되는 거야. 원한다면 음반을 내는 대신 전속 계약을 해지해줄 수도 있어. 너흰 젊어. 똑똑하고, 재능 있고, 솔직히 말하면 가능성이 보여. 잘 생각해봐."

기획실장은 내 어깨를 툭툭 두드리고서 방을 걸어 나갔다. 나는 엄청난 혼란 속에서 무력하게 소파로 기어가 풀썩 주저앉았다. 그가 되돌아왔다.

"시간은 이번 주까지야. 이번 주가 지나면 천만 원을 가져오든 1억 원을 가져오든 난 자네들을 그냥 무덤에 묻을 거야. 솔직히 나도 이렇게까지 하고 싶지는 않아. 믿지 못하겠지만, 너희들은 내 아들이나 다름없으니까."

뮤지션과 음반 기획사가 맺은 전속 계약의 궁극적 목적은 음반을 출판하는 것이다. 거기에는 양자 모두 이의가 없다. 그런데 음반을 출판하는 행위의 의미에 대해 양쪽의 견해는 크게 다르다. 음반 기획사들은 하나같이 비슷한 생각을 한다. 아무리 선량하고 도덕적인 음반 기획사들도 거기서 멀리 나가지 못한다.

그들은 아무것도 가진 게 없는 아이들에게 큰돈을 들여 음반을 내주는 게 대단한 호의라고 믿는다. 거기까지는 나도 대충 수긍한다. 그런데 이상하게도 그들은, 계약한 대로 음반을 내지 않는 행동은 악의로 여기지 않는다. 음반을 내는 데는 큰돈이 들어가지만, 음반을 내지 않는 데는 누구의 돈도 들어가지 않는다고 생각하기 때문이다. 아주 위험한 발상이다.

그렇다면 자신의 음반이 발매될 날만을 기다리며 5년이고 7년이고 음반사 화장실을 청소하던 아이들의 인생은 누가 책임져줄 것인가? 증발해버린 그들의 젊은 날이 어떻게 한 푼 값어치가 없다고 믿을 수 있단 말인가? 아이들은 음반사 화장실을 청소하려고 정상적인 사회화를 포기한 셈이 되었는데. 상당수는 고등학교 졸업장까지 포기했을 거다.

소송은 가능하다. 하지만 법원에 소장을 제출하는 날로 가수의 꿈은 끝이다. 자기 '주인'에게 소송을 걸 만큼 건방지고 위험한 아이들을 어느 누구도 받아들이려고 하지 않을 테니까. 그 아이들 중 일부는 결국 소속사를 상대로 소송을 한다. 아이가 소속사를 상대로 소송을 제기했다면, 그는 이미 아이에서 슈퍼스타로 자라나 기획사와 치고받을 수 있을 만큼의 권력을 얻은 것이다.

가끔은 스타들이 소속사를 상대로 괘씸한 배은 행위를 하기도 한다. 그러나 한 개인이 나쁜 인간이 되려고 아무리 노력해봤자 한계가 있다. 누구도 사회일반적 신의 관념이 뭔지도 모르는 거대 집단들이 평소 하던 만큼 부도덕해질 수는 없다. 많은 연예기획사들이 자기들은 결백하다고 믿고 싶겠지만, 그것은 비윤리적이라는 사실을 잊을 만큼 체계화된 관례들에 중독되어 있기 때문이다. 상식이 지배하는 땅에 사는 사람들은 누구도 그런 불공정 계약을 구경하지 못한다. 계약 위반을 언제나 있을 수 있는 일로 여기지 않는 것은 당연하고. 그래도 회사들은 외친다.

"우린 합법하고 정당해!"

그래, 맞아. 당신들은 피비린내 나는 전쟁터에서 누군가 만들어놓은 방아쇠를 당겼을 뿐이니까.

일주일 후 스튜디오 회사에서 연락이 왔다. 삼화뮤직에서 비용 지급을 거절하여 더 이상 녹음실을 임대해줄 수 없다고. 우리 역시 그곳에 더 찾아갈 생각을 하지 않았다. 스튜디오는 삼화뮤직에서 천만 원 이상의 금액을 아직 받지 못했다. 삼화뮤직은 스튜디오 측에 그 돈을 우리에게 청구하라고 대답했다. 말도 안 되는 소리다. 스튜디오와 임대 계약을 맺은 것은 음반사다. 그리고 음반 제작 비용을 모두 음반사 측에서 책임지는 것이 전속 계약의 기본적인 내용이다. 그렇지 않다면 굳이 전속 계약이라는 구속에 자기 몸을 내어줄 바보는 없다. 그러나 스튜디오 측은 그 돈을 주지 않으면 우리에게 소송을 걸겠다고 협박한다. 실제로 그런 소송이 벌어진다면 담당 판사는 피식 웃어버릴 것이다. 그럼 나도 울산시청이나 제주도청 혹은 한국야구협회를 상대로 소송을 해야겠다. 삼화뮤직이 계약을 위반한 것에 대해.

스튜디오 측도 협박할 근거가 없다는 걸 잘 알 것이다. 그들이 삼화뮤직 대신 우리를 들볶는 이유는 뻔하다. 음반 제작사는 장기적인 안목을 가지고 눈치를 살펴야 할 큰 고객이고, 우리는 다시볼 일이 없는 어중이떠중이들이기 때문이다. 우리가 너무 어리고 순진해 보여서 소송을 들먹이면 오줌을 찍 싸고 죄도 없이 돈 보따리를 이고 올 것 같기 때문이다. 하지만 지난 몇 년 동안 우리는 더러운 걸 너무 많이 봤다. 우리는 세상이 어떤 곳이며 어떻게 살아야 하는지 너무 급하게 또 많이 배웠다. 나는 더 이상 어리지 않다. 나에게 소송을 걸겠다고? 차라리 스프를 안 넣고 라면을 끓여주겠다는 소리가 더 무섭다.

회의가 벌어졌다. 혁근의 부모님, 하윤의 부모님, 우리 어머니, 그리고 진실이 말소된 페이지 세 사람이 모였다. 혁근 아버지의 분노는 아무도 막을 수 없는 것처럼 보였다. 그는 이곳에 모인 사람들이 삼화뮤직의 대주주들이라도 되는 것처럼, 주먹까지 휘두르며 고함을 질러댔다. 애초 내가 자기 아들을 음악에 끌어들인 것부터가 사기였다고 주장한다 해도 나는 할 말이 없다. 회의는 일방적으로 그가 주도했다.

"내 이 새끼들을 모두 잡아 족쳐야겠어."

그는 소송을 하자고 주장한다. 소송 비용은 자기가 모두 대겠다면서. 그는 최고의 변호사를 고용해서 삼화뮤직이 공중에서 분해될 때까지 괴롭히겠다고 선언했다. 그렇게 된다면 공대 교수 한 명이 대한민국 대중음악사 그 자체나 다름없는 음반사 하나를 무덤에 묻는 것이다. 이래서 문화예술인들이 과학자들을 싫어하나 보다.

하지만 그러려면 소송을 시작하는 데만도 최소한 수천만 원이 깨진다. 혁근의 아버지는 단지 천만 원을 요구하는 적을 물리치기 위해 그 몇 배의 출혈을 감수할 수 있는 진짜 투사였지만, 나는 한 가지 생각밖에 안 들었다.

'그 돈을 진작 우리 음악에 투자했으면 좋았잖아요.'

그 돈이 있었다면 고등학교를 졸업하자마자 우리 손으로 음반을 낼 수도 있었을 텐데.

혁근의 아버지가 가르쳐준 대로, 그 주에 우리 셋은 연예 계약 관련 분쟁과 송사만을 전문적으로 다루는 법무법인을 찾아갔다. 내가 한 번이라도 이름을 들어본 연예인의 수를 다 합해도, 이 법무회사에서 법적 자문을 해주거나 소송을 대리하는 연예인 또는 관련 단체의 수보다 적을 것 같다. 나는 인터넷을 통해 미리 이 회사에 대해 조사해보았기 때문에 잘 알고 있다. 신문 기사에 따르면 판사 몇 명이 은퇴 후 동업하여 이 법무법인을 설립했다. 그들은 연예 기획 관련 법 시장이 황금알을 낳는 거위라는 사실을 가장 먼저 눈치챈 선구적 판사들이었다. 이 법무법인은 막강한 인맥과 전문성을 바탕으로 곧 시장을 독점했다. 소송에서 워낙 많이 이길뿐더러, 비공식적인 압박까지 행사할 수 있을 정도로 연예계 연줄이 깊은 회사이다 보니, 연예인들은 문제가 생기면 이곳을 찾을 수밖에 없었다. 다른 법무법인에 소송 권한을 위임했다가는 자신의 적이 이곳을 찾을지도 모르니까.

변호사는 우리가 가져온 서류들을 파일 하나에 쓸어 담더니, 수임하기 전에 내용을 검토해보겠다며 바쁘게 회의실을 나가려고 했다. 아마 여기서 '검토'란 자기 회사의 다른 변호사가 공돈호 기획실장을 대리하고 있지 않는가 확인하는 작업일 것이다.

변호사가 회의실에 들어온 것은 5분밖에 지나지 않았다. 우리는 수임 이전 시간당 상담료로 30만 원을 지불하기로 되어 있었기 때문에, 얼마를 내야 되냐고 물을 수밖에 없었다. 그냥 걸어 나갈 수 있기를 바라면서. 변호사는 못 들을 말을 들었다는 듯 피식 웃는다.

"돈 없으면 반만 내고 가세요."

그날 나는 기획실장에게 전화했다. 나는 당연히 이 문제가 법정으로 넘어가길 바라지 않았다. 그래봐야 결국 더 큰 손해를 보는 건 우리 쪽이다. 일단은 소송 비용을 감당하기도 벅차다. 소송에서 이긴다 해도 뭘 얻어낼 수 있을지 불확실하다. 인정하기는 싫지만 기획실장이 협박한 대로, 음반사에 소송을 제기하는 순간 우리의 음악적 미래는 사라진다. 나는 기획실장을 달래 조용히 음반을 내도록 만드는 게 최선이라고 믿었다. 기획실장이 소송의 결과를 우리에게 상기시키며 협박한 것처럼, 나 역시 그 결과의 또 다른 측면을 그에게 상기시켜줄 계획이었다.

"앞으로 다른 음반사들이 우리를 어떻게 생각하든 신경 안 씁니다. 그냥 그쪽 발목 잡고 같이 지옥으로 떨어지려고요. 우리야 늘 하던 대로 클럽 공연이나 하면 되거든요."

그렇게 허풍을 떨며 거래를 할 생각이었다. 우리가 소를 취하하는 대신 그는 계약대로 음반을 낸다. 통할 가능성은 별로 없어 보였지만, 그래도 해볼 만한 가치는 있다.

기획실장은 내내 전화를 받지 않았다. 나는 이번에는 삼화뮤직으로 전화를 걸었다. 전화는 회사 사장이 직접 받았다. 나는 사장실이 아닌 회사 대표번호로 전화를 걸었기 때문에 깜짝 놀랐다. 지금쯤이면 아마 사장도 무슨 일이 일어났는지 전해 들었을 것이다. 그래서 나는 내가 누군지 설명하지 않고, 30대 남성에 가까운 두텁고 예의 바른 목소리로 말했다.

"공돈호 기획실장님 좀 부탁드리겠습니다."

사장은 무덤덤하게 대답했다.

"그 사람은 더 이상 이 회사에서 일 안 합니다."

"뭐라고요?"

너무 놀라서 20대 초반의 목소리가 튀어나와버렸다. 그러나 사장은 눈치채지 못했다.

"채권자입니까?"

나는 그게 무슨 의미인지 고민해야 했다.

"회사는 폐업했습니다. 곧 파산 신청을 하게 될 겁니다. 공돈호가 어디 갔는지는 세상 누구도 몰라요."

전화를 끊은 건지 떨어뜨린 건지 나도 모르겠다. 한 가지 확실한 건, 이제 혁근의 아버지가 이 회사를 박살낼 기회마저 사라졌다는 사실이다.

27

변호사는 혀를 차면서 말했다.

"그 사람에게 걸린 소송 중 우리 회사에서 맡은 것만 해도 네 건입니다. 법조계 윤리상 다른 위임인의 소송 정보를 공개해서는 안 됩니다만……."

그는 다른 위임인들의 소송 정보를 다 이야기해주었다. 공돈호라는 이름에는 사기, 횡령, 채무불이행 등 민형사상 소송들이 주렁주렁 달려 있었다. 그중에는 피디에게 전달한다는 명목으로 천만원을 수수하여 갈취한 혐의에 대한 고소도 포함되어 있다. 물론 우리 이야기가 아니다. 우리가 밟을 뻔한 지뢰를 앞서 밟은 누군가의 이야기다.

공돈호는 회사가 쓰러질 것을 예견하고, 오랫동안 착실히 미래를 준비해왔다. 그가 돈을 가져오라면서 일주일의 말미를 주던 것이 떠올랐다. 일주일은 그가 연기가 되어 사라지기로 예정된 날까지 남아 있는 시간이었을 것이다. .

"이건 정말 갈 데까지 간 인생이로군. 이런 인간들은 법을 무서워하지 않고 실제로 법으로 뭘 할 수도 없어요. 법은 잃을 게 있는 사람한테만 위협이 됩니다. 솔직히 소송을 하라고 권하지도 못하겠네요."

변호사의 말투에는 혐오감이 짙게 배어 있다. 그를 입에 담는 동안 자신의 입까지 더러워지고 있다는 듯. 소송이 무익한 것은 명백하다. 공돈호는 사라졌다. 그가 지금 이 나라의 영토를 밟고 서 있을 확률도 그리 높지 않다.

은수가 도현의 생일 파티에 가겠냐고 물어 왔다. 나는 거기 갈 기분이 아니었다. 미래를 걱정해야 할 만큼 궁박해서가 아니다. 다만 현실을 피하고 싶었기 때문이다. 멋진 옷을 차려입은 인기 가수들이 떠들썩하게 비싼 술을 마시는 자리에서 '나는 누구인가'라는 질문을 스스로에게 던지고 싶지 않았다. 아무리 그러지 않으려고 애쓴다 해도 나는 스스로에게 대답하고 있을 것 같았다.

"넌 고졸에, 직업도 없고, 직업을 구할 수도 없을, 가수가 되겠다는 꿈을 꾸다 쓰러진, 귀도 안 들리는 병신일 뿐이야."

어쩌면 아무 말 없이 진탕 술을 마시다가 실제로 그 말을 입 밖에 내뱉을 수도 있다. 빛나는 사람들이 모인 자리에서 그런 모습을 보이는 건 애인을 시험해보는 짓이다. 아, 드디어 나도 올라서고 말았다. 자신의 초라함을 무의식 속에 묻어두려고 친구의 생일 파티 조차 피하는 인간의 반열에.

은수는 거기 가야만 한다. 은수의 직장은 이효리의 몸이 머무는 곳이다. 이효리의 몸이 있는 곳 근처에 자신을 내버려두는 것, 그게 바로 이효리를 섬기는 은수의 업무 중 본질에 해당하며 또 대부분의 시간을 차지하는 방식이다. 나는 내 여자에게 자기 삶의 주인공이 된 기분을 되찾아주고 싶었다. 그러려면 돈이 필요했다. 그래서 음반을 내고 가수가 되어야만 했다.

이제 나는 그녀를 걱정하거나 동정할 자격조차 없다. 그녀는 자신의 삶에서 적어도 조연 역할은 하고 있다. 내 삶의 각본에는 내 이름이 등장인물로 적히지도 않는다.

오후 내내 침대에 누워 뒹굴었다. 목을 매고 싶은 충동의 시간도 무사히 넘겼다. 그러자 문득 차라리 잘된 일이라는 생각이 들었다. 최악의 상황은 피한 것 아닌가? 마녀가 죽으면 저주도 풀리듯이, 회사와 함께 우리를 영원히 엿 먹일 수 있었던 노예 계약도 사라진 거다. 우리는 이제 손을 털고 다시 시작할 수 있다. 상황은 한두 해 전과 크게 다를 바 없다. 그렇게 생각하니 기분이 좀 나아졌다.

나는 어수선한 책상 서랍을 한참 뒤졌다. 그리고 모서리들이 구겨져 접힌 명함 몇 장을 찾아냈다. 이것들은 우리가 음반사를 고르고 다닐 수 있던 영광의 시절, 관심을 가지고 줄을 섰던 사람들의 흔적이다. 이것을 사용할 때가 왔다. 그때 내가 상상한 미래는 매니저를 통해 대형 음반사로부터 몰래 계약을 제시받는 모습이었지만, 그 일은 다시 몇 년만 뒤로 미루면 되니 괜찮다.

나는 명함 한 장을 골라 전화를 걸었다. 글로벌뮤직 기획실장 이세암. 그때 우리는 이 사람에게 한없이 건방지게 굴었다. 그가 우리 이름과 음악을 제외한 모든 것을 잊었기를.

이세암은 모든 것을 기억하고 있었다. 그러나 더 이상 글로벌뮤직의 기획실장이 아니었다. 글로벌뮤직이란 음반사는 이제 세상에 없다. 음반 시장의 불황은 글로벌뮤직 같은 공룡조차 눕게 만들었다. 사방에서 음반 제작사가 망하고 있다. 마치 음악이 사라질 날이 멀지 않은 것처럼.

이세암은 글로벌뮤직에서 나와 자기 음반 제작사를 차렸다. 이미 이름을 익히 들어본 가수 한 명이 거기 소속되어 있었다. 나 역시 소속사가 망해버렸다고 말하자 그는 감정을 숨기지 못하고 기뻐했다. 마음속으로는 내가 네 배 정도 더 기뻤다. 그는 개인적으로 힙합 음악을 좋아했고, 힙합 음반을 제작하는 일에 아직도 미련을 버리지 못하고 있었다.

"내일이라도 만나서 이야기했으면 좋겠는데."

그가 말했다. 그와 막 불륜의 관계를 시작한 것처럼, 그 말 한마디에 가슴이 설렌다. 전속 계약 기간이 5년이든 7년이든 개의치 않겠다. 진실이 말소된 페이지는 살아남는다. 끈질기게. 이야기가 이 정도는 되어야 훗날 자서전이라도 남길 수 있지 않겠는가.

나는 전화를 끊자마자 숨도 내쉬지 않고 바로 은수에게 전화를 걸었다. 은수는 전화를 받지 않았다. 지금쯤 도현의 생일 파티가 벌어지고 있는 시끄러운 클럽에 묻혀 있을 터였다. 한 통 더 걸어보았지만, 역시 전화는 연결되지 않았다. 조금 서운하다. 재미있게 놀아. 그곳에서 나올 때쯤이면 네 남자는 다시 가수가 되어 있을 거야.

곧바로 하윤과 혁근에게 전화를 걸었다. 나는 흥분된 목소리로 꼭 만나서 할 이야기가 있다고 소리쳤다. 모두 지치고 피곤한 반응들이었다. 내가 가져온 소식을 아직 알지 못하기 때문이다. 나는 미리 말해주지 않을 생각이었다. 그래야 그들의 덤덤한 표정이 흐트러질 때까지 몇 초가 걸리는지를 스톱워치로 잴 수 있으니까. 나는 밖으로 튀어나갔다.

일주일 전, 혁근은 태어나서 처음으로 아버지와 심하게 다퉜다. 그의 아버지는 음악을 그만두라고 명령했다. 그건 늘 있는 일이다. 혁근을 자극했던 것은 그다음 말이었다.

"너희 음악이 그렇게 좋다면, 왜 음반을 안 냈겠냐? 그 사람들도 돈 벌려는 사람들인데. 저기 텔레비전을 봐라. 다른 아이들은 잘만 음반 내고 돈을 벌잖아."

혁근의 아버지는 마침 기계처럼 똑같은 춤을 추고 있던 10대 소년 네댓 명을 가리켰다.

"너희 음악이 쟤네들보다 못하다는 사실을 솔직하게 인정해. 네가 쟤네들을 이길 수 있는 길은 계속 공부하는 것밖에 없단 말이다."

혁근은 폐부를 찌르는 말로 아버지에게 쏘아붙였다.

"음반이 나오지 못한 게 우리 음악이 후져서라면 모두들 의대를 가려고 하는 건 공대가 후져서인가요?"

혁근의 아버지는 아들이 한 말의 내용보다 아들이 그런 태도를 취할 수 있다는 사실에 더 놀랐다. 아버지는 집을 풍비박산 낼 것같이 화를 냈다. 혁근이 우울한 표정을 지으며 더 있었던 일들을 설명하려고 할 때 내가 웃으며 가로막았다.

"거기까지. 됐어. 그건 무의미한 전쟁이었어. 우리는 음반을 내게 될 테니까. 전에 만난 글로벌뮤직 기획실장 생각나? 그 사람과 오늘 통화했어. 자기 회사를 차렸는데 우리와 전속 계약을 하고 싶대."

하윤의 안구가 팽창했다. 그는 방금 성형수술이라도 받은 듯 커진 눈으로 "진짜?"라고 묻더니, 나를 그대로 껴안았다. 스톱워치가 있었다면 단연 그가 1등이다.

그런데 혁근은 입을 반쯤 열고 슬픔과 체념이 가득한 표정을 지었다. 그는 드디어 돌아버렸다. 이제 영원히 그 머리를 공부에 쓰기는 어려울 것이다.

"진정하고 천천히 숨부터 내쉬어."

나는 실컷 비웃었다. 혁근은 고개를 푹 숙이고 한참 동안 아무 말도 하지 못했다. 그러다가 울먹이듯 짤막짤막 끊어가며 말했다.

"나 군대 간다. 영장 나왔어. 한 달 후야. 아버지가 그냥 연기하지 말고 가래. 그러겠다고 했어."

나는 당장 은수를 만나야 했다. 그녀의 다정한 목소리와 입술과 긴 다리가 절실히 필요했다. 그러나 그녀는 여전히 전화를 받지 않았다. 내가 삶에서 가장 고통스러운 지점을 지나는 순간에 그녀가 이럴 수는 없다. 나는 택시를 잡아타고 도현의 생일 파티가 열리는 압구정동 클럽으로 향했다.

유명한 얼굴들이 거나하게 취해 사방에 널브러져 있었다. 그들은 오늘 얌전한 공적 생활을 접어두었다. 파티의 주인공인 도현도 크게 다르지 않았다. 은수는 어디 있느냐고 물어보자 그는 반쯤 정신 나간 표정으로 한참 웃었다.

"나가던데. 저녁에 온 지 얼마 되지 않아서…… 남자랑."

나는 클럽 바깥으로 나와 미치도록 거리를 쑤시고 다녔다. 핸드폰을 든 손은 손가락이 닳도록 통화 버튼을 누르고 있었다. 스물아홉 번째 전화를 걸었을 때는 이미 새벽 두 시가 넘었다. 마침내 은수는 전화를 받았다.

"지금 어디야? 무슨 일 있었어? 왜 이렇게 전화를 안 받는 거야."

"도현이 생일 파티에서 지금 막 나왔어. 너무 시끄러워서 몰랐네."

그녀는 경쾌하고 떠들썩한 목소리로 대답했다. 그 말은 오싹할 정도로 불길하게 들렸다.

"지금 어디야. 빨리 말해."

수화기 저편으로부터 감정이 느껴진다. 평생 당당할 것만 같던 그녀가 당황하고 있다. 화가 머리끝까지 치밀었다. 나는 절대로 있어서는 안 되는 일 순서로 물었다.

"잤지?"

"무슨 말하는 거야."

"잤냐고 묻잖아!"

은수는 대답했다. 긴 침묵으로.

머릿속에서는 벌써 그림이 떠오른다. 그 광경은 정신적인 고통을 압도하고 관음적인 상상마저 불러일으킨다.

"나는 네 코트 하나 벗기는 것도 허락받지 못했어. 대체 나는 너한테 뭐였어?"

그녀는 날카로운 목소리로 대답했다.

"기회를 줄게. 방금 그 말 당장 사과해."

그렇게 했어야 했다. 갑자기 눈물이 흘러내렸다. 기분이 좋지 않았다. 나는 기회를 날려버렸다.

"좋았어?"

"……."

"막 소리도 엄청나게 지르고 그랬어? 세상이 다 떠나가도록? 네 몸에 손가락 하나 못 대게 한 이유가 바로 그거였구나. 나 같은 애송이랑은 별 재미가 없을 테니까!"

"제정신 아니구나. 나중에 통화하자."

나는 자제력을 완전히 잃었다. 이성이 무생물처럼 무너져 내리고 있다. 숨을 깊게 들이마시고 내뱉었다.

"죽어버려."

전화를 끊었다. 벨이 울렸다. 나는 무시했다. 전화를 끄지는 않았다. 스무 번이고, 서른 번이고 울리는 전화벨을 듣고 싶었다. 그러면 기분이 좀 더 나아질 것 같았다. 하지만 전화는 딱 한 통이었다. 그리고 다시는 걸려오지 않았다. 집으로 돌아와 침대에 몸을 묻은 채 그녀를 증오하고 또 그녀의 전화를 기다리면서, 내 영혼은 형체를 알아볼 수 없도록 끔찍하게 부식되어갔다.

28

이야기란 참 갑자기 끝이 난다. 나는 아직까지 초장에 모든 것을 이루고 나머지 시간 동안 천천히 끝나가는 이야기를 들은 적이 없다. 내가 속한 팀의 이야기도 그렇다.

진실이 말소된 페이지는 끝났다.

우리의 성취는 몇 년에 걸쳐 이루어졌지만, 그것을 다 잃는 데는 불과 며칠이 걸리지 않았다. 시작과 성공 사이에는 몇 년의 시간이 필요하지만, 실패와 끝은 동시에 일어나도록 예정된 것 같다.

내 몸을 품고 있는 것이 침대임을 깨닫는 데는 여러 날이 걸렸다. 중력과 공기 흐름과 허기짐의 감각을 되찾는 데는 더 많은 날이 걸렸다. 그렇게 한 달을 채우고 나서야 나는 현실을 받아들였다.

한 달간 나는 집 밖으로 한 발자국도 나가지 않았다. 혁근의 입대일이 닥치지 않았다면 그 기간이 얼마나 더 연장되었을지 모른다. 나는 그때까지 음악과 연애 말고는 사회적 경험을 해보지 못했다. 그 두 가지가 사라지고 나자 나는 바깥으로 나갈 필요가 없었다.

입대 전날 저녁, 진실이 말소된 페이지는 혁근의 집 앞에서 모였다. 저녁식사 시간밖에 되지 않았는데 하늘이 깜깜했다. 거리에는 아직 녹지 않은 눈이 쌓여 있었다. 나는 그게 첫눈인지 아닌지조차 몰랐다. 내 영혼이 방 안에서 굴을 파기 시작했을 때는 아직 겨울이 아니었으니까.

사방 바닥이 질퍽였다. 월동 중에 갑자기 튀어나왔기 때문에 나는 기온에 맞는 옷을 차려입지 못했다. 내 옷차림을 보더니 혁근이 다시 집 안으로 들어가 두터운 점퍼 하나를 가지고 나왔다. 오리털이 잔뜩 들어간, 엉덩이까지 남김없이 뒤덮는 카키색 점퍼. 키가 2미터는 되어야 몸에 맞을 것 같은 힙합 패션의 점퍼다. 혁근은 공연할 때 그걸 즐겨 입었다. 아직까지는 이 옷도 쓸모가 있네. 나는 서둘러 점퍼 속으로 기어들어갔다.

"논산으로 가냐?"

"응."

"따라갈까?"

"뭐 좋은 일이라고."

분명히 좋은 일은 아니다. 솔직히 따라가고 싶지도 않다. 문득 우리가 남이라는 사실이 절실하게 와닿았다. 전에 하윤이 말했던 것처럼, 인간의 삶은 팀 단위로 진행되지 않는다. 우리는 서로를 대신할 수 없다.

"제대하면 뭘 할 건데?"

"공부해야지. 이미 너무 늦어서 어디부터 따라가야 할지도 모르겠어."

그가 공부에 대해 이렇게 자신 없어 하는 건 처음 본다. 하긴 벌써 그는 대학교 3학년이다. 학문적으로는 고등학교 3학년 때보다 조금도 성장하지 못했다. 2년 후에 돌아왔을 때는 남들보다 또 몇 발자국 뒤로 처져 있을 터였다. 한때 저명한 교수 아버지의 많은 발명 중에서도 최고의 걸작으로 일컬어지던 아들의 대학 시절은 이렇게 공중으로 날아가버렸다.

"너희 아버지는 평생 우리를 증오하겠구나."

"그건 스스로를 과대평가하는 거야. 난 우리 아버지가 너희 이름이나 제대로 알고 있는지도 잘 모르겠어."

우린 다 함께 소리 죽여 웃었다. 혁근의 세계에서는 그 괴팍한 아저씨가 우리보다 훨씬 더 소중하고 의미 있는 존재일 거라고 생각하니 왠지 서운하다.

"휴가 나오면 연락해. 아니, 자대 배치 받으면 곧바로 연락해."

간단하게 작별 인사를 나누었다. 한때 나는 이들을 만난 것이 운명이라고 느꼈다. 그런데 헤어지는 건 정말 대충이다. 특별히 슬프거나 고통스럽지도 않다.

"참, 이거."

나는 혁근의 점퍼를 다시 벗어 주었다. 혁근은 됐다는 듯이 손을 흔들었다.

"추운데 그냥 입고 가. 다시 입을 일 없을 것 같아."

하윤과 나는 혁근을 집으로 들여보내고 버스 정류장까지 걸었다. 한마디 대화도 없이.

하윤과 나 사이에 있었던 많은 일들을 떠올려보았다. 혁근이라는 완충지대가 없었다면 우린 스무 번도 더 원수가 되었을 게 틀림없다. 하지만 이제는 서로를 최고의 친구로 기억하며 살아갈 수 있겠지. 더 이상 몸과 정신을 부대낄 일이 없을 테니까. 그렇게 슬금슬금 남이 되어가는 거다.

"넌 앞으로 어떻게 할 거냐?"

나는 하윤을 바라보았다.

"나한테는 음악밖에 없어. 이 땅에서든 아니든."

"다시 나갈 생각이야?"

"수탉이 아는 음대 교수들 통해서 추천서를 써주겠대. 미국이나 캐나다 쪽으로. 가진 힙합 음반은 모두 버려야겠지. 난 클래식 재즈를 할 거야."

"그래, 넌 원래 재즈를 할 운명이었어. 너희 어머니는 그걸 시키려고 널 낳았잖아."

하윤이 피식 웃었다.

내 친구들의 삶에는 아직 샛길이 남은 것 같다. 그 샛길이 지금 막다른 이 길보다 더 멀고 넓은 곳까지 그들을 인도할 것이다. 두 친구들이 부축해주어야만 한 걸음씩 나아갈 수 있었던 나와는 다르다.

웽 하는 소음과 함께 버스가 우리를 스쳐 지나갔다. 한마디 말도 없이 하윤은 나를 버리고 달리기 시작했다. 이 상황은 내가 처한 현실과 비슷하게 느껴진다. 버스 문 앞에 선 하윤이 뒤를 돌아보며 외쳤다.

"나 먼저 갈게."

그리고 그는 버스에 올라탔다. 나는 그에게 제대로 된 작별 인사도 하지 못했다. "나 먼저 갈게"라니. 하윤의 작별 인사는 매일 음악과 서로의 냄새에 파묻혀 지내던 시절과 똑같았다. 마치 내일이라도 또 얼굴을 맞댈 것처럼. 그러나 그가 바다를 건너가면 우리는 최소한 3, 4년은 얼굴을 보지 못할 것이다. "언제 음악을 그만두셨나요"라고 누가 나중에 묻는다면 바로 지금 이 순간이라고 대답해야겠다.

한 명의 스타가 탄생할 때까지 무수히 많은 가수 지망생들이 쓰러진다는 이야기를 귀가 아프도록 들었다. 그러나 모든 가수 지망생들이 아마 그랬을 것처럼, 우리 역시 쓰러질 놈들을 생각하며 그저 혀를 찼을 뿐이다. 다시 그때로 돌아가도 나는 그러고 있을 게 틀림없다. 나 스스로가 타다 만 꽁초가 되어 거리를 굴러다니게 될 줄은 꿈에도 모른 채.

고등학교 때 나를 잡아먹지 못해 안달이던 국어 선생 김자현은 윤동주의 「별 헤는 밤」이란 시를 읽다 말고 말했다.

"그러니까 하늘에 자기 별을 가진 사람이 있는가 하면, 너처럼 별 사이 암흑을 채우는 놈들도 있는 거야."

그가 옳다. 결국 나는 별 사이 암흑을 채우는 놈이다. 하지만 그게 뭐 어때서? 새벽이 되면 별이 지고, 다음 날 밤에는 같은 자리에 새로운 별들이 뜨겠지만, 별이 뜬 하늘의 바탕은 변하지 않는다. 애초 누구도 거기를 바라보지 않았을 뿐, 그곳은 비어 있는 것이 아니라 암흑으로 채워져 있다. 먼 우주에서 바라보면 모든 인류를 집어삼킨 지구 역시 별이 되지 못한 암흑에 속한다.

나는 별자리에만 전설이 얽혀 있는 것이 아니라, 사람들이 광활한 빈 공간이라고 생각하는 모든 지점마다 희미한 이야기가 있다는 것을 안다. 내 젊음이 바로 그 어두운 구석에 박제된 이야기 중 하나이기 때문이다. 나는 사람들이 알지 못하고 별로 알고 싶어 하지도 않는, 하지만 내게는 너무 놀라웠던 이야기들을 추억으로 껴안고 살아갈 것이다.

불빛이 눈부시다. 버스가 도착했다. 지갑을 꺼내자 손을 타고 절박한 가벼움이 전해져온다.

"다시 일을 구해야겠네……."

어떤 일을 해야 할까? 아마 음악과는 관련이 없는 일이겠지. 크리스마스가 얼마 남지 않았으니까 인터넷으로 트리를 팔아보는 것도 나쁘지 않을 것 같다.

크리스마스에 생각이 미치자 문득 은수가 보고 싶다. 미친 척 전화를 해볼까? 그냥 잠깐 통화하는 거다, 아주 잠깐만. 목소리만 한 번 듣고서 아무 일도 없었던 것처럼 머릿속에서 그녀를 영원히 지워버리는 거다. 나는 그렇게 할 수 있다. 그리고 그렇게 하지 못할 걸 알고 있다.

절망적인 밤이다. 아마 시간이 지나면 기분은 좀 더 나아질 테고, 나는 결국 다시 음악을 듣게 될 것이다. 하지만 의사들이 권고한 대로 헤드폰이나 이어폰을 착용하지는 않으려 한다. 남은 삶을 살아가기 위해서는 음악 말고도 많은 소리들을 들을 수 있어야 하니까.

　나는 버스에 올라탔다.

(끝)

부록

논픽션

실존 인물

실존 시공간

힙합 그룹 '진실이 말소된 페이지'

소설은 끝났다.

이 아래부터는 우리 세계의 이야기다.

5년이 지난 뒤, 나는 하윤에게서 전화를 받았다. 그는 결혼할
사람의 부모님을 뵈러 한국에 잠시 귀국했다고 말했다.

'진실이 말소된 페이지'는 다시 한자리에 모였다. 20대 초반의
영광과 상처들을 이미 남의 이야기처럼 멀게 느끼게 된 지 좀 된
때였다. 색 바랜 일기장에 쓰인 유년기의 낙서처럼 말이다.

나이가 찬 사람들답게, 우리는 분식집 대신 일식집에서 저녁 식
사를 하며 즐거운 대화를 나눴다. 혁근은 심지어 양복까지 입고 나
왔다. 그 역시 결혼을 앞두고 있었다. 군인 시절 휴가 나와 사귀게
된 여자친구와.

그들은 모두 자기 분야에서 만족할 만한 성취를 거두었다. 사실 나 역시 만족할 만한 성취를 하나 거두었다. 나는 음반사를 상대로 소송을 제기했다. 그쪽은 내 미래에 대해 저주를 퍼부으며 코웃음을 쳤다. 법정에서 4년 가까운 시간을 보낸 끝에, 결국 대법원이 내 손을 들어주었다. 내가 소송의 승리를 통해 실질적으로 얻어내거나 남긴 것은 하나도 없다. 하지만 정말 즐거웠다. 법정이 아니라면, 어디서 음반 제작사 임원이 땀을 뻘뻘 흘리는 모습을 볼 수 있었겠는가. 무엇을 얻기보다는 단지 합법적인 복수의 수단으로서 소송을 택했다는 사실을 그쪽이 알고 있었기에 기분이 더욱 상쾌했다. 그쪽은 법정에서 가수 지망생 따위가 4년이나 되는 시간 동안 음반 제작사를 이토록 괴롭히는 건 있을 수 없는 일이라 항변했다. 그러나 한 번도 없었던 일이지 있을 수 없는 일은 아니다. 그리고 원래는 당연히 있어야만 하는 일이다.

진실이 말소된 페이지가 모인 식사 자리에서, 나는 실감 나게 법정투쟁의 에피소드들을 묘사해주었다. 끊임없이 말을 이어가다 보니 예전의 정열이 되살아난 듯한 기분이 들었다. 흥분한 나는 그 자리에서 "우리 이야기를 글로 써볼게!"라고 외쳤다. 그리고 그날 저녁 집에 돌아오자마자 소설 『진실이 말소된 페이지』를 쓰기 시작했다.

실존 인물

어떤 사람들은 내 20대의 사업이 철저히 실패했다고 믿은 나머지, 나의 음악적 여정에 대해 묻는 것을 매우 조심스러워한다. 한때는 나도 나의 실패가 부끄러웠다. 상처가 아직 아물지 않았을 때의 이야기다. 그러나 지금 나는 웃통을 까며 전쟁의 흔적을 과시하는 참전 용사처럼 내 젊은 날의 기억들을 자랑스럽게 풀어놓았다. 이제 모든 이야기를 마쳤으니 오늘을 살아가고 있는 그때 그 사람들에 대해서도 짤막하게 언급하려 한다.

이 소설에 어떤 실존 인물이 등장한다면 그것은 오로지 내가 그를 하나의 전설적 존재로 기술하고 싶을 만큼의 커다란 호감과 경의를 지니고 있다는 뜻이다. 절대로 이 책을 사적 폭로를 위해 쓴 것이 아님을 알아주었으면 한다.

✦ 오혁근

✧ 오혁근은 군 전역 후 서울대학교 공과대학을 졸업하고 곧 결혼했다. 같은 학교에서 석사과정을 수료한 뒤 펜실베이니아대학에서 박사과정을 밟고 있다. 그의 관심사는 향후 바이오 산업에서 금속을 대체해나갈, 생체 거부 반응이 최소화된 고분자 유기화합물에 대한 연구다. 그는 앞으로 20년 이내에 비전기적인 방식으로 작동하는 인공 신경 소재를 개발하여 내 왼쪽 청력을 복원해주기로 약속했다. 나는 담배를 줄이고 그때까지 기필코 살아남아 스테레오가 무엇인지 꼭 느껴보고야 말겠다.

덧붙여 그의 아버지인 서울대학교 공과대학 오승모 교수님께도 감사를 전해야겠다. 소설 속 괴팍한 캐릭터는 완전히 창조된 것이다. 그분은 흔쾌히 허락해주셨다.

✦ 이하윤

✧ 이하윤은 토론토로 이민했고 뒤늦게 그곳 대학에 들어가 재즈 피아노를 전공했다. 토론토 재즈 밴드의 피아니스트로 활동하다가 한국에 돌아왔고 현재는 밴드 MOT의 키보드 주자다.

이하윤은 진실이 말소된 페이지에서의 음악 생활이 자신의 삶에서 가장 즐거운 시간이었다고 말하지만, 그것이 그의 음악적 삶에서 최고의 순간은 아닐 것이다. 언젠가 사람들이 내 글을 읽으며 그를 기억하는 것이 아니라, 그의 음악을 들으며 내 글을 떠올릴 날이 올 것을 믿는다.

✦ DJ 우지

✧ 그를 철저히 악역으로 설정할 수 있었던 까닭은 가장 가까운 사이였고, 따라서 명예훼손 소송을 걱정할 필요가 없었기 때문이다. 원고를 미리 읽고 선뜻 동의를 하긴 했지만, 대단한 용기가 필요했을 것이다.

소설은 그의 너그러움 덕분에 탄생할 수 있었다. 소설의 내용과 같이 진실이 말소된 페이지는 디제이 우지를 통해 음악의 기회를 얻었고, 디제이 우지에 대한 음악적 동의와 반항을 거쳐 성장했다. 그리고 진실이 말소된 페이지가 음악을 그만두었을 때보다 디제이 우지가 음악을 그만두었을 때 더 많은 사람들이 아쉬워했다.

✦ 김도현

✧ 전업 작곡가로서 김도현은 어린 나이에 대한민국 최고의 자리에 올랐다. 가장 유명한 가수의 음반 재킷을 뒤집어 보면 항상 그의 이름을 발견할 수 있다.

✦ Ra. D

✧ 라디는 유명 가수들의 음반 프로듀싱에 참여했다. 후에 그는 자기 이름을 걸고 음반을 냈고 한때 휘성의 뒤를 이을 거물 R&B 가수가 될 것이라고 극찬 받았다. 그리고 그 이상이 됐다.

✦ 태완

✧ 태완은 여러 다른 그룹에 소속되어 여러 이름으로 활동해오다가 결국 지금의 이름으로 새 음반을 냈다. 그의 음악은 지나치게 앞서나갔으므로 폭넓게 사랑 받지는 않았지만 수준 높은 제작자들의 관심을 끌었다. 그는 셀 수 없이 많은 가수들의 음반에 참여한 끝에 미국으로 진출했다.

✦ UMC

✧ 유엠씨는 오랫동안 대중성이 부족하다고 평가받았다. 하지만 꾸준히 자신의 방식을 밀어붙였고 결국 세상을 설득시켰다. 한국 최초 상업적 팟캐스트인 <그것은 알기 싫다>의 프로듀서이자 진행자인 그는 콘텐츠가 아니라 아예 카테고리를 만들어낸 게임 체인저가 됐다.

✦ 현상

✧ 현상은 도현과 함께 전업 작곡가로 전향하여 활동하다가 뒤늦게 군에 입대했다. 이 소설에서는 그리 비중이 크지 않지만, 현실의 내 삶에서 그는 매우 큰 비중을

차지하는 인물이다.

✦ 조PD
✧ 조PD는 3집 음반과 사업의 실패로 기울어지는 듯하다가 '친구여'라는 노래로 회생하고 첫사랑과의 결혼에까지 성공했다. 나는 어렵게 음악을 하던 시절 그가 사주던 따뜻하고 비싼 식사들을 언제나 고맙게 기억한다.

✦ 이효리
✧ 음악 하는 동안 나는 그녀를 먼 발치에서 보았을 뿐 말 한마디 주고받지 못했다. 그때 혼자 머릿속으로 떠올렸던 온갖 상상이 이 소설의 에피소드가 됐다.

✦ 에릭
✧ 오직 그가 내 글을 읽지도 이 사회에서 살아가지도 않을 것이라는 사실만 믿고, 그의 인격을 훼손할지도 모를 허구적 설정들을 남발했다. 미국으로 돌아간 뒤 에릭에 대한 소식은 들리지 않는다.

✦ 머니와 클럽 크립
✧ 클럽 '크립'과 클럽 주인 '머니'는 소설에서 창조된 배경 및 인물이다.

✦ 상연
✧ 상연은 군 전역 후 연락을 두절하고 칩거에 들어갔다. 다시 나타났을 때 그는 베이스를 손에서 놓았다. 그는 KOTRA를 거쳐 삼성전자의 아시아 지역 관세 업무를 담당하는 관세 전문가가 됐다.

✦ 은수
✧ 이효리의 스타일리스트 은수는 가상의 인물이다. 한때 가수 보아의 코디네이터였던 박재희 씨의 도움을 많이 받았다.

✦ 수탉, 최 실장

✧ 실재하지 않는다. 2001년 서울대학교 두레문예관에서 있었던 'Soultrain Back Again' 콘서트에서 실제 밴드 세션을 맡은 것은 김도현, 라디, 이하윤, 그리고 내 고등학교 친구들이다.

✦ 나와 가족

✧ 소설에 등장하는 '나'는 '손아람'이란 이름을 가진 가상 인물이다. 팬픽션으로서 실화 서사를 유지하기 위한 궁색한 선택이었다. 나는 이혼하지 않은 부모님 아래 멀쩡하고 유복한 가정에서 자랐다. 실제로 왼쪽 귀 청력을 잃었고 오른쪽 귀도 어두운 편이지만, 그것은 베토벤의 운명을 토해내는 우퍼에 머리를 집어넣은 사고 때문은 아니다. 베토벤을 사랑하는 분들은 마음 편하게 계속 그의 곡들을 들어도 괜찮다.

실존 시공간

소설 안의 사건들이 일어난 구체적인 시기에 대한 언급은 의도적으로 피했다. 그래서 현실과 접점을 이루는 시공간들에 대해 아래 간략히 언급하기로 한다.

✦ 스튜디오

✧ 진실이 말소된 페이지는 2001년 7월부터 2002년 9월까지 매우 띄엄띄엄한 간격으로 음반 수록곡을 작업했다. 스튜디오 녹음 작업은 2002년 3월부터 2002년 9월까지 역시 띄엄띄엄 이루어졌다. 우리는 예당 레코딩 스튜디오를 사용했고, 비록 소속 음반사에서 비용 지급을 거절하여 거기 일하던 모든 사람이 정당한 보수를 받지 못했지만, 그중 일부와는 여전히 좋은 관계를 이어나가고 있다.

✦ 삼화뮤직

✧ 비록 그곳에서 안 좋은 시기에 안 좋은 사람을 만나 아픈 기억만이 남았지만, 이 회사는 여전히 우리의 유년기를 지배한 가수들을 배출한 대중음악의 역사다. 산

역사는 아니다. 소설에서도 현실에서도 사라졌기 때문이다.

✦ 방송국

✧ 소설 후반부에 기술된 방송국 피디와 있었던 에피소드는 실화다.

✦ 서울대학교 두레문예관

✧ 2001년, 서울대학교 두레문예관에서 'Soultrain Back Again' 콘서트가 열렸다. 우리는 학교 측으로부터 많은 것들을 지원받아 거의 한 푼 들이지 않고 공연을 준비했고, 정말 400여 명의 관객들이 찾아왔으며, 당시로서는 꽤 큰 수익을 올렸다. 진실이 말소된 페이지는 이 공연에서 실제로 밴드 라이브를 시도했다. 대단히 성공적이었다.

✦ 맛조아 분식

✧ 사당에서 작업실 생활을 하는 동안, 진실이 말소된 페이지는 몇몇 편의점 및 분식점과 고객 관계를 넘어서는 인간관계를 텄다. 그때 우리가 찾았던 분식집은 전국의 수없이 많은 김밥천국 중 하나일 뿐이었지만, 특별히 이 소설의 모델이 된 분식점은 따로 존재한다.

신림동 현대아파트와 주택가 사이 골목에 위치한 '맛조아 분식'은, 다섯 평 주방 구석에 테이블 하나만이 놓여 있다. 아주머니는 홀로 좁은 주방에서 자신의 생계를 책임질 음식을 만든다. 나는 그녀가 전화 주문을 받고 천 원짜리 떡볶이를 배달하는 모습을 본 후 대단한 충격을 받았다. 그걸 볼 때마다 정말 목이 간지러웠지만, 내가 배달을 하고 오겠다는 말은 차마 입 밖으로 내지 못했다. 대신 나는 아무리 귀찮을 때도 그곳에 배달을 주문해본 적은 없다. 나는 맛조아 분식에서 식사를 하면서 소설의 중요한 구상들을 마쳤다. 그러므로 그곳이 작품에 상당 부분 공헌했다고 말할 수 있을 것이다. 아주머니께 도움이 되었으면 하는 마음으로 인근 주민의 성지순례를 부탁드리고 싶다. 5천 원 이하는 배달시키지 말고 애들 보내라.

✦ 사당 작업실

✧ 소설에 등장하는 사당 작업실은 2001년 7월부터 2002년 3월까지 월세로 임대하여 사용했다. 그 당시 진실이 말소된 페이지는 학업을 포함한 모든 것을 중단하고, 여덟 평 셋방에서 음악과 담배만으로 연명했다. 이 좁은 방은 내게 많은 추억과 유산을 남겼다. 소설은 그중 작은 일부분이다. 볕도 잘 들지 않을뿐더러 사방에 거미줄이 뒤덮고 있어 솔직히 살 만한 곳이라고는 말할 수 없었지만, 훗날 진실이 말소된 페이지 음악의 대부분이 볕 들지 않는 곳에 묻힌 것이나 다름없었기에 결국은 아주 어울리는 무덤이 되었다고 생각한다. 지금쯤 그 셋방에서 다른 꿈을 키우고 있을 분들께 행운이 깃들기를 진심으로 기원한다. 벽에 새겨진 음악과 관련된 낙서는 깨끗이 지워주시길.

힙합 그룹 '진실이 말소된 페이지'

　　나와 혁근은 고등학교 내내 학교의 두 래퍼로 이름을 날렸지만, 서로 친분은 없었다. 심지어 불어 수업 때문에 그의 반과 합반하게 되었을 때, 우리는 내심 서로를 견제하기까지 했다. 그러나 그가 불어 시험에서 내게 몰래 자신의 답안을 건네주는 호의를 보인 뒤부터 우리 관계는 급반전되었다. 그리고 1998년의 어느 불어 수업 시간, 우리는 '비아냥'이라는 팀을 결성했다. 그리고 그해 말에 클럽에서 내 초등학교 동창이던 이하윤을 우연히 만났다. 그 세 명이 '진실이 말소된 페이지'로 불리기 시작한 것은 1년의 시간이 지난 후다. 공연과 프로모션 음악이 성공한 덕에 우리는 여러 대형 음반사로부터 계약 제의를 받게 되었는데, 2001년 12월 그중 하나와 전속 계약을 체결했고 2002년 3월부터 9월까지 음반을 제작했다. 법적 분쟁으로 인해 이곳에서의 음반 발매는 무산되었다. 다른 음반사들과 교섭 중이던 2003년 초, 혁근은 밤중에 나를 급습하여 군대에 간다고 통보했다. 그날 우리는 진실이 말소된 페이지를 해체하기로 합의했다.

소설은 마치 짧은 시간 동안 모든 일들이 발생한 것처럼 시간적으로 구성되어 있다. 그러나 내 삶에서 진실이 말소된 페이지의 음악은 10대 후반부터 20대 중반까지 우주의 역사처럼 오랜 기간에 걸쳐 일어났다. 지표가 된 흥미로운 일들 사이사이에는 참을 수 없이 길고 지루한 성취의 진공상태가 있었다. 우리는 언더그라운드 바닥에서 인정을 받아 첫 음반 작업을 마치기까지 5년의 시간을 힘들고 외롭게 버텨냈다. 그리고 그것은 바닥에서 출발한 뮤지션이 수면 위로 떠오를 때까지 소요되는 평균의 시간보다 결코 길지 않다. 가수를 꿈꾸는 어린 친구들은 이 소설을 읽고 성공에 대한 무모한 환상을 가져서는 안 될 것이다.

디스코그래피

소설에 언급된 것과 그 외 진실이 말소된 페이지의 음악들은 다음과 같다. 참여 음악은 제목 앞에 저작권자를 명기했다.

1998 Y'Soul

1998 Flight

1999 어머니 (feat. 지연)

1999 19street - You betta ask somebody

1999 사무라이 픽션

1999 Uzi's Family - 어린 시절

2000 Soultrain Brotherhood - Y2soultrain

2000 김도현(Deze) - Mama

2000 타다만 담배를 끄다 (feat. UMC, G-Sky)

2001 조PD - Never give up part2

2001 In His Arms (with 태완, Lucy, Ra.D)

2002 The Lowdown - Something never changed

2001-2002 Snuggy Funk Time

2001-2002 세금만 내고 살래?

2001-2002 대학생은 바보다 (feat. UMC)

2001-2002 Mellow out Jam: A brighter day

2001-2002 3월, 부평

2001-2002 몇 년 전 (feat. Ra.D)

2001-2002 지금 알고 있는 사실을 그때도 알았더라면 (feat. 태완)

2001-2002 Philosophrenia

2001-2002 읽히지 않은 청첩장

2001-2002 그는 나를…

2001-2002 아는 것, 모르는 것, 안다고 생각했던 것

2001-2002 폐인왕 (feat. Lucy)

2001-2002 Garbage Underground

2001-2002 절망적인 밤

2006 The Taurean Clarke Quartet (이하윤이 소속된 재즈 밴드)